GERD BRANTENBERG

UMARMUNGEN

Roman

Aus dem Norwegischen von
Claudia Meyenburg

Frauenoffensive

1. Auflage, 1984

Orig.-Titel: FAVNTAK, erschienen bei Aschehoug, Oslo 1983

(Kellerstraße 39, 8000 München 80)

ISBN 3–88104–136–2

Satz: Sylvia Seyfried, München
Druck: Fa. Spiegel, Ulm
Umschlag: Inge Vogt

Für Claudia

Nicht für sondern von
Claudia mit den ♡-lichsten
Geburtstagswünschen.

10. 3. 90

Gruß + Kuß
Claudia

1

Eine hieß Irene und kam aus Trondheim. Sie hatte dunkles Haar und schnelle Bewegungen. War Plenum, saß sie immer mit leicht heruntergezogenen Mundwinkeln am äußersten Rand der Reihe. Sauer? Bitter? Skeptisch? Ab und zu machte sie kurze Notizen und blickte dann wieder aufmerksam hoch. War es nötig, so bedeutungsvoll auszusehen?

Jetzt war sie wieder da. Direkt hinter ihr, als sie sich vom kleinen Tisch an der Seite Kaffee holen sollten. Auf dem Weg zum Henkel der Kanne stießen ihre Hände zusammen. Sie drehten sich einander zu. Die Luft zwischen ihnen füllte sich, wurde schwer, zum Anfassen. Für einen Moment blieb Aud verblüfft vor ihr stehen. Alles im Kopf wurde unklar. Ihre Augen sahen direkt ineinander, die Blicke trafen sich, erbebten, hielten fest. Eine Sekunde lang stand die Stille zwischen ihnen.

Sie lächelte. Sie lächelte zurück. Viel zu lange schon standen sie in diesem Blick.

– Ja, wollen wir dann mal anfangen, oder? Die Frau, die für den Nachmittag zuständig war, rief durch den großen Eßsaal. – Wir sind schon zwanzig Minuten über die Zeit.

Die Leute sammelten sich, fanden ihre Plätze, zündeten sich eine letzte Zigarette an, bevor das Rauchverbot in fünf Sekunden einträte. Alles um sie herum war in Bewegung, sie sah schnell fort. Intensiv war sie jetzt damit beschäftigt, sich einen Platz zu suchen, sah nicht mehr zu ihr, deren Anwesenheit sie körperlich spürte. Aufgeräumt und hektisch redete sie mit der Frau, die sich neben sie gesetzt hatte. – Sieh dir das an, wie die Leute in Erwartung des Rauchverbotes noch fieberhaft an ihren Zigaretten ziehen. Das eignete sich natürlich, ihre Nachbarin zum Lachen zu bringen.

Ganz ruhig fühlte sie sich plötzlich. Sie war im selben Raum. Nichts konnte jetzt eilig sein.

Das einleitende Referat schlich im Schneckentempo dahin. Aud versuchte, sich auf die Worte einzulassen: Frauen und Kontrolle. Die da sprach, hieß Camilla Vang und war Forschungs-Stipendiatin. Sie war schön, trug ein glattes, beigefarbenes Kleid mit einer Kette, sprach sehr ruhig und wußte viel, wußte, wovon sie redete. Aud fühlte sich plötzlich vollkommen glücklich und ruhig. Da war etwas in diesem Raum, in dem sie saßen. Außerhalb von Kontrolle, eingewebt in ihr tägliches Leben, auf einem skandinavischen Seminar über „die soziale Kontrolle der Frau". Sechs Tage aus ihrem Terminplan herausgenommen und hier an einen Ort der schönen Nord-Seeländischen Landschaft hinplaciert. Es war August.

Sie saß an der anderen Seite des Raums am Fenster. Nur eine Schulter und den Arm konnte sie von ihr sehen, ab und zu auch den ganzen Kopf, wenn sie sich nach vorn beugte. Sonst wurde alles von der hinter ihr sitzenden Frau verdeckt. Sie entschloß sich, nicht mehr hinzusehen, ganz wirr wurde sie davon, verlor die Konzentration auf das, was doch eins sein sollte, eine Art Einheit: Ich. Konzentration? Körper und Beine, Arme und Kopf und Gedanken. Sie schlug die Beine übereinander und beugte sich vor. Nein, das war unbequem. Diese Stellung paßte nicht zu dem, wie sie sich fühlte. Die Gedanken paßten nicht dazu, auf dem Stuhl zu sitzen. Sie sah wieder hinüber. Eine Schulter, ein bloßer Arm. Lange blickte sie auf diesen Arm und auf die Hand. Er ruhte auf dem äußersten Rand der Stuhllehne und hing mit den Fingern ein wenig darüber. Gut war es, dort hinzusehen; was sie sah, wirkte so gedankenvoll.

Irene Jacobsen, dachte Aud. Irene Jacobsen, dachte sie noch einmal. Wer ist sie? Wer in aller Welt ist das eigentlich?

Sie bat ums Wort. Aud wurde unruhig. Wurde sie jetzt nervös oder war es für sie ganz normal, so ums Wort zu bitten? Sie stand auf. Groß ist sie; ihr Körper gerade, schmal, in eine ärmellose hellrosa Bluse und weiße leichte Sommerhosen gekleidet. Warm ist es. Aud blickte mit dem ganzen Körper nach ihr. Ihr Bild wurde so stark, daß alle anderen im Raum verschwammen.

– Irene Jacobsen von der Frauenhausgruppe in Trondheim, sagte Camilla Vang. Sie griff nach ihren Notizen, schön zusammengelegt in einem dunklen DIN-A-4-Ordner, und redete mit dem rechten Arm.

Man sollte doch darüber diskutieren, meinte sie, warum sich so viele Frauen nicht scheiden ließen, wenn sie wirklich so wenig vom Sexualleben hatten. Lustige Frage, dachte Aud. Natürlich deswegen nicht, weil die Sexualität nicht der einzige Grund für ihre Ehe gewesen war. Oder weil sie keine leere Wohnung parat hatten, in die sie hätten ziehen können, oder eben kein Gehalt, das ihnen monatlich ins Haus flatterte.

– Weitere Vorschläge zur Gruppendiskussion? fragte Camilla Vang. Aud streckte den Arm hoch und erhob sich fast gleichzeitig.

– Ich finde, daß alle hier ...

– Wie wär's, wenn du dich erst mal vorstellst? rief eine dänische Frau durch den Raum. – Ja, also das ist Aud Strand von der Theatergruppe „die Klatschweiber", sagte Camilla Vang. Aud räusperte sich, alle Köpfe um sie herum waren plötzlich im Nebel. – Ich finde, sagte sie. O nein, nicht schon wieder, nun hatte sie vergessen, was sie sagen wollte. – Ich finde, daß alle hier, die verheiratet sind, sich fragen sollten, warum sie eigentlich geheiratet haben. Ich meine, es muß ja einen Grund gegeben haben ...

Eine kleine Pause entstand, und einige lachten. Lachten sie nun über den Grund oder weil sie darüber sprechen sollten? Aud stand noch immer. Sie war irritiert, mußte eigentlich weiterreden, weiter ausführen und dachte an die Augen, die auf ihr ruhten. Ihr wurde warm.

– Ich meine, sagte sie weiter, – wir sollten ja den Ausgangspunkt im Persönlichen finden ...

Nun wußte sie nichts mehr und setzte sich.

Ohne erst lange ums Wort zu bitten, rief eine ziemlich kräftige Stimme von irgendwo hinten: – Dann müssen auch alle, die nicht verheiratet sind, sich fragen, warum sie das nicht sind. Nicken und Zustimmung rundum.

– Aber das wissen wir ja wohl alle. Weil uns eben niemand haben will!

Wilder Jubel und Gelächter. Das allerdings wußten sie alle. Überall entstand ein freudiges Gemurmel über der Jungfrauen schmachvolles Geschick.

– Nein, ich denke ... sagte die Diskussionsleiterin, doch es wurde nicht ruhig. Sie erhob die Stimme. – Ich habe das Gefühl, daß wir langsam müde werden. Eine Kaffeepause wäre wohl angebracht.

– Kräutertee!

– Ja, und Kräutertee, nickte sie und lächelte in die Richtung, aus der die Bemerkung kam.

– Jetzt zählen wir nur noch durch – mal sehen, wie viele sind wir denn? Wie viele Gruppen können wir machen?

– Wir können bis fünf zählen. Wir sind etwa vierzig, dann wären acht in jeder Gruppe.

– Zuviel!

– Ist das zuviel? fragte Camilla.

– Nein, meinten einige.

– Doch!

Einige begannen aufzustehen.

– Nein, Moment mal! Wir müssen erst zählen. Das geht doch ganz schnell. Wie viele denken, daß acht pro Gruppe zuviel sind?

Einige verstreute Hände in der Luft. Eine andere Stimme: – Nein, über so was kann man doch keinen Mehrheitsbeschluß fassen! Das ist ja absurd.

Verwirrung und andere Stimmen. – Hört mal! sagte eine und stand auf. Es war Jorunn Bergersen vom Frauenrecht. – Alle Gruppen müssen ja nicht gleich groß sein. Wir haben ja unterschiedliche Bedürfnisse. Für einige ist es eben schwierig zu reden, auch in einer Gruppe mit acht. Ich schlage vor, daß wir jetzt bis fünf zählen. Dann können die, die in kleineren Gruppen sein wollen, rausgehen und eine oder mehrere kleine Gruppen bilden, und die anderen schließen sich zusammen, wenn sie zu wenige werden.

Aud nahm innerlich eine rasche Zählung der Köpfe vor. Blieben sie sitzen, wo sie waren, und zählten dann bis fünf, kam sie zum Schluß, daß sie mit Irene Jacobsen in einer Gruppe wäre.

– Guter Vorschlag! rief sie. – Wir zählen jetzt bis fünf.

Viele riefen dasselbe. Sie zählten.

– Eins, sagte Camilla Vang und zeigte auf Irene. – Zwei, sagte Irene. So ging es durch die Reihen. Aud überschlug noch einmal, um sicher zu sein, daß sie richtig gezählt hatte. Doch, es stimmte. – Eins, sagte die Frau neben ihr.

– Zwei, sagte Aud Strand.

*

In einer Pause ging Irene in ihr Zimmer. Doch als sie dort war, hatte sie vergessen, was sie da wollte. Ihr Blick fiel auf das eigene Spiegelbild. Für einen Augenblick war die Frau im Spiegel ein anderer Mensch, der sie ansah. Ohne Scham, direkt in ihre Gedanken hinein. Sie lächelte und näherte sich ihrem Gesicht. Schön war es. Du lieber Gott, wann zuletzt hatte sie so schön ausgesehen? Sie blieb stehen und betrachtete sich, verdutzt und froh. Die Spuren einer gewissen Härte, die sie so oft in den letzten Jahren dort gesehen und wegzuschminken versucht hatte, gab es nicht mehr in diesem Spiegelbild. Noch näher trat sie heran und blickte geradewegs in die Wärme, die aus ihren Augen strahlte. Ein völlig neuer Mensch, der sie da anstrahlte. Nein, kein neuer Mensch – sie selbst! Aber ein fernes Selbst, das viele Jahre lang nicht mehr gelebt hatte. Du lieber Gott, dachte sie wieder, was mache ich da eigentlich? Ich will sie!

Sie wandte sich vom Spiegel ab und begann in ihren Sachen zu wühlen. Nach irgend etwas hatte sie doch suchen wollen, als sie hierher gekommen war. Danach allerdings nicht. Wonach aber? Gruppe zwei – den ganzen Nachmittag sollten sie miteinander verbringen, gemeinsam. Sie wurde nervös. Sollte sie denn wie ein Trottel dasitzen, nur weil sie *das* in sich spürte? Das. Genau das. Jetzt wurde sie böse und noch ein bißchen nervöser. Das Notizbuch, das war es gewesen! In das sie die Notizen über die Ehegesetzgebungen gemacht hatte. Der Wirrwarr in ihrem Kopf legte sich ein wenig. Die Ratio meldete sich wieder; das immerhin klappte noch jedesmal bei ihr.

Aber das will ich ja überhaupt nicht, die Ratio ist es nun ganz und gar nicht, die hier etwas zu sagen hat in dieser ... in dieser ... Sache. Sache. Was für eine Sache? Plötzlich war Aud vor ihr und lächelte. Sehr physisch – eine Fata Morgana. Sah sie direkt an, war ebenso groß wie sie und lächelte, sie war einfach wunderbar.

Ja, das war sie. Das war nichts Neues; im Grunde wußte sie, daß Frauen ganz wunderbar sein konnten, waren es immer schon für sie gewesen. Aber mit ihnen schlafen? Das war etwas ganz anderes. Ich will sie verführen, dachte sie, genau das ist es. Ich bin verrückt.

Und so verließ sie ihr Zimmer, holte sich eine Tasse Kaffee aus der Kantine und ging hinüber ins Kaminzimmer zu Gruppe zwei.

Dort saß sie. Beide Hände hielten einen riesigen Becher mit dampfendem Kräutertee umschlossen. Diese Hände werde ich nehmen, dachte sie. So würde es kommen, daran bestand kein Zweifel mehr.

– Wir sollten darüber reden, warum wir verheiratet sind, sagte Jorunn vom Frauenrecht in leicht fragendem Tonfall, der ein wenig ins Lächerliche tendierte.

– Oder warum wir es nicht sind, sagte Aud Strand.

– Aber das ist ja bereits beantwortet, sagte Irene Jacobsen. Sie lachten. Irene lachte immer weiter, noch als die anderen längst damit aufgehört hatten. Etwas war hier ungeheuer komisch.

Sie hatte Lust, immer weiter zu lachen, erleichtert, unendlich erleichtert darüber, daß sie es geschafft hatte, direkt in dieser Atmosphäre etwas gesagt zu haben – und nicht einmal die Stimme war ihr weggeblieben. Sie lachte weiter leise vor sich hin, und die anderen fingen auch wieder an, vor sich hinzuschmunzeln. Sie sahen sich an.

– Ja, fangen wir dann mal an? Warum sind wir nicht verheiratet?

– Das ist ja nun wirklich kein Wunder!

– Vielleicht sollten wir uns erst mal vorstellen? meinte eine kleine, glatthaarige Frau mit wachsamem Puppengesicht und Brille. Irene hatte sie vorher nicht bemerkt. Sie hatte grellrot lackierte Fingernägel und wirkte ein wenig besserwisserisch. – Ich heiße Rita Blom und bin von den Selbstverteidigungsfrauen in Oslo und ... was soll ich noch sagen?

– Wir müssen ja hier nicht unsere ganze Lebensgeschichte erzählen, dann werden wir ja nie fertig, sagte Aud.

Warum nicht? dachte Irene. Ich habe Lust, ein paar Lebensgeschichten zu hören.

– Wir können unseren Namen sagen ... und unsere Adresse, sagte die Schwedin Britta Svanström vom Frauenbulletin. – Und die Telefonnummer. Sie lachten.

– Und dann können wir mehr to the point kommen.

– I beg your pardon?

– Häh?

– Ich meine nur, daß wir uns doch wohl besser ans Norwegische halten sollten.

– Skandinavische, meinst du wohl!

– Aber warum denn nicht englisch? Die Schwedinnen verstehen ja nicht dänisch, und die Däninnen verstehen weder norwegisch noch schwedisch, aber wir Norwegerinnen verstehen natürlich alles, also können wir alles ins Englische für euch übersetzen.

Alle lachten. Eine lockere Atmosphäre zeichnete sich für Gruppe zwei ab.

– Wer fängt an? fragte Rita Blom. Keine antwortete.

– Sag mal, Irene, fing Jorunn plötzlich an, – bist du nicht die, die eine Gedichtsammlung geschrieben hat? „Ruhige Wegeskreuzungen“ oder so ähnlich?

Alle sahen jetzt interessiert zu Irene, die nickte und errötete. – Ja. „Erstarrter Kreuzweg“, heißt es. Nicht sonderlich originell. – „Ruhige Wegeskreuzungen“ wurde murmelnd wiederholt. – Hört sich an wie ein Lehrbuch über Verkehrssicherheit.

– Ich finde das unheimlich gut! stieß Aud hervor. Irene drehte sich verblüfft zu ihr um. – Hast du es denn gelesen?

– Nein ... Aud wurde rot. – Ich meine den Titel. – Sie wollte genauer erklären, weshalb sie den Titel gut fand, doch alle redeten jetzt miteinander und machten lustige Bemerkungen zu dem Mißverständnis.

– Also, wir sollten wohl mal anfangen, sagte Rita. – Um sechs gibt es schon Abendbrot.

Sie versuchten, sich zusammenzunehmen; also, was war los? Name, Alter, Verbindung zur Frauenbewegung und Lebensform.

– Und die Sternzeichen.

– Nein, also jetzt wirklich mal ernsthaft! Viele nahmen energisch Abstand davon, ihr Sternzeichen anzugeben.

Als die Runde endlich begann, sagten dann doch alle ihr Sternzeichen.

*

Am letzten Abend war ein Fest. Die ganze Woche lang hatten sie im Plenum gesessen oder in Gruppen diskutiert. Warum Frauen heirateten, warum sie sich scheiden ließen, warum sie geschlagen wurden und warum sie sich trotzdem nicht scheiden ließen und was zu tun wäre? Doch nun war das Fest.

Sie hätten einen Rapport machen können, um damit das Elend aufzudecken. Könnten Frauenhäuser aufmachen. Aber waren Frauenhäuser nicht eine defensive Strategie? Das hatten sie eine Weile hin und her diskutiert. Sozialarbeit – oder wie wär's mit einer Scheidungsguerilla? Oder ein Komitee für effektive Scheidungsdurchführung mit Hausbesuchen? Und eine Guerilla-Truppe gegen Frauenmißhandlung? Wie wäre denn das? Ein Austauschsystem könnten sie haben, beispielsweise ginge die Osloer Gruppe nach Göteborg, die aus Göteborg nach Kopenhagen usw. – durch ganz Skandinavien. Eine Art Interskandinavischer Feministischer Ku Klux Klan zur Abschaffung der Gewalt im Privatleben. Wie wäre es damit? Schließlich wurde ja von den Behörden in dieser Sache überhaupt nichts unternommen. Und Männer lernen nie etwas dazu. Rapporte konnten sie schreiben, bis sie schwarz wurden. Furchtbar, furchtbar, würden sie sagen. Viel schlimmer, als man geglaubt hatte, würde die Presse schreiben. Aber wer verbarg sich hinter diesem ewigen

„man", die nie etwas ahnen wollten?

– Nein, nein, sagten andere. Das ginge nun zu weit. Sie müßten auf längere Sicht hin arbeiten. Verständnis bei den Behörden müßte gewonnen werden. Unsere Ziele könnten nicht an einem Tag realisiert werden. Auf die Frauenmißhandler einzuschlagen, würde nichts helfen. Und es würde auch nichts helfen, diese Frauen aus ihren Ehen zu bekommen. Die Männer würden sich nur rächen. Gewalt erzeuge Gegengewalt.

Wenn Gewalt Gegengewalt hervorbrachte, warum waren dann nicht längst alle Frauenquäler tot? O nein, es war eine Wahrheit mit Modifikationen, daß Gewalt Gegengewalt erzeugte. Gewalt erzeugt für gewöhnlich Unterwürfigkeit. Kriechen, Einschmeicheln und Angst, das war's, was Gewalt im allgemeinen hervorbrachte. Nur zwischen Ebenbürtigen erzeugte Gewalt Gegengewalt.

Aber was konnte man tun? Wer meldete sich schon zu einer solchen Guerilla? Gab es welche, die das überhaupt wagten? Waren die Frauen nicht zur Niederlage verurteilt? War nicht die Übermacht zu groß?

Nein, sie mußten einen Rapport schreiben, dann konnten sie Forderungen stellen.

Ja, rennt nur weiter in euren ewigen Demo-Zügen, die Jahr für Jahr weniger Interesse wecken! Immer die gleichen Forderungen!

Und warum sollten sie nicht jedes Jahr die gleichen Forderungen haben? Wenn sie doch nie erfüllt wurden?

Die freie Abtreibung wurde realisiert. Ja, aber war sie denn nicht ständig gefährdet, jedenfalls in Norwegen? Und wurde sie nicht unterlaufen vom Recht auf Vorbehalt?

Was sonst war denn noch eingelöst worden?

Es ist ja nun auch nicht nötig, eine derart negative Einstellung zu haben. Es ist doch eine Menge geschehen.

Ja, ja, ewig konnte man lesen, daß eine Menge „geschehen" war. Aber was?

Das Jahr der Frau! Immerhin haben wir das Jahr der Frau!

Das Jahr der Frau! Das war ja nicht mehr zum Anhören! Eine reine Paradenummer, mit der alle Nationen protzen konnten, wie weit sie mit ihren Frauenangelegenheiten schon gekommen waren; und die skandinavischen Länder kamen eins hoch mit Mappe und konnten vom Heiligenschein bekränzt nach Hause gehen. Jedenfalls gab es bei ihnen keine Klitorisamputation.

Ja? Gab's das wirklich nicht? Was wußten denn die skandinavischen Delegationen davon? Und wie stand es mit all den Frauenmißhandlungen, die in den gemütlichen Holzhütten vor sich gingen, während die Delegation da in Mexiko saß und parlamentierte? Was war mit den Frauen, die so getreten wurden, daß sie im siebten Monat auf dem Wohnzimmerboden eine Fehlgeburt bekamen? Genau das passierte in Schweden. Und an wie vielen anderen Orten war das schon passiert?

Aber war denn Frauenmißhandlung Frauensache? Trotz allem war es ja eine Minderheit der Männer, die sowas tat. Ebenso wie Suchtkranke und psychiatrische Patienten sollten sie Hilfe bekommen.

Schon möglich. Aber daß die Frauen es nicht schafften, wegzugehen, war das nicht Frauensache? Ging es da nicht um die Frage, auf eigenen Beinen stehen zu können? Das war dann keine Sache der Psychiatrie. Das war eine Frage der Macht.

So weit waren sie gekommen.

Sie wollten einen Rapport ausarbeiten und dann Initiative für ein Anschlußseminar ergreifen. Vielleicht nützte der Bericht ja auch nichts. Die Gewalt würde er nicht abschaffen, aber einigen gewiß helfen. Soviel war sicher, das war ihnen klar. Schließlich steckten sie nicht mehr in den Kinderschuhen der Frauenbewegung.

Jetzt aber sollte gefeiert werden. Erschöpft waren sie nach all den Diskussionen und erschüttert von dem, was zur Sprache gekommen war. Viele von ihnen waren selbst mißhandelt worden, doch nur ganz wenige hatten darüber etwas gesagt. Die unterschiedlichen Berichte aber riefen Erinnerungen wach, die sie am liebsten vergessen hätten. Daß die Gewalt dem eigenen Leben so nah war, erschütterte am meisten. Sie wollten sie nicht als solche erkennen und taten es dennoch. Wie viele von ihnen hatten nicht schon vor einem wütenden Ehemann, einem brüllenden Geliebten gestanden, der mit der Faust auf den Tisch geschlagen und ihnen gedroht hatte? Wie viele von ihnen hatten nicht schon ihr Haus in Panik verlassen vor einem Vater, einem großen Bruder, einem Lebensgefährten?

Nein, keine von ihnen wollte sich daran erinnern. Aber jetzt waren sie hier, auf einem Seminar über die soziale Kontrolle der Frau. Und die fing genau da an.

Und eben weil sie dieses Wissen miteinander teilten, suchten sie sich. Sie konnten etwas machen, mußten sich nicht mit allem abfinden.

Als sich nun dieser Abend näherte, waren sie erwartungsvoll und froh. Einige Frauen wollten etwas zur Unterhaltung beitragen, mit Liedern, die sie gemacht hatten, mit Sketchen und Rundgesängen.

Etwas war sehr sonderbar hier, eine Stimmung, eine Nähe, überall spürbar. Ein Gefühl war in ihnen, als erwarteten sie irgend etwas. Aber eben das trat nicht ein. Was war es? Und plötzlich wurde es ihnen klar, einer nach der anderen, mit einem verblüffenden Seufzer konstatierten sie: Es sind keine Männer da!

Unbewußt hatten die meisten erwartet, daß bei einem Fest auch Männer da wären. Es war derart eingefleischt, daß sie sich gar nichts anderes mehr vorstellen konnten, obwohl sie ja ganz gut wußten, daß dies hier ein Frauenseminar war. Sonst waren sie eben immer da, die Männer, und übernahmen die Sache beizeiten.

Und nun gab es keinen, der „übernahm", keinen, der das Gespräch bestimmte, der sagte, was alles zu geschehen hatte.

Bald stand die eine, bald die andere Frau vorn und sang, las einige Einfälle vor, die sie sich im Laufe des Seminars insgeheim notiert hatte, Matritzen mit Texten für Rundgesänge wurden verteilt. Schon standen da fünf und machten ein Rollenspiel darüber, wie eine Frau, die zum Seminar wollte und eine ganze Woche weg wäre, zu Hause für die Familie sechs Tage vorplanen mußte, denn die war ja gewohnt, daß alles wie immer abzulaufen hatte. Lachsalven schlugen den Gruppen entgegen und wollten kein Ende nehmen. Einen Moment war Ruhe, dann brachen sie wieder los.

Wann waren sie zuletzt auf einem solchen Fest gewesen?

Nicht, seit sie zehn Jahre alt gewesen waren. Fünfzehn? Zum Polterabend? (Wo die Männer um elf ankamen und die Sache dann in der Hand hatten.) War das auch ein Teil der sozialen Kontrolle der Frau? Eine Fest-Kontrolle? Kontrolle darüber, wie und wann sie zu feiern hatten?

Nach und nach breitete sich eine ausgelassene Stimmung im Raum aus. Er war mit Herbstblumen und Laub geschmückt, auf dem langen Tisch in der Mitte stand das Festessen mit Käse, Weintrauben und kleinen warmen Gerichten, die die dänischen Frauen gemacht hatten. Die Rotweinflaschen wurden geöffnet, und alle prosteten sich zu. Sie saßen in den Ecken, schwatzten ein bißchen miteinander oder gingen herum. Warum bloß hatten sie sich nicht früher schon kennengelernt?

Nicht für alle war dieses Erlebnis neu. Ein Teil von ihnen war schon in den Jahren davor bei vielen Frauenfesten gewesen.

Sie fühlten nicht die Verwunderung über etwas, das zu fehlen schien. Sie fanden, daß alles genau so war, wie es sein sollte.

Routiniert klatschte Camilla Vang in die Hände. Drei Frauen von der Theatergruppe „Klatschweiber" würden jetzt etwas vorführen. Ein Stück, das mit dem Namen der Gruppe etwas zu tun hatte. Die Idee hinter dem Namen war nämlich (erklärte jetzt Aud, als Klatschweib verkleidet, beim Wäscheaufhängen mit Kopftuch, Kissen unter unvorteilhafter Kleidung über dem Hintern und Wäscheklammern in der Schürze), daß jene Frauen, die seit Jahren mit diesem verächtlichen Namen bezeichnet werden, im Grunde wichtiges Zeugnis über die heimlichen Untaten im Namen des Patriarchats ablegten: Gewalt und Erniedrigung im häuslichen Bereich, sowie messerscharfe Analysen und berechtigte Vorurteile. Der Ruf der Klatschweiber sollte verbessert werden.

Lille Gro Åmot kam jetzt herein, als moderne Hausfrau zurechtgemacht, und damit begann die Schluderei. Von Mißhandlung und Blutschande, Auspeitschen und seelischer Quälerei, Vergewaltigung und Mord. Das Ganze nahm eine sonderbare Wendung; was anfangs noch komisch war – so die Erscheinung der beiden –, wurde mehr und mehr zum bittersten Ernst. Das Gelächter im Raum erstarrte.

*

Irene sah Aud. Überall auf diesem Fest war sie zu sehen. Sie spielte die Klatschweiberszenen, das war gut. Irene hatte sie genau mit den Augen verfolgt. Später dann gab es Rollenspiele, und Aud saß in der äußersten linken Ecke des Saales.

Jetzt war Ringtanz an der Reihe. Aud tanzte einen Viertelkreis weiter von ihr und hielt eine blonde Frau aus Göteborg an den Händen. Danach versorgten sie sich am reichhaltigen Buffet. Aud holte sich auf einem Teller eine kleine Frikadelle mit Salatblatt und Tomate dazu, blieb dann lange damit stehen, ohne davon zu essen. Rita Blom von der Selbstverteidigungsgruppe redete jetzt mit ihr, ziemlich nah standen sie da beieinander. Weitere Rotweinflaschen wurden entkorkt, das Stimmengewirr schwoll an; überall standen und saßen Frauen und redeten miteinander. Überall war Aud – etwas abseits jetzt im Gespräch mit einer, dann wieder in der anderen Ecke.

Irene setzte sich hin und trank die Hälfte ihres Rotweinglases in einem Zug aus. Sowas tat sie selten, sie gestattete sich nicht oft derartige Ekzesse. Aber jetzt! Es war ja zum Verrücktwerden. Sie saß allein da, so daß Aud sie nicht sehen konnte – wußte sie überhaupt, daß sie da war? Und jetzt, noch bevor der Rotwein schon wirken konnte, hielt sie hemmungslos Ausschau nach Aud und pfiff innerlich auf alles.

Nun stand sie wieder mit dieser blonden Divatype zusammen, mit ihrem dicken rotblonden Haar, ab und zu kamen ihre kräftigen weißen Zähne zum Vorschein. Das Gespräch schien intensiv zu sein, Aud sah teilnehmend aus. Diese Augen! Etwas weit voneinander entfernt standen sie in diesem breiten Gesicht mit den hervortretenden Wangenknochen und den ganz schwachen, hellblonden Augenbrauen, die sich die ganze Zeit leicht zu sorgen schienen.

Breit war sie, mit kräftigen Gliedmaßen. Irene nahm das wahr. Dick? Schwer zu sagen. Wo konnte man eigentlich anfangen, jemand dick zu nennen. Irene spürte, daß sie Lust hatte, albern zu sein, ihr ganzer Kopf war voll von diesem Gefühl. Sie versuchte, sich zusammenzureißen. Aber eine gute Figur hat sie auf jeden Fall, dachte sie in einem hoffnungslosen Versuch, nüchterner zu werden. Ein schöner Körper. Voller Dynamik in den Bewegungen; sie sprach mit dem Rücken, sprach mit dem ganzen Körper. Irene betrachtete ihn mit einem Seufzer.

Sehnsucht? Neid? Sie war durcheinander. Wie nur konnte sie jemand so anstarren? Sie wurde ärgerlich und beschloß, sich mit etwas anderem zu beschäftigen, zwang die Augen, woandershin zu sehen, erbost darüber, daß dieser Mensch mit Namen Aud ihre Gedanken aufsaugte. Schließlich hatte sie hier auf dem Seminar anderes zu tun.

2

Aud Strand sitzt allein im Mondlicht. Der weiße Sandstrand leuchtet durch die Bäume, das bleiche, graugrüne Strandgras steht steif und unbeweglich gegen den Himmel. Von drinnen hört sie die Musik zum Ringtanz. Über ihr ein praller, buttergelber Mond, rund und ganz nah.

Niemand sonst ist hier draußen. Aud bekommt Lust, zum Strand hinunterzugehen.

Es gibt Momente im Leben, in denen eine Person sich ganz und gar ihrer selbst bewußt ist. Luft, Bäume und Wald wirken wie ein geschlossenes Ganzes.

Der Weg vor dir zum Strand hinunter ist für dich da. Er wird dich dort hinführen, bis du die langen, ruhigen Wellen sehen kannst, die gegen den Strand atmen. Du bist ein Teil von dem, was du siehst, und ganz in dir.

Aud geht unter diesem Mond, der ihr Mond ist, und fühlt sich geborgen. Als ich ein Mädchen war, denkt sie, war es immer so gewesen – oder ist das nicht richtig? Nie gab es einen Zweifel daran, daß alles, was ich sah, auch meins war. Daß ich zu allem einen ganz selbstverständlichen Zugang hatte, wann immer ich wollte, ob ich Beeren pflückte oder mich über Blumen begeisterte.

Jetzt weiß sie auch, wo sie Irene schon mal gesehen hatte. Im Fernsehen war es gewesen, letztes Jahr im Winter, in irgendeinem Kulturprogramm. Sie hatte die Sendung mit Rita zusammen angesehen. Ihr Buch hatte sie damals vorgestellt und einige Gedichte daraus vorgelesen. Es war eine Gruppe gewesen, und Irene war die ganze Zeit mit im Gespräch. Nein, sie hätte nie daran gedacht, einmal Gedichte zu schreiben, aber es war die kürzeste, die einfachste Form, das auszudrücken, was sie wollte. Deswegen bildete sie sich nicht ein, Dichterin zu sein.

Eine solche Haltung würde ohnehin nicht zu ihr passen. Was sie getan hatte, hier und auch sonst, stellte sie unter den bewußten Scheffel. Jedenfalls hatte Aud diesen Eindruck. Warum sprachen sie nie miteinander? Fast nie. Und dann nur kurz, in dieser Gruppe zwei.

Aud ist nun am offenen Meer und blickt auf die dunkle, im Mondlicht schimmernde Fläche. Sich da hineinversenken, hindurchschwimmen, immer weiter rausschwimmen – und nur an sie denken! Als müsse sie irgendwo da draußen am Horizont jemand erreichen.

Wie kann eine, die sie nicht kennt, einen solchen Eindruck auf sie machen? So direkt in sie eindringen, quer durch den ganzen Raum hindurch, und sie sich derart lebendig fühlen lassen? Plötzlich meint sie, nur dafür zu leben.

Zu verstehen ist das nicht, aber es ist so.

Später fände sie das albern. Sie würde dann denken: das war eine Luftblase, nur Luft, also nichts.

Doch das stimmte nicht, es war auch nicht albern. Und Luft ist nicht das gleiche wie nichts. Luft konnte vor Lust und Spannung dick wie Grütze werden. Nein, mit Luft war nicht im geringsten zu spaßen.

Irene, denkt sie.

Damit wendet sie sich jäh um und geht zum Haus zurück.

*

Sie sieht sie quer durch den Raum kommen. Sieht sie kommen, in ihrem dunklen Kleid mit Glitzer an den Ohren, das halblange, schwarze Haar -- und sieht weg. Will mit einer sprechen, aber da ist keine, der sie sich zuwenden kann. Die Stühle um sie her sind leer. Bodil Nielsen, mit der sie gerade noch einen lustigen Schlagabtausch hatte, dreht ihr nun den Rücken zu und unterhält sich eifrig mit Agneta Malmberg von der schwedischen Gruppe Hexenrock. Keine, die sie zu fassen bekommen kann. Nervös dreht sie eine Flasche dänisches Mineralwasser herum, als sie merkt, daß sie kommt und kommt, quer durch den ganzen Raum.

Jetzt steht sie da, hat direkt neben ihrem Stuhl angehalten und sieht zu ihr hinunter.

– Kann ich mich setzen?

– Ja, sagt Aud, holt Luft, um mehr zu sagen, weiß aber nichts.

– Stör' ich dich nicht?

– Nein, nein.

Irene setzt sich ihr gegenüber, einen Ellenbogen auf die Tischplatte, den anderen auf die Stuhllehne gestützt, die Hände falten sich in der Luft.

– Hier sind so viele, die ich gern kennenlernen würde.

– Ja?

– Ja, sagt Irene, – unter anderem dich. Sie lächelt dabei ein wenig. Aud sitzt still, schaut sie unablässig an und sagt nichts.

– Du? sagt Irene, die Hände noch immer ineinander verschränkt. – Ich fühle mich so dumm.

– Dumm? fragt Aud dumm zurück.

– Ja! sagt sie. Und nach einer kleinen Pause: – Ich weiß die ganze Zeit, wo du bist.

Aud zuckt zusammen, blickt weg, schaut auf, sieht wieder weg, spürt, daß es in den Mundwinkeln zittern will. „Ich weiß auch immer, wo du bist", sagt es in ihr.

Sie wagt nicht aufzublicken.

– Außerdem finde ich, daß ich mich so herausgeputzt habe ...

Jetzt blickt Aud auf.

– Nein! Das stimmt nicht, du siehst gut aus! Sie lacht kurz und trocken, sieht dabei in ihre Augen. Beide lächeln.

– Ja, du. Du bist eben du selbst. Tust nichts, um anders auszusehen.

– Siehst du denn jetzt anders aus, als du aussiehst? Darüber muß Irene lachen. Jetzt wissen sie beide nicht mehr, was noch zu sagen ist.

– Ja.

Aud spürt die Spannung in sich, die Hand in ihrer ist kalt und schmal. Unglaublich, sie so zu halten. Innerhalb des Rings warme, strahlende Gesichter. Gitte Jespersen von den Rotstrümpfen führt mit einem Lied von fünfundzwanzig Versen an, deren Zeilen wiederholt werden können. Schnell ist das Prinzip verstanden. Nach dem fünfzehnten Vers seufzt Aud innerlich und sehnt sich nach einer anderen Melodie. „Are you lonesome tonight?" Weiche, warme Klänge, zu denen sie sich umarmen, endlich, endlich umarmen können. Ihr Körper ist nervös, folgt aber den kleinen Schritten: vor und zurück, vor und zurück. Die Hand beginnt zu schwitzen. Bald haben sie die ganze Runde geschafft und können von Neuem beginnen. Die gleichen gemessenen, wohlerzogenen Schrittchen.

Aud versucht, Ritas Blick von der anderen Seite des Rings abzufangen. Sie meint in ihrem Körper die gleiche, ungeduldige Langeweile zu spüren, die auch sie empfindet. Aber gleichzeitig ist da diese Hand, die sie die ganzen fünfundzwanzig Strophen hindurch fest drückt. Darüber besteht kein Zweifel.

*

Danach wurde die Musik lebendiger. Margareta Johanson von Gruppe acht hatte ein Tonband dabei mit dieser typischen wild-verrückten schwedischen Frauenmusik, voller verrückter Einfälle und Rhythmen, von kräftigen Stimmen gesungen. Diese Stimmen konnte aus mystischen Gründen in Skandinavien sonst niemand nachmachen. Vielleicht weil sie sich mitten drin erlaubten, auf alte Schlagermelodien neue aufrührerische Wir-wol-uns-verdammt-nochmal-damit-nicht-abfinden-Texte zu singen. Oder weil sie vielleicht einen Kurs für Stimmbefreiung absolviert hatten, so daß sie nun ihre Stimmen auch abwärts steigen ließen, in eine anständige Bariton-Tiefe, wie Frauenstimmen es ja ohne weiteres können. Die Tradition hat diese Bereiche nur den Männern vorbehalten. Warum sollten Frauenstimmen für immer und ewig darauf angewiesen sein, in Richtung hohes C zu zittern?

Die schwedischen Frauenmusikgruppen hatten es schon längst satt, süß und lieb zu sein. Etwas war vielleicht auch daran, aus Zarah Leanders Land zu stammen. Die Frauen tanzten, sie wirbelten herum, jetzt aber zu zweit. Jene, die steif und sachlich während des Seminars herumgelaufen waren und nichts davon ahnen ließen, daß sie auch nur einen einzigen Ton in ihrem Körper hatten, bewegten jetzt dramatisch die Körper, Arme, Köpfe und ließen es einfach laufen, wie es wollte. Woher kam all das innere Leben plötzlich? Wo war es sonst?

Die wilde Musik ging nun in ein Lied von der ersten dänischen Frauenplatte über. Ein dunkler, wehmütiger Gesang mit sehnsuchtsvollem Übergang nach moll, eine warme, leicht heisere Stimme sang: „Schönes Mädchen, komm, laß dich spüren! Schöne Geliebte! Komm laß mich dich küssen!“ Die Frauen blieben etwas unschlüssig stehen, versuchten einige Schritte dazu zu machen, gaben dann aber auf – wie zufällig –, gingen weg und holten sich Wein. Nur sechs blieben auf der Tanzfläche, hielten sich umfangen und tanzten einen langsamen Paartanz.

– Was ist denn hier los? rief Bodil Nielsen. Sie spurtete zum Recorder, um etwas mit mehr Schwung zu suchen. Dort entstand ein kleiner Streit. Einige meinten, es sei nun wirklich an der Zeit, selbst etwas zu spielen und zu singen, da solche Bandmusik auf die Dauer passiv mache, außerdem müßten sie das überall hören. Hier waren eine Menge Frauen, die etwas spielen und singen konnten. Gitarren und Bongos kamen zum Vorschein. Eine der Teilnehmerinnen, eine kleine, blonde Frau aus Malmö, die während der Seminararbeit wenig gesagt hatte, holte eine Querflöte. Nachdem die Instrumente ein wenig gestimmt worden waren, wogten Töne und Rhythmen durch den Raum, die Stimmung war wieder ganz oben. Die Gitarre wanderte von Hand zu Hand, und alle, die sie bekamen, mußten mindestens zehnmal aufgefordert werden, etwas zu spielen. Unter zögerndem Protest, daß sie überhaupt nichts könnten, zeigte sich, daß dies jedesmal nicht stimmte. Ein kleines Repertoire nach dem anderen war bald zu hören. Immer weniger ließen sich die Frauen nun bitten, etwas zu singen. „Frau, erkenn deinen eigenen Wert!" brüllten die Däninnen los. „Jetzt ist Schluß mit Rumba, si Señor!" gelobten die Schwedinnen. Zum Schluß kam das bekannte Lied von den süßen Früchten, die nur für die großen Tiere sind, mit neuem norwegischem Text.

„Ja, wofür brauchst du Männer, wenn du glücklich
bist als Lesbe?"

Einige stutzten, andere lachten. Nach und nach lachten mehr, sie lachten und lachten. Das war gut. Zum Schluß sangen alle ungehemmt den Refrain. Mit welcher Freude die Worte herausgejubelt wurden, war schon erstaunlich.

Was war das nur für eine verrückte Fete?

Nur ein ganz gewöhnliches Fest, auf einem ganz gewöhnlichen Seminar für ungefähr vierzig ganz gewöhnliche Frauen aus Skandinavien.

Ja, war das hier alles völlig gewöhnlich?

Genau das fragte sich ein Teil von ihnen nach diesem Seminar auch.

*

Eine Zeitlang hatte Aud bemerkt, daß Irene nicht teilnahm. Völlig ins Gespräch vertieft, saß sie mit Camilla Vang und einigen dänischen Kriminologie-Frauen in einer Ecke. Das war gut. Wenn sie nur da war.

Doch plötzlich sah sie, daß die sich da drüben fortzubewegen begannen, ganz ohne Vorwarnung. Wollte sie das Fest verlassen? Aud nahm das alles nur aus den Augenwinkeln wahr, ohne den Kopf zu wenden, während sie eifrig mit Margareta Johanson über die Akkorde in einem Lied diskutierte. C-moll-Septime, sagte Margareta. Ja, ganz richtig. Da drüben räumten sie ordentlich den Tisch ab, an dem sie gesessen hatten, setzten Tassen auf einen Seitentisch und gingen aus der Tür ... Sofort hatte dieses ganze Fest keinen Sinn mehr. Die Frauen, die noch da waren, das Lied, alles erstarb. Aud begriff, daß sie sich stundenlang in einem völlig euphorischen Zustand befunden hatte, der nun plötzlich in ein Nichts versank.

Und dann zurück zu G-Dur, sagte Margareta. Nein, sagte Aud. Doch! Nein, ich meine, ich muß mal eben raus, komme gleich zurück. Aud ging zur Tür, war sie schon weg? Schon auf ihr Zimmer gegangen? Aud wußte sehr gut, wo es sich befand, doch dorthin zu gehen, wagte sie nicht. Stand sie vielleicht direkt vor dem Haus und redete mit den anderen? Was sollte sie dann machen? Vorbeigehen und so tun, als müsse sie nun unbedingt zu einer Jogging-Runde aufbrechen? Sie öffnet die Tür und geht hinaus. Irene geht über die Wiese. Es ist abnehmender Mond, die Nachtluft ist kühl, duftend und klar. – Irene! Im gleichen Moment dreht sie sich um. Sie kommt, ebenso direkt und zielbewußt, wie sie fortgegangen war. Aud bleibt stehen und wartet.

Sie stehen sich auf der Wiese gegenüber und wissen nichts zu sagen. Frauen laufen um sie her in verschiedene Richtungen, überall Gute-Nacht-Rufe und Gelächter, das Fest drinnen geht dem Ende zu.

– Möchtest du ... fragt Irene jetzt. – Ich meine, hast du Lust, noch auf einen Sprung mit zu mir zu kommen?

Aud sieht sie an, lächelt leicht und schüttelt dann den Kopf. – Nein ...

– Na gut, sagt Irene und lächelt zurück. – Ich dachte nur, daß es schön wäre, noch ein bißchen weiterzureden. Wir hatten so wenig Gelegenheit dazu ...

Aud hält die Augen gesenkt und antwortet nicht.

– Außerdem faszinierst du mich, sagt Irene.

– So?

Wieder wissen sie nicht, was sie sagen sollen. Es ist zwei Uhr. Am nächsten Tag müssen sie früh aufstehen. Doch daran denken sie im Moment überhaupt nicht. Camilla Vang kommt, wirft einen Blick auf die beiden.

– Na, sagt sie, – nun ist es wohl Zeit, in die Falle zu gehen.

Und mit unsichtbarer, unerklärlicher Macht entscheidet sie damit die Situation.

*

Aud liegt die Nacht über wach und denkt: Nein, nein, nein, keine verheiratete Frau! Durch die Fensterscheibe sieht sie das Mondlicht, und sie steht nicht darin und küßt sie. Das hätte ich jetzt haben können. Mein Gott, bin ich dumm! Was habe ich getan? Was habe ich da weggeworfen? Das ist ja die totale Sackgasse! Eine Umarmung und Schluß. Das ist die ganze Geschichte. Was sollst du denn damit anfangen? Laß die Finger davon und fahr nach Hause in deine Wohnung in Oslo – ohne diese Sehnsucht im Körper.

Und wenn ich mich rausschleiche und an ihre Scheibe klopfte? Ich weiß genau, welche es ist. Über den Hof, dritte Reihe von der Hausecke. Sie steht auf, hebt die Gardine hoch und sieht auf den Hof. Fast alle Fenster sind jetzt dunkel. Nur in der dritten Reihe von der Ecke ist noch Licht, ein schwacher Schimmer – aber hell. Oder ist das nur der Mond, der sich dort spiegelt und ihr einen nächtlichen Streich spielt?

Sie kleidet sich entschlossen an, streift die Jeans über, das Hemd, macht die Knöpfe zu, zieht die Schuhe an und bindet die Senkel. Alles in Gedanken an sie. Idiotisch, völlig idiotisch. Sie steht auf, bleibt mitten im Zimmer stehen. Und jetzt?

Jetzt. Mußte sie. Nur. Gehen. Ganz direkt. Hinaus.

Nein!

Sie legt sich wieder aufs Bett. Denkt. Nicht ein Gedanke kommt, nur: der Gedanke an ihr Zimmer. Alles andere dringt nicht mehr durch. Nicht ein einziger vernünftiger Gedanke kommt ihr in den Sinn, während sie dort liegt. Sie in ihrem Zimmer, das ist alles.

Ich habe Angst, denkt sie schließlich. Angst. Sie liegt und spürt diese Angst. Und die Dummheit. Hier liege ich und warte darauf, daß nichts passiert. Wenn ich jetzt nicht gehe, jetzt sofort, bleibe ich hier liegen, werde meine Angst fühlen und immer ängstlicher werden. Ich muß es jetzt machen. It's now or never. Hier liegt Elvis Presley. Was für ein Blödsinn! Ich gehe.

Aud geht aus ihrem Zimmer, aus dem Eingang, die kleine Treppe runter auf den Hof, dort, wo das Gras so unglaublich im Mondlicht leuchtet. Wie ein Bühnenbild. Eine arrangierte Szene für den nächtlichen Vorstoß, der über diese weiche Decke vorgenommen werden soll.

Ruhig geht sie über den Hof, ruhig und nervös. Wie viele

wachsame, schlaflose Feministinnen-Augen wachen wohl über meinen heimlichen Weg? Oder sind sie vielleicht im Moment mit ganz anderem beschäftigt?

Jetzt ist sie am dritten Fenster angekommen und zögert. Ihr Herz hämmert in der Brust, verräterisch laut und sehr dumm. Die Hände zittern, auf den Unterarmen bekommt sie Gänsehaut, der Gaumen wird trocken. Vorsichtig, ganz vorsichtig klopft sie mit dem Mittelfinger an die Scheibe.

Sofort, fast noch bevor sie geklopft hat, denkt sie, ist ihr Gesicht in einem Spalt der Gardine zu sehen. Als ob es schon dort gewesen sei, für das Signal parat, die ganze Zeit schon. Es verschwindet so schnell, wie es gekommen ist, und kurz darauf ist sie auf der Treppe.

Sie gehen nacheinander hinein. Das ist zu sachlich, denkt sie, viel zu sachlich. Die Schritte vor ihr sind sachlich, ihre eigenen sind es. Warum müssen wir so sachlich gehen, wenn es sich doch ganz und gar nicht um so etwas dreht? Gefangen in der Unbeholfenheit des Körpers, darauf ausgerichtet, mit allen Situationen, außer dieser, fertigzuwerden? Darauf wurden wir nie vorbereitet. Wie sollten wir damit zurechtkommen?

Sachlichkeit. Sachliche Wörter. Sachen, mit denen man beschäftigt ist. Worte, bloße Worte, die nur noch Luft füllen.

Drinnen setzen sie sich, drehen sich ihre Zigarette, sehen sich an, lächeln, knipsen die Asche in den Aschenbecher, nehmen noch einen Zug und schnippen wieder die Asche ab, lange bevor es nötig wäre. Sie sehen sich wieder an, als fragten sie sich: Warum kommst du? Aber das fragen sie nicht. Sie wissen es beide, und nun ist sie da. Sind beide im gleichen Raum, genau das, was sie wollten.

– Eigentlich habe ich mit dem Rauchen aufgehört.

– Ja, ich rauche auch nicht.

Sie sehen einander an, sehr ernst.

– Ich konnte nicht schlafen, sagt Aud als Antwort auf das, was nicht gefragt wurde. – Ich ... Sie macht eine Pause. Bereut. Tausend verschiedene Möglichkeiten, den Satz zu beenden. Aber sie kommt so nicht weiter, wie auch immer sie es geplant hat. – Ich, sagt sie wieder, beschämt, ängstlich, geniert, – ich habe an dich gedacht ...

– Ich konnte auch nicht schlafen. Ich habe auch an dich ge dacht. Und dann, nach einer kleinen Pause: – Gut, daß du gekommen bist.

Die Freude darüber durchströmt sie. Es ist gut, daß sie gekommen ist. Ihre Stimme läßt sie froh, fast sicher werden. Es ist sonderbar, als könnte dieser Klang sie einhüllen in etwas sehr Weiches, Warmes. Wie konnte eine Stimme das bewirken?

Irene steht auf, tritt hinter den Stuhl, auf dem Aud sitzt, und bleibt dort stehen. Jetzt spürt sie ihre Hände auf den Schultern. Fühlt, wie sie zugreifen, wieder loslassen, wieder zufassen und loslassen. Hört den schweren Atem über sich, läßt ihre Berührungen durch den ganzen Körper gehen, streckt ihr die Arme entgegen, umfaßt sie, hält fest, heftig, sie beugt sich zu ihr hinunter, die Köpfe sind nun nebeneinander, ihr Mund streift das Ohr, sie zieht sie ganz zu sich heran.

Jetzt spüren sie sich überall. Halten sich umfangen, umschlingen sich ...

Ein Ruck, Aud beugt sich abrupt nach vorn, weit nach vorn, so daß Irene loslassen muß. Aud drückt die Hände gegen die Stirn und sitzt völlig steif da. Sie fühlt das Zittern der Hände, versucht, sie still zu halten, aber es nützt nichts.

– Was ist? sagt Irenes Stimme, so ruhig wie vorher. – Hätte ich das nicht tun sollen?

Aud antwortet nicht. Sitzt immer noch da, das Gesicht in die Hände vergraben. Eine Mischung aus Wirrwarr und Nichts rast ihr durch den Kopf. Sie versteht nicht, warum sie das getan hat. Warum war sie schließlich hergekommen? Aber es läßt sich kein klarer Gedanke dazu finden. Sie hört Irene wieder fragen, hört ihre Schritte. Jetzt hockt sie sich vor sie hin und versucht, ihre Hände fortzunehmen, damit sie ihr Gesicht sehen kann. Sie ist jetzt anders, mehr eine Mutter als eine Geliebte. Das tröstet sie. Sie atmet aus und sieht in Irenes Gesicht. Einen kleinen Moment nur, genug aber, um dort die Liebe zu erkennen und aufs Neue ängstlich zu werden.

– Ich kann nicht ... antwortet sie endlich. Aber es ist, als wären die Worte nur der Anfang von etwas.

– Magst du mich denn nicht? fragt Irene ganz direkt. Sie ist mutig, denkt Aud.

– Doch, doch, antwortet sie. – Aber ... aber ... es ist nur, daß, daß ...

Sie stockt wieder. Sie ist unmöglich, ganz unmöglich, fühlt sich so und ist so. Es entsteht eine Ewigkeit der Stille, aber Irene wartet geduldig. Als die Zeit verstrichen ist, die sie als angemessen empfindet, damit Aud sich sammeln kann, um ihren

Satz zu beenden, aber nichts geschieht, sagt sie:

– ... nur was?

– Nur das! sagt Aud mit großer Entschlossenheit. – Ich habe Angst davor, daß es so gut sein kann!

Kurz darauf ist sie aus dem Zimmer und geht den gleichen Weg im Mondlicht zurück, den sie gekommen ist.

Am Morgen, als sie aufsteht, sind die Gardinen hinter Irenes Fenster noch zugezogen. Sie kleidet sich an und geht leise, ganz leise hinaus in die kühle, frische Luft, bevor die anderen wach werden. Sie wandert langsam durch einen kleinen Wald. Sonnenflecken flirren unter den runden, dichten Buchenblättern. Das Licht kann hier durchdringen und bescheint die grauen, glatten Stämme. Dieser Waldboden in Dänemark ist so, wie man ihn sich in den Märchen vorstellt. Hier ging Rotkäppchen und pflückte Blumen. Hier blieb Aschenputtel stehen und entdeckte ein kleines Haus mitten zwischen den Bäumen. Sonderbares Wiedererkennen. War es denn nicht nur ein Märchen?

Vor ihr sieht sie ein Gänseblümchen, es steht mit überraschender Selbstverständlichkeit zwischen einigen hohen Grasbüscheln. Sie weiß sofort, daß es für sie ist, und beugt sich nieder, um es zu pflücken.

Später, als sie zurückkommt, hat schon das Plenum begonnen. Sie sieht sie sofort und geht gleich hinüber. Der Platz neben ihr ist frei. Irene hat ihre Tasche daraufgelegt und nimmt sie nun weg. Aud hält das Gänseblümchen in der Hand, etwas hinter ihrem Bein verborgen, tut so, als merke sie nicht, daß sie da ist. Da draußen auf der Wiese war es für sie bestimmt, doch hier sitzt Irene nun mit ihrem Plenumsgesicht, dem Ringbuch vor sich, und hört zu. Hatte sie sich anders entschieden? War sie enttäuscht? Aud setzt sich neben sie.

Sie spürt eine leichte Berührung am Oberarm. Irene hat den Arm so gelegt, daß er ganz dicht an ihrem ist. Sie läßt ihn so, ganz ruhig und sieht geradeaus, ohne ihren Gesichtsausdruck zu verändern. Aud läßt das Gänseblümchen ein wenig über die Tischkante gucken und legt es auf ihre Notizen. Sieh, da liegt es!

Irene nimmt es, hält es in ihren schmalen Händen, beugt das Gesicht darüber und lächelt leicht. Doch, es war richtig so, ganz richtig. Nicht nur da draußen auf der kleinen Wiese.

Oder?

Doch, Aud weiß jetzt, daß es so gut war, daß sie bisher auf diesem Weg, von dem sie nicht wußte, wo er enden würde, noch keinen Fehler gemacht hatte.

Und sie wissen beide, daß das, was nun geschieht, nur zwischen ihnen ist. Nichts kann den Zauberring durchdringen, der sie umgibt, und alles, was darin geschieht, tritt mit der inneren Notwendigkeit ein, wie sie nur solche Zauberringe haben. Sie fragen nicht nach der Zukunft, fragen nicht, was es bedeutet. Fragen nur nach hier und jetzt. Und niemand kann sie daran hindern.

*

Was also war nun das Ergebnis des Ganzen? Initiativen und Berichte, Forderungen nach Geld, mehr Geld für Frauen! Wußten sie denn, daß Frauen 1 % des Vermögens auf der Erde besitzen, 10 % der Einnahmen erhielten, aber 75 % aller Arbeit taten, die es auf Erden gab? Es blieb nichts anderes übrig, es mußte weitergekämpft werden, so wie es viele von ihnen schon jahrelang taten. Und nun kamen andere dazu, sie wollten nicht nachlassen oder aufgeben. Solange das Unrecht existierte, würden sie nicht aufgeben, obwohl die Forderung nach Aufhebung des Unrechts noch nie so unrealistisch und die Übermacht nie so groß erschien. Was sonst sollten sie tun? Man konnte ja nicht aufhören, Forderungen zu stellen, nur weil man annahm, daß sie nie erfüllt werden würden. Oder sollte man doch aufgeben? Nein, man mußte anfangen, zu fragen ... frau!! rief plötzlich eine dazwischen. Ja, frau mußte damit beginnen zu fragen: Was ist richtig? Was ist gerecht? Es durfte nie vergessen werden, daß dies der Ausgangspunkt für jede war. Hier hatten sie angefangen und mit diesem Ausgangspunkt eine Frauenpolitik ausgearbeitet.

Aber nichts war schneller vergessen. Politik ist die Kunst der Möglichkeit, heißt es. Das kann sein. Zwischen gleichwertigen Partnern am Verhandlungstisch, aber galt das für Frauen? War Frauenpolitik eine „Kunst der Möglichkeit"? O nein. Nur allzu oft standen sie einer solch übermächtigen Gegenseite gegenüber, und hätten sie diese Redensart beherzigt, wäre der Kampf längst niedergelegt worden.

Die Kunst des Unmöglichen – das bedeutete Frauenarbeit.

Und manchmal schafften sie das Unmögliche. Das hatte sich bis jetzt erwiesen und konnte sich weiterhin erweisen.

Aber was, bitte, hatte sich denn erwiesen?

Das ist doch klar – in Sachen Abtreibung. Hier tauchte es dann wieder auf, das unverwüstlichste aller endlosen Frauenprobleme. Wer hatte zu Beginn der 60er Jahre gedacht, daß die Meinung sich so ändern konnte? Und das „Gleichstellungsgesetz" kündigte sich an. Ha! riefen andere: Wer hat die Idee gehabt, Gesetze über die Gleichstellung einer Maus und eines Elefanten zu machen? Ach, nun hört aber mal auf, erwiderten einige, so groß ist der Unterschied zwischen Mann und Frau ja nun doch nicht! Nein? Nun kommt nicht auch noch mit Beispielen aus der Zoologie. O doch! Stell dir mal vor, daß es die ganzen Jahre so war, daß der Elefant die Erlaubnis hatte, zehn Meter vor der Maus zu starten, wenn sie um die Wette laufen sollten. Dann kam das Gleichstellungsgesetz, das besagte, sie sollten beide an der gleichen Startlinie losrennen. Revolutionierend! Der Elefant gewinnt etwas knapper als vorher. Ein großer Sieg, fürwahr! Hör auf, ich kann das mit der Maus nicht ausstehen; ein unterdrücktes Tier, das gegen uns benutzt wird. Wie ist denn das mit der Maus eigentlich aufgekommen? Absurd! Zwei Elefanten, einer größer, der andere kleiner. Sie starten auf der gleichen Linie. Was geschieht? Unter ansonsten gleicher Willkür wird der größte Elefant gewinnen, wie immer! Was für eine Analyse! Der größte Elefant bekommt auch mehr zu fressen unterwegs, viel mehr Erdnüsse werden ihm während des Laufs in seinen gefräßigen Rüssel gestopft, und begeisterte Zurufe von gleichgroßen Elefanten feuern ihn ständig an. Nur an einem Waldrand steht eine Gruppe etwas kleinerer Elefanten mit einer flatternden Fahne – die mehr gemäßigte Sturmtruppe der Elefanten. Die größeren Elefanten an der Frontlinie wenden sich halb um, sie schnauben einmal kurz durch die Rüssel. Und niemand kann verächtlicher schnauben, als eben dieser Typ von Elefanten.

Schlechtes Beispiel. Elefanten sind matriarchalische Säugetiere. Das größte Tier auf der Erde ist das friedlichste! Das sollte zum Nachdenken anregen. Hier bestimmt die Mutter, wo es langgeht, oder wo die Herde hin soll. Und sie hätten sich nie damit zufrieden gegeben, am Waldrand zu stehen, am Dschungelrand.

Die Diskussion wogte auf und ab, mal heiter, dann wieder sehr ernsthaft. Voll von Visionen, Desillusionen und wieder neuen Visionen, immer vorwärts, immer weiter. Ganz gleich, wie die Massenmedien es interpretieren würden, egal, ob der

Aufstand der Frauen den Reiz des Neuen verloren hatte. Dicke Überschriften sind nicht das A und O des Frauenkampfes. Auf den Leim sollten sie nicht geraten.

Das Seminar hier in Asserbo, Nord-Seeland, über die ,,Soziale Kontrolle der Frau", war einer der vielen Orte, an denen der Kampf in diesem Herbst mit voller Kraft fortgesetzt wurde. Hier trafen sich viele sehr aktive Feministinnen des Nordens. Sie kamen von überall; aus den Frauenhäusern, Selbstverteidigungsgruppen, Frauenzentren, Frauenorganisationen, der Frauenforschung und aus Frauenmusikgruppen, jedes Alter war vertreten, von zwanzig bis fünfundsechzig, alle Einkommensgruppen. Sie kamen aus kleinen und großen Orten, verheiratet und unverheiratet, mit Kindern und ohne Kinder; hier waren mißhandelte und vergewaltigte Frauen, die unter gleicher Willkür aufgewachsen waren. Trotzdem gab es einige, die als ,,Emanzen" bezeichnet wurden, die als nicht repräsentativ für „gewöhnliche Frauen" schienen.

Nein, die „gewöhnliche" Frau fuhr nicht auf ein Seminar nach Dänemark und diskutierte dort über irgendwas. Sie blieb lieber zu Hause. Deswegen sollten alle, die es wagten, da auszubrechen, das Maul halten, bitte schön. Das war die verdammte Logik dieser Geschichte.

*

Eine von diesen dem Vernehmen nach so ungewöhnlichen Frauen war Irene Jacobsen, 38 Jahre alt, ursprünglich aus Tönsberg, geborene Klosterholm, Tochter des gefürchteten Rechtsanwaltes P. Klosterholm in dieser Stadt. Sie dachte nicht sonderlich großartig von sich. Nun saß sie in einem Bus voller Feministinnen, der sie von den schönen, weißen Stränden Nord-Seelandes durch die so unglaublich flache Autobahnlandschaft nach Kopenhagen verfrachtete. Sie seufzte, seufzte tief auf und dachte an ihr Leben. Eine Emanze?

Sie war auf ein Gymnasium gegangen, wie die meisten ihrer Schicht, mußte aber mit siebzehn von der Schule abgehen, weil sie schwanger war. Später hatte sie dann oft gedacht: Warum eigentlich mußte ich das damals? Warum konnte ich nicht weiter hingehen? Sie war ärgerlich darüber und bereute es, wußte aber auch, daß es da nichts zu bereuen gab. Es wäre undenkbar gewesen, unter solchen Umständen dort geblieben zu sein – sie hatte einfach keine andere Wahl gehabt. Außerdem wollte sie weg von zu Hause, denn der Herr Rechtsanwalt hielt ein väterliches Auge auf sie und überwachte all ihre Bewegungen. Als sie sich dann in den etwas älteren Jurastudenten Torgeir Jacobsen verliebte, war das eine willkommene Gelegenheit, sich von zu Hause zu lösen. Dumm war sie gewesen, natürlich. Aber was wußte sie mit siebzehn Jahren schon von Dummheit?

Außerdem hatte sie den Mann, den sie bekommen hatte, sehr lieb. Er war groß, blond und hatte eine so hübsche Stirnlokke, die ihm immer ins Gesicht fiel, wenn er wütend wurde, das fand sie einfach hinreißend. Sein Gesicht war breit und hatte einen fragenden, leicht amüsierten Ausdruck um die Augen, als müsse er sich ständig über irgend etwas wundern. Ein großer Körper, an den sie sich anschmiegen konnte; sein Begehren konnte sie sofort entflammen. Sie war stolz auf ihn, stolz, daß sie ihn hatte, und es war so gut, ihn zu haben.

Doch dieses Feuer, das er in ihrer Jugend so schnell bei ihr entfachen konnte, konnte nicht immer so bleiben. Zwar konnte es wieder und wieder auflodern, doch da gab es etwas anderes, das im Lauf der Jahre Formen annahm. Die Kameradschaft mit ihm. Er war bereit, alles mit ihr zu diskutieren und sie nicht als dummes Mädchen mit albernen Kommentaren anzusehen. Oft war er in den Diskussionen mit ihr engagierter als in denen mit seinen Fachkollegen und verbrachte nicht die meisten Abende, wie so viele Männer, mit Freunden in der Kneipe. Er blickte nicht auf Frauen herab und gestand ihr oft größeren Instinkt zu, als er ihn hatte. Sie empfand sich als glücklich, diesen Mann bekommen zu haben, der im Grunde genommen etwas recht Besonderes war. Ein Mann, von dem es nur einen auf der Erde gab.

Außerdem spielte er so gerne, und er brachte es auch ihr bei, etwas, das sie nie zuvor gekannt hatte. Oft war er wie ein Kind, und sie liebte es, Bilder von ihm zu sehen, auf denen er noch ein kleiner Junge war. Sie schaute oft in das Album seiner Mutter: Torgeir in kurzen Hosen auf Angeltour in gefährlichen Stromschnellen, Torgeir, der mit breitem Grinsen einen gefangenen Fisch hochhält, Torgeir mit melancholischem Gesichtsausdruck als Zehnjähriger im Matrosenanzug. Sie wünschte sich, ihn damals gekannt zu haben. Als sie ihn so jungenhaft erlebte, entstand die Wärme für ihn.

Torgeir zog das Studium in Rekordzeit durch, während Irene auf seine Tochter Unni aufpaßte, zunächst in einer Ein-Zimmer-

Wohnung in Torshov, später dann in der Studentenstadt auf Sogn. Sie empfand es als ihre Aufgabe, ein Heim für sie zu schaffen, und es glückte ihr auch recht gut an diesen beiden Orten. Von Natur aus war sie mit einem ruhigen Gemüt ausgestattet, eine Gabe Gottes, und mit beträchtlicher Energie. Mit Elan puderte sie den kleinen Kinderpopo der Tochter, kaufte ein, machte Frikadellen, putzte die Wohnung und mitten zwischen diesen ganzen Tätigkeiten machte sie eines Tages plötzlich ihr Abitur. Worüber sich auch Torgeir freute. Nicht das geringste hatte er davon geahnt, nie bemerkt, daß sie gelernt hatte.

Sie wollte Jura studieren, mit dem Gedanken war sie mehr oder weniger aufgewachsen. Sie hatte das Gefühl, daß die Juristerei eine gewisse Quelle von Macht war, von Einfluß, Ehre und Größe. Eigentlich fand sie das recht lächerlich, denn was sollte sie, die kleine Irene Jacobsen, geborene Klosterholm, mit Macht und Einfluß, geschweige denn mit Ehre und Größe? Sie unterdrückte diese Ambitionen und vertraute sich keinem Menschen an. Doch insgeheim war sie eine Staranwältin mit gnadenlosem Scharfsinn à la Perry Mason, zum Schutz der Schwachen und zur Strafe der Ungerechten. Objection, your honour.

Währenddessen bekam Torgeir eine Stelle als Justiz-Assessor in Mo in Rana. Hier war es dann ganz unmöglich, sich zu irgend etwas auszubilden, was Perry Mason glich. Irene machte lediglich eine kleine vorbereitende Prüfung in Philosophie, bevor es weiter nach Norden ging. Und hier kam dann die zweite Tochter: Heidi.

– Schon gehört, daß Irene ihr Zweites hat? sagten die Freundinnen unten in Tönsberg und schickten Glückwunschkarten mit Babies drauf. Jetzt war alles in Ordnung.

Mo war ein gottverlassenes Nest, fand Irene. Eine melancholische Landschaft mit dem ständigen Rauch des Eisenwerks darüber. So hatte sie sich Nordnorwegen nicht vorgestellt. Doch sie hatte ja ihren unverwüstlichen Humor und wurde schnell mit anderen jungen Müttern bekannt. In der Fähigkeit, für die Kleinen etwas zu arrangieren, war sie bald eine wahre Meisterin. Außerdem war es wesentlich einfacher, mit den Nordländern in Kontakt zu kommen, als mit den mehr gesetzten Menschen aus dem Süden.

Unterdessen warf sich Torgeir auf ein Forschungsprojekt für Strafrecht, wovon er immer geträumt hatte und wofür er eigentlich auch geschaffen war. Er war begabt, daran bestand überhaupt kein Zweifel. Mit Fleiß und Talent vertiefte er sich in das Strafrecht von 1902, besonders was die Sittlichkeit der Leute anging. Und Irene verfolgte seine Arbeit mit Aufmerksamkeit und Interesse. Er erhoffte sich, damit an die Universität zu kommen, wo er nach seiner Meinung am besten hinpaßte. – Soll ich vielleicht hinter einem Schreibtisch verblöden und Testamente für reiche, alte Witwen machen? sagte er. Deswegen produzierte er unermüdlich wissenschaftliche Artikel für das Juristenblatt und andere Fachzeitschriften von Bedeutung; vergaß dabei aber auch nicht die reichen Witwen. Er hatte zweifellos Ambitionen. Als ihn ein alter Studienkollege aus Trondheim fragte, ob er sein Kompagnon in einer Anwaltspraxis werden wolle, sagte er ja. Irene und die Kinder folgten ihm. Die Kinder unter Protest – Irene ohne. Einige Jahre zuvor war noch ein kleines Wesen mit eigenem Willen angekommen. Ein Versehen, das sie lieber hätten verhindern sollen, denn sie hatten sich entschieden, keine weiteren Kinder mehr zu haben. Doch Irene konnte die Pille nicht vertragen, und er weigerte sich, Präservative zu benutzen. Die kleine Ulla Regine wurde in einer Nacht gezeugt, in der sie keine Lust hatte, ihre Leidenschaft durch das Einsetzen eines Pessars zu unterbrechen.

In Trondheim dann bekamen sie eine sehr angenehme Wohnung mit Aussicht auf den Trondheim-Fjord und Munkholm. Eine glückliche kleine Familie waren sie, wie das so heißt. So stellten sie sich überall dar und fanden überall ihre Bestätigung. Als die kleine Regine da war, wurde sie Rulle genannt, das kam ganz von selbst. Regine oder Richard, worauf sie sich als Arbeitstitel geeinigt hatten, klang doch etwas zu erwachsen für einen so kleinen Kinderkörper.

Vom ersten Augenblick an hatte sie schwarze Haare und dunkle, intelligente Augenbrauen. Sie ähnelt mir! sagte Irene stolz. Und du sollst Norwegens erste Jura-Professorin werden. Rulle lachte. Fast von Anfang an konnte sie ihren Blick auf etwas richten. Und noch bevor sie ein Jahr alt war, kamen ihre ersten Lebensbetrachtungen heraus („Bum, bum"); ein aufgewecktes Kind. Irene freute sich. Während sie den kleinen Menschen umsorgte und mit der Hausarbeit lebte (für die sie sich seltsam ungeschickt fühlte, obwohl sie die gleichen Dinge tagaus, tagein, Jahr für Jahr wiederholte), warf sich Torgeir mit vollem Elan in die Arbeit, um eine Anwaltskanzlei zu eröffnen.

Beide setzten hinter die Fundamente derartiger Arbeitsteilung kein Fragezeichen. Dies war noch lange vor der Neuen Frauenbewegung, als sich murrender Protest vorerst nur als Same in einer Generation von unzufriedenen Frauenherzen fand. Irene verfolgte seine Arbeit aufmerksam wie immer. Während sie das tat, stieß sie auf eine Dimension in seiner Problemstellung, die ihm fehlte. Immer waren es nur männliche Opfer, von denen er sprach, männliche Verbrecher, unschuldige männliche Verurteilte. Sie wies ihn darauf hin. Na, hör mal, sagte Torgeir, Gesetzesbrecher sind sozusagen nur Männer. Und die, denen die Untaten galten, was war mit denen? Beschützte das Gesetz sie? Nein, das war ja eine ganz andere Sache. Torgeir wurde leicht verärgert. Was wußte sie denn von diesen Dingen?

Die Stimmung zwischen ihnen wurde danach schlechter, wochenlang diskutierte er nicht mehr seine Arbeit mit ihr. Außerdem machte es ihn ärgerlich, daß sie so bei ihm herumschnüffelte. Da kamen doch nur völlig irrelevante Aspekte zum Vorschein. Und kompetent – rein fachlich gesehen – war sie nun überhaupt nicht, das war ja klar.

Lustig ist nur, dachte Irene, daß er sicherlich nichts an meiner Kompetenz auszusetzen hatte, solange ich mit ihm einer Meinung war. Sie war eine scharfe Beobachterin, sowohl von inneren als auch von äußeren Phänomenen. Doch das sagte sie nicht laut, sie war eine friedliche Gattin.

Als Rulle ungefähr acht war, begann sie sich einen größeren Radius zu schaffen und ein eigenes Leben mit Heimlichkeiten. Zu der Zeit wurde Irene auf ein Problem aufmerksam, das ihr nicht mehr aus dem Kopf ging. Sie hatte einen Bericht vom Internationalen Tribunal über Gewalt gegen Frauen gelesen, das 1975 in Brüssel stattfand. Dort stand, daß in England und Deutschland Zufluchtsstätten für Frauen, die von ihren Männern mißhandelt wurden, eingerichtet worden sind. „Battered wives" nannten sie diese geschlagenen Frauen. Einige von ihnen wurden schon seit Jahren mißhandelt. Irene dachte: wenn sie dort mißhandelt wurden, geschah das auch hier. Oder war es nur deswegen, weil England und Deutschland so große Imperialistenländer waren, daß die Männer dachten, sie hätten ein Recht darauf, ihre Frauen zu prügeln?

Irene hatte sich nie sonderlich mit Frauenfragen befaßt. Nicht, weil sie eine Gegnerin der Frauenbewegung gewesen wäre, sondern sie wußte eher nicht, was sie damit anfangen sollte. Denn es erschien so hoffnungslos, mit einer Sache etwas zu probieren, die derart eingefleischt war; ihr Leben hätte sich ja doch so entwickelt, wie es nun war – und es ging ihr ja gut.

Sie hatte sich oft glücklich gepriesen, daß sie nicht arbeiten mußte, wenn sie an all die traurigen Tätigkeiten dachte, die es so gab. Und das, was sie getan hatte, drei Töchter großgezogen und einen erfolgreichen Mann jeden Tag zur Arbeit schicken, lag darin nicht auch ein Wert an sich? Wenn sie sich auf die Frauenproblematik einließ, hatte sie das gewisse Gefühl, als müsse sie alles leugnen, wofür sie einstand.

Und die Feministinnen, so richtig ihr Protest auch war, kamen nie zu einer echten Lösung des Hausarbeitsproblems. Das ließ sich nicht wegrationalisieren oder kollektivieren, dachte Irene. Fürsorge hat einen Wert, und dafür muß es einen Raum geben, meinte sie.

Trotzdem – was war mit den eigenen Töchtern? Wünschte sie ihnen das gleiche Leben?

Nein. Irene gehörte nicht zu den Müttern, die Erfüllung darin suchten, ihr eigenes Leben von ihren Töchtern wiederholen zu lassen. Dafür hatte sie zu viele unerfüllte Träume. Sie wollte Freiheit für sie. Freiheit, ja. Was das auch immer sein mochte, Freiheit sollten sie haben!

Die beiden ältesten Töchter zogen schließlich fort, um sich in Norwegens Hauptstadt auszubilden und ihre Freiheit zu suchen. Unni studierte Philosophie, Heidi belegte Psychologie. Irene vermißte sie. Besonders als die Jüngere ausgezogen war, spürte sie, daß viel von der Bedeutung ihres Lebens entschwunden war. Obwohl Rulle zu Hause war und sie allein durch ihre Energie und Anwesenheit aufmunterte. Auch sie würde einmal weggehen.

Irene nahm eine Halbtagsstelle als Bibliotheksassistentin an und ergriff die Initiative, eine Frauengruppe zu gründen. Du lieber Himmel! Deswegen bin ich ja noch keine alte Jungfer! Ich bin noch jung, eine Frau in den besten Jahren. Torgeir unterstützte sie, fand es richtig, daß sie sich mit etwas anderem beschäftigte. Wenn es ihr nur nicht langweilig würde.

Irene sprach mit den Frauen, die sie kannte. Eigentlich waren das nicht so viele, aber diese wiederum kannten andere und schließlich war es eine Gruppe von sechs Frauen. Ursprünglich war es eine Arbeitsgruppe, in der sie bestimmte Themen im Zusammenhang mit Frauenproblematik diskutierten und fleißig lasen. Doch nach und nach begannen sie mit den vorbereitenden

Arbeiten zur Gründung eines Hauses für geschlagene Frauen in Trondheim. Dafür war es leichter, Leute zu gewinnen. Absolut alle waren sich einig darüber, daß es in ihrer Stadt ein Frauenhaus geben müsse. Sie benötigten keine sonderlichen Überredungskünste oder Argumente. Es ging alles so einfach, daß sie sich nur darüber wundern konnten.

Es war auch leichter, eine Frauengruppe mit dem Ziel zu gründen, das die Mitglieder selbst nicht direkt betraf. Denn ihnen ging es schließlich gut. Etwas für andere tun – das war ja keiner Frau fremd.

So kam es, daß Irene mit Frauenarbeit begann. Und so war sie auch zum Seminar gekommen, das in diesem Sommer in Dänemark stattfand.

Ohne daß ihre Familienmitglieder oder jemand aus ihrem Kreis davon etwas bemerkt hatte, schrieb sie eine Gedichtsammlung, die auch veröffentlicht wurde. Sie wußte selbst nicht, was sie damit sagen wollte. Besondere Aufmerksamkeit hatte die nicht erweckt – obwohl sie immerhin Anlaß genug war, sie zu einer Fernsehdiskussion einzuladen – und eigentlich auch nicht verdient, wie sie selbst dachte.

*

So also sah Irenes Leben aus. Im Grunde todlangweilig. Eine gerade Linie. Einzelne Seitensprünge hatte es schon gegeben, aber sie war immer zu Torgeir zurückgekehrt, der nichts davon wußte. Äußerlich war es ebensowenig von Überraschungen erfüllt wie diese Autobahn hier vor ihnen. War sie eine Emanze?

Nun sitzt sie in einem schaukelnden Reisebus mit weichen Sitzen auf dem Weg nach Hause in dieses Leben. Neben ihr sitzt Aud. Eine Person, die sie überhaupt nicht kennt, deren Nähe sie aber zittern macht. Warum ist das so? Verrückt. Nein, nicht verrückt. Das Natürlichste von der Welt. Das ist ja das Verrückte.

Aud legt plötzlich die Hand auf ihre. Sie wenden die Handflächen, drücken sie aneinander, verschlingen die Finger, halten sich fest. Dieser Händedruck durchfährt sie beide. Irene spürt, daß es auch für Aud so ist. Die reine Sexualität, denkt Irene. Lust!

Lust, denkt sie. Schauder von Glück und Freude durchfahren sie. Sie läßt los. Läßt hart und brutal los, völlig unmißverständlich. Aud sieht sie an. Nicht so richtig, wirft aber einen Blick auf sie und sieht wieder weg. Verblüfft. Verwirrt?

— Warum willst du nicht? fragt sie. Es bleibt still. Aud wendet sich ein wenig von ihr ab, sieht aus dem Fenster, dann aber ganz direkt zu ihr.

— Was? Irene rutscht ein wenig auf dem Sitz herum, antwortet aber nicht. Weiß, was sie sagen soll. Sie hat ganz einfach Angst, denkt, andere könnten es bemerken, zusehen. Die anderen aber sind völlig damit beschäftigt, sich miteinander zu unterhalten. Trotzdem ist da dieses Phantom von einer, die beobachten und weitererzählen könnte. Sie will es nicht zugeben, Aud soll nicht sehen, wie schwach sie ist. Aud ist stark. Alle kennen sie. Zeigt nichts anderes von sich, als das, was sie ist. Gut für sie, was hatte sie schon zu befürchten?

— Ich will nicht, daß es jemand sieht! sagt sie leise zu ihr.

— Ach was! kommt es spontan. — Da ist doch nichts zu verstecken!

— Doch, antwortet Irene, — das weißt du ja nicht!

Dann schweigen sie beide. Erschreckt und verwundert über das erste Rededuell zwischen ihnen. Plötzlich sind sie wie zwei beleidigte Eheleute.

Im selben Moment wenden sie einander das Gesicht zu.

— Hast du noch etwas Zeit, bevor der Zug geht? fragt Aud. — Ich fahre nämlich erst übermorgen mit der Fähre.

Irene rechnet nach, das hatte sie zwar schon längst getan, aber nun rechnet sie wieder.

— Ich habe drei Stunden, sagt sie. Drei Stunden! Noch drei Stunden bleiben mir von meiner Freiheit. Drei Stunden, noch ganz mit mir ausgefüllt, bevor ich dann wieder in den festen Rahmen zurück muß. Drei Stunden, um genau das zu tun, was ich will. Sie stehen vor ihr wie ein unendlicher Luxus.

— Nicht mehr? bricht Aud los, deutlich enttäuscht. — Kannst du nicht einen späteren Zug nehmen? Oder bis morgen warten?

— Nein, nein, antwortet Irene, — ganz unmöglich. Ich fliege gleich weiter nach Værnes. Er steht auf dem Flugplatz und erwartet mich.

3

Auf Christianshavn geht ein Weg den Wallgraben entlang. Er führt sternförmig mit grünen Laubbäumen und Grashügeln um den alten Stadtteil herum; still, so unglaublich still liegt er da, während der Hauptverkehr auf dem Amager Boulevard unentwegt vorbeipoltert und das Hotel Skandinavia, dieser häßliche graue Bau, darüber thront. Ein unendlich friedlicher Teil dieser Stadt.

Da liegt er, Tag für Tag, und bittet um Erfüllung, singt seine Botschaft hinaus wie eine konkrete Antwort der Landschaft auf eine alte Lill Lindfors-Melodie: „Wenn wir einen Tag hätten – du und ich!"

So hat er lange gelegen, während emsige, müde, pflichterfüllte Menschen in den Bussen 30, 32 und 35 vorbeifuhren und von einem anderen Leben träumten. Schön ist es hier auf Langebro.

Auf diesem Weg gehen Aud und Irene. Sie gehen nebeneinander, Irene mit verschränkten Armen und leicht gebeugtem Kopf, Aud, die Hände in der Jackentasche, den Blick geradeaus. Sie hätten den Verkehr wie ein entferntes Brausen hören können, hören ihn aber nicht. Dort unter den großen Laubkronen sprechen sie über ihr Leben.

Wo sollen sie beginnen? Es gibt soviel, das ich gern von dir gewußt hätte. Wo bist du geboren? Wie sah das Haus aus, in dem du gewohnt hast, und welche Gedanken hast du gehabt? Kannst du dich an das Allererste erinnern, das du dachtest?

So ruhig ist es hier, ganz erfüllt von der warmen Augustsonne. Warum dieser Segen mitten in einer unmöglichen Welt? Haben wir noch eine Zeitlang zu leben? Können wir in der Zeit, die noch bleibt, etwas füreinander sein? Wie waren die Wege verlaufen, die uns schließlich zueinander geführt haben? War es zufällig, oder gab es da einen Plan in diesem Wegenetz?

Irene spricht von ihrem Vater. Darüber, wie eigenmächtig und willkürlich er war, und daß sie ihn, trotz allem, doch geliebt hat. Vielleicht, weil er mich geliebt hat? Er wollte, daß sie weiterkommen sollte, war gegen ihre frühe Ehe. Sie war wie ein Verrat für ihn an allem, was er mit ihr vorhatte. Und dennoch war sie eine Konsequenz all dessen, was er mit ihr getan hatte. – Oder vielleicht, fügt Irene nach kurzem Nachdenken hinzu, – mehr eine indirekte Konsequenz dessen, was er mit meiner Mutter gemacht hat. Ein sonderbares Dilemma ist das für einen Mann, sagt Irene, – eine Tochter zu haben. Plötzlich ist da eine Frau, die ein Mensch ist.

So dachte sie darüber. Nun war er schon lange tot. Der Schlag traf ihn eines Tages auf der Straße, auf einem Rasen. Also war er nicht mehr. Ein Loch. Sie war erwachsen, als das geschah, aber noch zu jung, um ihn schon zu verlieren. Sie konnte ihren Aufstand gegen ihn nun nicht mehr haben. Doch er war die ganze Zeit in ihr – der Aufbruch, den sie hätte haben sollen, der aber nie kam. Ein nie richtig beendeter Dornröschen-Zustand. Irene hält inne. Konnte Aud sich an den Koch in Dornröschen erinnern? Das konnte sie. War er es nicht, der dem Küchenjungen eins hinter die Ohren geben wollte und mitten im Schlag gebremst worden war? Ja, daran erinnerte sie sich. – Und nach hundert Jahren führte er dann sein Vorhaben aus. Das heißt, er zog ihn an den Haaren, sagt Irene. – Aber das ist ja egal. Verstehst du? So weit werde ich nie kommen. Und ein solcher Aufruhr geht ja auch weiter. Wenn aber jemand stirbt, hört das alles auf. Der Prozeß hört auf. Vielleicht ist genau das am Tod das Schlimmste.

Aud denkt über das nach, was Irene sagt. Es ist gut, sie reden zu hören, das Gesagte gleitet durch ihren Kopf, rührt an so vieles, daß ihre Gedanken wie ein Feuerwerk losgehen. Was nur setzt all dies in Gang? Ich fürchte mich davor, daß mein Vater eines Tages sterben wird, denkt sie nun. Doch nicht deswegen, weil sie böse auf ihn ist.

– Und wenn du nicht zu deinem Wutausbruch gekommen bist, schlägt sich das dann so nieder, als ob du ihn vermißt?

– Ja, genau! antwortet Irene. – Himmel, habe ich diesen Mann idealisiert!

– Aber was war es denn, was er getan hat? Gegen deine Mutter, meine ich. Hat er sie geschlagen?

– Nein, er hat wohl kaum mehr getan, als die meisten Männer seiner Generation und seines Standes getan haben. Ließ sie seine private Haussklavin sein, Repräsentationsfrau, Sekretärin, Geliebte und siebter Sinn. Und meine Mutter delegierte ihre Aufgaben weiter ... nach unten zu mir.

– Wart ihr viele?

– Drei. Sie hatte erst zwei Totgeburten, dann kam ich. Und dann zwei Brüder. Mein Gott, sie hatte ein schweres Leben, meine Mutter. Aber am schlimmsten waren die Einladungen. Von oben bis unten herausgeputzt standen wir steif herum und wurden vorgezeigt.

– Du warst sicher süß.

Irene wirft ihr einen verwunderten Blick zu. – Du kannst mir glauben, wie sehr ich das gehaßt habe! Meine Brüder wollten nie stillstehen, und Mutter war übernervös.

– Wie hieß sie?

– Magda, sagt Irene. – Sie war ein Drachen.

Aud stellt sich das vor, denkt an die kleine Irene, die für die Abendgesellschaft der Eltern herausgeputzt worden und wohlerzogen war, denkt an die Mutter, die tausend Sachen zu tun hat und ein Drachen ist. Aud sucht nach etwas. Da ist ein Raum in ihr, der darauf wartet, ausgefüllt zu werden, bis ins Unendliche. Das steht klar vor ihr. Bevor Irene nun wieder verschwindet, möchte sie so gern von ihr etwas erhalten, woran sie dann denken kann.

Doch Irene erzählt so knapp, mit einer solchen Endgültigkeit in allen Aussagen; sie lädt nicht zur Vertiefung ein, obwohl viele Fragen hinter ihren kurzen Berichten ruhen.

– Ich kann mich an so weniges aus meiner Kindheit erinnern, sagt sie. – Ich erinnere mich, daß ich ab und zu die Erlaubnis bekam, meiner Mutter den Rücken zu waschen, wenn sie badete. Aber nur, wenn Vater nicht zu Hause war. Sie hatte eine Theorie gelesen, nach der Kinder nicht mit Körperkontakt überschüttet werden sollten. Später, als mein kleiner Bruder da war, hatten sie in einem Buch gelesen, daß Kinder viel Körperkontakt brauchten, also trugen sie ihn überall mit sich herum. Ich war verzweifelt eifersüchtig, aber groß genug, um zu wissen, daß ich mir das zu verkneifen hatte.

– Wie groß war der Altersunterschied bei euch?

– Der eine kam, als ich sieben war, und zwei Jahre später der Jüngste. Da war ich schon eine kleine Frau, im Grunde genommen bin ich wohl nie ein Kind gewesen. Ich kann mich erinnern, daß ich immer die beiden Kleinen auseinanderbringen mußte, wenn sie sich schlugen. Ich glaube, ich hatte mich daran gewöhnt, so eine Art König Salomo zu sein. Oder die Königin Salomo ... oder was soll ich sagen. Ich bin auf die verrücktesten Sachen gekommen, um sie davon abzulenken, warum sie sich hauten, oder um ihre Streitursache auf sehr willkürliche Art zu entscheiden. Das Sonderbare war, daß sie es immer akzeptierten. Jedenfalls solange ich noch größer war als sie.

Aud muß lachen.
— Und du? Hast du noch Geschwister?
Aud schüttelt den Kopf. — Ich habe mir immer eine kleine Schwester gewünscht, eine, mit der ich herumlaufen und der ich alles zeigen könnte. Sie war immer neben mir, fragte mich nach allem, und ich erklärte es ihr. Wenn mich niemand hören konnte, redete ich laut mit ihr. Später, als ich größer war, sprach ich englisch mit ihr, was sie auch sofort verstand. Karina hieß sie.
Irene sieht Karina, wie sie neben Aud geht und steht. Eigentlich ist sie die kleine Aud, in Miniatur, so daß Irene nun an drei Auds in unterschiedlichen Größen denken kann.
— Ich war sicher ein einsames Mädchen, aber ich hatte ja mich, sagt Aud.
— Und deine Eltern?
— Ja, mein Vater, das ist dieser Georg Strand, weißt du?
— Das ist dein Vater? bricht Irene los. — Der bekannte Schauspieler! Unwillkürlich sieht sie zu Aud, obwohl sie das im Laufe des Gespräches schon recht oft verstohlen getan hatte. Doch nun schaut sie Aud mit neuen Augen an. Beeindruckt, fast mit Ehrfurcht. Strand. Es war ihr nicht in den Sinn gekommen, diese Verbindung zu ziehen, so ungewöhnlich war der Name nicht. Jetzt sieht sie deutlich die Ähnlichkeit. Die große, leicht gekrümmte Nase, der Mund.
— Du ähnelst ihm ja auch! Ich habe ihn oft in Filmen gesehen.
— Ja, er mimte ganz gern den gewieften Typ oder den heimlichen Liebhaber mit Bärtchen und Koteletten.
— Ist das tatsächlich dein Vater! Sie kommt nicht darüber hinweg. Eigentlich weiß sie auch nicht, warum das einen solchen Eindruck auf sie macht. — Ich habe fast das Gefühl, als ginge ich neben einem Filmstar, nur weil du seine Tochter bist! Sie lacht über sich selbst, sieht aber, daß Aud unangenehm berührt ist, solche Reaktionen hat sie wohl tausendmal zuvor schon erlebt.
— Meine Mutter war auch auf der Bühne, er gab ihr Anweisungen und schrieb Revuelieder für sie.
— Ja? Wie heißt sie?
— Lille-Ba Gaarder.
— Ah ja. Irene hat nie etwas von Lille-Ba Gaarder gehört.
— Sie wurde nicht sonderlich bekannt ...
— Jetzt versteh' ich auch, woher das Theaterblut kommt, sagt Irene.

– Ja, ich hatte geglaubt, daß ich auch zur Bühne gehen sollte. Es war nicht etwas, wovon ich träumte oder so, es war eben ganz einfach der einzige Beruf, den ich kannte. Im Grunde genommen hatte ich nicht so große Lust dazu. Aber meine Mutter sagte: „Geh nie zum Theater! Da wimmelt es von Intrigen!“ Und mein Vater meinte, ich sollte mein Talent für etwas anderes nutzen. Als ich dann älter war, sagte er, ich sei zu dick und nicht weiblich genug.

– Was für ein Quatsch!

– Ja, aber das sagte er eben. Für so einen Typ wie mich gäbe es keine Rollen. Ja, ja, dachte ich damals, wenn es solche Rollen nicht gibt, muß mit diesen Rollen etwas los sein. Daß ich zu dick war, damit hätte ich vielleicht etwas anfangen können, obwohl das grausam gewesen wäre. Schlimmer war das mit der Weiblichkeit. Ich begriff nicht so richtig, was das sollte; irgendwas von sich vorstellen ... auf die richtige Art und Weise aber. Außerdem war ich erst achtzehn Jahre alt.

– Das hast du wirklich mit achtzehn gedacht? fragt Irene.

– Nein, was ich wirklich damals dachte, war wohl nicht genau das. Ich glaube, ich habe davon geträumt, mit dem Erben eines großen Bauernhofs verheiratet zu werden. Aud lacht und Irene stimmt mit ein. – Ich habe mein Leben wirklich total in diesen Frauenzeitschriften gelebt.

– Du mußt ganz schön selbstbewußt gewesen sein, meint Irene.

– Vielleicht deswegen, weil ich mich nie in Jungs verliebt habe?

– Glaubst du das wirklich? Irene stutzt.

– Ich weiß nicht. Jedenfalls sollte ich nicht Schauspielerin werden, das war das einzige, das ich über meinen zukünftigen Beruf wußte. Ich war völlig verwirrt, glaube ich. Wie, so dachte ich, soll man denn seine Talente anwenden, wenn man sie nicht auf der Bühne zeigen konnte? Darüber müssen beide lachen. Es gibt soviel Komisches in dem, was ein junges Mädchen denkt. So wahr, so peinlich entlarvend in der jugendlichen Logik. Was hatte Aud werden wollen?

– Ich wollte Star-Reporter werden in London! In Paris! Rom! sagt sie.

– Ich wollte Privatdetektivin werden, sagt Irene. – So à la Nancy Drew. Ich habe alle Bücher über sie verschlungen, besonders „Fräulein Detektiv und die mysteriösen Schuhe“, das habe ich siebenundzwanzigmal gelesen, ich habe mich hundertprozentig mit ihr identifiziert. Später dann wäre ich die renommierte Strafverteidigerin gewesen, die dem kleinen Mann beisteht. Statt dessen wurde ich seine Frau.

– Des kleinen Mannes?

– Nein, nein, des Anwalts, weißt du. Wieder lachen beide. Aud empfindet das, was Irene über diesen Mann sagt, als ein winzig kleines Sakrileg, ein kleines, vertrauliches Getuschel hinter seinem Rücken. Sie lachen immer mehr. Ganz schön viel haben sie auf diesem Weg hier schon gelacht!

– Ja, und ich wollte so eine werden, die aus weiter Ferne über Unruhen und Straßenkämpfe berichtet. Aud näselte: – „In Paris blieb es am Wochenende ruhig." Dann wurde ich Lehrerin.

– Aber da hast du ja was gelernt, das ist doch gut!

– Ja, aber mein Vater war nicht zufrieden. Er fand, daß ich etwas Großes werden sollte, es war mir nur immer unklar, was. Jetzt sitzt er da oben in seiner Villa auf Slemdal und ist unzufrieden mit mir.

– Und deine Mutter? fragt Irene. – Ist sie auch unzufrieden mit dir?

– Sie ist an Krebs gestorben, als ich fünfzehn war.

Sie bleiben stehen. Aud zittert und versucht, es zu verbergen. Immer wieder der gleiche Schmerz, wenn sie es sagt. Irenes Schweigen kapselt sie ein. Sie gehen.

– Das muß schlimm gewesen sein, sagt Irene, ihre Stimme ist leise und liebevoll. Aud spürt Irenes Gedanken sehr nah bei sich. Empfindet ihre unbeirrbare Nähe, Schritt für Schritt, den sie gemeinsam gehen.

– Ja, sagt sie.

Jetzt wenden sie sich einander zu und sehen nur das Gesicht der anderen. Sehen die Augen, die suchen und finden, sehen auf die Stirn, zum Mund, der halboffen, weich ist, suchen und warten – schaudern, während sie so warten. Sehen die Haut und wie es darunter lebt, wie eine Antwort auf das Leben unter der Haut der anderen. Ihre Gesichter blicken sich an, und die Zeit steht plötzlich still und verharrt in diesem Moment.

Langsam hebt Irene eine Hand zu Auds Schläfe. Berührt sie leicht mit den Fingerkuppen, ganz langsam und schaut sie dabei an. Streichelt sachte die Wange.

Und Aud läßt zu, daß diese Berührung der kaum zu spürenden Fingerspitzen sie ganz und gar durchfährt, weiche, warme Strahlen durch den ganzen Körper schickt, ihn öffnet: Hier bin ich, Irene, so sehe ich aus, jetzt siehst du mich, kannst ganz hineinsehen.

Beide stoßen einen tiefen Seufzer aus. Und während sie so dastehen, einander zugewandt mit allem, was sie in sich bergen, hat Aud das Gefühl, als erhalte sie ihren Körper zurück.

Sie muß lachen. Lacht sie an und will nicht damit aufhören.

– Was ist denn nun? fragt Irene.

Aud greift sie an den Schultern und hält sie so einen Augenblick. – Es ist nur, weil es so gut ist!

So gut war das. Ich danke dir dafür. Für deine Anwesenheit, für deine unendlich gute Anwesenheit, deine Schönheit, deine Wärme, deine Augen, die mich so begehren.

Sie gehen weiter. Sprechen jetzt kein Wort. Es gibt etwas, das sie wissen.

Der Abschied liegt vor ihnen. Zurück jetzt, jede zu sich zurück, in ihre Welt, unbekannt für die andere.

Es ist noch so unendlich viel mehr, das ich über dich wissen will. So viel mehr, worüber ich mit dir sprechen, was ich dich fragen wollte. Aber am meisten – vor allem anderen – möchte ich dich lieben, mit dir schlafen. Ja, mit dir schlafen. Mit dir stehen, mit dir sitzen, mit dir gehen.

– Mensch! sagt Aud laut.

Irene muß lachen, nicht laut, sie blickt sie dabei von der Seite an. – Ist es so schlimm?

– Allerdings! Schlimmer geht's nicht mehr!

– Bist du böse auf mich?

– Böse? Was soll ich denn dazu sagen? Böse? fragt sie ein bißchen böse.

– Torgeir und ich, sagt Irene schnell, als wollte sie einen Sprung machen, – wir haben im Grunde ein ziemlich besonderes Verhältnis.

– So?

– Ja. Weißt du, er ist nicht der übliche, typische Mann. Oft denke ich, daß ich den einzigen Mann auf der Welt gefunden habe, mit dem sich leben läßt.

Aud antwortet nicht. Ein diffuses Unbehagen steigt in ihr auf.

– Wir haben zu einer Form von guter Kameradschaft gefunden.

– So? sagt Aud.

– Das glaubst du wohl nicht?

– Das habe ich nicht gesagt.

Dann kommt nichts mehr von ihr.

Sie gehen unter der Brücke zurück, verlassen die Bäume und den Wallgraben, spazieren über die Langebro in die Stadt hinein, Richtung Hauptbahnhof. Hier sollen sie sich trennen. Der Verkehr dröhnt in ihren Ohren. Sie bewegen sich nun plötzlich wie zwei fremde Menschen nebeneinander.

Aud ist jetzt aus irgendeinem Grund traurig. Doch was es eigentlich ist, entgleitet ihr augenblicklich, hinterläßt nur seine Spuren. Sie will es sich nicht anmerken lassen. Und eben deswegen spürt es Irene besser als alles andere. Was ist da zu machen? Kann sie denn ein Versprechen geben? Und ... was soll sie mit einem Versprechen?

Es ist hier und jetzt, und sonst ist nichts, denkt Irene. Gleichzeitig berührt sie Auds Ellenbogen. – Du! sagt sie. – Ich möchte dich wiedersehen!

Ja, denkt Aud. Ja, ja, ja! Ich will dich auch wiedersehen. Aber wie? Plötzlich fallen ihr einige Verszeilen ein, klar und deutlich, doch auch weich wie eine Melodie:

Da dachten wir beide
unser blauer Frühling
muß doch einen Sommer haben
in all den kommenden Jahren.

Was ist das? Warum denkt sie das?

Ach, das ist doch klar genug. Nur, daß dies kein „blauer" Frühling ist, sondern ein Spätsommer. Um so mehr Grund dafür, daß die kommende Zeit ihr Herbst werden sollte!

– Warum lachst du? Irenes Stimme ist ganz nah, sie spürt ihren Blick auf dem Gesicht, spürt, daß die Haut sie dort ruft.

– Habe ich gelacht?

– Ja. Woran hast du gedacht?

Die Gedanken gehen ihr kreuz und quer durch den Kopf und füllen ihn aus, unmöglich, einen von ihnen in einem Wort zu erfassen. Was kann ich sagen, wenn ich doch alles sagen möchte?

– Kannst du mir nicht einen deiner Gedanken geben, nur einen? fragt Irene, als wisse sie ganz genau, was in Aud vor sich geht. Aud wendet sich ihr zu, die Arme in grandioser Geste gen Himmel gestreckt.

– „Für dich, Geliebte! Nur für Dich! Mein wunderschöner Frühling, meine Jugend!" deklamiert sie laut, daß die Vorübergehenden auf dem H.-C.-Andersen-Boulevard sich umdrehen und sich fragen, ob sie wohl auf diese lustige, wohlklingende norwegische Art angesprochen wurden.

Irene muß lachen. – Hast du die ganze Nationallyrik drauf?

– O nein, sagt Aud. – Das ist das einzige Gedicht, das ich kann. Ich denke immer, daß es ganz schön was hermacht.

Plötzlich sind sie mitten in einem Gespräch über Olaf Bulls Romantik. Irene hat seine Gedichte als junges Mädchen verschlungen, doch nun findet sie, daß all seine Szenarien und Landschaften nur ein kraftloser Ausdruck für seine inneren Qualen und Sehnsüchte sind. Aud fühlt sich etwas gekränkt, denn sie mag seine Gedichte, hat nie in dieser Weise über sie nachgedacht, mag, wie sein Sprachrhythmus die Gedanken entfaltet.

In angeregter Diskussion betreten sie durch einen Seiteneingang den Hauptbahnhof und suchen nach dem richtigen Gleis. Bald fällt ihnen die Gruppe von Norwegerinnen ins Auge, ein Stück weiter in der großen Halle, mit ihren Rucksäcken, Koffern, Bündeln und lauten, aufgeregten, frohen Stimmen. Jorunn Bergersen hat Aud und Irene schon entdeckt und winkt eifrig herüber. Hier sind wir! Hier sind wir!

Ja, ja, wir haben euch schon gesehen, denkt Aud. Irene steuert rasch auf die Gruppe zu.

– So furchtbar eilig ist es ja wohl nicht? sagt Aud zu ihr. – Der Zug geht doch noch lange nicht.

– Aber die stehen doch da und rufen nach uns, sagt Irene. Sie bleibt einen Moment vor ihr stehen, fast wie ein störrisches Kind. – Komm!

Einige dänische Frauen stehen auch da, sie sind mitgekommen, um auf Wiedersehen zu sagen. Es herrscht eine ausgelassene Stimmung. Laut und aufgeregt reden sie durcheinander über all das, was sie erlebt haben; sie lachen, aber in den Augen haben sie Tränen.

Aud ärgert sich nun, daß sie nicht auch diesen Zug nimmt. Doch sie hat in den nächsten Tagen vier Verabredungen in Kopenhagen. Warum war sie so dumm gewesen, diese Verabredungen zu treffen? Aber sie hatte ja nicht gewußt, hatte diese Termine schon vorher geplant. Vorher? Wovor?

Camilla Vang belagert Irene sofort, als sie ankommt, und beginnt mit einer ausführlichen Berichterstattung. Aud bleibt einen Moment lang unschlüssig stehen. Sie spürt Ritas Blicke auf sich gerichtet. Sehr aufmerksam. Nein, jetzt will ich nicht mit

Rita reden, denkt sie, dreht sich um, geht zu ihr und beginnt ein lockeres Gespräch.

Nun ruft der Lautsprecher den Nachtzug nach Oslo aus. Es entsteht Leben und Bewegung zwischen den Frauen. Däninnen und Norwegerinnen umarmen sich, neue Freundschaften waren entstanden, neue Bande geknüpft, sie müssen sich unbedingt wiedersehen!

– Es war unglaublich gut, daß ich dich kennengelernt habe, Jorunn.

– Ja, Bodil, danke gleichfalls, ich hatte schon immer Lust, dich mal zu treffen. – Danke für alles, Gitte. – Es war wirklich ein gutes Seminar, die Erinnerung daran wird noch lange in mir wachbleiben. Ein total starkes Seminar war das. Mach's gut, Camilla. – Ich finde wirklich, daß du dieses letzte Seminar, das so nervig war, phantastisch geleitet hast. Ganz phantastisch. Das wollte ich dir schon die ganze Zeit sagen, aber nun weißt du es. – Mach's gut, Rita! Was du über die Selbstverteidigung gesagt hast, hat wirklich was Neues bei mir in Bewegung gesetzt. – Dank für alles, tausend Dank!

Aud guckt Irene an. Sieht, wie sie Bodil umarmt, wie sie Susanne von den Joan-Schwestern umarmt, Gitte Jespersen umarmt. Und wäre am liebsten im Boden versunken. – Mach's gut, Aud! Aud fährt zusammen. Das war Gitte direkt neben ihr. – Nein, nein, ich fahre erst in ein paar Tagen zurück. – Na, herrlich, da können wir ja noch einen Stadtbummel machen oder?

Die Frauen gehen jetzt die Treppen zum Bahnsteig hinunter. Aud windet sich, sieht fort. Irene blickt sie ruhig an. Mit dem wärmsten Blick der Welt schaut sie Aud an. – Also, dann mach's gut! sagt sie. Ja, aber, sagt es in Aud. Sie faßt sie an den Schultern und berührt leicht ihre Wange. – Ja ... mach's gut, flüstert sie. Füllt sich sonderbar, verlassen und geborgen zugleich. Froh und traurig. Ausgeplündert und angefüllt. – Ja, tschüß dann, sagt Irene und küßt sie leicht am Ohr. Da ist nun nichts mehr zu machen.

Hinter den anderen verschwindet sie die Treppe hinunter. Aud steht da und blickt ihr nach. Rita kommt, schnell, die Hände hinter den Rucksackriemen und stellt sich vor sie hin. Beugt den Kopf nach vorn. – Willst du mir denn überhaupt nicht auf Wiedersehen sagen? – Dir? sagt Aud. – Wir sehen uns doch in ein paar Tagen schon wieder. Damit umarmen sie sich wie immer.

Bodil faßt Aud am Arm. – Gehen wir runter und sehen uns die Giraffen mal an? fragt sie. Aud schafft es nicht, darüber zu lachen, Bodil kann sie immer aufmuntern, trifft den Nagel auf den Kopf, mit einer humorvollen Wehmut, die zu Auds Gemüt paßt. Eigentlich hat sie sich vorgenommen, nicht zu winken, doch nun geht sie trotzdem mit.

Da stehen sie auf dem schmalen Bahnsteig mit koffertragenden Reisenden um sich her. So norwegisch sind sie hier mitten in diesem dänischen Sprachgewirr.

Die Köpfe der norwegischen Seminarteilnehmerinnen ragen weiter hinten aus den Abteilfenstern. In kleinen Gruppen stehen die dänischen Frauen davor. Aud und Bodil gehen weiter, wechseln einige belanglose Bemerkungen, versuchen komisch zu sein, stehen da und gucken. Jetzt sehe ich dich, denkt Aud. Noch kann ich dich sehen. Es wird gepfiffen, der Zug rollt langsam an. Aud und Bodil gehen einige Schritte mit, dann bleiben sie stehen und winken.

4

Der Zug rattert nordwärts durch Schweden. Irene liegt auf dem schmalen Bett, die Augen sind weit offen. Es quietscht leicht in den Bremsen, der Zug wird langsamer, zieht plötzlich wieder an, wird wieder langsamer und hält schließlich ganz. Diesmal bleibt er lange stehen, und sie schaut hinaus – doch da sind nur die nachtschwarze Erde und ein stummer Mast. Ebenso unerklärlich rollt er nach einer Weile weiter, sie spürt im Liegen seine Bewegungen. Wo befindet sie sich jetzt? In der Nähe von Varberg? Aber das ist so fern, so unwichtig, sie hat hier einen ganzen Traum vor sich. Liegt da, sich ihres ganzen Körpers bewußt, unter der dünnen NSB-Decke zwischen den frischen Laken und spürt, wie ein warmes, süßes Gefühl sich ausbreitet.

Plötzlich sieht sie Aud vor sich, sieht ihren Körper, als sie die Arme in großer Gebärde zum Himmel streckt – der Gedanke daran versetzt sie in grenzenlose Freude. Nun steht sie ihr gegenüber, hält sie, was für ein Gefühl, was für ein vollkommen namenloses Gefühl! Ihre Stimme sagt: „So furchtbar eilig ist es ja wohl nicht? Sie bewegt sich auf sie zu, langsam, zielbewußt, nichts anderes ist da mehr, gut, schnell, schnell, gut, für Ewigkeiten – weg.

Irene liegt in sonderbarer Leere da, alles ist in weicher Bewegung. Über ihr Rita Bloms gleichmäßiger Atem, ab und zu ein beruhigender Schnarcher, wie vorher. Wie seit Helsingör, wo sie das Licht gelöscht hatte. Habe ich zu laut geatmet? Die blonde Frau aus dem obersten Bett, Maria Liljeblom, die in Göteborg raus muß und mit der sie die ganze Woche kein Wort gewechselt hat, liegt verdächtig ruhig da. Hat sie etwas von ihrem nächtlichen Treiben gehört?

Doch das kann Irenes Freude nicht schmälern. In der Bahn ist alles erlaubt, denkt sie so, als wäre ihr ein bekanntes Zitat eingefallen. Einen jungen, glatten, weichen Körper hat sie zurückbekommen, so, wie sie ihn einmal gehabt und dann vergessen hatte. Nur damals, damals als junges Mädchen während einer Zelttour, als Mädchen beim Tanz in der Scheune in Borre, bei der Party, die sie ganz allein gefeiert hatte zu Hause in der Villa auf Nötterö, hatte sie es damals gewagt, in diesem Körper zu sein?

Der Zug fährt und fährt, birgt viele Träume in sich, die der Schlafenden und die der Wachen. Unter denen befindet sich Irene, mitten in einem glückseligen Niemandsland, in dem noch Zeit ist, sich selbst ein wenig mehr nachzugehen.

Der Flug Oslo – Værnes ist so unglaublich kurz. Jede Minute werde ich weitergetragen, denkt sie, weiter und weiter weg. Ist das Band zwischen uns in seiner Elastizität denn unendlich belastbar oder wird es reißen? In einigen Tagen kommt sie nach, dann wird der Abstand geringer – gut, daran zu denken. Ein seltsamer Trost war das. So ganz hoffnungslos weg von ihr bin ich ja trotz allem nicht. Ja, sogar in der gleichen Stadt ...! Sofort löscht sie den Gedanken daran aus. Doch ... es ist ein Trost, daß sie in die gleiche Richtung wie sie fahren wird. Und es tut ausgesprochen gut, daran zu denken, daß sie nicht in Australien wohnt.

Sie blickt auf Mutter Norwegen unter sich, sieht ihre unendlichen Ausdehnungen aus grauem Fels und Wald, Wald und grauem Fels. Zu Hause. Morgen ist Montag, denkt sie. Alles in ihrer Brust hält sich für die Landung bereit.

Sie sieht ihn sofort. Die graue Anzugjacke geschäftig offen, eine Hand in die Seite gestützt, so daß sein dünnes, hellblaues Oberhemd zum Vorschein kommt und damit der runde, hervorquellende Bauch. Er ruft und winkt und hält Rulle vor sich. Aber die reißt sich hüpfend von seinen Händen los, hopst auf der Stelle auf und ab, sobald sie Irene sieht. Groß ist er, größer als die meisten, darauf war sie immer schon stolz gewesen. Und die graumelierte Löwenmähne, auch auf die. Mit den kleinen, himmelblauen, intensiven Augen blickt er ihr energisch entgegen. Irene. Hallo! Was für eine seltsame Nase er hat! denkt sie plötzlich. Sie war nie eine sonderliche Zierde an ihm gewesen, klein, wie sie ist, und mit der Andeutung eines Klumpens an der äußersten Spitze. Aber jetzt meint sie wirklich eine Kartoffel zu sehen, und für einen Moment kann sie nichts anderes sehen als das.

Sie wird verlegen. Breit lächelnd kommt er ihr erleichtert entgegen und öffnet seine Arme. Ein wenig steif läßt sie sich an ihn drücken.

– Ich habe dich vermißt! sagt er laut und abgehetzt, viele hören es ringsum und sehen sich das Wiedersehen an. Er küßt sie hinter das Ohr.

– Bloß gut, daß du nach Hause kommst. Rulle streckt ihre

Arme nach ihr aus, jetzt ist schließlich sie an der Reihe. Irene löst sich aus der Umarmung, beugt sich nieder und hebt sie ein wenig hoch, drückt sie fest und ernst an sich. – Jeden Tag haben wir Spaghetti à la Capri gehabt, weißt du? Irene lacht.

– Ach, was für ein Quatsch! sagt Torgeir.

– Ja, und außerdem waren wir zweimal im Restaurant, fügt sie gerechterweise noch hinzu. – Einmal waren wir sogar im Palmen-Restaurant!

– So, so, da hast du also eine neue Dame zum Ausgehen, sagt Irene rasch und wirft ihm einen schelmischen Blick zu.

– Ja, lacht Torgeir. – Wir haben sogar getanzt, nicht wahr, Rulle?

– Ja, das war schön! Außerdem haben wir uns aus allen Möbeln im Wohnzimmer ein Haus gebaut, nicht Papa?

– Ja, ja, wir haben all das gemacht, was wir nicht dürfen, wenn Mama da ist.

Irene nimmt Rulle an die Hand. Sie jedenfalls ist so ganz und gar Rulle, genau wie vor der Abreise noch, mit den zwei selbstbewußt geflochtenen Schnecken, die sie heute trägt. Dann hängt sie sich bei ihrem Mann ein, und so gehen sie durch die Ankunftshalle hinaus auf den Parkplatz des Flughafens.

5

Am nächsten Tag verläßt Aud die Wohnung und geht beschwingt die Istedstraße hinunter, an all den kleinen Geschäften vorbei. Sie fährt zum Frauenzentrum in der Goethestraße, um dort Bodil Nielsen im Buchcafe zu treffen. – Du, Bodil! Können wir nicht rausgehen? – Natürlich können wir das! Sie gehen bis zum kleinen Restaurant im königlichen Hafen und essen dort ein Smörrebröd. Sie können draußen an den weißen Tischen sitzen, so herrlich warm und schön ist es. War es Bodil auf dem Seminar gut ergangen? Bodil nickt. Eine unwahrscheinliche Bestätigung war das Ganze gewesen ... zu wissen, daß so viele Frauen überall mit dem Gleichen beschäftigt waren, auf verschiedenen Gebieten, an unterschiedlichen Orten. Findet Aud das nicht auch?

– Doch, sagt Aud. – Doch! Leidenschaftlich stößt sie dieses kleine Wort aus, ihr scheint, der ganze Körper folge hinterher. Angeregt sprechen beide über das Seminar. Bodil läßt Messer und Gabel über ihrem Käsebrot sinken.

– Du siehst unglaublich gut aus, sagt sie plötzlich. – Wie kommt das? Ist es nur, weil Du so braun bist?

Aud spürt die Wärme in ihren Wangen. – Ich weiß nicht! bricht es freudestrahlend aus ihr heraus, sie breitet die Arme aus. – Was für ein herrliches Wetter!

Gut ist es, mit Bodil so unter den Bäumen zu sitzen. Doch schon bald spürt sie die Unruhe, fühlt die Bewegung der Nerven im ganzen Körper, der fort will, an einen anderen Ort. – Ich hab noch etwas zu erledigen, kommt es hastig, fast entschuldigend. – Wir sehen uns doch morgen abend bei Lille Rosenborg?

– Ja, ja, verschwinde du nur zu deiner Verabredung. Genau das ist so unglaublich befreiend an Bodil, immer schafft sie es, mit ihrer Neugier fertigzuwerden, kann jederzeit akzeptieren, daß Aud noch etwas anderes vorhat. Nie verlangt sie Rechenschaft von ihr. Rasch verabschiedet sich Aud und beeilt sich, in den Park zu kommen.

Schnell geht sie zu Nörreport, nimmt die Linie fünf nach Amager und zum Wall. Findet den Weg wieder, der am Wasser entlangführt; dort geht sie mit ausgreifenden Schritten, die Beine unruhig und ungeduldig. Sie blickt an ihrem Körper hinunter, gut ist es, so mit ihm zu gehen. Sie nähert sich der Trauerweide. Sofort verlangsamt sich ihr Schritt, sie sieht den riesigen Baum an, bleibt stehen, es ist fast so, als betrete sie ein Gewölbe – absolute Stille unter den Zweigen. Ohne sich zu bewegen, atmet sie tief ein. Laß es gut gehen, denkt sie. Lieber Gott, laß es gut gehen!

Sie setzt sich auf den Rasen und blickt auf die blanke Wasseroberfläche, sieht die norwegische Kirche auf der anderen Seite und den Verkehr dort drüben von Langebro. Hatten sie hier gesessen? Vor nur vierundzwanzig Stunden? Genau hier?

Ganz lebendig wird es in Auds Kopf von all den Gedanken, die nun auftauchten. Das Kinn in die Hände gestützt, sitzt sie da, fühlt sich ganz und gar anwesend. Was war geschehen?

Aud denkt an Irenes Augen, denkt an Anna, an die Graslandschaft in Tarquinia, an das Amphitheater in Pompeji. Denkt an ihre Mutter.

Sie sieht Rita vor sich, wie sie auf den sonnenüberfluteten Wegen in der Nordmark Rad fährt. Es ist Sommer, die Hitze steht über den Kieswegen, überall um sie her lebt der Wald. Sie denkt an den Tag, an dem sie mit Anna auf den Tribünenstufen des kleinen Amphitheaters saß, eine Woche, bevor sie abreisen sollte. Denkt an ihren Vater, der daheim in seinem großen Haus in Slemdal sitzt und darauf wartet, dort nicht mehr zu sitzen. Sieht Irenes Hand, die auf dem Hauptbahnhof aus ihrem Abteilfenster herauswinkt. Aud denkt an alles in ihrem Leben in einem einzigen Gedankengang.

Es hat einen Grund, weißt du, erklärt Aud, daß meine Hand so zittert, wenn ich sie dir gebe. Aber es ist ja nicht zu erwarten, daß du das weißt. Wieviel weiß eine davon, daß sie eingreift, wenn sie die Hand ausstreckt?

Aud ist sich immer unsicher gewesen. Denkt immer, sie suche nach einer Lösung, die sie nicht finden kann. Was meinst du damit? Die Stimme, die das fragt, ist hell, will, daß ihr etwas erzählt wird.

Aud sitzt da und schreibt einen Brief an Irene, ab und zu bekommt sie Antwort. Und hin und wieder kommen ihr Bruchstücke ihrer Unterhaltungen in den Kopf; die wenigen, die sie miteinander haben konnten, so kurz, wie sie waren; da oben in Asserbo, auf dem Heimweg im Bus und hier auf diesem Weg, als sie endlich zum erstenmal miteinander etwas länger reden konnten. Aud gibt sich weiter ihren Gedanken hin, springt vor und zurück in ihrem Leben, doch Irene nimmt den Faden immer wieder auf, egal, wo sie auch beginnt, egal, welche Form es annimmt.

Es ist, als lege sich Aud ihr in den Schoß – so. Hier hast du mich. Was sagst du nun?

Aud war schon früh in die sogenannte Welt hinausgefahren. So, wie es junge Mädchen eben dürfen, um zu lernen – Sprachen. Doch wozu? Um zu verstehen, was andere sagen? Jedenfalls war sie weggegangen, unklar, voller Vorstellungen. Und bereit für alles, absolut alles. Mit welcher Zielstrebigkeit waren nicht die jungen Mädchen seit Generationen so fortgefahren! Wozu hätte dieser Mut gebraucht werden können!

So war Aud gefahren. Sie hatte früh in ihrem Leben einen Sprung erlitten, das wußte sie. Aber sie verschloß ihr Gesicht und ging weiter, auch nach dem Tod der Mutter. Was sonst hätte sie tun können? Ihr Vater zwang sie nicht, die Rolle der Mutter zu übernehmen, wie es so viele Witwertöchter hatten tun müssen. Dafür fand er andere Frauen. Aud hatte, wie die meisten jungen Mädchen, genau das getan, wozu sie erzogen worden war. Nur daß sie dazu erzogen worden war, eben das zu tun, was sie wollte. Das war ihre Art Gehorsam gewesen. Auf eigenen Füßen wollte sie stehen, sich ernähren können und nie, nie im Leben vom Geld eines Ehemannes abhängig werden.

In den Ferien verließ sie immer das enge Norwegen. Einmal bekam sie einen Aufenthalt bei dem Nordischen Institut in Rom. Sie hatte die Etrusker erforschen wollen. Dadurch konnte sie sich Zutritt zu einigen etruskischen Gräbern in Tarquinia verschaffen. So traf sie Anna.

Ganz zufällig war es und sehr merkwürdig. Aud hatte sie sofort entdeckt, zwischen all den anderen Touristen, die an diesem Tag gekommen waren. Und da war es dann wieder: das, was sie immer in die Irre führte.

Nach der Führung waren sie ins Gespräch gekommen. Stotternd zunächst, mit Hilfe von französisch, schließlich tranken sie zusammen einen Kaffee in der kleinen Stadt dort bei dem Freilichtrestaurant beim Etruskermuseum. Aud wußte nicht mehr, ob Anna sie oder sie Anna eingeladen hatte. Später hatten sie darüber oft diskutiert; Aud meinte, Anna hätte es getan, und Anna behauptete, daß es umgekehrt war – nie einigten sie sich in diesem Punkt.

Später widmete Aud zwei Jahre ihres Lebens Anna Verucci.

Sie war Katholikin und hatte ein aktives, persönliches Verhältnis zum Glauben. Sie gingen zusammen zur Messe. Bis dahin hatte Aud ein oberflächliches Bild vom Christentum gehabt; eine Reihe von Geschichten um einen schönen Mann, der umherwanderte. Jetzt las sie das Neue Testament noch einmal, was sie besonders daran packte, war das Mystische. Wie konnte diese Handlung, dieser eine Vorfall – Jesus am Kreuz – erlösend wirken, reinigend, seligmachend und befreiend? Für alle – bis zum heutigen Tag? Auch für Aud? Für Aud und Anna, die dort durch die Straßen von Rom gingen und darüber diskutierten?

Eine Welt öffnete sich bei den Gedanken darüber.

Sie ging oft mit Anna in die Kirche und nahm an der Messe teil. Heilige Stunden waren das – sonderbar. Heiraten konnten sie sich nicht. Aud hätte sich so gern mit Anna verheiratet, wollte sich nie von ihr scheiden lassen – nein, nie mehr. Eine ganz organische Zusammengehörigkeit wollte sie. Und nun stand sie trotz allem mit ihr vor dem Altar.

Später fuhr Aud nach Norwegen zurück und belegte an der Universität Italienisch. Nach einer Weile konnte sie recht fließend diese Sprache sprechen, effektiveren Sprachunterricht hatte sie nie erhalten. Und in dieser Sprache schrieb sie Briefe so dick wie Bücher darüber, wie sehr sie sich nach ihr sehnte; Anna antwortete mit ebenso langen Briefen über all die Gedanken, die sie sich über das Leben und das Mysterium machte, all das, worüber sie gesprochen hatten und worüber sie weiter nachgrübelte. Überall stieß sie auf Dinge, die an Anna erinnerten. Niemals hatte sie sich so nach einem Menschen gesehnt.

In den Ferien trafen sie sich, sahen die Alpen, die Ebene der Toscana und Neapel. Herrlich war das! Mit dem Bus dort anzukommen, wo der Weg an der Bucht entlang verläuft, von dort sieht man die Stadt liegen. Und da verstand sie es: „Vedere Napoli e poi morire."

Sie wußte, daß sie den Menschen, der neben ihr saß, liebte.

– Es herrscht so eine grauenhafte Armut hier, hatte Anna gesagt und rechts auf einige Häuser gezeigt. Dichtgedrängte alte Häuserblocks mit Wäsche davor, Menschen, die laut riefen, und barfüßige Kinder, die den Bus anstarrten. Aud fühlte sich grenzenlos romantisch und unreif.

An diesem Tag erzählte ihr Anna, daß sie heiraten würde. Draußen in Pompeji war es gewesen, durch dessen sonderbare

Straßen sie wanderten. Sie kamen zum Amphitheater, ein abgeschlossener, friedlicher Ort mit verbranntem, blassem Gras zwischen den Stufen der Tribünen. Dort hatten sie sich niedergesetzt, jede saß auf ihrer Stufe, ein Stück voneinander entfernt, entsetzlich heiß war es an diesem Tag gewesen. Anna hatte gesagt: „Da ist etwas, das ich dir schon seit langem hätte sagen sollen.“ Sofort wußte Aud, daß nun etwas Fürchterliches käme. „Ich werde Mario heiraten.“

Nach der Rückkehr aus diesen Ferien hatte Aud das Gefühl, ihre ganze Welt sei zusammengebrochen. Etwas war in ihr entstanden, ohne daß sie es bemerkt hatte. Das Leben schien nur noch aus losen Enden und Stücken zu bestehen, nichts war von Bedeutung, aufgegriffen zu werden. Da lag Oslo genau wie zuvor, und schön war es im Licht des Septembers. Aber keine mehr, mit der dieses Licht zu teilen wäre, nicht einmal in Gedanken.

Dann wurde sie krank; krank und stumm. Wenn sie jetzt daran zurückdachte, sah sie sich selbst den ganzen Winter über mit geschlossenem Mund. Sie hatte nicht gewußt, daß es möglich war, so zu verstummen. Wortlos, einsam, ohne jeden Versuch, Kontakt zu jemand aufzunehmen, ging sie zwischen den großen neuen Gebäuden des Studentenviertels entlang und belegte Norwegisch.

Doch Anna blieb. Irgendwo in ihr war sie immer da.

Aud war daran so gewöhnt, daß jetzt, hier an einem warmen Augusttag auf einem Grashügel in Kopenhagen viele Jahre später, auch Anna dabei war.

Nach dieser Zeit mit ihr hatte sie weiter ein unruhiges Leben geführt. Sie machte ihre Examina in gemächlichem Tempo, zunächst Norwegisch als Nebenfach und danach allgemeine Literaturwissenschaft. So konnte sie dem Theater am nächsten kommen und gleichzeitig den italienischen Klassikern. Es kam vor, daß sie trauerte. Sie hätte das nie selbst so genannt und verstand es nicht. Doch mit jeder neuen Jahreszeit brach die Sehnsucht durch.

Am liebsten hätte sie etwas ganz Neues angefangen, wollte von allem wegkommen, was mit ihrem bisherigen Leben zu tun hatte. Vielleicht glaubte sie, daß es sich ändern konnte? Sie antwortete auf eine Ausschreibung für eine Lehrplanstelle im Norden des Landes; Englisch, Deutsch und Geschichte. Sie hatte weder Deutsch noch Geschichte, bekam aber die Stelle. Sie zog dorthin und nahm sich vor, ein Jahr zu bleiben, das war nicht so lang. Aber sie wurde an dieser Schule gemocht, und außerdem bekam sie eine Englischklasse, die sie weiterführen wollte. Die Leute waren angenehm und gesprächig, alles war anders, als sie es sich gedacht hatte. Und Sonja war da.

Auds Gedanken wanderten, sie wanderten von Rom nach Svolvær, wo sie zwei Jahre länger, als geplant, geblieben war. So schnell waren sie vergangen; ihre Gedanken wanderten überall hin, wo sie gewesen war, und nach Oslo zurück. Zu guter Letzt immer nach Oslo zurück. Es ist ja meine Heimatstadt, dachte sie fast entschuldigend, doch was war da zu entschuldigen?

Ich bin dumm, dachte sie, weshalb sitze ich hier und denke an alles mögliche, was ich getan habe? Aber es ist wahr, den zweiten Herbst war es ihr da oben so gut gegangen. Ich hatte eine derart verliebte Naturempfindung im Körper, das vergißt sich so leicht!

Sie fuhr also zurück und belegte Norwegisch als Hauptfach. Ihre Examensarbeit nannte sie „Vigdis als Ouverture für die Frauenschicksale in Sigrid Undsets Romanen“ und erhielt die Kritik, daß sie eine ideologische Arbeit geschrieben hätte, mit Schlagseite, keine literarische. Die Frauenbewegung dämmerte und ging auch an Aud nicht vorbei.

Nach beendeter Ausbildung hatte sie ein Leben als eine ewige Vagabundin des akademischen Berufslebens geführt. Sie hatte Briefe für die Korrespondentenschule korrigiert, einen Anwärter-Lehrgang beim Rundfunk absolviert und einige Radioprogramme zusammengestellt, hatte dramatischen Unterricht genommen und in einer herumziehenden Theatergruppe mitgearbeitet, war zwischenzeitlich Lehrerin gewesen, stundenweise, und hatte Vertretungen in diversen Schulen gemacht, Übersetzerin war sie und nahm Examen an der Universität mit ab. Dann kam Rita.

Sie kam und war recht klein, ziemlich rechthaberisch und gesprächig und füllte den Raum aus. Sie war Referendarin an der Schule, in der Aud den Vertretungsunterricht übernommen hatte. Oft stand sie an Auds Tisch in der Lehrerbibliothek und unterhielt sich mit ihr. Sie war sofort begeistert, als sie Aud zum erstenmal sah, sie hatte sie in einem Kabarettstück im Jahr zuvor gesehen. Rita redete drauflos – über das Hexenwesen im Mittelalter, Selbstverteidigung für Frauen und Details des Englischunterrichts. Aud war höflich geistesabwesend, eine recht anmaßende Type, dachte sie.

Aber Rita ließ sich nicht bremsen. Sie wollte etwas, das war's. Schon am zweiten Tag hatte sie Aud erzählt, daß sie verheiratet gewesen und nun glücklicherweise da rausgekommen sei. – Nie mehr, sage ich! Nie mehr! sagte sie. Das Gerücht, sie sei Feministin, wirbelte durch das Kollegium.

Aud hörte leicht verstimmt zu. Für sie waren die neuen Feministinnen wie zu einem fernen Brandungsrauschen einer etwas jüngeren Generation geworden. Sie waren fleißig und mutig und zogen oft vorschnelle Schlüsse, aber sie gaben nicht auf.

– Hast du nicht mal daran gedacht, hier an der Schule eine Frauengruppe anzufangen? fragte sie. Eine Frauengruppe in der Schule! Aud dachte an Svanhild Korgen und Frau Tellefsen, deren geistiges Leben sich immer noch zwischen ihren Ringbüchern und „Learning English" Teil I, II, III abspielte, und schüttelte den Kopf. Ein Ozean lag zwischen deren und Ritas Welt. Worüber sollten sie denn reden?

– Nein, das habe ich allerdings nicht, sagte sie.

Sie war abweisend, und das nicht zu knapp. Rita ärgerte sie. Als träfe sie eine bestimmte Stelle im Kopf und stocherte dann da herum. Aud wußte nicht, was sie davon halten sollte. Rita war so wohlfrisiert und unerschütterlich in ihrer Art – mit braunem glatten Haar und Stirnlocke. Fast nie ein Haar auf dem Pullover. Immer wirkte sie frisch gewaschen, unsagbar frisch gewaschen. Die Bewegungen waren unklar, so als wolle sie zur gleichen Zeit in mehrere verschiedene Richtungen gehen. Immer aufmerksam auf alles, was im Raum vor sich ging, und verwirrt über die eigene Anwesenheit. Sie redete mit Eifer und oft ununterbrochen – entweder darüber, daß die Teetasse gleich überschwappte, oder über den Sullerot-Rapport und den sich verschlechternden Stand der Frau in der EWG.

Lebendig war sie. Sehr lebendig war diese Frau. Und es geschah also wieder einmal.

So ging es eine ganze Weile – Aud und Rita. Mit ihr zu sein bedeutete Leben, ein ganzes Leben brachte sie mit sich. Und in kürzester Zeit konnte Aud nicht mehr verstehen, was sie gemacht hatte, bevor Rita kam.

Plötzlich war die Referendarzeit vorüber, und Rita bekam eine Stelle am Gymnasium in Grünerlökka und verschwand.

Zu der Zeit war es, als Aud einen roten Prospekt mit einem großen Frauenzeichen darauf in die Hände bekam. Es war eine

Drucksache, die ihr Rita, fast zufällig, zusammen mit anderer Propaganda gegeben hatte. Aud blätterte die Broschüre für das Frauenlager in Dänemark durch.

Mit innerer Skepsis las sie die Erläuterungen: „Nehmt warme Bekleidung und Taschenlampen mit.“ Das war nun das Letzte, was sie sich denken konnte; die neue Frauenbewegung wirkte abschreckend und fremd auf sie. Mit denen in ein Lager zu fahren, daran war überhaupt nicht zu denken. Ihr graute vor dem Gedanken, mit so vielen gemeinsam wohnen zu müssen, in großen Zelten, wie sie gehört hatte. Es sträubte sich alles in ihr, wenn sie an den mangelnden Komfort dachte (keine Türen vor den Kloverschlägen!), Kleidung, Schlafsack, und alles würde im Regenwetter völlig durchnäßt werden, und überall krabbelten Ohrkneifer herum (ja, Rita hatte nicht an Details gespart), außerdem fürchtete sie sich vor der aufgezwungenen Nähe im Zelt. Würde sie da überhaupt schlafen können? Oder aber wenn sie zehn Schüsseln Grünkohl zubereiten mußte, zusammen mit einer, die sie nicht ertragen konnte?

Und überhaupt, wozu sollte das eigentlich gut sein, so viele Frauen an einem Ort versammelt? Was erreichen sie denn damit? Innerhalb der Gesellschaft mußte der Kampf stattfinden.

Und zum Nacktsein hatte sie überhaupt keine Lust, das war fast das Schlimmste. Sie konnte ja versuchen, bis dahin schlanker zu werden, dachte sie und wurde zusehends mutiger, als sie sich auf dem Zeltplatz wie eine Sylphide herumlaufen sah. (Plötzlich fand sie eine Tafel Schokolade, von der sie angenommen hatte, daß sie in der Speisekammer sei, und mummelte sie in Gedanken daran auf, wie schlank sie im Frauenlager wäre.) Ob sie es nun gut fände, so viele andere nackte Frauen zu sehen, wußte sie auch nicht. Von einer Nacktkultur sollte der Frauenkampf doch wohl nicht ausgehen? Wenn sie sich einmal für den Feminismus engagieren würde, so hatte sie immer gedacht, dann doch höchstens theoretisch. Aber der Körper? Körper hin und Körper her! Menstruationszyklus und Bauch. War das nicht eben die Verbindung zur Biologie, von der sie weg wollten? Es wurde wirklich zuviel vom Körper in der Frauenbewegung geredet.

Mit diesen Gedanken füllte Aud das Anmeldeformular für das Frauenlager auf Femö 1974 aus.

Sie seufzte tief und sah den Weg vor sich, einen bestimmten Punkt darauf. Viel war seitdem geschehen. Der Feminismus hatte ihr eine Welt geöffnet. Alles wurde zwar viel schwieriger, aber eben auch klarer. Rita lehrte sie dort machtinteressierte, oberflächliche, arrogante Egoisten sehen, wo sie vorher höfliche, freundliche, zuvorkommende Herren gesehen hatte. Was vorher für sie kecke, junge, norwegische Jungs gewesen waren, sah sie jetzt durch Rita als angeberische, narzißtische, erwachsene Babies. Und Rita überzeugte sie auch davon, in welchem Grad all diese verdrehten Männererscheinungen Ausübende eines totalen Systems waren; ein System, das alles beherrschte, vom kleinsten Abwasch bis hin zur NATO-Politik. Alles konnte mit feministischen Augen betrachtet werden, und das war anstrengend.

Glücklicher wurde sie nicht als Feministin, aber klüger.

Wenn Aud allerdings an diesen ersten Sommer dort auf Femö dachte, war sie sich dessen auch nicht so sicher. Denn glücklich war sie dort gewesen – glücklich und unglücklich –, doch das, was am stärksten auf sie gewirkt hatte, war die Entdeckung der anderen Frauen, ihrer Gedanken, Körper und ihres Ichs. Ihr Leben, von dem sie erzählten, nah, plötzlich sehr nah, Menschen erzählten, die sie nicht kannte, während sie im Kreis auf der Wiese saßen.

Feminismus veränderte gewiß nicht die Welt an einem Tag, aber er veränderte alle, die ihn in sich trugen.

Aud dankte Rita für all das. Für sie war es nichts Neues gewesen, aber sie hatte solche Freude daran, Auds Freude zu sehen, und wollte ihr immer mehr zeigen. Sie waren dann gemeinsam in eine Wohngemeinschaft gezogen, um das Private aufzuheben. Immerzu waren sie dabei, etwas zu arrangieren. Wohl die Hälfte ihrer Zeit verbrachten sie damit, Veranstaltungen vorzubereiten oder an praktischen Arbeitsgruppen der Frauenbewegung teilzunehmen. Niemals hatten so wenige an so vielen Orten etwas getan. Und Aud und Rita waren zwei von diesen Frauen.

Sie trafen auf viel Widerstand, aber sie hatten einander, und sie hatten recht. Wohl noch nie hatten so wenige in so vielem recht gehabt.

Aud fand heraus, daß sie ihre Kenntnisse von früher nun auf ganz neuen Gebieten anwenden konnte. Mit einigen anderen zusammen gründete sie die Theatergruppe „die Klatschweiber".

Es war das erste, was sie ohne Rita in der Frauenbewegung getan hatte, und Rita war sauer darüber und wollte auch mit zur Gruppe gehören. Aud sagte nein, erklärte aber nicht, weshalb.

Das wurde zur ersten großen Angelegenheit, in der sie nicht

übereinstimmten. Rita hatte schon immer Lust zum Theaterspielen gehabt, hauptsächlich wollte sie etwas mit ihrer Stimme machen, und sie hatte eine sehr schöne Gesangsstimme. Warum nun sollte sie von dieser Gelegenheit ausgeschlossen werden? Dann gründe doch auch eine Theatergruppe, sagte Aud und wußte, daß sie an diesem einen Punkt nicht nachgeben sollte. Wir wohnen zusammen! sagte sie, wir teilen unser ganzes tägliches Leben miteinander! Und die politische Arbeit! Wir teilen alles.

Doch Rita verstand sie nicht.

So verschwand sie in der Selbstverteidigung. Es war nun anders geworden mit ihnen. Aud spürte, wie sie durch die Theatergruppe aufblühte, so, wie sie es schon lange nicht mehr erlebt hatte, und sie schämte sich deswegen. Mochte sie Rita denn nicht mehr? Was war da schiefgelaufen? Mehr und mehr wünschte sie sich, etwas für sich ganz allein zu tun.

Sie wußte nicht, was sie mit diesem Drang beginnen sollte. Sie fühlte ihn, versuchte aber, nicht daran zu denken.

Und plötzlich verliebte sich Rita in eine der Selbstverteidigungsfrauen, in Rita Gullichsen.

Eine Zeitlang sprachen sie viel darüber und wie sie das „ordnen" könnten. Sie wollten sich ja wie Erwachsene verhalten, und die Zeiten waren vorbei, in denen nur Schluß gemacht oder eine eifersüchtig wurde und die andere haßte. Aber Aud war eifersüchtig, und sie brachte es nicht fertig, darüber zu sprechen.

Schlimm war das für sie beide gewesen und hatte empfindliche Punkte in ihnen berührt. Schließlich zog Aud aus der Wohngemeinschaft und nahm sich eine Zweizimmerwohnung, ganz für sich allein.

Das wurde auch zu einer Erleichterung, zu einer neu gefundenen Freiheit. Doch oft war die Einsamkeit da und warf sie zurück in ihre Not. Dann weinte sie und sehnte sich nach Rita zurück.

Aud erhob sich vom Hügel. Warum ging die Beziehung damals kaputt? Was war der wirkliche Grund? Einen Moment blieb sie ganz still auf dem Weg stehen, dann ging sie langsam in Richtung Langebro.

Warum wurde es so, wenn sie doch die Welt miteinander teilten? So oft sich Aud das auch immer fragte, fand sie keine Antwort darauf. Die Sexualität verschwand ganz einfach und was blieb, war ihre Arbeit – und die Zärtlichkeit. Lange sprachen sie nicht darüber, und Aud dachte, es bedeute auch nicht soviel. In ihrer Beziehung war die Sexualität nie das Wichtigste gewesen. Und Rita hatte oft gesagt, daß sie sie eigentlich immer als gewissen Druck in einem Verhältnis empfand; in ihrer Ehe mit Hroar hatte sie sich so oft dazu zwingen oder überreden lassen. So sollte es doch wohl nicht zwischen Frauen sein? Damit war Aud einverstanden.

Und dann, plötzlich, war Rita Gullichsen da. Schlank und schön, spazierte sie in Ritas Leben – da war nun keine Rede mehr davon, daß die Sexualität nicht wichtig war.

Also war sie doch wichtig? Das heißt, wie wichtig sie eigentlich war, zeigte sich erst, wenn diese Gefühle wieder im Körper aufstiegen, gewaltig und unbändig und völlig unangebracht sich auf eine andere richteten.

Und nun war es also wieder da. Sie nahm den Weg unter der Brücke in Richtung Islands Brygge. Konnte etwas stärker, lebendiger sein als diese Spannung zwischen Schoß und Brust?

Und was tat sie dann mit dem Rest ihres Lebens, wenn das kam? Aud wußte es nicht.

Sie ging zurück in die Wohngemeinschaft, in der Bodil wohnte, und schrieb dort an die Frau, die sie nicht kannte, den ganzen Abend lang. Eine Frau, die sie gerade getroffen hatte und deren Nähe wie eine Sehne sich in ihr spannte. Seite um Seite schrieb sie, riß sie dann aus ihrem Schreibblock und legte sie Blatt für Blatt aufeinander, ein richtiger kleiner Stapel.

Das war der große Vorteil von Briefen, dieser unsichtbaren nervenaufreibenden Verbindung, eine konnte soviel Dummes schreiben, wie sie wollte, die Dummheiten mußten ja nicht abgeschickt werden. Als könnte das Schicksal an der Nase herumgeführt werden. Denn trotz allem hatte sie ja viele Stunden lang ein Zusammensein genossen, das nicht stattgefunden hatte.

Aber das tatsächliche Zusammensein hatte gnadenlos stattgefunden. Worte in der Luft konnten nie wieder zurückgenommen werden. Ein für allemal waren sie in ihrer Idiotie erklungen ... oder wurden vom Traum der anderen freundlich entgegengenommen.

Doch sobald du es aussprichst, geschieht etwas damit. Solange du es nur in deiner Brust hast, ist es deins. Keine vermischt es dort mit ihren Erwartungen – bläst es zu etwas anderem auf, als es ist; keine besudelt es mit vernichtenden Kommentaren. Keine nennt es irgendwas, und du brauchst es auch nicht zu benennen.

Nicht selten sehnte sich Aud in die Zeit zurück, als sie noch ganz jung war und nie ein Wort über solche Dinge gesagt hatte.

Aud blickte auf ihre niedergeschriebenen Gedanken, sie sah ihren Versuch, die Liebeserklärungen vorsichtig, auf weichen Pfoten in den Brief einschleichen zu lassen. Sie las es und begann zu zittern, freute sich grenzenlos, daß Irene das sähe. Würde sie es denn auch so verstehen?

Sie saß mit den Blättern in der Hand, noch war nichts ausgesprochen, noch keine Dummheit begangen. Aud war sich recht sicher, daß sie kommen würde, doch noch lag die Welt da, neu und voller Möglichkeiten, klug zu handeln.

Keiner lebenden Seele hatte sie bis jetzt etwas davon gesagt. „Davon", wo alle Worte arm und klein sind, armselige Halblügen gegenüber der Botschaft, die sie vermitteln sollen. Verliebt – fasziniert von – angezogen. So begrenzt, so wenig magisch, so hoffnungslos präzise demgegenüber, das sich wie eine Himmelswölbung über Körper und Seele spannte, wenn es kam.

Unsicher, mit gerunzelter Stirn, mit Angst, mit Freude, las sie die Seiten durch, die sie geschrieben hatte. Dann legte sie sie schließlich mit klopfendem Herzen in einen gelben Umschlag. Mit großen, langsamen Buchstaben schrieb sie: „Irene Jacobsen, Birkegate 12, 7000 Trondheim." Lange saß sie da und starrte auf die Adresse.

6

Irene öffnet einen dicken, gelben Umschlag und zieht einen ganzen Batzen dichtbeschriebener Blätter heraus, die offensichtlich von einem Schreibblock gerissen wurden. Die Schrift ist klein, sie wirft einen raschen Blick auf die Zeilen. „Liebe Irene, ich bin Dir in Gedanken auf Deinem Weg nach Hause gefolgt", sie blättert schnell weiter, da kommt der Name „Anna" mehrere Male und „Vesuv", ja, mit einem Vulkan hat sie es allerdings zu tun; wo soll sie das denn überhaupt lesen? Jetzt? Die Bibliothek hat gerade geöffnet. Sie sieht sich um, niemand anders ist zur Zeit hier im Raum für die Ausleihe, sie liest noch ein paar Zeilen: „Jetzt gehe ich diese Woche dort in Asserbo in Gedanken durch, wieder und wieder, immer auf der Suche nach Dir und mir ...", die Worte durchfahren sie zitternd, wie ist es nur möglich, daß ihr Körper so wild werden kann, sie versteht es nicht, wußte nicht, daß es das geben konnte. Was soll sie damit machen? Im gleichen Moment hört sie Schritte, die sich nähern. Mitten während der Öffnungszeiten sollte sie sowas eben nicht tun. Schnell stopft sie den Brief und den Umschlag in ihre Tasche. Dort knüllt er sich und guckt verdächtig heraus. Sie reißt eine Karteikarte an sich und untersucht sie eingehend.

Die Chefin kommt auf hohen Absätzen, bleibt stehen und starrt auf etwas Unbestimmtes, geht rüber zu den Bibliographien und summt eine undefinierbare Melodie. Eine Melodie ohne Anfang oder Schluß, eigentlich auch ohne Tonart oder tonale Skala; das ist so eine ihrer Angewohnheiten. – Haben wir irgendeine Martin-Luther-Bibliographie gerade da? fragt sie verstimmt, ohne sich umzudrehen, so als sei es Irenes Fehler, daß Martin Luther nicht auf seinem Platz steht. – Nein, antwortet sie und fühlt sich auf frischer Fährte ertappt wie ein kleines Mädchen, das an Mutters Keksdose erwischt wird. Nach einer Weile geht sie schließlich.

Irene nimmt den Brief wieder und liest noch ein paar Zeilen, versucht, von Anfang an zu lesen, schafft es aber nicht schnell genug. Doch zu Hause kann sie ihn auch nicht lesen, wo also soll sie damit bleiben? Irene hält die Blätter, es ist, als würden sie in ihren Händen brennen. Sie hatte keinen privaten Schrank hier, nur einen Garderobenschrank, den sie mit einer Kollegin teilt. Soll sie ihn denn in der Tasche mit sich tragen? Und wenn er da etwas suchte? Na gut, was hatte er da zu suchen – aber Rulle? Oder sie würde die Tasche verlieren und der ganze Inhalt fiele heraus? Warum hatte sie sich auch nie einen Stoß gegeben und den Raum im Keller für sich eingerichtet, so oft hatten sie davon geredet. Das muß erst isoliert werden, und das kostet Geld, sagte Torgeir. So wurde es immer verschoben. „Ich bin heute dorthin zurückgegangen, es war wie eine Andacht. Werden wir dort noch einmal zusammenkommen?" Dann kam viel über ihr Leben, sie raste über diese Stellen weg, hielt erst dort wieder an, wo es um sie beide ging. Um sie beide. Sie beide dort auf dem Weg. „Ich wußte nicht, daß durch eine bloße Berührung so viel lebendig werden kann." Wieder folgte eine Beschreibung von Italien, einen Abschied beschrieb sie da. Dann blieben ihre Augen stehen. „Ich denke an Deine Augen. Mein Körper ist wie eine Feder – gleichzeitig leicht und stark. Wie konntest Du das mit mir machen?" Süß und schwer klopft die Sehnsucht in ihr, während sie die letzten Zeilen wieder und wieder liest. Schnell legt sie die Seiten zusammen, steckt sie in das Reißverschlußfach ihrer Handtasche, greift sich den Buchwagen und beginnt, die Bücher in die Regale zu sortieren.

Es war nicht das erstemal, das wußte sie ganz gut. Frauen hatten schon vorher großen Eindruck auf Irene gemacht – aber jetzt?

Unwiderstehlich, dachte Irene, das war der Unterschied.

Und eben dieses Wort ging ihr durch den Kopf, ging ihr unermüdlich durch den Kopf – wenn sie ging, mit dem Auto zur Arbeit fuhr, wenn sie in der Küche stand und abwusch, Rulle die Hausaufgaben abfragte, wenn sie lag und mit Torgeir schlafen sollte – einem seltsam veränderten Torgeir. Sie ist unwiderstehlich.

Sie?

Nein, nicht nur sie allein, etwas über ihr, um sie herum, etwas, das alles um sie und in ihr erfaßte. Unerklärlich war das, aber ganz und gar nicht mißzuverstehen.

Irene fühlte sich ganz nüchtern, doch mitten in dieser fürchterlich unmenschlichen Nüchternheit fühlte sie das Toben der Leidenschaft. Tag und Nacht, mitten in ihren emsigen Tätigkeiten, die ihr nun alle so himmelschreiend absurd vorkamen.

Nein, dies ist nicht das erstemal, Irene Klosterholm, sagte sie zu sich selbst. Und stutzte – Klosterholm? Nun ja, so hieß sie ja einmal.

Sie dachte an Yngva. Mit ihr war etwas. Sie sah ihren breiten Rücken in der Geographiestunde vor sich, das blonde Haar mit den kleinen Löckchen genau dort hinter dem Ohr. Sie saß da und hatte einen Zettel für sie geschrieben, faltete ihn zusammen und freute sich darauf, sie nun irgendwo an diesem Rücken antippen zu können und ihr heimlich den Zettel zu geben. Siebzehn Jahre alt waren sie. Sie lachten.

Das mit Yngva war ebenso unwiderstehlich. Glich sie ihr nicht ein wenig? Doch. Zwanzig Jahre war es her, seit sie sie gesehen hatte, aber sie war seitdem in ihr geblieben. Eine Existenz, die ihr immer folgte. Fern, später – aber doch immer da. Und jetzt tauchte sie wieder auf: Ganz deutlich steht sie da auf dem Schulhof, lacht mit ihren weißen Zähnen und fällt ihr plötzlich um den Hals – mitten in einem Choral, den sie zweistimmig übten. Kommt und küßt sie mitten auf den Mund. Alle stehen verblüfft da und gucken, was war hier passiert? Und sie ließen sich nicht los. „Seid ihr ein Liebespaar oder was?“ platzt Ellen Rödnes mit einem gewissen Tonfall raus. Da lassen sie sich dann los.

Diese Episode war längst aus Irenes Erinnerung verschwunden, doch nun zeichnet sie sich ganz deutlich vor ihr ab – auf der Netzhaut ihrer Gedanken – jedesmal etwas klarer. Hatte sie Yngva geliebt?

Später dann noch oft.

Irene sah sie zusammen gehen, zusammen sprechen, lachen, über Bücher reden, die sie gelesen hatten, einander die Hände halten – und loslassen. Weil da plötzlich etwas entstanden war.

Irene und Yngva. Yngva und Irene. Sie paßten auch so gut zusammen, ihre beiden Namen. Darüber hatten sie einmal gesprochen.

Und dann? Ja, dann kamen die Jungs – Spannung, Unruhe. Will er mich haben? Feten allein zu Hause. Stimmengewirr. Melodie d’amour. Licht löschen. Geiler, schwerer Jungenatem.

Aber es war Yngva, mit der es Spaß machte. Sie war es, mit der sie tags darauf lange Spaziergänge machen konnte, durch den Wald in Andebu, und reden und reden – über das Fest.

Irene rollt das alles vor sich auf, und es bekommt nun eine neue Bedeutung. Plötzlich lebt sie – völlig neben ihrem täglichen, gewohnten Leben – ein Leben, das realer, intensiver, wahrer war als die letzten zwanzig Jahre: ein Leben, das nur in ihr existiert hatte und keine Bestätigung dort fand, wo sie ging und stand, aber das dennoch mehr als irgend etwas anderes da war.

Irene wohnt in Trondheim, in einem modernen Haus, arbeitet als Teilzeitbibliothekarin, ist verheiratet, hat eine Tochter, die dort zur Schule geht und zwei Töchter, die schon von zu Hause fort sind. Jeden Tag geht sie in die Stadt und kauft ein. Man kann sie dort sehen, die gleiche, dunkelhaarige, recht hübsche Irene Jacobsen, die Frau des Rechtsanwalts Jacobsen – das war sie, egal, was sie auch sonst tun mochte –, und man grüßt sie wie zuvor. Doch sie befindet sich an einem ganz anderen Ort.

Was sie da sehen, das bin ich nicht, denkt sie. Nur mein Gespenst. Mein ganz physisches Gespenst. Die Seele hatte diese schöne Stadt am Nidaros schon lange verlassen.

Die Tage gehen. Sie bekommt ein Bild. Darauf lächelt ihr breites Gesicht mit den Grübchen, den leicht schräg gestellten und nicht so deutlichen Augenbrauen. Die kleinen Fältchen aber, die da rund herumtanzten, sind zum Verrücktwerden. Und außer sich vor Freude starrt Irene auf diese Falten um Auds Augenbrauen und küßt das Bild. Mitten auf den lachenden Mund.

Nein, es ist weiß Gott nichts Neues, daß Frauen schön sein konnten!

Eine Fortsetzung dessen, als Yngva aufhörte – als sie aufhören mußte –, und doch etwas Neues.

Empfinde ich nur für sie, weil sie so schön ist? denkt sie. Weil sie eine Schönheit besitzt, die ein Mann nie haben könnte? Bin ich denn überhaupt anders als ein Mann, der weibliche Schönheit genießt, hemmungslos genießt?

Sie fühlt sich peinlich berührt – hat sie so einen maskulinen Zug in sich?

Der ganzen etablierten Weiblichkeit zum Trotz? War all diese Weiblichkeit, die sie um sich herum verstreute und mit Sorgfalt pflegte, sich kultivieren und institutionalisieren ließ – ja, genau das auch! –, die in ihren unerschütterlichen Formen in ihr gutes, bürgerliches und, ach, so glücklich-unglückliches Leben etabliert wurde – war das nur gemacht?

Irene ist verwirrt, vollkommen aufgewühlt.

Und mitten in all dieser Verwirrung hat sie nur einen klaren Gedanken. Ich muß zu dir.

Irene blickt auf Auds Bild, küßt es und steckt es zurück in

den Umschlag, in dem es gekommen war. Sofort nimmt sie es wieder heraus und erforscht es aufs neue. Sie hat so eine hübsche Nase. Ein bißchen zu breit? Na ja, „zu"! Was heißt das überhaupt? Mit der Nasenwurzel ist irgend etwas, sie wird nicht müde, dort hinzusehen.

Außerdem ist da ihre starke Ausstrahlung; so war sie auch auf dem Seminar gewesen. Froh und frei. Benutzte ihre Beine, um damit zu gehen, hatte ihren Körper, der stark war und verwegen. Sie muß an die kleinen Sketche denken, die sie dort gespielt hatten. So frech waren sie gewesen, voller Kraft, Humor und unbestechlichem Männerhaß!

Irene überkommt plötzlich das ungeheure Bedürfnis, ihre Arme um sie zu legen. Warum nur? Fast als wolle sie Aud beschützen. Doch wie soll sie sie dort aus dem Bild herausbekommen? Innig wünscht sie sich, daß sie jetzt neben ihr sein könnte, in diesem Moment. Sie sitzt auf der Toilette, hinter geschlossener Tür und dem Schildchen „besetzt".

Das ist alles schrecklich, prosaisch und auch banal, aber als sie zu Hause ankommt, ist ihr klar geworden, daß sie nur einen einzigen friedlichen Platz hier haben – die Toilette.

So beginnt sie also, dort ihr heimliches, ihr wichtigstes Leben zu leben. Ein Leben, für das sie brennt, nach dem sie verlangt und von dem sie nicht die entfernteste Ahnung hat, wie sie es erreichen kann. Hätte sie doch jetzt nur etwas mehr Zeit, mehr Raum zum atmen, um das zu leben – den kleinen Funken dessen, was nun trotz allem in ihr ist.

Irene benutzt all die kleinen Zwischenzeiten, die ihr der Alltag läßt, um die Erinnerungen an Aud zu durchleben. Aud, wie sie dasteht und sich Salat vom Tisch im Eßsaal nimmt. Aud in den Sketchen, als sie den ganzen Saal mit ihrer Spiellaune angesteckt hatte. Aud, als sie da mit Bodil Nielsen vom Frauenzentrum saß, Aud allein am Tisch und sie, als sie sich entschlossen hatte, direkt auf sie zuzugehen. Daran muß sie so oft denken. Woher hatte ich bloß den Mut dazu?

Doch dann sieht sie auf das Bild und auf diese süße kleine Falte an der Nasenwurzel und weiß warum. Verrückt! Vollkommen verrückt! Und doch – das Richtigste, was sie seit vielen, vielen Jahren getan hatte. Klug war er gewesen, dieser Entschluß, es zu tun.

Aber mehr als an alles andere denkt sie daran, wie Aud dort auf ihrem Stuhl saß, weit nach vorn gebeugt. Denkt daran, wie sie die Hände auf ihre Schultern legte und sie berührt hatte. Immer wieder beugt sie sich in ihren Gedanken über sie, immer wieder hebt Aud ihre Hände, um ihren Kopf zu umfassen, ihn zu sich hinunterzuziehen. So schnell ging das. Was war geschehen? Irene spult das wieder und wieder vor sich ab. Doch plötzlich reißt Aud sich los und mehr ist da nicht.

Heulen könnte ich, denkt Irene. Mein ganzes Elend könnte ich jetzt in diesem Augenblick herausweinen.

Und noch einmal läßt sie alles vor sich ablaufen. Aud, Aud, komm!

Wieder versucht sie, sie aus dieser standhaft unbeweglichen Fotografie herauszubeschwören. Wie sind deine Brüste, denkt sie. Rund, groß? Irene versucht, sich Auds Brüste vorzustellen, wie sie sich unter dem dunklen Pullover abzeichnen. Sie schaut und schaut dorthin. Sieht unter den Stoff und sehnt sich grenzenlos. Wie siehst du nackt aus? Kaum wagt sie es, diese Phantasien zu Ende zu führen. Das ist zuviel, sie will nicht daran denken.

Doch da steht sie vor ihr, mit bloßen Schultern, nackten Armen und den Beinen schwer auf der Erde, dem breiten Körper, weich, die Arme nach ihr ausgestreckt, die blauen, meerblauen Augen, das rotblonde Haar.

Oh, nein! Nein, bitte nicht! Hilf mir, lieber Gott!

Erstaunt stellt sie fest, daß sie einen angerufen hat, dessen Existenz sie seit langem bezweifelt.

Du bist nur in sie verliebt, weil sie lesbisch ist, denkt sie nun. Was ist denn das für ein Grund? Irene spürt, daß es sie unbestreitbar heftig erregt, daran zu denken, daß Aud lesbisch ist.

Aud Strand – das war eben eine, über die man immer schon etwas gehört hatte. Überall war sie dabei und arrangierte dies und das. Oder schrieb Artikel über das Recht, homophil zu sein. (Würde der liebe Gott ihr helfen, einer solchen Frau näher zu kommen?)

War es denn deswegen? War es nur deswegen, weil sie dachte, daß diese ... diese Frauen etwas herausgefunden hatten, was sie selbst nie hätte herausfinden können? Daß sie irgendwie richtiger, konsequenter und in größerer Übereinstimmung mit dem Feminismus lebten? Denn wenn all das, was die Feministinnen über Männer sagten, richtig war – und das war es ja wohl –, wie konnten dann heterosexuelle Frauen so mit ihrem Leben weitermachen?

Aber das taten sie ja auch nicht, sie machten ja ihren Aufstand. Doch wohin führte er denn – zu Veränderungen? Die Frauen veränderten sich, und die Männer blieben zurück – traten auf der Stelle –, tief verletzt und ebenso schlau wie vorher.

Aber was war denn passiert?

Die Männer hatten sich ja auch bewegt – doch wohin?

Plötzlich empfand Irene, wie völlig unwichtig es war, wohin sich die Männer bewegten. Oder ob sie nun auf der Stelle traten oder auch zurück gingen. Nur eins zählte hier – sie mußte Aud wiedersehen.

Aber wie sollte das vor sich gehen? Würde sie es schaffen, das für sich zu behalten? Würde er nichts an ihr bemerken? Bis jetzt war es ja gut gegangen. Doch, sie konnten es in dem kleinen Schlupfwinkel leben, der ihnen blieb. Er brauchte es nicht zu wissen. Wenn sie nur vorsichtig genug waren, konnten sie sich wieder und wieder treffen, da gab es doch Gelegenheiten! An Wochenenden. Da sollten sie doch nach Oslo, um an dem Buch mitzuarbeiten. Außerdem konnten sie sich ja schreiben. Täglich. Sie mußte zusehen, mehrere Adressen zu bekommen, denn vielleicht fiel es doch bald auf, daß sie so oft Post an ihren Arbeitsplatz bekam? Schließlich war vorher nie etwas für sie gekommen. Aber wohin sollte Aud ihre Briefe schicken? Ach, sie würde schon etwas finden. So könnten sie dann ihr Leben leben – trotz allem. In den Briefen, am Telefon, in Gedanken. Immer in Gedanken. Das war ja schließlich auch eine Art Kontakt. Aber merkte sie etwas davon; spürst du jetzt, Aud, daß ich an dich denke? Irene sah auf die Uhr. Sieben Minuten nach neun. Welchen Tag haben wir? Dienstag. Dienstag die erste Stunde. Jetzt stand sie in der Klasse und instruierte ihre Theatergruppe. Denkst du jetzt an mich? Du mußt jetzt an mich denken! Es ist vollkommen unmöglich, daß du jetzt nicht an mich denkst. Ich weiß das, ich fühle es. Nächstes Mal werde ich dich danach fragen. Aber was war denn nun los? Ich glaube schließlich nicht an übersinnliche Fähigkeiten. Sie kann doch nach Trondheim kommen! Wie denn? Eine wahnwitzige Möglichkeit, eine herrliche Möglichkeit. Die Rettung – wo war sie?

Astrid! denkt Irene. Astrid wird mir helfen, sie wird mich auch verstehen, mit ihr werde ich auch reden können. Ihr kann ich genau sagen, wie es ist. Irene wünschte sich, ihre Last endlich jemand in den Schoß legen zu können. Die Aussicht darauf ging wie eine enorme Erleichterung durch sie hindurch. Sie spürte, daß die Augen feucht wurden und sich die Muskeln im Nakken entspannten, spürte ihre Haut im Gesicht. Sie verbarg ihr Gesicht in den Händen, versteckte es für einen ganz kleinen Moment. Irene atmete schwer und versuchte, sich aufzurichten und ein bißchen Leben in die Augen zu bekommen.

Niemals werde ich Torgeir verlassen, er hat mir nie im Leben etwas Böses angetan. Und nie, nie werde ich Aud aufgeben. Sie ist so gut für mich, wie ich es vorher nie kennengelernt habe.

Mit diesem Beschluß ging Irene, Frau Irene Jacobsen, zurück an ihre Arbeit.

7

In diesem Jahr gab es so viele kleine, weiße, runde Blumen auf den Wiesen. Waren die jedes Jahr dagewesen? Sie hatte sie nie zuvor gesehen. September – konnte irgendein anderer Monat mehr klare, trauernde Farben haben? Überall sah sie Blumen und wußte nicht, wie sie hießen. Wie waren sie hierher gekommen? Die Parks waren voll von ihnen – hundertfache Blüten in den Farben rot und gelb. Vollkommen ruhig standen sie da. Blüten an den Treppenstufen im Park, auf dem grünen, nassen Gras, ganze Hügel voller Blüten. Jeden Morgen, den sie mit dem Rad hier vorbeifuhr. Herbstblumen stehen so lange in Blüte.

Eine davon nahm sie mit zur Arbeit und legte sie in der Frühstückspause auf den Tisch. Da lag sie, zwischen Brotpapier, Teetassen, Pausengesprächen und Stuhlgescharre. Wie hieß sie? Die Männer sahen sie an, nahmen sie hoch, hielten sie wie eine kleine weiße Fahne und studierten sie eingehend. Nein, wirklich, keiner wußte es.

Aber die Wiesen sind doch ganz voll davon! Alles quillt ja förmlich über von diesen kleinen weißen Blüten. Ihr müßt sie doch gesehen haben. Nein, keiner hatte sie gesehen. Aber Buschwindröschen waren es jedenfalls nicht. Gelächter. Nein, und auch keine Gänseblümchen. Die Kronblätter waren winzig klein, und die Blütenköpfe saßen dicht an dicht in einem Kranz oben am Stengel. Aus einiger Entfernung sah sie wie ein kleiner weißer Ball aus. Aber jetzt sah sie, daß es ein Kranz war. Später am Tag kam einer von den Älteren mit ihrer Blume. Er hielt sie in einigem Abstand zwischen den Fingern vor sich.

– Das ist Graukresse.

– Was? Graukresse?

Was für ein absurder Name. Er paßte nicht dazu. Nun, da sie bestimmt war, stellte er sie in ein Wasserglas. Im Laufe des Tages wurde der Stiel ganz schlaff, und das Köpfchen hing herunter. Der kleine Herbstkranz. So hätte es heißen sollen: Herbstkränzchen.

Am nächsten Tag stand es mit seinem Ring aus dünnen weißen Blütenköpfen an der äußersten Stielspitze aufrecht wie zuvor im Wasserglas auf dem Schreibtisch, an ihrem Arbeitsplatz. Herbstblumen nehmen sich Zeit mit dem Sterben.

Wieder war ein Brief für sie da, als sie nach Hause kam. Die schwarze Schrift, die ihr von dem weißen Umschlag direkt durch den Körper fuhr. Ihr Name. Die Adresse – „Trondheim“ in den Wellen der Stempellinien.

Sie nahm ihn, ging die Stufen zur Wohnung hinauf, ganz leicht, als trüge sie die Erwartung nach oben.

Die Briefe waren immer kurz, sie wollte immer mehr haben, wollte wissen, was sie dachte. Sie mochte die Schrift, die schwer zu lesen war. Schlecht nicht, nein, nur schwer zu lesen. Lange mußte sie dasitzen und auf die Worte sehen. Zuerst las sie den Brief wie eine Wilde durch – was stand da? Was dachte sie jetzt? Wollte sie mich vergessen?

Beim zweitenmal dann ruhiger. Jetzt hielt sie sich bei den unleserlichen Worten auf, bis sie verständlich wurden.

Lange konnte sie so sitzen, auf ihre Schrift sehen, bis sie sie verstand, jeder Krümmung, jeder Linie und jedem Punkt nachgehen, bis das Wort da war – das war gut. Es kam immer ganz plötzlich – mit einemmal war dann das ganze Wort da – wie die Bedeutung eines Bildes. Nicht nach und nach, Buchstabe für Buchstabe, wie man annehmen könnte, e-r-s-c-h-r-, was kann das sein? Nein. Plötzlich und direkt in seiner ganzen Bedeutung. ERSCHROCKEN.

Es war eine Art, ihr nah zu sein, selbst in so einem Wort – in allen Worten. Eine Art, all ihren Bewegungen zu folgen und sie zu deuten. Ganz ruhig dazusitzen über einem Blatt schwarzer Buchstaben und zu spüren, wie alles in ihr sich bewegte und niederbeugte, voranging, anhielt, verweilte, zurückging und sich bei den Buchstaben aufhielt. So konnte sie ganz ruhig dasitzen und ihre Hände bei sich spüren. Was sagten sie?

Nein, weshalb fragte sie, was sie sagten? Niemand fragte, was Hände sagten. Sie waren da.

Jetzt war da nur noch der Brief. Buchstaben, die für sie zu Worten wurden. Eine Person, die in den Worten lebte mit dem eigenen ... eigenen Körper ... eigenen Fleisch ... nein, in ihr, direkt unter ihrer Haut.

Sie versuchte, ihr Gesicht zu sehen. Dunkel war sie, aber das Gesicht? Die Augen, blau waren sie, oder nicht? Sie war unsicher. Kurz leuchteten sie vor ihr auf, dann waren sie weg. Der Mund? Wie war er? Ein bißchen sauer? Sie erinnerte sich, daß sie gedacht hatte, „ein bißchen sauer“, sah ihn aber nicht mehr vor sich. Die Form des Gesichts? Schmal. Der Körper? Auch der schmal.

Das war ein Eindruck einer Erscheinung, die ihr überallhin folgte. Mehr die Bewegung als die Form. Bewegungen, die sich in ihr fortsetzten, den Rücken hinunterfuhren und sie umfaßten. Sie schaffte es nicht, sie deutlich zu sehen.

Vielleicht schaffte sie es, wenn sie es energisch genug versuchte? Doch sie wußte nicht, ob sie das wollte. Es war zu schmerzhaft, zu gut und zu schmerzhaft. Trotzdem probierte sie es. Weil das, was sie am stärksten vermißte, was immer nur aufblitzte, sich stets aus ihrer Erinnerung stahl: der Ausdruck.

Doch auch daran wollte sie sich eigentlich nicht erinnern. Es war einfach zu brutal. Sollte sie hier herumlaufen und sich an den Ausdruck einer Frau erinnern, die verheiratet war, Kinder hatte und 545 Kilometer weit weg wohnte?

Eine Frau, die sie nur sechs Tage kannte und auch nur für kurze Momente gesehen hatte. Eine Frau, mit der sie einige Stunden am Wasser zugebracht hatte, in einer fremden Stadt?

Warum sollte sie sich darauf einlassen, da mitmachen? Sie hatte ja von vornherein gewußt, wie das enden würde. Was sollte sie jetzt tun? Was tun mit der Sehnsucht, die unentwegt in ihr wütete? Aber froh machte sie das auch! Unschlüssig und froh.

Aud dachte an sie beide unter der Trauerweide – dort war es ja geschehen, das, was nicht hätte geschehen müssen und doch das einzige war, für das zu leben sich lohnte.

Oder war es schon in der Nacht davor gewesen?

Wann passieren denn überhaupt solche Dinge, und was passiert da eigentlich, und warum kann das, was geschieht, jemand zu etwas bewegen, das jahrhundertelange Tage, Wochen und Monate danach weh tat? Was waren das für Kräfte?

Sie glaubte nicht an Naturkräfte. Selbst Liebe war nicht so eine Naturkraft. In der Natur gab es das, aber nicht in der Seele. Die wurde von anderen Menschen bedrängt, bedroht und unterdrückt. Sie glaubte inzwischen, daß sich die Seele nicht ganz und gar außerhalb der eigenen Kontrolle befand. Aber das jetzt?

Das war außerhalb von allem. Außerhalb von dem, was sie wollte und sollte. Außerhalb von allem, was ihren Tag bestimmte, außerhalb ihrer Gedanken und ihres Berufs. Außerhalb von der Liebe zu der, die sie lieb hatte, dem Menschen neben ihr. Rita. Ja, Rita.

Außerhalb allem. Paßte nirgendwo hinein. Wie sie es auch drehen und wenden wollte: es paßte nicht in ihr Leben. Sie sollte damit aufhören, hätte nie damit anfangen dürfen.

Während sie so die Tage in Asserbo in Gedanken durchging, mit dem geschärften Blick des Traums alles vor sich sah, stellte sie fest, daß, egal, an welchen Zeitpunkt sie auch dachte, er immer schon längst überschritten war; wann hätte sie nicht damit anfangen sollen? Es war immer schon zu spät gewesen.

In Kopenhagen am Wallgraben waren sie gewesen, weil sie ihre Hände im Bus gespürt hatten, und die Hände waren zueinander gekommen, weil sie dort im Bus nebeneinander saßen, und das hatten sie getan, weil sie ihr einen Platz freigehalten hatte, weil sie ihr ein Gänseblümchen gegeben hatte, das Gänseblümchen hatte sie gepflückt, weil sie so plötzlich von ihr in der Nacht weggelaufen war, das hatte sie getan, weil sie Angst hatte, es würde zwischen ihnen etwas passieren, gekommen war sie aber, weil sie eben das wollte, und sie beide hatten es gewollt, weil sie ihre Hände beim Ringtanz gehalten hatten, und den hatten sie mitgemacht, weil sie quer durch den Raum auf sie zugekommen war, und das hatte sie getan, weil sie die ganze Zeit gewußt hatte, wo sie war. Und Irene hatte das auch gewußt. Also, wann hätten sie es aufhalten können?

Sie hätte alle ihre Vorstöße abweisen können. Ja, ja! Das hätte sie natürlich tun sollen. Und das war es ja, was sie auch getan hatte. Bis auf den letzten Tag. Und warum dann da, am letzten Tag, wo alles beinahe vorüber war, und es nicht hätte mehr werden müssen, und sie mit all ihren Gefühlen, wie sie waren, hätte nach Hause fahren können, warum denn am letzten Tag schwach werden und mit ihr am glitzernden Wasser unter der Trauerweide entlanggehen?

Nein, das waren keine Naturkräfte. Liebe als Naturkraft war etwas, das sie als junges Mädchen erlebt, woran sie damals geglaubt hatte. Jetzt wußte sie, daß dem nicht so war. Liebe war etwas, das unter bestimmten Bedingungen entstand. Das hatte nichts damit zu tun: zwei Menschen warteten aufeinander seit Anbeginn der Zeit und noch davor, und trafen sie sich dann, erkannten sie sich in ihren Augen gegenseitig. Das war der Teil von mir, den ich immer vermißt hatte! Das war er! Ein Mensch mit dunklem Haar und dem wärmsten Blick der Welt. Auf einem Gleis in einer Bahnstation, wo du aus dem Nachtzug gestiegen bist. Da stand sie, sah dich an, streckte ihre Hände aus und sagte ihren Namen.

Nein, so war es nicht gewesen. So etwas legte man hinterher da hinein. Wenn man zu tasten und suchen begann, was diese

Liebe eigentlich war.

Und trotzdem – war es dann geschehen? Schon beim ersten Treffen? War nur so einfach gekommen und konnte nicht aufgehalten werden? Irgendeine Naturkraft war es nicht. O nein! Aber wenn das, was hier und dort entstand – was es auch immer war –, keine Naturkräfte waren ... was war es dann?

Das wußte Aud nicht. Sobald sie bei diesem Punkt angelangt war, fand sie heraus, daß selbst dies nicht der früheste Zeitpunkt gewesen wäre, an dem sie hätte „Halt!" sagen können. Ebensogut könnte sie sagen, daß sie dann gar nicht hätte reisen sollen. Aber wenn sie daran dachte, an diesen Moment, aus dem alles zu erklären war, wußte sie, daß er zufällig, das Zusammentreffen aber absolut war. Nein. Sie hätten sich vor zehn Jahren treffen können, in einer vollgepfropften Straßenbahn, wo sie jemand zufällig miteinander bekannt gemacht hätte, oder während einer Vorlesung, wo sie sich zufällig nebeneinander gesetzt haben könnten, oder in der gleichen Klasse auf dem Gymnasium in einer kleinen Stadt, es war das gleiche. Sie hätten einander immer erkannt, von dem Augenblick an, da sie sich trafen.

Wie konnte sie das wissen? Das war ja absurd. Ein Zusammentreffen, das in den Sternen geschrieben stand, gab es nicht. Das wußte sie recht gut. Was aber bedeutete das? Was war das für eine übernatürliche Offenbarung, die auf sie herabsank? Das unausweichliche Zusammentreffen? Aber war das nicht eine Art Ewigkeit? Oder – glaubte sie vielleicht an die Liebe?

Ja.

Eben das tat sie.

Ich glaube an die Liebe, dachte Aud, das ist mein größter Fehler. Wie konnte das möglich sein? War sie nicht jahrelang davon zu Boden gedrückt worden, hatte sich wieder aufgerichtet und war wieder am Boden gewesen? Hatte sie nicht von ihren Lebensplänen immer wieder Abschied genommen, von ihrer Geborgenheit, sich immer wieder selbst verlassen? War sie nicht bis ans Ende der Welt für die Liebe gereist? War sie nicht immer wieder ganz unerklärlich von ihr verlassen und ebenso unerklärlich von ihr wieder erfüllt worden? Und hatte sie die Liebe nicht immer und immer wieder begeistert und glücklich begrüßt?

Sie konnte es nicht lassen.

Es widerstrebte aller Vernunft. Widerstrebte allem. Abgesehen von den Gefühlen.

Die Gefühle, was waren sie denn? Sollte sie darauf Rücksicht nehmen? Gefühle sind nur Gefühle. Auch Aud Strand hatte das immer gewußt. Aber in diesem Herbst fuhr sie an grünen Wiesen entlang, die übersät waren mit weißen runden Blumen, die sie nie zuvor gesehen hatte, und alles, was sie war und sah, ihr Körper und ihre Bewegungen waren in diesem Herbst nur das. Gefühle. Und die richteten sich – ganz direkt und unzweideutig – auf einen Menschen, eine Frau, die sich 545 Kilometer weit weg in einer anderen Stadt befand, und nichts, absolut nichts deutete daraufhin, daß sie sich irgendwann einmal wiedersehen konnten.

Deswegen sollte sie das vergessen, dieses ganze Zusammentreffen vergessen.

Aber wie vergaß sie die Luft um sich her? Wie das eigene Fleisch? Die eigenen Bewegungen, jede Umdrehung der Pedale, die Wiesen mit den roten und gelben Farben, die nie verschwanden? Wie kannst du vergessen, wenn bei allem, was du tust, sie dabei ist? Wenn selbst die Unordnung in deinem Zimmer, die nicht weggeräumten Bücher und die Art, wie das Brillenetui daliegt, an sie erinnern, weil du nämlich an sie dachtest, als du zuletzt dorthin gesehen hast?

Nein. Aud fand, daß ihr ganzes junges Leben damit vergangen war, die Liebe zurückzuhalten. Das hatte nicht geklappt. Sie konnte sie leben, sie sich eingestehen oder verleugnen – es war das gleiche. Nichts wußte sie besser als das.

Liebe ließ sich nicht zurückhalten.

Die Liebe. Wie konnte sie angenommen haben, daß sich die unterbinden ließe?

Niemand hatte das wohl mehr gedacht, als sie. Gehofft und geglaubt, daß Liebe nur etwas war, das vorüberging.

Nun glaubte sie nicht mehr daran.

8

Es ist Herbst in Oslo. Überall stehen die Bäume in üppigem Laub nach diesem nassen Sommer. Nur vereinzelte Birken sind gelb, wie in wehmütigem Sonnenlicht. Unbeschreiblich grün ist dieser Herbst.

In diesem ständigen Wechsel von dunkelgrün und goldgelb fahren Aud und Rita, während die Stadt sich langsam unter ihnen zu öffnen beginnt. Wie herrlich das ist! sagen sie und schweigen dann eine Weile.

Es ist Sonntag. Aud hat gerade mit großem Eifer ihre Gedanken über die Liebe dargestellt, ist aber auf keine Resonanz gestoßen.

– Ja, ja, sagt Rita. – Ich finde das etwas abgehoben. Wie kannst du an ein absolutes Treffen mit einer einzigen Frau glauben, wo du doch so viele schon getroffen hast?

– Allerdings geht das!

– Willst du das nun jedesmal denken, oder? Jedesmal, wenn du eine neue Geliebte gefunden hast, dann ist das deine andere Hälfte, die für dich aus dem Weltraum angeschwebt kommt?

– Du brauchst dich nicht so lustig über mich zu machen!

– Ich mache mich über dich nicht lustig, ich finde es nur einfach dumm. Wie viele Frauen hast du eigentlich schon gehabt?

– Das weißt du ganz gut und nicht mehr als du. Aber Männer zählen ja wohl nicht, oder? Das sitzt. Rita mag nicht daran denken, daß sie Beziehungen zu Männern gehabt hatte. Für eine Weile sind sie sauer aufeinander. Aud meint, Rita das Wichtigste und Interessanteste, was sie sich überhaupt denken kann, anvertraut zu haben, und erntet nur Spott. So ist es immer gewesen. Wenn Rita solchen Abstand von dem nimmt, was sie hört, warum bohrt sie dann so lange in Aud herum? Aud hat anfangs gar keine rechte Lust gehabt, ihr überhaupt etwas darüber zu sagen. Und schwupp, kommt dann doch alles heraus. Niemand sonst hat sie so in der Hand wie Rita. Aud nimmt sich vor, nun verschlossener zu sein.

– Ich meine ja nur, daß die Liebe ebenso relativ wie alles andere ist, fängt Rita, nun vorsichtiger, wieder an. – Sie ist von ganz praktischen, trivialen Dingen und Möglichkeiten für eine Gemeinsamkeit abhängig. Liebe, die von all dem abhebt, stirbt ganz einfach.

Unter ihnen öffnet sich nun Oslo, der Fjord, Bygdö – das blaue Wasser und die Septemberbäume. Rita verkündet, daß sie an eine Tagestour gedacht hat.

Aud hat vorgehabt, auf der Frogneralm Apfelkuchen mit Schlagsahne zu essen. Rita wird sauer. Seit dem Seminar hat sie sich nun darauf gefreut, die ganze Zeit.

Und sie streiten.

Es ist der uralte Streit. Deswegen gibt sofort ein Wort das andere, und beide sind augenblicklich wütend. Als liege die bloße Möglichkeit, ärgerlich zu werden, wie eine Katze ständig zwischen ihnen auf der Lauer, die sich bei der ersten vorsichtigen Bewegung auf ihre Beute wirft.

– Nun komm bloß nicht damit, daß es gut für mich wäre, so eine Wanderung zu machen. sagt Aud. – Wenn ich nicht will, ist es nicht gut für mich.

– Das hast du von mir gelernt, sagt Rita. – Die innere Balance des Körpers, die nur im Zusammenspiel mit der Seele erreicht werden kann.

– Es muß ja nicht unbedingt falsch sein, obwohl ich es von dir gelernt habe!

Das Gift dieser letzten Entgegnung sickert langsam ein. Sie schweigen. Der Wald wird schöner und schöner, je höher sie hinauffahren, der Groll legt sich langsam.

Eigentlich ist es dumm gewesen, sich diesen Ausflug vorzunehmen, denkt Aud jetzt; nur ein krampfhafter Versuch für etwas, das doch nicht geht. Sie schafft es nicht, sich auf sie zu konzentrieren, so sehr sie sich auch darum bemüht. Typisch Rita ist das wieder. Rita, die ewig moralisierende, ihr unerschütterlicher Redefluß drängt sich in alles, was Aud auch sagen mag. Sie kann einfach alles wieder auf die Erde zurückbringen, so ist es immer mit ihr gewesen. Leidenschaft ist nur mit einer Prise Salz zu genießen, daran hätte sie eben denken müssen.

Rita entschied für sich, ob sie verliebt sein wollte oder nicht. In der Regel wollte sie nicht. Sich in eine Frau zu verlieben, die verheiratet war, mußte für sie völlig lächerlich sein.

Wie sehr wünsche ich dir, daß du eines Tages in diese Situation kommen wirst, dann weißt du endlich, wovon du redest!

Oben angekommen, steigen sie an der Frogneralmstation aus, 469 Meter über dem Meer, bleiben auf der kleinen Plattform stehen und starren sich an, während die anderen Passagiere zielbewußt und wanderbereit an ihnen vorbei in Richtung Wald gehen. Und was machen wir nun? sagen ihre Blicke. Das sollte ja ein schöner Tag für uns werden und jetzt? Wie schnell doch alles zerstört werden kann!

– Ja, also, ich gehe jedenfalls spazieren, sagt Rita schließlich. – Dann sehe ich dich wohl später im Restaurant. Hm?

Dieses kleine „hm" ist ein offensichtlicher Versöhnungsversuch. Es liegt ein appellierender Klang in diesem Ton. Aber Aud ist noch nicht so weit, noch nicht fertig mit ihrem Zorn. Sie antwortet weder ja noch nein.

– Also, ich geh' dann! sagt Rita wieder und bleibt stehen.

– Du wirkst auf mich, als ob du eine Erlaubnis für etwas haben willst, das längst dein fester Entschluß ist, sagt Aud schließlich. Sie lachen kurz.

– Dann ist es wohl so, antwortet Rita. – Besser mit als ohne Segen zu gehen.

Wie wahr, wie furchtbar wahr das ist. Aber immer konnte man nicht damit rechnen, den Segen zu bekommen. Kam er doch, war es ein Geschenk. Auf eine Verurteilung war eher zu bauen, denkt Rita.

Sie trennen sich.

Im Restaurant verliert Aud jegliche Lust auf Apfelkuchen mit Sahne. Sie bestellt sich eine Tasse Kaffee und versucht, sich zu beruhigen, aber das ist ganz unmöglich. Ruhe, denkt sie, die werde ich erst an dem Tag finden, an dem ich wieder bei ihr bin.

*

Rita ging zum Tryvann-See hinauf und bereute. Sie spürte nun, wie sehr sie sich tatsächlich vierzehn Tage lang auf diese Tour gefreut hatte. Zu dumm, daß sie nicht abgesprochen hatten, was sie machen wollten. Aud ging nicht gern allzu lange, das hatte sie ja im voraus gewußt. Deshalb wäre es ja auch nicht nötig gewesen, von „Tageswanderung" zu reden.

Du lieber Himmel, was für eine Bagatelle, dachte Rita. Und Aud war Weltmeisterin darin, sich über Bagatellen aufzuregen. „Aber das Leben besteht aus Bagatellen!" hört sie ihre Stimme. Sie mußte in sich hineinlachen. Bagatelle oder nicht, es war einfach dumm gewesen, ausgerechnet jetzt. Sie war noch sauer von vorher auf Aud gewesen und wollte sie ganz einfach ärgern.

So oft hatte sie versucht, sie anzurufen, hatte versucht, eine Verabredung zustande zu bringen. Aber entweder hatte sie sie nicht erreicht, oder Aud war am Telefon kurzangebunden gewesen und hatte nur gesagt, daß sie in ein paar Tagen zurückrufen würde; nach den paar Tagen aber kam kein Anruf. Als es Rita dann endlich gelungen war, so etwas wie ein Gespräch in Gang zu bekommen, war Aud geistesabwesend gewesen und hatte nicht zugehört.

Während sie ging, rief sie sich dies alles ins Gedächtnis zurück. Das war es, was so lange in ihr geschwelt hatte und dann in diesem dummen Streit in der Bergbahn endete. Besser wäre gewesen, wenn sie geradeheraus zu ihr gesagt hätte, daß sie ärgerlich war. Verdammt. Immer merke ich erst etwas, wenn es zu spät ist, dachte sie.

Nein, ganz richtig war das nicht. Das mit Irene hatte sie sofort bemerkt, sogar vor Aud. War Eifersucht so eine Art siebter Sinn?

Sie hatte Aud wie verabredet vom Ostbahnhof abgeholt, dort hatte sie dann gemerkt, daß sie die ganze Zeit gehofft hatte, es möge nur ein Strohfeuer gewesen sein. Etwas, das so schnell verschwand, wie es gekommen war, wenn Aud sich besonnen hatte. Doch in dem Moment, als Aud ihr dort auf dem Bahnsteig entgegenkam, wußte sie, daß diese Hoffnung vergeblich war. Das Gesicht war vollkommen verändert, jung und weich war es – und wie sie strahlte! Das war fast das Schlimmste. Was auch immer da geschehen war, vorbei war es jedenfalls nicht.

Aud konnte so unglaublich gut aussehen, so hatte sie sie schon lange nicht mehr gesehen – nicht seitdem sie sich in mich verliebt hatte, dachte Rita.

– Was ist mit dir? hatte sie gefragt, als sie in Auds Wohnung gekommen waren. – Ist was mit mir? war die Antwort gewesen. Ein klares Ausweichmanöver; sie verbarrikadierte sich hinter ihrer üblichen Festung, die bald fallen würde.

– Du mußt wirklich nicht denken, daß ich nichts merke, sagte Rita rasch, wütend über Auds Ahnungslosigkeit. Aud ging darauf nicht ein. – Sag es ruhig, redete Rita weiter. – Mir ist es lieber, wenn ich es weiß.

– Aber da gibt es nichts zu wissen, schrie Aud. – Wir haben nicht, ich meine, es ist nicht ... Hier geriet sie ins Stocken. Rita wartete. Bis dahin hatte Aud ihr den Rücken gekehrt. Das Schweigen wartete auf ihre Antwort. – O.k., Mensch! kommt es böse. – Da ist eben was!

– Irene?

Auds Schweigen war die Antwort gewesen.

Es bestätigt zu bekommen, hatte weh getan. Solange sie nichts Genaues gewußt hatte, war noch Hoffnung gewesen. Warum hatte sie es auch so aus ihr herausgepreßt, warum sie nicht mit ihrem Geheimnis einfach allein gelassen? Dann hätte sie immer noch hoffen können, während sie hier spazieren ging.

Nein, es ist schon besser, die Wahrheit zu wissen, das ist immer besser, und wenn es noch so schlimm ist.

Und außerdem, so fragte sie sich nun selbst, wem hatte sie es denn zu verdanken, daß es so gekommen war?

Hatte sie denn nicht selbst Schluß mit ihr gemacht? Sich in Rita Gullichsen verliebt und war über zwei Monate nicht ansprechbar gewesen? Und zum Schluß kam von ihr der Vorschlag, auseinanderzuziehen. Aber Schluß gemacht? Hatten sie eigentlich irgendwann einmal Schluß gemacht?

Das war unklar. Während Rita dort entlangging, fand sie heraus, daß es noch nie so unklar war wie jetzt. Aud war so lange mit ihr zusammen gewesen. Sie war dagewesen. Und erst jetzt, als sie mit ihrem ganzen Wesen, ihrem ganzen Körper in Gedanken an einen anderen Menschen lebte, stellte Rita fest, was sich da anbahnte.

Ihre Schritte trugen sie tiefer in den Wald, doch innerlich fühlte sie sich schwer wie Blei. Ich war zu sehr mit meinen Sachen beschäftigt, dachte sie. Es war richtig, wenn sie tausendmal gesagt hatte, daß ich schließlich selbst zur reinen Selbstverteidigung werden würde. Ich bestand ja nur noch aus Selbstverteidigung, konnte von nichts anderem mehr reden, nichts anderes mehr tun. Eine Wahnsinnsübertreibung war das ganze gewesen, und Aud wollte ich in all das hineinziehen – und sie machte mit!

Sie kam mit mir, bereit und willig, und die Welt öffnete sich in allem, was ich sie lehrte. Aber es ging zu weit.

Wenn wir nur rechtzeitig darüber gesprochen hätten! dachte Rita. Dann hätte ich mir mehr Mühe gegeben. Hätte versucht, mich mehr in das einzuleben, was – trotz allem – Auds Welt war. Hätte versucht, mich für die Etrusker zu interessieren, von denen sie immer sprach. Aber ich habe ja nie diese ganze Geschichte verstanden und warum das ein Rätsel sein sollte. Sie waren da nur auf diesen Bildern mit einem albernen, steifen Lächeln. Sigrid Undset hätte ich lesen sollen – das mindestens hätte ich tun können. Aber das habe ich ja auch, ich brachte es eben nie fertig, sie anders als todlangweilig, ermüdend und ziemlich geschwätzig zu finden. In der Theatergruppe „Klatschweiber" hätte ich gern mitgemacht. Aber da wollte sie mich ja nicht haben.

Wann war „rechtzeitig"? Hatte es irgendwann in ihrem Zusammenleben einen Zeitpunkt gegeben, den man mit Fug und Recht hätte „rechtzeitig" nennen können? War es nicht nur etwas, das hinterher entstand, wenn es zu spät war?

Ist es denn zu spät? dachte Rita sofort. War das denn so sicher? „Rechtzeitig" konnte wohl nie etwas anderes bedeuten, als genau der Moment, in dem man entdeckte, daß etwas vollkommen daneben war? Dieser Zeitpunkt war jetzt.

Bei diesem Gedanken angelangt, drehte Rita auf der Anhöhe beim Tryvannsee um und ging rasch zur Frognerseter zurück.

*

Aud sitzt am Fenster, sieht den Wald mit dem weit entfernten Bundefjord dahinter und befindet sich auf einer Reise.

Sie sitzt auf einem Stuhl, Irene ist hinter ihr. Sie beugt sich über sie. Sie sitzt da, und sie sprechen. Irene erhebt sich, geht hinter ihren Stuhl, legt die Hände auf ihre Schultern. Und beugt sich über sie. Sie geht über die nächtliche Wiese, graut sich. Graut sich vor dem, was jetzt kommt. Doch im Türspalt schimmert Licht, sie erscheint kurz, kommt sofort heraus, und sie gehen hinein. Sie sieht sie von hinten, hat Lust, sie zu umfassen, tut es aber nicht. Sie sitzen da, jede auf ihrem Stuhl. „Mein Traum war immer gewesen, mit einem Erbbauern verheiratet zu werden", sagt ihre Stimme. Aud lacht. „Ich bilde mir nicht ein, eine Dichterin zu sein." Sie sieht ihre Bewegungen, ganz ruhig jetzt, vollkommen ruhig, da steht sie und wartet – selbst nun auch ruhig –, die Ruhe verläßt sie, sie empfängt sie von ihr, es ist ein Wunder.

Irenes Worte in den Briefen wiederholten sich in ihr. Wieder und wieder hat sie sie gelesen. Sie denkt ja genauso wie ich!

Sie sitzt mit Rita vor dem Fernseher, es ist Winter und schön warm bei ihnen. Eine Frau liest Gedichte; vom Frieren, Erstarren, von Einsamkeit. Über Last, Bürde und Blut; erstarrtes Blut. Vom Erstarren an der Wegkreuzung.

Prosa-Tinnef, sagt Rita. Aud schweigt dazu. Es ist etwas mit diesen Versen, die da gelesen werden; etwas wird in ihr dadurch geweckt. Ich werde mir das kaufen, denkt sie. Das handelt von einer Wirklichkeit, die mir unbekannt ist. Doch später vergißt sie es dann.

„Ich hätte deine Gedichte lesen sollen, wollte es ja auch tun, es ist aber nie was draus geworden", hatte sie gesagt.

Dumm. Was für Dummheiten hatte sie noch von sich gegeben? Die ganze Geschichte mit Anna, nein, doch nicht die ganze, aber das Schlimmste, das Wichtigste, das Beste. Was sollte Irene eigentlich damit?

Und was hatte sie ihr noch alles geschrieben? Aud ist sich nicht ganz sicher. Sie hatte geschrieben, was ihr eingefallen war. Und Irene wollte immer mehr haben, immer noch mehr. Doch vielleicht wollte sie eigentlich etwas anderes?

Damals, in diesem Fernsehprogramm, das Aud und Rita in ihrer Wohngemeinschaft gesehen hatten, sprach Irene über ihre Gedichte. Damals wohnten sie noch zusammen, jetzt erinnert sie sich, warum hatte sie das so lange Zeit vergessen? Sie hatte verschiedene Möglichkeiten für die Situation an der Wegkreuzung dargestellt. Woran sich Aud am besten erinnern konnte, war die, überhaupt keinen Weg zu wählen. Das konnte zur völligen Erstarrung führen. Dazustehen, Möglichkeiten zu sehen und keine erreichen zu können. Das war das Los der Frau.

Das hatte Aud imponiert.

– Die finde ich gut, hatte sie zu Rita gesagt.

– Findest du?

Sofort wurde Aud verlegen.

– Nein, nein, hatte sie gesagt. – Ich finde nur ... doch dann hatte sie nicht weiter gekonnt. Hatte nicht mehr gewußt, was sie fand.

– Ich finde sie so aufgetakelt, hatte Rita gesagt. – Wenn eine nur hübsch darauf bedacht ist, weiblich und bezaubernd zu sein, kann sie sagen, was sie will.

– Ich finde, es ist genau umgekehrt, schöne Frauen haben ihre Klappe zu halten. Je schöner du bist, desto mehr hast du sie zu halten!

– Na, so schön finde ich sie nun auch wieder nicht! kam es sauer von Rita. – Aber ich kenne das ja bei dir, du bist immer von Leuten fasziniert, die sich herausputzen!

– Das ist ja nun das Idiotischste, was ich je gehört habe! Ich bin faszi ... mir imponiert das, was sie sagt!

Aber so ganz sicher war sie sich dessen nicht gewesen. Hatte sie hier nun gesessen und sich aus falschen Gründen beeindrukken lassen? War es nur ein gigantischer Widerspruch gewesen, daß sie sich in sie verliebt hatte? Aud nimmt einen Schluck Kaffee, er schmeckt abscheulich. Vielleicht ist es nur etwas, das sie jetzt im Nachhinein dort sieht? Wäre später nichts gewesen, hätte sie sie längst vergessen.

Aber später war etwas gewesen.

Du lieber Himmel, denkt sie, verliebe ich mich in eine, nur weil sie im Fernsehen auftritt?

Nein, so dumm bin ich nun auch nicht, das jedenfalls ist ganz sicher. Sie hatte im Gegenteil immer Leute ziemlich dumm gefunden, die zur Fernseh-Prominenz gehörten. Und noch dummer waren die, die sie anbeteten – eine der Volkskrankheiten dieser Zeit. Sie mag Irene wegen ihrer Eigenschaften, ihrer Ruhe, ihrer ...

Was weiß sie eigentlich von ihren Eigenschaften?

Sie kennt sie ja nicht, sie stutzt. Das ist richtig, aber muß sie denn soviel von jemand wissen? Muß sie, um zu lieben, fünfzehn oder gar siebenundachtzig hervortretende Eigenschaften aufzählen können? Schön, intelligent, hübsch, klug, zauberhaft, scharfsinnig, klug, schön?

„Ich weiß, was ich bei einer Person suche. Ich weiß, was ich an ihr brauche“, hatte Rita immer gesagt. „Ich weiß beispielsweise, daß du mir Phantasie gibst und die Fähigkeit, Dinge zu konkretisieren. Das macht mein Leben reicher.“ War es so?

Lange bleibt Aud in Gedanken versunken. Sie sieht Irene vor sich, dort in ihrem Zimmer in Trondheim. Zwei Wände voller Bücherregale, vom Boden bis zur Decke. Mittendrin der Plattenspieler. Ziemlich moderne Möbel. Teppiche. Schlafzimmer mit Doppelbett und weißer Decke, es steht von der Wand ab, mitten im Zimmer, wie das Ehebetten so tun. Nicht in einer Ecke – so wie in Frauenbeziehungen – mit vielen Kissen. An der Wand eine Reproduktion von Munchs „Madonna“. Die Küche mit Geschirrspülmaschine, glänzend und sauber. Aud hat längst all diese Räume eingerichtet, obwohl sie nie dort gewesen ist, und Irene hat nie ein Wort darüber geschrieben. In Auds Gedanken geht Irene hier umher, bleibt vor einem der großen Wohnzimmerfenster stehen, sieht hinaus und denkt an sie.

Dorthin kann ich nie kommen, denkt sie. Und mit einem Schlag wird sie todtraurig.

Plötzlich steht Rita an ihrem Tisch. Aud sieht verdutzt auf, als wäre sie auf frischer Tat ertappt.

– Was! ruft sie, – war das eine Tagestour?

– Nein, sagt Rita, setzt sich und sieht sie an. – Es tat mir so leid.

Schweigend bleiben sie sitzen und sehen einander an. Beide sind sich klar darüber, daß sie nun nicht wieder am falschen Ende anfangen dürfen. Ein falsches Wort jetzt und alles finge wieder von vorne an.

– Ich habe gedacht, daß ... beginnt Rita, und sofort ist ihr vollkommen unklar, was sie gedacht hatte. Da draußen, zwischen den Bäumen, in der frischen kühlen Luft, waren die Gedanken ununterbrochen gekommen. Ehrlich und ganz klar. Sie meinte verstanden zu haben, was zwischen ihnen schiefgegangen war, und wollte nun Aud so gern erzählen, was sie gedacht hatte. Aber hier drinnen an dem Tisch im Restaurant ist plötzlich alles weg.

– Was hast du denn gedacht? fragt Aud nun, weil Rita stumm dasitzt.

– Sag lieber, was du gedacht hast, gibt sie zur Antwort. Bevor sie sich nicht klarer über ihre Gedanken geworden ist, will sie nicht darüber sprechen.

Aud antwortet nicht sofort. Wieder ist da das unbehagliche Gefühl, das sie auch am Ost-Bahnhof gespürt hat, als Rita sie dort abholte, als solle sie einen Bericht abgeben. Sie will nicht mit ihr über Irene reden, will das für sich behalten. Eigentlich soll niemand daran rühren. Doch sobald sie der Frage ausweichen will, fühlt sie sich unehrlich. Warum das jetzt?

– Ich habe an Irene gedacht ... Sie blickt ein wenig verschämt zu Rita und sieht sofort wieder weg.

– Ja? Was hast du denn gedacht?

Nein, das will ich nicht, denkt Aud. Ich kann nicht sagen, was ich gedacht habe, das gehört nur mir.

– Ich habe daran gedacht, warum ich mich in sie verliebt habe.

Rita sieht die Glut in Aud aufsteigen, und meilenweit weg wird sie empfangen. Ich möchte sie hier haben! denkt sie. Ich will mich einfach nicht länger zur Luft verhalten.

– Ja, und warum? Sie bemüht sich, ihren Ton ebenso froh zu halten, wie er war, bevor Aud die Neugier bemerken kann, sie will nicht, daß sie es merkt. „Du fragst nur aus Neugier und nicht aus ehrlichem Interesse!“ Das sagt sie immer. Ja, warum? denkt Aud. Wegen ihres trockenen Witzes? Weil sie süß und lieb ist, schön und klug. Intelligent. Sie konnte blitzschnell kontern. Aud muß lachen. Und weil sie so wunderbar ist, weil es so unglaublich gut ist, sie anzusehen, ihre schmalen Handgelenke, die schmalen Hüften, groß und schlank ist sie, wenn sie sich im Plenum erhebt ...

– Nein ... so einfach ist es ja nicht, das zu sagen, antwortet Aud endlich. – Wohl weil sie schön und angenehm ist.

– Hm.

– Ich finde, daß ich so viel von ihr lernen kann! Sie hat eine enorme Einsicht in die kulturelle Seite der Frauenunterdrükkung! In das Theoretische, nicht nur in die Praxis!

Rita spürt eine unterschwellige Anklage in diesen Worten. Doch Aud glüht hemmungslos weiter. Du meine Güte, ich könnte mich ohne weiteres noch einmal in sie verlieben!

– Kannst du dich an dieses Fernsehprogramm erinnern, das es einmal gab? In dem sie auch war? Rita nickt. – Damals stellte sie eine Theorie dar: von der Unmöglichkeit zu wählen für die Frau. Kannst du dich daran erinnern?

Das kann Rita. Sie erinnert sich auch an ihre Resignation über Auds Begeisterung. So etwas überwältigend Neues war es ja nun auch nicht gewesen.

– Damals sagtest du, daß ich nur von ihr fasziniert sei, weil sie sich so zurechtgemacht hatte und weil sie gut aussah ...

– Mußt du das ausgerechnet jetzt wieder rauskramen?

– Nein, du hast ja nur gefragt, woran ich gedacht habe.

Rita schweigt. Widersprüchliche Gefühle kämpfen in ihr. Aud ist verblendet, und sie hat gute Lust, sie aufzuwecken. Sie möchte gern etwas Spontanes und Effektives sagen, will erklären, weshalb sie so negativ reagiert hat. Aud soll nicht denken, daß sie das gedankenlos gesagt hat. Doch sie sagt nur: – Habe ich das gesagt?

Und da Aud nickt, fügt sie leise hinzu: – Das war ziemlich grob von mir.

– Ja, sagt Aud zufrieden. – Du bist einige Male recht grob zu mir gewesen.

– Und du zu mir!

Nun könnte es also wieder losgehen bei den beiden, erst sehr langsam und vorsichtig, und dann wären sie wieder mitten in einem neuen Streit.

– Jetzt fängst du nur wieder an zu streiten, sagt Aud.

– Ja, entschuldige, sagt Rita, kann sich aber nicht länger zusammennehmen. – Ich denke nur daran, daß du dich so furchtbar schnell engagierst. Du gehst dann hundertprozentig auf einen Menschen los, bis du ihn plötzlich hundertprozentig satt hast. So war es auch, als du mit mir anfingst. Zum Schluß konntest du mich und die ganze Selbstverteidigung nicht mehr ausstehen. Obwohl du anfangs gesagt hast, daß sich die ganze Welt für dich verändert hätte.

– Ich weiß nicht, was dich dazu veranlaßt, dich zum Richter über mich aufzuspielen, sagt Aud. Ihr Gesicht verschließt sich wie nach einer Ohrfeige.

– Ich meine ja nur, sagt Rita, – daß man vielleicht nicht versuchen sollte, in ständig neuen Beziehungen die Lösungen zu finden, daß man lieber versuchen sollte, sie in der Beziehung zu finden, die man hat.

– Haben wir eine Beziehung?

Sie blicken sich an, keine von ihnen antwortet.

– Aber das Leben geht doch weiter, sagt Aud laut, als appelliere sie an eine höhere Gerechtigkeit als Rita. – Das Neue, das wir finden, können wir doch nicht einfach ausradieren! Das formt uns doch, das läßt sich doch nicht wegwerfen. Sollen wir nur auf unser beider Leben sehen, und die Liebe, die wir in uns für andere haben, die Fähigkeit, begeistert zu sein, sollen wir das alles nur als Wiederholung von Fehlern ansehen? Dann kommen wir ja nie weiter! Ich liebe sie, Rita! Kann das denn falsch sein?

– Ich weiß nicht. Ich weiß nur, daß ich dich liebe.

Sofort beginnt es in ihren Ohren zu sausen, das hat sie nun überhaupt nicht sagen wollen. Aud blickt sie verblüfft an.

Sie verlassen das Restaurant und wandern zur Station der Bergbahn hinauf. Die tiefstehende Sonne beleuchtet bleich die Spitzen der Bäume, unter denen die beiden gehen und nicht wissen, ob sie eine Beziehung haben. Doch, denkt Rita, es wäre auch dumm, das ganz und gar zu leugnen. Wir gehen ja hier.

Auf der Fahrt nach unten ist es still zwischen ihnen. Rita spürt die ganze Zeit Auds Nähe auf dem Sitz. Aud ist in die Aussicht vertieft. Erst kurz vor Gråkammen wendet sie sich ihr zu.

– Ich habe Papa versprochen, auf dem Nachhauseweg bei ihm vorbeizugehen. Kommst du mit?

Rita schüttelt den Kopf.

– Ich habe keine Lust, mit dir nach Hause zu gehen und

Theater zu spielen.

Die Worte treffen, ganz wie sie es sollen. Aud seufzt traurig, resigniert.

– Das ist nicht nötig. Ich habe es ihm erzählt.

– Was hast du ihm erzählt?

– Ich habe, ich habe ... sie weiß nicht weiter. Sie hat ihm von ihrer unsterblichen Verliebtheit in eine verheiratete Frau aus Trondheim erzählt. Diese Bezeichnung hat sie noch immer im Ohr, was für ein dummer Ausdruck das ist.

– Du hast ihm von deiner letzten Eroberung erzählt?

– Allerdings! Und von deiner auch! Und daß wir beide wild in der Gegend herumflirten, uns aber treu bleiben bis Dovre fällt! Das ist etwas, das der alte Strand versteht! Mensch, Rita!

Aud erhebt sich, sie muß hier aussteigen, dazu muß sie an Rita vorbei, für einen Moment pressen sich ihre Knie gegeneinander. Aud sieht sie bebend an. Wie kann ich einen Bericht über etwas abgeben, worüber ich selbst noch keine Übersicht habe? denkt sie. Du verlangst Unmögliches von mir, immer Unmögliches.

– Entschuldige, sagt Rita, nimmt ihre Hand, die nun in einem Fäustling steckt, und drückt sie. – Ich habe es nicht so gemeint.

– Schon gut, antwortet Aud, als lasse sie Gnade vor Recht ergehen.

Sie läuft durch den Mittelgang und winkt beim Aussteigen Rita zu. Innerlich aber fühlt sie sich elend und unehrlich. Nicht mit einer Silbe hat sie ihren Vater wissen lassen, daß Rita und sie nicht mehr die Geliebten sind, wie sie es die ganzen Jahre gewesen waren.

9

– Was?

– Ja!

– Aber, du hast doch nie ... du bist doch nicht ... ich meine ... also wie ... seit wann geht denn das schon?

– Das sage ich doch, seit dem Seminar.

– Irene, du bist wahnsinnig.

– ...

– Hör mal. Was hast du dir denn gedacht, wie das weitergehen soll? Und Torgeir? Und Rulle? Und alles ... alles ... alles, was du hast? Ist denn das alles für die Katz?

– Ich dachte, daß du mir helfen würdest.

– Ich?

– Ja? Als erstes brauche ich mal eine Adresse. Vielleicht kann sie ihre Briefe hierher schicken?

– Und zweitens?

– Ja, ja, zweitens, also ... Irene bricht ab.

– Woran denkst du?

– Nein ... nein ... ich weiß nicht.

– Irene, bist du dir da eigentlich ganz sicher? Ich meine ja nur, ich finde es schon sonderbar, daß du, eine Frau von achtunddreißig Jahren, plötzlich so schwach für eine Frau wirst. Warum ist das nie früher passiert? Ich meine ... Astrid gerät ins Stocken, sucht nach dem rechten Wort. Schließlich beugt sie sich vertraulich vor. – Hat sie dich verführt?

Irene sieht verwirrt auf. – Nein? sagt sie fragend. Wie war das eigentlich gewesen? denkt sie dann. Hatte Aud sie verführt? Sie verliert sich an die Erinnerungen, antwortet nicht, beugt sich vor, nimmt die Tasche, zieht den Reißverschluß darin auf und fischt mit Mittel- und Zeigefinger ein Bild heraus. – Hier.

Astrid sieht darauf, blickt Irene an und schaut wieder auf das Bild. – Sie sieht lebendig aus, sagt sie.

– Mein Gott, Astrid, sagt Irene. – Es ist so gut, daß es endlich heraus ist. Und fängt an zu weinen.

*

Ruf nicht so oft während der Arbeitszeit hier in der Bibliothek an, schrieb sie. Meine Chefin ist fast die ganze Zeit hier und hat ziemlich lange Ohren. Trondheim ist Norwegens größte Kleinstadt. Jeden Donnerstag habe ich Spätdienst zwischen zwei und acht, dann ist sie nicht da. Dann kannst du anrufen.

Ich habe dich gebeten, mir in die Bibliothek zu schreiben, aber nun fangen die an, sich zu wundern. Kannst du nicht ein bißchen die Schrift variieren? Und nicht die Briefe immer in den gleichen gelben Umschlägen schicken? Ich habe früher nie Briefe hierher bekommen, es fallen schon Bemerkungen deswegen.

Nur im äußersten Notfall kannst du zu Hause anrufen. Aber lieber nicht. Er bemerkt so leicht meine Stimmungen, und ich werde sie vielleicht nicht verbergen können. Deswegen habe ich an eine andere Lösung gedacht. Jeden Montag und Mittwoch von 19 bis 21 Uhr (etwas davor und etwas danach) ist er auf einem Kurs, hält Vorträge usw., dann kannst du anrufen. Sollte er dennoch am Telefon sein, es passiert schon mal, wenn auch selten, daß er wegen Kopfschmerzen oder so nicht geht, dann leg nicht einfach auf! Das würde sonderbar und widerlich wirken. Frag doch einfach, ob da ‚Torgersen' ist oder wer auch immer. Er kennt ja deine Stimme nicht.

Ich habe eine Freundin, schrieb sie. Astrid Amundsen. Sie kann ein Kontaktpunkt für uns sein. Ihre Nummer ist (075) 21 482. Wenn nötig, kannst du sie immer anrufen und eine Nachricht hinterlassen. Auf sie ist hundertprozentig Verlaß, sie hilft immer. Und: Achtung! Dorthin kannst du schreiben. Soviel du willst. Ich habe ihr neulich alles erzählt. Es war so gut, mit jemand darüber zu reden. Über Dich. Normalerweise ist sie nachmittags und abends zu Hause. Aber: Wenn jemand anders ans Telefon geht, sage nicht deinen Namen! Wir haben so viele gemeinsame Bekannte. Man weiß nie, in welchen Kanälen die Informationen landen können. Furchtbar ist das. Frag nur, ob du mit Astrid reden kannst.

Ich bin sehr in Eile. Bitte tausendmal um Entschuldigung für den kurzen Brief. Später mehr. Ich denke daran, daß ich dich sehen will. Jeden Tag denke ich daran, einen passenden Plan auszuhecken. Ich denke an dich, denke unentwegt an dich. Deine IJ!

Aud wandt sich unter den gehetzten Instruktionen. Anfangs folgte sie ihnen, nicht ganz ohne einen gewissen Sinn für Humor dabei. Daß Erwachsene miteinander Versteck spielten, hatte unbestreitbar seine komischen Seiten. Sie hatte davon gehört, daß in Ehen sowas geschah. Allerdings hatten ihre Eltern nie so etwas getan, und nie hatte sie verstanden, wozu das denn gut sein sollte. Und es war auch in ihrem Leben nie nötig gewesen, es zu verstehen. Trotz ihrer sechsunddreißig Jahre hatte sie sich nie in einer solchen Situation befunden und pflegte auch nicht mit Leuten umzugehen, die sich in einer solchen befanden. Nicht etwa, daß sie es nicht kannte, in einer Beziehung zu sein und sich in jemand anders zu verlieben. Aber es war nie die Rede davon gewesen, das dann zu verschweigen. Rita hatte immer für Offenheit plädiert und daran hielten sie sich.

Als Aud sich nun plötzlich in einer Situation befand, in der sie versteckt auftreten sollte – also eigentlich überhaupt nicht auftreten sollte –, reagierte sie zunächst mit ungläubigem Interesse; sie war verblüfft, ja, fast beeindruckt von der Souveränität, die Irene an den Tag legte, um alles zwischen ihnen vor ihrer Umgebung in Trondheim zu verbergen.

Doch bald spürte sie, wie sich eine aufrichtige jungfräuliche Verwirrung über die Konsequenzen dieser Verheimlichungsschrecknisse breit machte, und schließlich erstarrte ihr Amusement darüber vollends. Sie empfand ein solches Versteckspiel für Erwachsene entwürdigend.

Nein, dachte sie, das kann mir niemand zumuten. Dazu bin ich ganz einfach zu alt. Ja, zu alt! Respekt – das war es, was sie bei anderen Menschen am meisten vermißte. Erfuhr nicht jedes junge Mädchen in dieser Welt vom ersten Tag an nichts als mangelnden Respekt? Wie lange sollte sie sich noch als kleines Mädchen fühlen? Eines Tages mußte doch damit Schluß sein?

Wurde es dadurch besser, wenn die Respektlosigkeit von einer anderen Frau kam? Einem anderen Menschen heimliches An- und Wegschleichen, Betrügen und Lügen anzutragen, was war das für eine Beziehung? Das war weder ihm, diesem Torgeir, noch ihr zuzumuten! Ganz im Gegenteil sollten wohl Feministinnen so langsam versuchen, etwas weiter zu kommen. Für Aud lag ein Hauptaspekt der Frauenbewegung genau in diesem Punkt, den Wert des anderen Menschen anzuerkennen, denn alle Unterdrückung bestand darin, daß eben dies nicht geschah.

Wenn Irene diese Beziehung ernst nahm, mußte sie darüber reden, oder war die Ehe mit ihrem Mann auch nichts wert, so daß sie über sowas nicht sprechen konnten?

Nachdem wiederum einige Tage in dieser Weise verstrichen waren und Irene eines Vormittags, als sie fünf Minuten Zeit dafür hatte, atemlos aus einer Telefonzelle in der Stadt anrief, war dies für Aud der entscheidende Tropfen, und das Faß lief über:

– Wie lange hast du eigentlich vor, das hier so weiterzumachen? fragte sie. – Hast du nie daran gedacht, mit deinem Mann darüber zu reden?

– Das ist meine Sache!

– Aber ich lasse mich nicht verstecken! Das ist meine Sache! Und nicht deine!

– Na gut, sagte Irene, – wenn du das nicht akzeptieren kannst, können wir nicht weitermachen.

Das ließ Aud still werden.

Nach dem Gespräch war sie vollkommen naßgeschwitzt und erschrocken. Nie zuvor hatte Irene so mit ihr gesprochen, immer war ihre Stimme freundlich gewesen. Sie fühlte sich durch den kalten Ton regelrecht verängstigt. Ein fundamentales Unsicherheitsgefühl ergriff sie. Was würde Irene tun? Sie einfach abhängen, weil sie gesagt hatte, sie könne diese Situation, wie sie ist, nicht akzeptieren? Tagelang ging Aud voller Angst umher und bereute ihren hochmütigen Protest.

Doch eine Woche später liegt in ihrem Fach in der Schule ein Zettel für sie „Anruf für Frau Strand von Frau Jacobsen, Trondheim. Bitte baldmöglichst zurückrufen.“ Aud hält den Zettel in der Hand und hat Lust, ihn mitten auf dem Flur zu küssen, beherrscht sich aber und trägt ihn verkrampft zum Telefon. Als könne sie Irene nicht erreichen, wenn sie ihn jetzt verliert.

– Ich habe einen Ausweg gefunden! Ich muß zu einem Kursus für Bibliothekare nach Oslo, am Samstag, den 16. September, um 10 Uhr. Die Staatliche Bibliothekschule bezahlt alles! In der Universitätsbibliothek. Ich komme mit dem Nachtzug, muß aber am gleichen Abend wieder zurück. Ein bißchen stressig das ganze, aber wir können uns treffen. Ich bin so gegen 17 Uhr fertig. Ruf mich wie immer Montag an. Ich freue mich so, dich zu sehen, freue mich so wahnsinnig, dich zu sehen.

10

Irene kommt!

Papa, kann ich dein Auto haben? Dann kann ich sie vielleicht zum Flugplatz rausfahren oder so. Rita! Was soll ich machen? Ich bin total durcheinander. Was mach ich nur, daß die Zeit vergeht? Irene kommt!

Aud denkt an die Universitätsbibliothek, denkt an die lange Treppe dort vor dem Gebäude. Denkt an den Solli-Platz. Die ganze Woche lang läuft sie herum und denkt an die Universitätsbibliothek und an den Solli-Platz. Dort werden sie sich treffen, am Samstag um fünf.

Die Zeit türmt sich vor ihr auf. Fünf Tage sind es nur, doch sie sind ebenso lang wie die ganzen Wochen, die vergangen sind, seit sie sich in Dänemark getrennt hatten. Sie steht im Klassenzimmer und gibt der Theatergruppe ihre Anweisungen; sie singen am laufenden Band Grand-Prix-Melodien, und gemeinsam fallen ihnen immer wieder welche aus den letzten Jahren ein. Könnte man keine Show daraus machen? Endlich, endlich ist die Stunde vorbei. Aud packt ihre Tasche und geht zur Tür. Wohin gehen Sie denn, Frau Strand? Ja, ist denn die Stunde nicht zu Ende? Zu Ende? Es klingelt doch um fünf nach halb zwölf und jetzt ist es erst Viertel nach! Also zurück. Die Stunden ziehen sich zäh dahin. Wie soll sie bloß das Warten aushalten, wenn sich die Uhr überhaupt nicht weiterbewegt hat?

Doch auch dieser Schultag geht zu Ende. Ganz unglaublich, doch schließlich ist Aud mit dem Fahrrad auf dem Heimweg. Dann ißt sie etwas und legt sich aufs Bett. Sie ruft mehrere Leute an und erzählt allen, wie langsam die Zeit vergeht. Als sie das stundenlang gemacht hat, ist eine Stunde vergangen. Sie schaltet die Nachrichten im Fernsehen an. Langweilig. Sie öffnet ein Buch, liest, kann sich nicht konzentrieren, alles handelt von Irene, das ganze Buch. Sie geht in die Küche, ißt noch ein bißchen mehr, sieht sich um, schaut aus dem Fenster, guckt sich den Abwasch an, hat keine Lust, ihn zu machen, geht ins Zimmer zurück; sieben Minuten sind vergangen.

Nach einer Unzahl geologischer Zeitalter ist es Zeit, zu Bett zu gehen. Sie legt sich hin und löscht das Licht. Montag ist vorbei. Sie liegt da und ist wach, bis der Dienstag graut.

So geht es weiter bis Samstag. Um zwanzig vor fünf fährt sie im hellblauen Volvo ihres Vaters zum Solli-Platz. Sie sitzt wie in Trance am Steuer. Der Traum über diesen Menschen, der nun so plötzlich mit der Wirklichkeit kollidieren soll, hat sich die ganzen Wochen in ihr aufgebaut. Würde er das überleben? Aud geht das letzte Stück zu Fuß, nie ist sie derart nervös gewesen. Na gut, ihre Nerven sind seit der Pubertät wirklich nicht die allerbesten gewesen, aber das jetzt? Die Beine sind schwer, die Knie weich, für einen Moment wird ihr schwarz vor Augen, und sie denkt überrascht: sollte es tatsächlich möglich sein, daß ich diesen kleinen Weg hier nicht mehr schaffe, rein physisch? Fast sieht es so aus. Sie bleibt einen Augenblick stehen, kann nicht weiter, und stützt sich an eine Hauswand. Ist es möglich, sich selbst so etwas anzutun?

Über diesen Gedanken muß sie fast lachen. Also ist es möglich, und es hilft nicht, darüber zu lachen. Wovor habe ich denn solche Angst? fragt sie sich. Sie ist doch nur ein ganz normaler Mensch. Ja, ja, das ist ihr schon klar, aber es hilft überhaupt nichts. Vielleicht ist sie ebenso nervös wie sie? Der Gedanke daran tröstet ein wenig. Sie geht weiter, doch nach wenigen Sekunden ist es genauso schlimm.

Jetzt sieht sie das Gebäude, unverwandt blickt sie hin und auf die große Treppe davor. Niemand da. Sie starrt zur Tür, ist darauf vorbereitet, daß sie sich jeden Augenblick öffnen kann und sie dort herauskommt. Nur das ist noch in ihrem Kopf: da drin ist sie.

Sie stellt sich auf der anderen Straßenseite neben einen Kiosk und schaut sich die Zeitschriften, Bücher und Süßigkeiten an, geht um den Kiosk herum und sieht sich die Zeitschriften, Bücher und Süßigkeiten von der anderen Seite an. Sie sieht nichts davon. Die ganze Zeit sieht sie nur aus den Augenwinkeln auf diese Tür gegenüber.

Ab und zu öffnet sich die Tür, jemand kommt heraus und ist nicht Irene. Es ist zum Verrücktwerden, warum kommt sie nicht endlich? Weiß sie denn nicht, daß ich hier stehe und warte und sterbe? Oder befindet sie sich in einem Gespräch, das sie nicht zu unterbrechen wagt? Aud blickt auf die Uhr. Schon drei Minuten nach fünf. Warten, atmen, warten, wieder auf die Uhr sehen, auf den Sekundenzeiger, der sich von einer Sekunde zur anderen schleicht. Jetzt kommt eine größere Gruppe gutgelaunter Leute heraus. Das müssen sie sein. Aud sieht in den Himmel und tut, als sei sie blind.

Aber ist sie da nicht? Aud wagt es, sich diese aufgeräumte Gruppe etwas näher anzusehen. Niemand sieht ihr ähnlich. Wird sie sie denn wiedererkennen? So undeutlich sind die Erinnerungen gewesen. Aber vielleicht kann sie sie an der Tasche wiedererkennen? Dieser hellbraunen Ledertasche. In Asserbo hatte sie eine braune, ganz neue hübsche Tasche, die zu ihren Stiefeln paßte. Eben so, wie alle anderen Ledertaschen waren. Doch diese wird sie auf Kilometerabstand erkennen, das weiß sie. Da ist sie.

Da ist sie! Und plötzlich wird es ruhig in Aud, vollkommen ruhig. Sie sieht sie an, wendet die Augen nun nicht mehr von ihr. Wie schön sie ist! Daran hat sie sich nicht mehr erinnern können. Groß, schön und ganz ernst.

Sie kommt mit ihrem raschen Schritt, hält am Kantstein an, sieht nach rechts und links, kommt über die Straße direkt auf sie zu. Einen Moment sieht sie nach unten, Aud nutzt diesen Augenblick, um sie anzuschauen. Ihre Bewegungen schicken ihren Strom des Wiedererkennens durch sie hindurch. Was in aller Welt mache ich jetzt? denkt sie.

Jetzt stehen sie einander gegenüber, umarmen sich leicht und blicken in ihrer Verlegenheit fort. Gehen nebeneinander her, ohne ein Wort zu sagen. Spontan legt Aud ihre Hand auf die Schulter, die ihr zugewandt ist.

– Puh! Ich muß mich stützen. Ich bin so aufgeregt!

Irene schaut sie rasch aus den Augenwinkeln an und lächelt. – Stütz dich nur, aber sei nicht so sicher, daß ich nicht selbst umfalle!

Auf diese Weise kommen sie schließlich zum Restaurant „Bagatelle", gleich um die Ecke der Bygdö Allee.

Es ist sonderbar. Sonderbar, einer Person gegenüber zu sitzen, die du fast gar nicht kennst und von der du weißt, daß du sie liebst. Sechs Tage hast du sie nur gesehen in deinem Leben, das ist alles. Einige absonderliche Seiten hast du erblickt und nichts anderes. Hast ihre Angst gesehen. Von den empfindlichsten Momenten in ihrem Leben gelesen und von den schlimmsten. Hast ihre Liebe gesehen und die Glut in ihren Augen, hast den Klang der Saiten in ihrem Körper gespürt und deren wildes Spiel. Du ahnst die zitternde süße Freude und weißt, daß sie mit all dem an dich denkt, an dich gedacht hat, ununterbrochen, fünf Wochen lang, fünfunddreißig Tage, nicht lange, aber die längsten dieses Jahres. Und nun sitzt sie vor dir. Aber anderes kennst du nicht, nur diese Besonderheiten, diese reichen Gaben, die in einem Menschen leben, aber nur in auserwählten Stunden zu Tage treten. Doch du hast sie gesehen. Nun sitzt sie vor dir und ist ein fremder Mensch.

– Sonderbar, sagt Irene.

– Ja, sagt Aud. Da sitzen sie mit ihren beiden riesigen französischen Speisekarten und sollen wählen.

Aud schaut sie verstohlen an, während sie in die Karte sieht. Als sie dann auszuwählen versucht, spürt sie Irenes Augen auf sich ruhen. So geht es eine Weile hin und her, schließlich erscheint der Kellner und keine hat etwas ausgesucht.

– Was können Sie denn empfehlen? Irene sieht ihn mit einem passenden Frau-auf-Stadtbummel-Blick an, eine Augenbraue in der Höhe.

– Escargot à la Biarritz, antwortet er, – wenn Sie etwas Besonderes wünschen. Irene und Aud nicken ihm anerkennend zu. Ja, das nehmen wir, kommt es im Chor. Und zu trinken? Irene bestellt Weißwein, Aud Mineralwasser. Sie sind wieder allein.

– Was hat er da eigentlich gesagt? flüstert Irene.

– Schnecken, flüstert Aud zurück.

– Ja, aber danach? A la irgendwas?

– A la Biarritz? Ich hab keine Ahnung, wie man dort Schnekken macht, in irgendeiner Sauce wahrscheinlich.

– Schnecken in Lebertran? Sie kichern.

– Apropos Schnecken, sagt Aud und spürt einen unwiderstehlichen Drang, witzig zu sein. – Ich finde, daß sich die Zeit in der letzten Woche im Schneckentempo dahingeschlichen hat. Erleichtert sieht sie, daß Irene sich darüber amüsiert.

– Das kannst du wohl sagen! Ich habe schon geglaubt, die würden da in der Bibliothek nie fertig werden. Irene flüstert noch immer. Das ganze Gespräch hat sich im Flüsterton abgespielt, ohne daß eine von ihnen es bemerkt hat.

– Heh, sagt Irene nun endlich in normaler Lautstärke. – Warum flüstere ich eigentlich? Und sie erzählt weiter, wie unruhig sie in der Universtitätsbibliothek gewesen war, wie sie oft glaubte, ihre Beine gäben nach. Und von dem Typen erzählt sie, der sie dort herumgeführt hatte, einer mit dickem rotem Hängebart und Hornbrille; er sprach von einem anderen Treffen, das am gleichen Tag stattgefunden hatte, von Planungsdetails und Korrespondentenkursen für Assistenten. – Ich erzähle und erzähle, sagt sie. Sie hält inne, sieht zu Aud hinüber und sucht ihre Augen. – Ich habe so furchtbar oft an dich gedacht! sagt sie. – Ich glaube, ich habe noch nie so sehr an einen Menschen gedacht!

Aud senkt den Blick. Sie betrachtet ihre Hand, die neben der kleinen Tischlampe liegt und von ihr beschienen wird. Sie legt ihre still daneben.

– Danke gleichfalls, sagt sie.

Daraufhin bleiben sie eine Weile schweigend sitzen; die Hände liegen da, ganz nah sind sie sich, voller Bedeutung der kleine Abstand zwischen ihnen. Sie bewegen sich kein bißchen.

Der Wein und Auds Wasser kommen. – Trinkst du gar keinen Alkohol? fragt Irene. – Du hast doch auf dem Seminar getrunken?

– Ich muß fahren.

– Hast du ein Auto?

– Nein, es gehört meinem Vater. Ich ... ich hab' gedacht, daß ich dich nachher nach Fornebo rausfahre, dann brauchst du nicht den Flughafen-Bus zu nehmen.

– Das ist ja lieb von dir. Sie hält die Weinflasche fragend über Auds Glas. – Einen kleinen Tropfen nur? Dann können wir anstoßen. Symbolisch, meine ich.

Aud nickt. – Symbolisch für was?

– Symbolisch dafür, daß wir ... zusammen sind, kommt es zögernd von Irene.

– Ja, sagt Aud gedehnt, – das sind wir allerdings, zweideutig genug ist das jedenfalls.

– Symbole sollten auch nie allzu deutlich sein, sagt Irene, – dann werden sie zu langweilig.

– Ja, stimmt. Sie erheben die Gläser, sehen sich kurz an, sagen „zum Wohl", trinken, sehen sich wieder für einen Augenblick an und stellen die Gläser hin. Sofort müssen beide laut lachen.

– Du scheinst genauso bürgerlich erzogen zu sein wie ich!

Jetzt kommen die Schnecken. – Na, die haben ja ihrem Schneckentempo alle Ehre gemacht, probiert Aud dem Kellner gegenüber einen kleinen Scherz. Doch der hat solche Bemerkungen wohl schon so oft zu hören bekommen, daß er darüber nicht lacht und nur wortlos serviert. Aud und Irene blicken auf diese gekröllten Röllchen in durchsichtiger Bratensauce, es brutzelt und zischt noch immer in der feuerfesten Form. – Hmmm, sagt Aud. – Vielen Dank, sagt Irene. – Fang an, du. Doch diese Aufforderung braucht Aud nicht mehr, sie bedient sich schon eifrig. Betroffen läßt sie die Arme sinken, nun war sie wieder unhöflich gewesen. – Nein, nein, sagt Irene. – Doch, doch. Du bist ja schließlich hier der Gast. – Aber du hast Hunger. Ich bin den ganzen Tag mit belegten Brötchen vollgestopft worden, ich habe eigentlich überhaupt keinen Hunger.

– Den habe ich eigentlich auch nicht, sagt Aud und sieht von ihrem reich gefüllten Teller auf, betrachtet ihn noch einmal und sieht dann wieder Irene an. – Ich hab den ganzen Tag vor Nervosität alles mögliche in mich reingestopft. Sie schiebt die Schüssel ein wenig in Irenes Richtung. Die lächelt mit geschlossenem Mund, so wie sie es öfter tut, das hat Aud schon bemerkt; ihre Augen blitzen.

– Also, warum sitzen wir dann eigentlich hier?

Sie lachen. Irene nimmt sich einige Schnecken, Pommes frites und ein wenig Salat. So sitzen sie da, jede mit ihrem gefüllten Teller.

– Wollen wir gehen? fragt Aud.

– Wohin?

– Zu mir?

– Zu dir?

– Ja? fragt Aud. Irene fragt nicht weiter. Es ist, als sei ihr dieser Gedanke ganz fern oder eben so nah, daß sie ihn nicht zu denken wagt. Sie ist nicht sicher. Doch, sie ist sicher! Den ganzen Tag hat sie an nichts anderes gedacht, als an diese Möglichkeit.

– Nein, sagt sie, – erst müssen wir aufessen.

Ja, erst müssen wir aufessen. Natürlich, erst muß aufgegessen werden. Sie nehmen die Gabeln und fangen an zu essen. Doch sobald der Kellner wieder vorbeikommt, ruft Aud ihn und will bezahlen.

– Du, Aud, ich denke, es nützt nichts, das Flugzeug geht um zehn nach sieben, das wird einfach zu knapp. Jetzt spürt sie wieder diese kleine Panik in sich aufsteigen: sie muß dieses Flugzeug erreichen. Eine gesichtslose Angst klopft in ihr. Was tue ich hier? O, Aud, denkt sie. Du hast ja keine Ahnung, wie sehr ich mich auf diese Stunden hier mit dir konzentriert habe, diese kurze Zeit hier mit dir, als baute sich mein ganzes Dasein nur darauf auf! Und nun sitzen wir hier, und bald wird die Zeit verstrichen sein.

Aud ißt. Sie tut es scheinbar ruhig und genießt offensichtlich das Essen. Doch auf ihrem Gesicht ist etwas Neues erschienen, ein Ausdruck, der vorher nicht dagewesen war; ein verschlossenes, stolzes Gesicht, ohne Bewegung darin.

Das hat sie schon vorher bei ihr gesehen. Einige Male bei dem Seminar, wenn ihr etwas unangenehm, ihr jemand zu nahe gekommen war, eine Bemerkung gemacht hatte, die sie nicht mochte. Sie hat das gesehen. Hat gesehen, daß sie sich dann verschloß, als hätte sie eine Ohrfeige bekommen und suchte das zu verbergen.

Irene bemüht sich, die Schnecken herunterzubekommen. Während sie so mit dem Kauen beschäftigt ist, wirbeln ihre Gedanken durch den Kopf, toben dort unangenehm, laut, leise, weit entfernt, nah, fassen sie ...

– Ich muß den Flug schaffen! Das hört sich wie ein flehendes Gebet an.

– Ja, sagt Aud sofort. – Wir können gleich fahren! Und schon erhebt sie sich ein wenig von ihrem Stuhl, nimmt die Serviette und wischt sich den Mund ab.

– Ach! So eilig ist es ja nun auch wieder nicht! Setz dich doch hin! Außerdem haben wir noch nicht bezahlt. Sie spricht jetzt mit großer Bestimmtheit, fährt ein wenig zusammen, als die Rechnung dann endlich kommt.

Aud zieht die Geldbörse aus der Tasche. – Darf ich? Irene hatte dasselbe gedacht. – Aber jetzt sind wir ja irgendwie bei mir. Du kannst dich ja revanchieren, wenn ich mal in deine Stadt komme ...

Sie fahren die Straßenbahnschienen entlang durch Sköyen, an Ridehuset vorbei. Aud denkt an den Flughafen, an das Flugzeug, den riesigen Metallkörper, der sie von ihr wegverfrachten soll.

Jetzt sind sie auf Drammensveien, hier können sie schneller fahren. Doch das will sie nicht. Sie tut, als seien sie auf dem Weg nach Hause, irgendwohin, wo sie wohnen, in Billingstad oder Blommenholm oder wo auch immer. Hier haben sie ein Haus mit Garten, haben einen Fernseher, eine Teekanne und alles, was zu einem Haus gehört. Eine Katze, die muß sein. Eine schwarze mit weißer Schnauze und weißen Pfoten. Emma heißt sie. Ganz normal geht es bei ihnen zu. Das Bedürfnis, es mit Irene ganz gewöhnlich langweilig zu haben, ergreift sie mit aller

Kraft und zieht sie tausend Kilometer weit weg. Fort von dem Weg durch Lysaker.

Ihre Hand ruht noch immer auf dem Schaltknüppel, obwohl es schon lange her ist, daß sie in den vierten Gang geschaltet hat. Sie spürt, wie sehr sie auf die andere wartet. Die Berührung ist in der Luft zwischen ihnen, die Haut wird warm und weich bei dem Gedanken.

Sie möchte weinen. Unbarmherzig fressen der Asphalt unter ihnen und das Auto, in dem sie sitzen, langsam und gleichmäßig ihre Zeit auf. Sie spürt die Hand und nimmt ihre von der Gangschaltung, zieht sie rüber zu sich aufs Knie, preßt sie plötzlich heftig. Stärker, als erwartet. Mit beiden Händen liebkost sie Auds Hand, leidenschaftlich und energisch. Aud hört Irenes Atem, erkennt ihn aus Asserbo wieder, dort, als sie hinter ihrem Stuhl stand. Daß sie eine solche Wiedersehensfreude wegen einer Art zu atmen haben kann! Aud fährt, und das Auto saugt mit jedem heftigen Pulsschlag viele Meter auf, für jeden Griff der Hand.

Flugplätze sind gewaltige und brutale Orte, um Abschied zu nehmen. Eine gigantische, stromlinienförmige Halle, die alle Reisenden verschluckt. Nur ab und zu sieht man zwei, dich sich küssen, recht selten, überraschend selten. Nicht so, wie auf Bahnsteigen. Aber hier ist es ja auch schlimmer als überall; man trennt sich abrupt und sehr effektiv, und der Abstand ist sofort riesig.

Die Halle für Inland-Abflüge ist voller zielbewußter Menschen. Sie wissen genau, wohin sie wollen, und sehen alle so aus, als täten sie ihr Leben lang nichts anderes als Fliegen. Aud blickt sie schnell an, nimmt ihre Hand mit der Linken und will sich so verabschieden.

Doch mit einer überraschenden Bewegung zieht sie statt dessen Irene an sich und küßt sie. Der Kuß sollte die Wange treffen, doch in dem Moment wendet sie sich ihr zu, und Aud trifft ihren Mund. Für eine Sekunde flackert es in den Augen, dann ist es weg.

– Tschüß! Ich kann hier nicht stehen.

– Nein ... Sie bleiben stehen und sehen sich an. Keine geht. Einen Augenblick lang denkt Aud: ich kann sie bitten, zu bleiben! Ich kann sie überreden, einen späteren Flug zu nehmen, sich krankzumelden, wir können für eine Woche verschwinden, einfach verschwinden.

– Ich hätte solche Lust, einfach mit dir zu verschwinden!

– Wohin?

– Egal!

– Ach so.

– Was?

– Ja. Ich meine: ja.

– Was ist los?

Irene sieht sich in der Halle um, hält Aud nun fest an der Hand, als habe sie Angst, sie könne jetzt gehen. Hält sie fester, ihre Hand ist so gut anzufassen, so lebendig. Es ist der reine Wahnsinn, was soll sie Torgeir sagen? Was soll sie tun?

Sie könnte einfach anrufen und sagen, daß sie krank geworden sei, das kann ja schließlich immer passieren, warum also nicht jetzt? Es ist doch nichts Merkwürdiges dabei, krank zu werden, wie soll er ihr je beweisen, daß es nicht stimmt? Warum sollte man nicht an einem anderen Ort krank werden können? Sie spürt ihre Hand und ist schon mit ihr im Auto unterwegs. Schnell, ganz schnell.

Irenes Flug wird nun über Lautsprecher aufgerufen. Sie sehen sich an. Ein fragender, ernster Ausdruck breitet sich auf ihren Gesichtern aus.

Fast rennt sie zur Telefonzelle, wählt die Nummer, ist nicht sie selbst. Was tue ich hier eigentlich? Der Ton im Hörer, der nun zu Hause erklingt, wirkt fast beruhigend; langsam und monoton dringt er in ihr Ohr. Sie graust sich vor dem Klicken und seiner Stimme. Hab' das Flugzeug nicht geschafft. Morgen müssen wir uns nochmal treffen. Aber der beruhigende monotone Laut ist noch immer zu hören. Dann ist er also schon weggefahren, um sie abzuholen. Das ist allerdings schrecklich. Was jetzt? Die 22 Uhr-Maschine nehmen? Was wird Aud dazu sagen? Nein, sie will sie auf keinen Fall enttäuschen!

Mit einem panischen Gefühl im Körper verläßt sie die Zelle. Im gleichen Moment sieht sie Aud auf sich zukommen.

– Du lieber Himmel! Da bist du! sagt sie und faßt Aud am Arm. Hart. – Komm! Jetzt ist es zu spät, denkt sie, nun ist es bereits passiert.

Aud weiß nicht mehr, was los ist, fragt, was sie gesagt hat, doch Irene schüttelt nur den Kopf und zieht sie mit sich zum nächsten Ausgang, dessen Tür sich ganz magisch, bereitwillig vor ihnen öffnet.

Sie gehen zum Auto auf dem Parkplatz. Da drinnen, auf ihren Sitzen, können sie es nicht länger aufschieben, finden einander, weich, vorsichtig – und lassen sich sofort wieder los. Verwundert. Sie lächeln, beschämt. So gut bist du, so wunderbar, so unglaublich schön ist es mit dir. Ich habe es ja gewußt. Die ganze Zeit habe ich es gewußt ... Aber, daß ich es so gut mit dir haben kann ...!

*

Dunkel und breit erstreckt sich die E6 vor ihnen. Sie fahren durch Ekebergåsen, lassen Oslo und all seine Lichter hinter sich, fahren den Fjord entlang mit den vielen kleinen und großen Booten darauf, so schwarz, blank, es ist ein Traum. Irene läßt sich auf ihrem Sitz zusammenfallen, ein gutes Gefühl im Körper, gut, warm und offen. Die Umarmung auf dem Parkplatz hat sie in sich, schön und unbeherrscht, wie sie war.

Sie hat die ganze Zeit gedacht: Ich will dich sehen, solange das Gras noch grün ist! Ich will dich sehen, bevor die Blätter fallen. Und jetzt sieht sie die Blätter der Bäume hier am Weg in der Dunkelheit; immer noch dunkelgrün wie im August.

Noch einmal dreht sie sich um, sieht zu den Lichtern der Stadt zurück und denkt, daß sie sich eigentlich immer hierher zurückgesehnt hat.

Natürlich sehe ich jetzt Oslo von seiner schönsten Seite, das weiß ich, in jeder Hinsicht. Sie sitzt still, läßt sich wegfahren. Zu einer Hütte, die sie hier am Wasser hat oder ihr Vater. Ein unbekannter Ort. Fjærvik heißt er, sie hat nie davon gehört, aber sie kennt sich auch nicht so gut auf der anderen Seite des Oslo-Fjordes aus. Als sie noch eine Vestfolderin war, sahen sie immer ein wenig auf die von Ostvold herab. Sie muß lachen. Es ist gut, einfach so zu fahren, fast wie Fliegen. Ganz unwirklich. Nichts gleicht mehr irgend etwas, und die Welt ist weit weg. Die Welt, ihre, in der sie lebt und die sie niemals verlassen will, die aber immer weiter und weiter weggleitet, und an die sie jetzt nicht denkt. Nicht jetzt.

– Sonderbar, hier so zu sitzen und neben dir zu fahren, sagt sie nun laut. – So oft habe ich hinter dem Steuer gesessen und lange imaginäre Gespräche mit dir geführt.

Aud dreht ihr schnell den Kopf zu, sieht auf den Weg zurück, ein schönes Profil hat sie.

– Ja?

– Ja, antwortet Irene, während sie tief einatmet. Wie ein Seufzer. Sie schweigen wieder. Das Schweigen ist gut, eine Erleichterung. Irene hatte befürchtet, Aud könnte ein Mensch sein, mit dem man ununterbrochen reden mußte. Doch die Stille hüllt sie ein, kein Abgrund von fehlenden Worten tut sich auf.

Im „Bagatelle" war es furchtbar gewesen. Und doch auch gut. Beides. So viele Worte und so wenige. Was hatten sie eigentlich gesagt? Sie kann sich nicht erinnern. Ihr fällt nur noch ein, daß Aud gesagt hatte: „Danke gleichfalls." Sie hat eine sonderbare Augenfarbe, weder grün noch blau, meerblau sind sie. Wechselhaft wie das Meerwasser. Es ist so gut zu fahren, so unglaublich gut. Das, was sie sich vorgestellt hatte, war es nicht gerade. Sie hatte gedacht, sie würden in einem Restaurant sitzen und sich dann ordentlich voneinander verabschieden. Alles andere waren wilde Hoffnungen gewesen. Jetzt will sie sich nur zurücklehnen und so tun, als hätten sie hundert Stunden vor sich.

11

Die Blumen waren das Dümmste. So mit ihnen in der Hand dazustehen, einen Menschen nach dem anderen auftauchen zu sehen und zu merken, daß sie es nicht war. Wieder und wieder: da! Nein! Da? Nein. Er guckte, verrenkte sich den Hals, stand mitten in einer Gruppe von Menschen, die sich genau wie er verhielten: gucken und warten. Einer nach dem anderen fing an zu winken, kam in Bewegung und veränderte den Gesichtsausdruck. Nach und nach geschah diese Verwandlung mit allen, die da um ihn standen. Sie hatten entdeckt, worauf sie warteten, wandten sich Gepäck schleppenden Gestalten zu und riefen: Hallo!

Er stand da und war verschmäht; alle um ihn her hatten ihn entlarvt. Nach und nach wurde es immer deutlicher, daß er mit den Blumen in der Hand der sitzengelassene Ehemann war.

Er blickte zu einer fülligen Dame hinüber, die gerade die kleine Annema entdeckt hatte. – Guck, da ist Omi! rief Annemas Mutter. Annema stand auf den Zehenspitzen und hielt nach ihrer Oma Ausschau. Torgeirs Griff um die Blumen wurde fester. Dieses unaufhörliche Familienglück, das sich hier plötzlich um ihn herum ausbreitete!

Die Bitterkeit sauste in seinen Ohren. Er hätte hier eigentlich mit Rulle stehen sollen, es war nur ein Zufall, daß er hier allein warten mußte. Sie wollte lieber bei Vivi sein und mit ihr einen Fernsehfilm über Löwen ansehen.

Der Gedanke an Rulle verletzte ihn, und das Gefühl der Verletztheit begann sich in seiner Seele auszubreiten. Die ganze Zeit, während er so dagestanden und gewartet hatte, war es nur etwas gewesen, daß sie ihm angetan hatte. Daß sie das mit Rulle machen konnte, war vollkommen unfaßbar. Unverzeihlich. Unmenschlich. Er spürte das Bedürfnis zu weinen und wurde wütend.

Nun kam niemand mehr da unten durch die Halle, eine Weile waren es noch einige Nachzügler gewesen, doch jetzt kamen die Stewardessen mit eiligen Schritten. Finito!

Dieses idiotische Wort dröhnte ihm plötzlich durch den Kopf. Finito. Und als es erst drin war, wurde er es nicht mehr los. Finito, finito, sagte es in seinem Kopf. Er blieb immer noch stehen und sah sich um, als wollte er sich dem unleugbaren, unwiderruflichen Faktum nicht beugen, der Tatsache, die ihm die Leere um ihn her mitteilte: Sie kommt nicht! Da stand er, mit seinen Blumen, seiner Liebe, mit zwei Tagen Sehnsucht und Gedanken, und sie kam nicht, nichts auf der Welt konnte das mehr verändern. Ob er nun den Rest des Abends noch dastand oder nicht, es war geschehen und nichts war daran zu ändern.

Er drehte sich um, die Blumen immer noch vor sich, ihn fröstelte. Draußen war es dunkel. Er ging zu dem hellen Ford, fand den Schlüssel und öffnete die Autotür. Während er aufschloß und in den Wagen blickte, die verknüllte rote Autodecke da drin sah, wurde ihm klar, wie sehr er an sie gedacht hatte: daß sie in kurzer Zeit hier zu zweit wieder einstiegen und alles ganz anders aussähe, weil sie zurückgekommen war. Er hatte sich so reich gefühlt, bemerkte er nun beim Anblick dieser unordentlichen Dekke. Er hatte sogar auf dem Weg zum Flugplatz die Abba-Kassette gespielt und die ganze Fahrt übergepfiffen. Die Melodien hatten ihn fröhlich werden lassen, und er hatte Lust bekommen, mit ihr zu tanzen. Sie mochte Abba nicht, zog schwierigere Werke vor; Torgeir hatte mehrere Male versucht, Zugang zu dieser Musik zu finden. Und trotzdem erinnerte ihn Abba an Irene, denn die Musik, die sie mochte, erinnerte ihn an absolut nichts. Sonderbar. Wir leben auf unterschiedliche Weisen miteinander, die nicht zueinander passen. Aber so leben wir, und so hatte Torgeir noch vor einer Stunde auf dem Weg hierher mit Irene zusammengelebt und sich auf sie gefreut. Nun stand er da, und alles war nur noch leer und ohne Töne.

Bei der Suche nach den Autoschlüsseln hatte Torgeir die Blumen auf das Autodach gelegt. Als er sich nun hineinsetzte, vergaß er sie dort oben. Die Blumen hatten ein wenig Halt am Gepäckträger gefunden und waren nicht sofort heruntergefallen. Doch sobald er auf der Straße war und die Fahrt beschleunigte, wurden sie heruntergeweht. Einen halben Meter neben dem Straßenrand blieben sie schließlich liegen. Torgeir sah auf die Uhr, jetzt hätte er ja Gelegenheit, bei Anne hineinzuschauen, obwohl sie ihn nicht erwartete. Der Gedanke an sie tröstete ihn. Letztes Mal war sie so traurig gewesen, als er gehen mußte; eigentlich müßte er mit ihr Schluß machen. Er sollte ein bißchen mehr daran denken, daß so ein doppeltes Spiel für einen Mann in seiner Stellung gefährlich war. Doch er wußte, daß Anne dichthielt. Es lag ja auch in ihrem Interesse, daß niemand von ihnen erfuhr. Verdammt dumm, daß er nicht vorher gewußt hatte, daß Irene doch nicht heute abend kam.

Aber nein, er mußte nach Hause. Rulle wartete sicher schon. Wenn sie im Bett war, konnte er ja Anne anrufen, dann könnte sie die Blumen bekommen. Sie konnte sich immer so furchtbar über kleine Extra-Überraschungen freuen.

*

Rulle hörte den Schlüssel in der Wohnungstür. Endlich, da kommen sie. Lange genug hatte sie ja auch gewartet, dachten die etwa, daß es so witzig war, hier zu sitzen und zu warten? Sie hatte es sich in dem großen grauen Lehnstuhl von Papa bequem gemacht und sich vorgenommen, alles über Löwen in Erfahrung zu bringen. Deswegen lag der zwölfte Band von Aschehougs Konversationslexikon aufgeschlagen auf ihren Knien. Gerade hatte sie den ersten Satz gelesen: „Der Löwe unterscheidet sich von anderen Katzen durch die geringfügige Verknöcherung des ersten Zungenbeinbogens.“ Sie legte ihren Zeigefinger auf die Stelle, wo der Punkt stand, und war enttäuscht. Was war das für ein Kokolores, wer wollte denn sowas wissen? Wenn man sich schon für Löwen interessierte, wollte man doch nicht das wissen! Ob sie Menschen töteten, wollte man wissen, ob sie Zebras von hinten anfielen, wie sie brüllten und ob sie auf Bäume klettern konnten. Wie sie in ihrer Höhle lebten und was sie wohl täten, wenn man sie eines Tages im Dschungel treffen würde. Außerdem wollte man wissen, ob der Löwe das stärkste aller Tiere war und wer gewinnen würde, wenn ein Elefant und ein Löwe miteinander kämpften. Und konnte man sie zähmen, wenn man sie als ganz kleines Tier gefangen hatte? Und ob man dann vielleicht auf dem Schulhof mit einem Löwen herumgehen konnte, das Butterbrot in der Hand, und keiner würde mehr wagen, Brillenschlange zu sagen. Rulle hörte es im Flur poltern und beugte sich wieder über den zwölften Band von Aschehougs Konversationslexikon. Sie sollten sich nicht einbilden, daß sie nichts zu tun hatte. „Die Pupillen der Augen sind rund, haben keine Spaltform.“ Wieder Kokolores. Wer will denn das hören? Wer kam schon einem Löwen so nahe, daß er ihm in die Augen sehen konnte? Das täte man ja wohl nicht unbedingt als erstes, wenn man einem begegnete: Heh, du Löwe! Laß mich dir mal tief in die Augen sehen! Aha, genau, wie ich es mir gedacht hatte – sie haben runde Pupillen. Nein, das fand Rulle wirklich höchst unwahrscheinlich. Im Zoo vielleicht, die Tierwärter dort konnten ihnen sicher in die Augen sehen. Vielleicht hatten die denen ja erzählt, wie die Pupillen aussehen.

Papa stand in der Tür, die Hände in den Hosentaschen, und sah sie an, seine Schultern waren irgendwie schief.

– Wo ist Mama? Torgeir blickte schnell auf irgendeinen Punkt im Zimmer und kam wie zufällig hinein.

– Sie ist nicht gekommen. Er wollte sie nicht ansehen, fühlte plötzlich eine unerklärliche Bitterkeit ihr gegenüber. Er blätterte in einer Zeitschrift, die auf dem Eßtisch lag.

– Dann ist wohl was dazwischen gekommen, sagte Rulle und beugte ihren kleinen Rücken wieder über das Buch, als wollte sie mit dem ganzen Körper lesen. Torgeir betrachtete den dunklen, kleinen Kopf mit dem weichen Haar. Was hatte dieser kleine Troll nicht schon alles mitbekommen? Und was wußte er denn schon, was sie nicht bereits alles aufgeschnappt hatte? Immer, wenn er ihren kleinen Kopf so betrachtete, kamen ihm diese Gedanken, und jedesmal berührte es ihn. Einmal hatte er ein Gedicht darüber geschrieben, ganz banal war es gewesen. Seine wichtigsten Gedanken versuchte er oft in Gedichten auszudrükken, und immer wurden sie banal. Irene hatte sie gelesen und auch nichts Besonderes dazu gesagt.

– Bist du sehr traurig darüber, daß sie nicht kommt? Rulle sah von ihrem Buch auf. Torgeir schluckte.

– Nein, nein ... und wußte genau, daß sie seine Lüge spürte. Es war zu dumm.

– Sie hat ja auch gesagt, daß sie vielleicht erst morgen kommen könnte. Du weißt ja, wie das ist, sie hat ja oft soviel um die Ohren.

Sie hatte so recht. Jedesmal überraschte es ihn wieder, wenn er merkte, wie erwachsen sie reden konnte. Torgeir wußte nicht, ob es Einsicht war oder bloße Worte. Aber sie hatte sich schon sehr früh angewöhnt, schwierige Sachen auszusprechen. Jetzt saß sie da wie eine Erwachsene und tröstete ihn, die kleinen Beine auf dem Lehnstuhl von sich gestreckt. Oder hatten Erwachsene immer nur so ein Traumbild davon, wie ein Kind zu sein hat? Kinder als süße kleine Püppchen, die nicht denken können, nur einfach da sind? Gewisserweise war es immer wieder eine Überraschung, wenn Kinder ihr Denkvermögen bewiesen.

Daß dies so verwunderlich war, sagte wohl einiges über unsere Zivilisation aus. Doch ausgerechnet jetzt hatte Torgeir nicht die allergrößte Lust, darüber nachzudenken, was es über unsere Zivilisation sagte. Ihm war nur nach Weinen zumute, aber Rulle mochte es nicht, wenn er weinte. Er ging in die Küche, um sich ein Glas zu holen. Wenn sie nur bald zu Bett gehen würde, dann könnte er Anne anrufen, das würde helfen.

– Du, Papa? Welches von allen Tieren ist das tollste? Ist das nicht der Löwe? Ist der nicht am tollsten?

Ohne zu klirren, holte Torgeir ein Glas hervor und öffnete die Speisekammer, wo noch eine angebrochene Flasche stand. Es begann in ihm zu lachen, er fühlte sich von einem Moment zum anderen wie ein kleiner Junge.

– Keine Ahnung, du, was denkst du denn? rief er ihr zu.

– Das mußt du doch wissen! Welches ist das tollste Tier? Vivi sagt, die Gazelle, aber das finde ich Quatsch, oder?

Die Kammertür knarrte ein wenig, als Torgeir sich einen Cognac eingoß. Was zum Teufel machst du jetzt, Irene? Drinnen die Stimme von Rulle, ihre Ruhe. Löwen oder Gazellen. Er leerte das Glas, sofort stieg es ihm zu Kopf. Er lehnte sich gegen die Tür und knarrte mit ihr hin und her.

– Ja, das stimmt nicht, rief er zurück. – Natürlich ist es der Löwe. Der ungekrönte Herrscher der Tiere, der Stolz Afrikas, König des Dschungels ...

– Blödsinn! Der König des Dschungels ist doch Tarzan!

– Ja, ja, also, dann ist es eben Tarzan, nicht der Löwe.

– Papa, jetzt redest du nur Quatsch. Vivi findet, daß die Gazellen so toll sind, weil sie am schnellsten springen können, ich finde aber nicht, daß das so wichtig ist. Wenn sie Büffel gesagt hätte ... der kann ja auch schnell rennen. Aber darauf kommt es doch gar nicht an, es kommt doch auf die Zähne an. Die Zähne sind die Waffen der Tiere.

Was sie zuletzt gesagt hatte, hörte sich an wie aus einer Messe; die Zähne sind die Waffen der Tiere, sang es aus dem Zimmer. War hier nicht noch irgendwo ein Rest in einer Flasche, hatte sie irgendwo was versteckt? Das konnte gut sein, denn im Notfall hatten sie immer etwas da. Und Notfälle hatte es in letzter Zeit genug gegeben. Ein trauriger Herbst war das gewesen.

Irene, was zum Teufel treibst du da? Warum kommst du nicht, willst du mich total zum Wahnsinn treiben, willst du, daß ich hier vor die Hunde gehe, oder ist es dir völlig egal, wie es mir geht, was denkst du denn, wie mir ist, wenn du so einfach wegbleibst, was bildest du dir eigentlich ein, und hier sitzt Rulle und ...

– Ja, weil es doch viel, viel wichtiger ist, daß man zubeißen kann, als daß man schnell rennen kann.

– Was?

– Kannst du denn nicht reinkommen, Papa? Ich habe keine Lust mehr, ewig so zu schreien.

Das war sein Echo. So hatte er oft gesessen und dasselbe Irene zugerufen. Er ging hinein.

– Was hast du gesagt?

Rulle saß noch immer über das Buch gebeugt und folgte der Schrift mit dem Zeigefinger und den Augen. Sie antwortete nicht. Nun stöberte er im Zimmer herum, öffnete Schranktüren, sah in die Bücherregale, zog Schubladen auf und guckte hinter Blumenvasen. Die Kommode! Natürlich, da mußte was sein, zwischen ihrer Unterwäsche. Er konnte die Flaschen schon vor sich sehen. Zwei Rotweinflaschen zwischen der Wäsche versteckt. Er ging hinüber ins Schlafzimmer. „Weil es doch viel, viel wichtiger ist, daß man zubeißen kann, als daß man schnell rennen kann“, klang ihm im Kopf. Mehrere Male hatte er den Satz nun schon gehört, und erst jetzt bekam er einen Sinn für ihn. Besser zuzubeißen, als zu laufen. Besser zuzubeißen ...

Er lachte, öffnete die zweitoberste Kommodenschublade – da waren sie. Er nahm eine und ging damit in die Küche. Jetzt nur aufpassen, daß keine Korkenkrümel in den Wein fallen. Immer ging dieser Korkenzieher etwas schief rein. Er drehte weiter, jetzt schien er fest zu sitzen, er zog, doch nichts geschah, er riß daran und hatte nun den Korkenzieher draußen ohne Korken. Nur Krümel überall. Torgeir schraubte ihn noch einmal hinein, jetzt etwas schräg. Irgendwo mußte dieser gottverdammte Korken doch festzuhalten sein. Was zum Teufel trieb sie jetzt? Was bildete sie sich denn ein? Wußte sie überhaupt, was sie ihm da zumutete? Immer ließ sie auf sich warten, wie oft schon war das passiert! Er hatte sich abgewöhnt, deswegen unruhig zu werden. Wie der Junge und der Wolf. Zum Schluß glaubte keiner mehr im Dorf, daß der Wolf wirklich käme. Genauso war sie. Wenn sie jetzt wirklich einen Unfall gehabt hatte, würde es ihm nicht einfallen, Nachforschungen anzustellen. Es war einfach zu oft passiert, daß sie ein Verkehrsmittel nicht erreicht hatte. Bei ihr war immer Hektik, zum Verrücktwerden. Und doch spürte er auch Angst, auch diesmal. Sie war die ganze Zeit über schon dagewesen. Von dem Moment an, als er mit den Rosen in der

Hand dagestanden und nach ihr Ausschau gehalten hatte. Eine Spur von Angst. Wenn nur nicht ... Nein, nein! Dieser Mistkorkenzieher, er warf ihn auf den Küchentisch, höchste Zeit, einen neuen zu kaufen, schließlich konnte er nicht die halbe Nacht mit diesem idiotischen Ding hantieren. Er drückte den Korkenrest in die Flasche, goß den Inhalt in einen Meßbecher und trank daraus.

– Rulle, hör mal. Wenn nun der Löwe noch so phantastisch zubeißen kann, die Gazelle aber blitzschnell wegrennt, was soll er dann mit seinen Zähnen?

– Ja, ja. Aber wenn der Löwe die Gazelle nun beißt, was nützt es ihr denn dann, wenn sie weglaufen kann?

– Stimmt, dann muß sie wohl dableiben.

– Das meine ich ja.

– Die Frage ist also, wer zuerst kommt. Wenn der Löwe es schafft, sich an die Gazelle heranzuschleichen, ohne daß sie etwas davon merkt, dann gewinnt der Löwe. Wenn die Gazelle es aber schafft, sich wegzuschleichen, bevor der Löwe sie bemerkt hat, gewinnt die Gazelle. Deswegen ... Torgeir wanderte mit dem Meßbecher voll Wein durchs Wohnzimmer – deswegen, Rulle, ist es eigentlich nicht die Frage, ob Zähne oder Beine. Die Frage ist ... Er baute sich vor seiner Tochter auf und machte eine Armbewegung zum Kopf hin. – Die Frage ist, was hier oben vor sich geht! Der Meßbecher wurde im Takt mit dem Zeigefinger angehoben, der auf den Kopf zeigte. – Wer kann wen überlisten? Davon hängt es im Leben ab.

Rulle runzelte nachdenklich die Stirn. Diese ganz neue Frage brachte sie durcheinander. Es war natürlich richtig, was ihr Vater sagte. Es ging nicht darum, wer besser beißen oder rennen konnte, sondern wer am klügsten war. Das klügste Tier war das tollste.

Rulle sah ihren Vater an.

– Jedenfalls siehst du aus, als ob du direkt vom Mo...

Da klingelte das Telefon.

*

Aud saß mit einem letzten kleinen Schluck Tee in ihrer Tasse in der Cafeteria von Hölen, sie wartete darauf, daß Irene vom Telefonieren zurückkehrte. Sie konnte nicht ruhig sitzen, stand auf und fixierte die Musikbox, ging zur Theke und kaufte sich ein

Daim, ging zurück an den Tisch und setzte sich wieder. Sie macht mich so froh, wie ist das nur möglich? Warum kommt sie nicht endlich zurück? Was ist bloß los? Ich bin völlig neben mir, wie lange soll ich denn noch diese Stimmung zwischen uns aushalten? Ob es ihr so geht wie mir? Mag sie mich eigentlich? Wird ihr von mir auch so komisch im Kopf? Wann umarmen wir uns das nächste Mal? Und wie? Jetzt kommt sie zurück. Ihre Erscheinung war nun schon viel vertrauter. Sie schloß die Augen und atmete ein.

Nun war sie an ihrem Tisch, zog einen Stuhl vor und setzte sich; die Ellbogen auf den Tisch gestützt, sah sie Aud nachdenklich an. Ein anderer Ausdruck war das jetzt als noch vor einer Viertelstunde, ehe sie aufstand, um zu telefonieren. Auds Lächeln erstarrte. Was war? War etwas geschehen?

Irene änderte die Haltung, als nähme sie sich zusammen, und wachte auf. – Nichts, sagte sie. – Ich habe gesagt, daß es hier länger dauerte, als gedacht, und ich erst morgen komme, mit der ersten Maschine, die ich erreichen kann, sagte sie rasch.

– Fahren wir?

Sie blieben sitzen. Aud spürte ihre Enttäuschung. Jetzt merkte sie, daß sie die ganze Zeit über die verrücktesten Hoffnungen gehabt hatte, daß sie eine Woche lang nicht zurückfliegen würde, einfach verschwände; aber das war natürlich völlig absurd. Nun also hatte Irene mit großer Anstrengung und Mühe den Abschied um einen Tag verschoben.

– Ja, sagte Aud, – ganz gelogen war das ja nicht, es dauert doch länger, als gedacht, oder? Das sollte ein Versuch sein, lustig zu werden, aber die Worte hatten keinen guten Klang. Natürlich war es eine Lüge. Irenes Lüge legte sich Aud auf die Brust: daß sie so leicht den belügen konnte, mit dem sie zusammenlebte! Mit dem sie ihr Leben teilte! Den sie in- und auswendig kannte! Aber sie wußte ja, daß Irene tagaus-tagein log. Warum nahm sie das dann jetzt so schwer?

– Allerdings! sagte Irene. – Schwarz wie die Nacht ist diese Lüge! Aber was soll ich denn tun? Ich kann doch nicht sagen, wie es ist! Und da Aud nicht antwortete, fügte sie hinzu: – Ich habe sie doch so lieb, die beiden!

Aud antwortete noch immer nichts.

– Ich meine nur, sagte Irene, – mein Mann ist mir nicht so ganz gleichgültig.

– Hat das irgend jemand gesagt?

– Nein.

Sie schwiegen. Was mache ich hier eigentlich? dachte Irene. In ihrem Kopf war das Bild von Torgeir auf dem Flugplatz mit dem Blumenstrauß, angespannt und liebevoll. Was hat er mir denn getan? Sie hätte ihn noch zu Hause erreichen können, wenn sie früher angerufen hätte. Aber sie hatte es ja vorher nicht gewußt! Stimmte das? Irene merkte jetzt, daß diese Möglichkeit die ganze Zeit über in ihrem Hinterkopf geschwelt hatte. Später, als sie ihn dann nicht erreichte, hätte sie sich für die 22 Uhr-Maschine entscheiden können. Aber nein. Statt dessen hatte sie es nur vor sich hergeschoben. Sie würde schon eine plausible Erklärung finden, hatte sie gedacht. Und mitten in dieser ganzen Verwirrung war sie einfach fortgerast. Torgeir erwartungsvoll auf dem Flugplatz, Aud wartete am Tisch auf sie – plötzlich sah sie die beiden wie in einem Bild und sich selbst hilflos in der Mitte dazwischen. Für einen Moment hatte sie nur Lust, zu verschwinden, sich in Luft aufzulösen, nicht mehr da zu sein. Für niemand.

– Warum sagst du das jetzt? fragte Aud.

– Was habe ich gesagt? Irene erwachte für diese Unterhaltung, die nach ihrer Meinung längst nur noch Schweigen gewesen war. Jetzt erinnerte sie sich: sie hatte gesagt, daß Torgeir ihr nicht gleichgültig sei. Warum hatte sie das gesagt? Weil sie hier war. Wieder geriet alles in ihrem Kopf durcheinander, das einzige Klare war nur noch Torgeir.

– Ich weiß nicht. Ich fühle nur, daß du nicht akzeptierst, daß ich eine Beziehung zu einem Mann habe.

– Woraus schließt du das?

– Bist du etwa nicht eifersüchtig auf ihn?

– Eifersüchtig? Aud sah überrascht auf. – Warum sollte ich denn eifersüchtig sein? Du sitzt ja hier und bist verrückt nach mir!

Dieses Siegesbewußtsein! Aud legte unter dem Tisch ihre Hand auf Irenes Knie, sie beugte sich dabei soweit hinunter, daß ihr Kinn auf den Tisch stieß. Sie blickte auf, ihre Augen lachten. Unglaublich komisch sah sie in dieser Stellung aus. In Irene breitete sich von der Stelle, wo Aud sie berührte, eine heftige Wärme aus. Ganz gegen ihren Willen. Sie war geil, das war die ganze Sache. Sie schob ihre Hand weg.

– Du bist dir deiner ganz schön sicher!

– Nein, sagte Aud unwillkürlich, – das bin ich nicht.

Irene nahm die Teekanne auf, um sich einzuschenken, bekam

aber nur noch ein paar Tropfen.

– Möchtest du noch etwas? fragte Aud und war schon halbwegs aufgestanden, um zur Theke zu gehen.

– Nein, nein. Nein ... fing sie wieder an, sammelte ihre Gedanken in diesem Wort, wußte nicht, wo sie beginnen sollte oder womit. – Nein, ich fühle nur immer, daß Frauen wie du meinen, daß wir als Feministinnen nicht gut genug sind ...

Aud sah sie überrascht an. Sie hatte so etwas schon vorher gehört, aber nie von einer Betroffenen.

– Habe ich irgend etwas in dieser Richtung gesagt?

– Nein, nicht gesagt ...

– Getan denn?

– Nein. Auch nicht getan. Ich fühle es eben.

– Ja, aber das muß doch irgendwo herkommen? Hast du denn ein schlechtes Gewissen?

– Ach, warum mußt du jetzt psychologisieren? fragte Irene ärgerlich. – Findet ihr denn nicht, daß ihr ohne Mann besser lebt?

– Weswegen hast du ein schlechtes Gewissen?

– Nein! stöhnte Irene auf. – Du mußt ja wohl kapieren, daß ich wegen absolut allem ein schlechtes Gewissen habe! Laß uns jetzt gehen. Doch sie blieb sitzen.

Plötzlich ergriff sie Auds Hand, statt sie wegzuschieben, mit beiden Händen, wie eine Art Pflaster, dachte sie.

– Er hat auf dem Flugplatz gewartet, sagte sie in ganz anderem, vertraulichem Ton und bereute es im gleichen Moment, fühlte, daß sie ihn verriet.

Ja? Aud runzelte die Stirn, sie dachte an den Mann, der Torgeir hieß und heute abend vergeblich auf einem Flugplatz gestanden und gewartet hatte. Das war ihre Schuld, sie zog Irene von ihm weg. Plötzlich wußte sie, daß beim nächsten Mal sie an der Reihe war.

– Er hat da mit einem Blumenstrauß auf mich gewartet. Wieder fühlte sie, daß sie ihn auslieferte. Aud hatte nichts mit Torgeir zu tun. Sie mußte lernen, diese beiden Welten zu trennen.

– Hatte er Rulle mit?

– Nein, glücklicherweise nicht. Ach, Aud, er war so traurig am Telefon! Sie mußte immer wieder daran denken, mußte davon sprechen. – Ich habe versucht, ihn zu trösten, das war natürlich dumm. Dann bekomme ich die Blumen eben morgen.

– Ja ... ah ja. Aud dachte an diese Blumen. Liebe, Liebe.

– Nein, das geht ja gar nicht, er hat sie nämlich verloren.
– Verloren?
– Ja.
Sie sahen sich verwundert an.

12

Alles. Alles wollte sie von ihr wissen. Und was war, nachdem er sie verlassen hatte? Nachdem er besten Dank und auf Wiedersehen zu der großen Liebe gesagt und sich zu Hause verschanzt hatte? Zu Hause, das war für ihn Dänemark, war Ribe, wo er in einem Haus aus roten Ziegelsteinen, mit gemütlichem dänischem Dach und Namen am Haus wohnte. Glückshaus; ja tatsächlich, so hieß das Haus von Jan. Sie mußten lachen.

– Was für eine Idee, sein Haus „Glückshaus" zu nennen! Das habe ich nie begriffen. Sie sahen sich an und lachten.

– Aber waren sie denn dort nicht glücklich – trotz allem?

Doch, doch, das war er sicherlich gewesen, so war es ja mit dem Glück. Er hatte sich ganz so eingerichtet, wie es zum Glück gehört: gute Anstellung, schönes Haus, gute Frau, nette Kinder. Vom Haus aus konnten sie das Wasser des Stadtgrabens mit dem Turm der Kathedrale sehen.

– Er hatte gesagt, daß für ihn Schluß mit der Liebe war, also fuhr er nach Hause. Ich wäre ihm am liebsten durch die ganze Welt nachgereist.

Irene verstummte für einen Moment, nach einer Weile trafen sich ihre Blicke. – So wie dir.

Jede saß an einem Ende des kleinen Ecksofas in der Stube, die Knie hochgezogen, vor sich Rotweingläser und Kerzenlicht.

Diese Nacht ist wie das Leben, dachte Aud; alles soll sie enthalten. Von hier aus geht kein Weg mehr weiter, alles, was wir sind, endet hier. Diese Nacht soll nicht verschlafen werden, das können sie ihr ganzes restliches Leben tun.

– Das tust du aber nicht, sagte Aud.

– Was?

– Du reist mir nicht durch die ganze Welt nach.

– Was denkst du eigentlich, warum ich hergekommen bin?

– Ich weiß nicht, warum du hergekommen bist. Warum zum Teufel bist du denn gekommen? Du mußt ja nur zurück. Du willst gar nicht mit mir zusammen sein. Du willst mich nur versteckt halten, willst mich nur zum Spaß. Aber keiner darf es wissen, da würde ja das Glückshaus zusammenkrachen. Du machst doch ganz genau das, was er gemacht hat!

Aud zog die Decke etwas höher über ihre Knie, ihr war kalt. Sie trank ihr Glas aus.

– Jetzt bin ich betrunken, sagte sie. – Eben war ich noch völlig nüchtern, aber jetzt bin ich betrunken ... und das will ich auch sein! Den ganzen Rest meines Lebens.

Irene schwieg.

Weinen, saufen, langsam sterben, dachte Aud auf schwedisch. Jetzt sollte Irene ein Lied hören. Wollte sie das? Aud nahm die Gitarre von der Wand und intonierte die Pop-Melodie „One way ticket to the moon". Kannte sie das Lied? Eine lesbische Feministin aus Schweden hatte es umgeschrieben? Wollte sie es hören? A-moll. Aud sang:

Mein Leben ist zu Ende
Mein Leben ist vorbei
Sie hat mich verlassen
Für eine, die heißt May
Oh-oh-oh!
Ich will weinen, saufen, langsam sterben!

Mitten im Lied erstarb ihr die Stimme. Ein robustes Lied war das. Wild und voller Leben: ich will weinen, saufen, langsam sterben. Genau in diesem Beschluß lag der Keim zu neuem Leben.

Aber es war ein Fehler, das jetzt zu singen. Aud schaffte es nicht, sich in diese wahnwitzige Ironie einzufühlen, sie konnte nichts davon vermitteln, warum, wußte sie nicht, merkte nur, daß nichts davon Irene erreichte. Ganz ruhig saß sie da und hörte ernst zu. Was ja nun überhaupt nicht zu diesem Lied paßte. Aud hörte nach der ersten Strophe auf.

– Du bist musikalisch.

– Hm ... Aud dachte, jetzt weiß sie nicht, was sie sagen soll, also sagt sie, daß ich musikalisch bin ...

– Ich kriege keinen Ton raus.

Daran mochte Aud nicht denken, sie wußte, daß viele ebenso wie Irene behaupteten, daß sie keinen Ton herausbekämen. Aber irgend etwas war ihrer Meinung nach damit nicht richtig. War es ein Ton, der irgendwann einmal im Hals erstickt wurde und seitdem nicht mehr wagte, hervorzukommen?

– Du bist ziemlich begabt, sagte Irene. Aud wurde mulmig zumute und stolz.

– Ich bin das Ungeschickteste, was du dir denken kannst, wenn's um's Zeichnen geht! Aber das war ja etwas anderes, dachte sie sofort: nicht zeichnen und nicht singen zu können. Musik konnte das Leben viel mehr ausfüllen.

— Ja? Endlich mal etwas, das ich kann und du nicht!

— Kannst du tatsächlich zeichnen? Aber du kannst doch auch schreiben. Dann kannst du also zeichnen und schreiben und somit ... äh ... eine neue Elsa Beskow werden ... wie machst du das mit dem Zeichnen?

— Eigentlich ist es nicht so schwer. Zeichnen ist eine Frage des Sehens. Aud dachte darüber nach. Sehen konnte sie schon ganz gut, aber die Hand, die war eben zu ungeschickt. Gerade wollte sie Irene fragen, ob sie nicht etwas für sie zeichnen wollte, als Irene sagte: — Kannst du nicht noch ein Lied singen? Es macht solchen Spaß, dir zuzuhören.

— Nein, sagte Aud. — Nein.

— Warum denn nicht?

— Ich lasse mich immer zu leicht überreden, etwas vorzusingen, laß uns lieber etwas zusammen machen ...

— Aber du hast mich dich mitten drin abbrechen lassen.

— Ja? Woher weißt du das? Ja, das stimmt, du hast recht. Weißt du, dieses Lied handelt von zweien, die in ihrem kleinen Nest glücklich in ihrer Paarbeziehung leben — und Schokolade essen. Nie sehen sie jemand anders, und das ist gut so. Aber eines Tages findet die Ich-Person eine andere in ihrem Bett, als sie nach Hause kommt, und damit geht ihr ganzes Leben in die Brüche. Später findet sie dann eine andere, mit der sie zusammenleben kann, ohne daß sie andere Leute sehen muß, und so sitzen die beiden dann da und essen ihre Schokolade. Die Neue und sie. Ist das nicht lustig? Aber ich packe es nicht, das jetzt zu singen.

— Ich finde, es hört sich tragisch an.

— Ja, eben. Das ist ja das Komische daran. Die Flucht der Serienmonogamie über den Bretterzaun.

Irene mußte lachen, amüsierte sich aber nicht dabei. — Ist das so, wie ihr lebt? fragte sie.

— Frag mich nicht, wie „wir" leben, sagte Aud mit ironischer Betonung.

— Ich meine, ein Verhältnis nach dem anderen? fragte Irene, als hätte sie nicht gehört, was Aud sagte. Sie fühlte sich dumm. Neu. Alles, was sie sagen konnte, mußte riskieren, in Auds Ohren dumm zu klingen.

— Ja, sagte Aud, — macht ihr das denn nicht auch? Habt ihr denn nicht ein Verhältnis nach dem anderen? Das heißt, bei euch ist es wohl eher die Flucht der Serienuntreue aus der Monogamie! Aud mußte über ihren eigenen Witz lachen, doch Irene hörte nicht richtig hin. Oder war sie verwirrt, weil sie eigentlich nicht so genau wußte, worüber Aud sich amüsierte? Es wirkte so manieriert. Irene war sich nicht sicher; sie wußte ja so wenig über das Leben lesbischer Frauen. Betrachteten sie andere Frauen so, wie Männer das taten? Und nahmen sich dann eine nach der anderen? Es schien so, als hätte Aud ein leichtfertiges Verhältnis zu dem ganzen. Aber so konnte sie doch nicht tatsächlich sein, oder? Sicher war mehr Freundschaft, mehr Zärtlichkeit zwischen den Frauen. So mußte es doch sein! Die Möglichkeit, gleichwertig zu sein, wo sonst war sie zu finden? Es konnte doch einfach nicht sein, daß sie von Bett zu Bett hüpften, wie es in dem Lied hieß?

Irene hatte das Empfinden, in diesem Gespräch nicht mehr mithalten zu können, sie fühlte sich wie ein unbeschriebenes Blatt. Was konnte sie denn eigentlich noch Vernünftiges dazu sagen? Außerdem hatte sie das unbehagliche Gefühl, daß Aud sich über sie lustig machte, konnte diese Empfindung allerdings an nichts Konkretem, was sie getan oder gesagt hatte, festmachen. Dieser ganze Angriff auf das, was sie kurz zuvor „Hetero-Institution" genannt hatte, die „Zwangsheterosexualität" – war es das?

Sie hatte etwas darüber in Marilyn Frenchs „Frauen" gelesen. Es gab dort eine lesbische Frau, Ivo, sie konnte sich an ihren Namen erinnern, aber nicht mehr daran, was sie gesagt hatte. Und das war wohl auch sicherlich das einzige, das sie je über lesbische Frauen gelesen hatte, abgesehen von der Franziska in Sigrid Undsets „Jenny". Aber daraus war ja nun nichts zu lernen.

Irene war es nicht gewohnt, mit intellektueller Schlagfertigkeit zu reagieren, sie ärgerte sich.

– Hast du „Frauen" gelesen? fragte sie.

– Von Marilyn French? Nein, ich bin nie dazu gekommen. In Wahrheit aber verhielt es sich so, daß diese Beststellerhysterie sie von diesem Buch abgehalten hatte.

– Schön dumm, sagte Irene, – das ist unglaublich gut.

Aud langte wieder nach der Flasche.

– Hallo, mach die Flasche nicht leer! Irene ergriff sie plötzlich und stellte sie außerhalb Auds Reichweite. – So. Jetzt hast du genug gehabt. Aud sah unschlüssig in ihr Glas und trank die zwei letzten Tropfen aus.

– Was du da gerade gesagt hast, ist Unsinn, sagte Irene. Aud zuckte zusammen. Was meinte sie? Daß sie Marilyn French noch nicht gelesen hatte? Aud wußte nicht, worauf sie hinauswollte. Aber ihre Stimme klang so, wie sie es schon einige Male bei Irene gehört hatte: streng, gebieterisch. Sie spürte ihr Ich zusammenschrumpfen unter dieser Stimme.

— Ich will dich nicht zum Spaß, sagte Irene.

— Was ist jetzt los?

— Du bist sehr wichtig für mich, sagte sie nun fast ärgerlich, — und ich möchte dich noch für ein paar Jahre behalten! Und du sollst auf gar keinen Fall den Rest deines Lebens betrunken sein.

— Wie kannst du mich denn behalten, wenn du mich gar nicht bekommen kannst?

— Ich meine, ich will weiterhin etwas mit dir zu tun haben!

— Und wie soll das gehen, wenn du mit jemand anders verheiratet bist?

— Das weiß ich nicht. Ich weiß nur das, was ich eben gesagt habe.

— Aber du kennst mich doch gar nicht! Sechs Wochen lang wissen wir erst voneinander!

— Manchmal sind sechs Tage genug!

Aud reckte sich auf der Couch, sie lag auf der Seite, die langen Beine von sich gestreckt, eine Hand in der Hosentasche. Sie atmete laut aus. Wagte nicht so richtig über das nachzudenken, was Irene eben gesagt oder was sie eigentlich damit gemeint hatte. Wie sollte denn das in die Praxis umgesetzt werden?

Irene sah sie an. Immer in den kurzen Momenten, wenn sie es nicht bemerkte, rasch, verstohlen. Sie sah die Biegung ihres Hüftknochens, ihr zersaustes, langes Haar im Schein der Kerze. In Gedanken hörte sie noch immer ihre Stimme, die dieses reichlich verkrampfte schwedische Lied sang, spürte noch die Wärme ihrer Bewegungen, aus den Tönen und aus ihrem Körper. Ich will weiterhin etwas mit dir zu tun haben! dachte sie. Was für eine beherrschte Untertreibung. Typisch Frau Jacobsen.

— Wollen wir rausgehen und uns das Meeresleuchten ansehen? fragte Aud.

— O ja! rief Irene. Seit ihrer Kindheit hatte sie das nicht mehr gesehen. Torgeir war ein Gebirgsmensch, in den Sommern waren sie in der Rörosvidda gewesen. Wie gern würde sie dieses schöne Naturschauspiel sehen — so vieles war da, was sie wollte. Doch eins wollte sie am liebsten. Und Aud? Wollte sie auch ? Enttäusche ich sie vielleicht? Bin ich vielleicht gar nicht so, wie sie es sich gedacht hatte? Findet sie mich möglicherweise sogar merkwürdig? Sie fragte sich, wann Aud nun endlich den entscheidenden Schritt machte und wie das eigentlich passieren sollte. Vielleicht gar nicht mehr? War das mit dem Meeresleuchten nur ein Ablenkungsmanöver, weil sie schon genug hatte?

Sie gingen hinaus. Es tat gut, die milde Luft auf dem Gesicht zu spüren. Die Hütte liegt ein wenig düster, dachte Irene. Ein idealer Platz für einen Krimi, überall konnte man finstere Gestalten vermuten. Geschlossener und schwerer wirkte diese Gegend hier auf sie, anders als drüben in der gewohnten Schärenlandschaft auf der anderen Seite des Fjordes. Aud ging mit einer Taschenlampe voran, ein kleiner Weg führte zum Wasser hinab. Der Duft des Waldbodens erfüllte sie einen flüchtigen Moment lang mit Sehnsucht.

Sie saßen auf einem Felsen, direkt am Wasser. Aud tauchte ihre Hand hinein und rührte darin, sofort begann es rundherum zu blinken. Guck! Irene hockte sich ganz nah an ihre Seite und begann nun auch im Wasser herumzurühren. Ihre Hände waren wie kleine lebendige Fackeln.

— Ich glaub', ich hab' Lust zu schwimmen, sagte Aud.

— Bist du total verrückt geworden?

Aber sie kleidete sich bereits aus. — Und du?

Irene stand auf. Sie trat aus dem Lichtkegel der Lampe und zog sich ebenfalls aus. Die Dunkelheit bedeckte ihren Körper wie eine sichere Hülle. Sie balancierten auf den rutschigen Steinen zum Wasser.

— Vorsichtig, hier ist es glatt! Sie griffen nach einander und wären um ein Haar gestürzt, bibberten und gruselten sich, der totale Wahnsinn war das! Eins, zwei, drei, kein Erbarmen, und sie sprangen zusammen hinein. Vom Aufprall der Körper leuchtete und glitzerte es überall um sie her. Das Wasser und dieser Sternenhimmel mitten darin hüllen sie ein, Arme, Beine, ihre Körper. Und die Luft war ruhig, vollkommen ruhig.

— Daß ich endlich mal wieder im Meeresleuchten baden kann! rief Irene laut.

— Ist es nicht unglaublich?

Kurz darauf stand Aud vor dem Kamin in der Stube und trocknete sie mit einem großen Handtuch ab. Irene fror und versuchte, sich am Feuer etwas zu erwärmen. Wagte nicht, Aud anzusehen. Nackt stand sie neben ihr, zum erstenmal sah sie Aud so. Doch sie sah nur ihr lächelndes Gesicht mit den nassen Haaren und die Schultern.

– Das erinnert mich an eine Bootstour, die ich mit meinem Vater gemacht habe, als ich klein war. Da funkelte es nur so von den Rudern im Wasser!

Aud trocknete ihr den Rücken ab. Irene genierte sich, verbarg sich in dem Handtuch und angelte nach ihren Kleidungsstücken.

– Und wo war das? fragte Aud. Irene erzählte von dem Ort auf Nötterö, wo sie in einer Bucht ein Haus gemietet hatten, ein Traum von einem Haus. Doch als die alte Dame starb, der es gehörte, und die Erben das Haus übernehmen wollten, mußten sie dort raus.

Jetzt machten sie sich Tee und stöberten einige alte Kekse im Schrank auf. Irene redete die ganze Zeit, erzählte von ihren Sommern auf Nötterö. Nun saßen sie wieder auf dem Ecksofa, doch jetzt nebeneinander.

Aud dachte an Irene als kleines Mädchen. Mit Schleifen. Wie sie in Kniestrümpfen herumspringt. Schwarze, kleine Zöpfe. Seltsam, daran zu denken. Wenn ich sie damals schon gekannt hätte, was wäre dann zwischen uns gewesen? Eine lustige Vorstellung.

So wenig wußte sie von ihrem Leben, nur kurze Streiflichter hatte Irene ihr gezeigt, nicht genug, sich daraus ein Bild zu machen. Ich will alles von ihr wissen, dachte Aud, alles auf einmal. Aber wie ließ sich das Leben an einem Tag miteinander teiten? Vielleicht war das ganz unmöglich – aber mehr hatten sie nicht.

– Nun habe ich dir ein Loch in den Bauch geredet, sagte Irene. – Jetzt erzähl du lieber was! Erzähl mir von der, die du damals gekannt hast. Anna; hieß sie nicht so?

Anna? dachte Aud. – Wollen wir nicht lieber ein bißchen Musik spielen?

– Ja, aber was denn?

Aud erhob sich, ging hinüber zu ihrem alten Zehner-Plattenwechsler und suchte nicht sonderlich engagiert in dem Plattenstapel herum.

– Wie wär's mit einem Ringtanz von fünfundzwanzig Strophen?

– Du liebe Zeit, erinnere mich nicht daran! Hast du den etwa?

Aud mußte lachen, natürlich hatte sie den nicht. Das heißt,

natürlich hatte sie ihn, aber nicht hier. Auf der LP war er, „LP" stand für „lesbische Platte", aber das wußte Irene natürlich? Wieder fühlte Irene sich außenvor bei dieser Art Witze, von denen sie keine Ahnung hatte. Fand Aud die denn komisch? Oder war das nur eine gewisse melancholische Ironie?

– Nein, sagte Aud, – ich spiele lieber eine Single. Kraftvolles Schlagzeug kam aus dem Lautsprecher, abgelöst von weicheren Klängen, bis schließlich eine energische Frauenstimme einsetzte: „On a tous un banc, un arbre, une rue / où l'on a bercé nos rêves".

– Grand-Prix 1971, der Schlager hatte damals gewonnen, sagte Aud, hob die Arme und begann zu tanzen. – Komm! Sie sang mit, die Melodie war wirklich elektrisierend, die Rhythmen langsam, fast schwebend und lebensbejahend. Abwechselnd summte oder sang sie mit, sie konnte nur die ersten zwei Zeilen auswendig. Es war eine reine Freude, ihr beim Tanzen zuzusehen. Aud streckte die Arme nach Irene aus, wollte sie, doch sie blieb sitzen, lachte ein wenig. Aud tanzte weiter vor ihr, machte einige neue Schritte und hob wieder die Arme. Aud tanzte! Jede hat eine Bank, einen Baum, eine Straße, wo sie sich in ihre Träume wiegen konnte.

– Ja, ja, sagte Aud, als sie sich wieder auf das Sofa setzte, erhitzt und gelöst nach diesem Tanz. – Weißt du, wir haben uns auf französisch kennengelernt. Ich werde dir von ihr erzählen, wenn du willst. Willst du? Irene nickte und kreuzte die Beine unter sich. – Ich werde dir von einem ganz bestimmten Tag erzählen. Aud sah fort, räusperte sich und beruhigte sich langsam. – Ich saß auf der Spanischen Treppe in Rom und wartete auf sie. Das ist die Treppe, weißt du, die übersät von Blumen ist! Kurz vorher war ich in einer kleinen Kirche gewesen, da sind ja überall Kirchen. Plötzlich ist da eine Tür, die Leute strömen hinein und du siehst, es ist eine Kirche. Da drinnen hatte ich eine Kerze für sie entzündet. Das habe ich damals oft getan. Draußen war es warm gewesen, doch drinnen war es angenehm kühl. Und kurz danach saß ich also auf dieser blumenübersäten Treppe, immer noch mit dieser Ruhe und Kühle in mir. Plötzlich sah ich sie auf dem Bürgersteig auf mich zukommen, unter Hunderten von Menschen tauchte sie plötzlich auf. Weißt du, was ich meine? Warum erzähle ich dir das? Das war ja nicht einmal eine Geschichte. Wollen wir nicht lieber ein bißchen tanzen? Ich bin so dumm. Bist du schon mal in Rom gewesen?

Irene schüttelte den Kopf.

– Nein, sagte sie mit heller, fast heiterer Stimme, – ich war Hausfrau in Mo i Rana, während du da auf deiner Spanischen Treppe gesessen und geblüht hast. Das kam so trocken. Aud wußte nicht, ob Irene wollte, daß sie darüber lachen sollte oder nicht. Es war ja nicht die Spur komisch, was sie da gesagt hatte.

– Erzähl weiter, sagte Irene. – Was geschah dann?

– Nichts passierte, nur das. Alles passierte, im Grunde alles. Verstehst du das? Aud überlegte, eigentlich hatte sie genau das sagen wollen.

– Was hast du denn gefühlt?

– Daß sie schön war! ... Wie langweilig und kraftlos sich das anhörte, dachte Aud. Aber zu dem Zeitpunkt hatte ich Schönheit bei Menschen irgendwie für mich abgeschrieben. Der Mensch und die Schönheit, das ist eine Fabel, so dachte ich damals. In der Kunst gab es schöne Menschen, abgebildet gab es sie und in den Märchen. Auf der Bühne konnten die Menschen schön erscheinen, und in der Musik konnte man sich einbilden, Formen zu hören, die vor Schönheit strahlten. Doch in der Wirklichkeit gab es einfach keine Schönheit. Ganz unglaublich war es eigentlich, wie häßlich die Leute waren, die überall herumliefen. Wenn man dagegen an die Kunstwerke dachte ... was für ein Blendwerk war das!

– Und dann?

– Ja, ja, ich irrte mich.

– Weil Anna kam?

– Ja.

– War sie ... so schön?

– Nein. das war sie nicht, sie war nicht schön! Sie war ... ich kann sie nicht beschreiben. Sie erfüllte mein ganzes Ich und lebte gleichzeitig außerhalb von mir, ein Mensch in seiner Ganzheit, noch nie zuvor hatte ich erlebt, daß jemand mich so ganz und gar ich selbst sein ließ. Ich glaube, das ist es!

– Ist was?

– Das ist Liebe. Und als ich dich traf, wollte sie sagen, als ich dich traf, Irene ... Aber sie beließ es bei diesen Gedanken.

– Es macht Spaß, dir zuzuhören. Erzähl doch weiter! sagte Irene.

– Was soll ich erzählen?

– Was habt ihr noch an diesem Tag gemacht?

– Ja, ... genau an diesem Tag? Wir fuhren zu einem Platz mit vielen Grabsteinen, diese Häuser, weißt du ... runde Grabhäuser mit spitzen Dächern und Gras und plötzlich eine Zypresse mitten drin, die in den Himmel ragt. Zwischen den Häusern sind Wege, kreuz und quer, die Sonne steht hell und warm. Und wenn man hinein- und herausgeht aus diesen Häuschen, wird man bald vollkommen verwirrt, das heißt, man fängt an, sich selbst zu vergessen. Das ist es wohl auch, worum es da geht, man lebt sich völlig in die gestaltete Umgebung ein, in die Ruhe für die Toten ... und da gingen wir uns verloren, wir trafen uns dann erst am Ausgang wieder. Sie meinte, ich sei es gewesen, die sie verloren hatte, ich hatte es umgekehrt empfunden ... in Cerveteri war das.

– Cerveteri?

– Ja, kennst du das denn?

–Ja, ja, ich hatte mal so eine Zeit, in der ich glaubte, das etruskische Rätsel lösen zu müssen. Sie lachte dabei über sich selbst. – Ich habe damals alles darüber gelesen, was ich nur in die Finger bekommen konnte.

– Ist das die Möglichkeit! Das habe ich nämlich auch getan!

– Das kann ja wohl nicht wahr sein!

– Und ... hast du es gelöst? fragte Irene.

– Ja, ich glaub' schon.

– Und? fragte Irene.

– Sag du es zuerst.

– Nein, du!

Sie mußten lachen. Beide öffneten den Mund, sagten aber nichts, es gab nur wieder neues Gelächter.

– Wollen wir es gleichzeitig sagen?

– Kann man das denn mit einem Wort sagen?

– Hm-naja. Also, dann, eins, zwei, drei.

– Matriarchat/Gleichberechtigung! sagten Aud und Irene direkt in das Wort der anderen. Gar kein so großer Unterschied, was? Vielleicht mußte eine Gesellschaft, in der Gleichberechtigung herrschte, ein Matriarchat sein. War das vielleicht das Rätsel der Etrusker?

– Ja, begann Aud wieder eifrig, – denn dort, wo wir gingen, waren die Sarkophage der Frauen größer als die der Männer.

Davon hatte Irene auch gehört, obwohl sie nie in Cerveteri gewesen war. Sie hatte sich auch gemerkt, daß große Urnen mit etruskischen Frauennamen bei den Inschriften in Hellas gefunden wurden. Ein Zeichen großen Reichtums unter den Frauen. Diese Vasen wurden ja zum Verpacken von Waren verwendet.

– Ja, ja! und wenn sie tanzten, brach Aud los. – Ist dir aufgefallen, wie sie getanzt haben? Wie sie die Arme dabei hoben?

– Ja, sagte Irene, – und die Frauenorchester, hast du die Malereien von den musizierenden Frauen gesehen? Mit Flöten und Saitenspielen? Und erst die Gelage, die sie abgehalten haben, hast du die gesehen? Das waren vielleicht Frauenfeten!

Und waren Männer dabei, so waren sie ebenso groß wie die Frauen.

– Wollen wir nicht mal irgendwann hinfahren? fragte Irene.

– Wohin? Nach Tarquinia?

– Ja.

– Ja! Ich hatte schon immer solche Lust, noch mal dorthin zu kommen! Bei diesem Satz ergriff Irene ihre Hand, lachte und zog sie an sich.

– Herrlich! Das machen wir!

Beide verstummten, die wilden Zukunftsvisionen warfen sie zurück in ihre Gegenwart. Wie sollte es denn jemals möglich sein, daß sie zusammen irgendwohin verreisen könnten?

Irene lehnt den Kopf gegen Auds Brust und spürt, daß sie ewig dort so bleiben möchte. Nichts wissen, nichts wollen, nur so sein. Sie fühlt Auds weichen Körper und denkt mit plötzlicher Verwunderung: das erinnert mich an meine Mutter, als ich klein war und noch in ihr Bett krabbeln durfte! Tausend Fragen mischen sich mit dieser Verwunderung. Sie fühlt sich ungeschickt, ihre ganze Unerfahrenheit wird ihr bewußt. Ihr Leben mischt sich mit dem von Aud und reißt sie wieder fort. Sie spürt, wie das ganze Leben in ihr sie von hier wegzerrt, weg von der Lust, die sie nun überall in ihrem Körper spürt und die zu Aud will. Was mehr will sie? Aber all ihre Gedanken und Empfindungen, während sie so liegt und sich grenzenlos wohl fühlt, münden in der einzigen Frage: Ich weiß ja überhaupt nicht, was man machen soll!

Gleichzeitig beugt sie sich über Aud und küßt sie.

Die Lust strömt durch ihren Körper, es ist nicht mehr zum Aushalten! Sie lassen einander los, sehen sich an, die Gesichter ganz dicht voreinander und küssen sich wieder. Und wieder.

Irene preßt ihren Kopf fester an Auds Körper und umfaßt sie mit ihren Armen. Das Kerzenlicht flackert kurz auf, sie sehen sich noch einmal in der erlöschenden Flamme an, dann geht sie aus.

In der Dunkelheit finden sie sich, suchend, wie zwei neue Liebhaberinnen, die nicht wissen, wo sie beginnen sollen. Es ist so gut, sich überall zu fühlen, wo soll ich mit meinen Händen zuerst sein? Sie finden zueinander, und geben sich in völliger Dunkelheit hin. Irene ist wild und berauscht, völlig verrückt, glücklich, jenseits von allem. Froh! Sie spürt Auds Wärme und will ihr nah sein, ganz nah. Sie kommt und fühlt, daß es für Aud ebenso gut ist wie für sie. Die Bewegungen gehen in eins über. Näher können sie sich nicht sein.

So soll es sein. So wollen sie liegen. Und nie soll es enden.

13

Über große Teile Süd-Norwegens fegte in der Nacht zum Sonntag, den 17. September, ein Sturm hinweg. Die Wasserhöhe des Meeres stieg um eineinhalb Meter an, und an den Stränden waren dicke Schaumkuppen zu sehen. Die Wassermassen wirbelten ziellos ineinander.

Die Arme vor der Brust gekreuzt, standen sie nebeneinander und sahen sich dieses Naturschauspiel an, das die Küstenlandschaft so völlig verändern konnte. Auf der anderen Seite stieg das Wasser bis zu den Wurzeln der Kiefern. Die ganze Bucht hatte ein anderes Gesicht bekommen. Aber noch etwas war geschehen, nur verstand Aud nicht, was es war. Wie eine ferne Erscheinung registrierte sie es, bevor es wieder ganz verschwand. Sie hätte sie gern gefragt, was sich da so verändert hatte. Aber wie sollte sie Antwort geben können, da sie doch nie zuvor hier gewesen war? Die Klippen und der Strand lagen genauso da, wie sie sich später daran erinnern würde. Sie blickte auf das ganz selbstverständliche Resultat einer Springflut. So würde dieser Strand nun immer für sie aussehen.

Das Bootshaus war weg! Der leere Platz über dem kleinen Viereck aus Sand und Muscheln mitten im Gras war jetzt ganz deutlich vor ihr. Das Bootshaus! Wo in aller Welt war es geblieben? Ins Meer geweht?

– Das Bootshaus ist weg! rief sie aufgeregt und zeigte mit dem Finger in die Richtung, daß Irene verstehen mußte, dort hatte es gestanden.

– Hm?

– Nein ... Wie solltest du auch wissen, daß da unten ein Bootshaus fehlt!

Sie lachten beide kurz auf. Jetzt sahen sie sich an, die Haut ihrer Gesichter wurde weich und empfindlich durch ihre Blicke. Nur so stehen, ein halber Meter Abstand zwischen ihnen, langsam und ruhig atmen und sich ansehen.

Es war klar geworden, der Sturm hatte die Landschaft vom Dunst befreit, die Sonne stand hell am Himmel. Im Licht des Tages ist es nicht so düster hier, dachte Irene. Die hohen, schlanken Kiefern um die Hütte wiegten sich im Wind, der Himmel strahlte tiefblau durch die dunklen Baumwipfel; genug, um vollkommen glücklich zu werden. Sie fühlte sich in ein Abenteuer versetzt. Der Abend vorher, die Abzweigung von der Europastraße zu irgendeinem Ort, den Weg hatte sie nicht weiter verfolgt. Dunkel war es gewesen, der Weg schmaler und holpriger geworden, der Wald um sie her dichter. Und jetzt, am Morgen, wachte sie darin auf.

Plötzlich sah sie das kleine braune Häuschen weiter unten am Wasser stehen.

– Das da drüben zwischen den Bäumen meinst du nicht, oder?

– Was? Wo? Sie hatten sich umgewandt, um zur Hütte zurückzugehen. Der Tag war nicht mehr jung, und sie mußten bald wegfahren.

Aber da stand das Bootshaus tatsächlich. Genau wie in allen Sommern zuvor, ganz ruhig und mit größter Selbstverständlichkeit an einem anderen Platz nun als die vergangenen vierzig Jahre lang.

Jetzt erinnerte sie sich, murmelte ärgerlich vor sich hin und ging weiter. Die Behörden hatten den Platz so nahe am Wasser beanstandet. Cornelius, ein vergrätzter Nachbar, hatte darüber geklagt, daß ihm das Häuschen den Blick auf das Meer versperrte.

– Ja, ja, das ist es, tatsächlich! rief sie und wußte nicht so recht, ob sie sich über dieses unangebrachte Wiedersehen freuen sollte oder nicht.

– Eigentlich liegt es auch viel besser da, sagte Irene.

– Was? Findest du? Daß Irene darüber eine Meinung hatte, fand Aud sonderbar unangebracht. Es kam ihr nicht in den Sinn, dazu Stellung zu beziehen. Man fragte nicht danach, ob ein Felsen hier oder dort besser hinpaßte. Das Bootshaus war das Bootshaus.

– Hat es denn nicht dort die Aussicht versperrt, wo es bis jetzt stand?

Aud sah sie verwundert an und nickte, nachdem sie eine Weile darüber nachgedacht hatte.

– Doch! Sie blickte noch einmal zu dem leeren Platz zurück, wo es bisher gestanden hatte. Jetzt sah man viel mehr von dem Felsen dort als früher. – Doch, es stimmt schon, sagte sie. Und trotzdem gefiel ihr das nicht.

Auf dem Rückweg zur Hütte blieb Aud stehen und berührte sie am Arm. – Gefällt es dir hier? Sie waren auf einem Grasplateau angelangt, wo die Bäume nicht so dicht standen wie direkt an der Hütte.

– Ja. Irene sagte es zögernd, wußte nicht so schnell, was sie darauf antworten sollte. Doch Aud erzählte nun eifrig, daß sie eine Baugenehmigung für einen Anbau bekommen hatten, hier, genau hier, weißt du? Für Kinder ist es hier herrlich, sagte sie. Hier in der Nachbarschaft sind ziemlich viele Kinder. Der alte Strand, er war schon recht lange nicht mehr hier.

Als sie zur Hütte kamen, mußten sie auch schon packen. Plötzlich schien es darum zu gehen, daß sie von hier fort kamen, bevor sie zu traurig wurden. Im Gänsemarsch trotteten sie schweigend hinauf zum Parkplatz. Bevor der Weg eine Biegung machte, sah sich Irene noch einmal um, die Hütte, etwas tiefer die grüne Grasfläche, die aufgewühlte Bucht. Werde ich wohl irgendwann noch einmal herkommen?

Eine lange Weile sagten beide nichts. Der Ort hinter ihnen entfernte sich rasch; überraschend schnell waren sie wieder auf dem Hauptweg, fand Irene. Das Leben da hinter ihnen schien etwas Eigenes zu sein. Soviel war geschehen. Aud hatte sich in Vergangenheit und Gegenwart vor ihr entfaltet. Sie dachte an den Abend des vergangenen Tages, dachte an Aud, als sie tanzte, an ihre Hände, während sie ihr den Rücken trocknete, dachte daran, wie nah sie sich gekommen waren. Gut war es, daran zu denken, aber auch hart. Warum das? Ein vages Gefühl von verspielter Vergangenheit befiel sie. Aber so sollte sie wohl nicht darüber denken? Sie hatte ihr Leben gelebt, Aud das ihre. Und doch dieser Groll, die Sehnsucht, eine gewisse Reue, auf die sie keinen Einfluß mehr hatte.

Irene dachte an Anna Verucci, versuchte sich Aud dort unten in Rom mit ihr vorzustellen und warum sie sich getrennt hatten. Sie sah Aud auf der Spanischen Treppe sitzen, sah sie an diesem friedlichen Ort mit den runden Grabkammern. Überall sah sie Aud und wünschte sich, sie selbst wäre dort vor ihr aufgetaucht, sie selbst hätte plötzlich in Cerveteri vor ihr gestanden, sie selbst wäre ihr auf dem Fußweg entgegengekommen und hätte alle anderen überstrahlt.

Irene dachte an die ganze lange Zeit, die Aud gelebt hatte.

Sonderbar, daran zu denken, daß sie beide die ganze Zeit parallel gelebt hatten. Daß zu allen Zeitpunkten ihres Lebens – abgesehen von den ersten zwei Jahren, bevor Aud überhaupt kam – Aud immer schon da war, an einem anderen Ort, und etwas anderes gemacht hatte. Gab es denn in diesen beiden Lebensläufen keine Punkte, an denen sich ihre Wege hätten kreuzen können? Irene sehnte sich danach, Aud schon vorher gekannt zu haben. Wären ihre beiden Leben dann ganz anders verlaufen? Irene setzte die Jahreszahlen zusammen und begann zu rechnen. In Oslo waren sie beide gleichzeitig gewesen. Zwei Jahre lang hatten sie dort zur gleichen Zeit gewohnt. Waren dort herumgelaufen, hatten dort gelebt, geliebt – jede in ihrer Welt. Was, wenn sie sich zu dieser Zeit begegnet wären?

Irene stellte sich vor, sie hätten einander damals in Oslo getroffen. Doch wo? Im Foyer des Gimle Kinos? Im Studentenviertel in Sogn? Das war schon wahrscheinlicher – vielleicht im Jazzklub dort, an einem Sonntag. Aber wie wären sie ins Gespräch gekommen? Zufälligerweise hätten sie sich an den gleichen Tisch gequetscht. Irene sah sich und Aud nun vor sich; in einer überfüllten Kneipe, jede auf ihrer Seite des Tisches – vor fünfzehn Jahren. Zwischen all dem Rauch und Jazz hätten sie sich perplex angesehen, wie in einem Strudel.

Aber auch damals wäre es ja schon zu spät gewesen! Ich war ja auch da schon verheiratet. Nur Aud war frei. Frei, frei!

Und dennoch mochte sie daran denken, mochte sich vorstellen, wie es hätte kommen können mit ihnen beiden, wenn es anders gegangen wäre.

Irene wollte so gern fragen, alles wollte sie von ihr wissen. Sie wußte nur nicht, wo sie beginnen sollte. Auds Leben war ein geschlossenes Land, faszinierend und erschreckend. Sicherlich hatte sie schon unzählige Frauen gehabt. Anna war nur die erste, die stärkste gewesen. Ganz deutlich sah sie Anna vor sich, seltsam, daß Aud nie ihr Äußeres beschrieben hatte. Merkwürdigerweise spürte sie eine gewisse Eifersucht auf Anna, sie wollte nicht daran denken und dachte doch die ganze Zeit nur daran. Ein Raum mit starken Gestalten. Freiheit, Gelächter, Liebe. Oder?

Was für ein Bild mochte sie in den Augen solcher Frauen abgeben? Traditionell, konventionell, etabliert, langweilig. Erzählte Aud nun all den unzähligen Leuten, die sie kannte, daß sie mit einer verheirateten Frau aus Trondheim zusammen war? Saßen sie dann da und schüttelten den Kopf über diese Tatsache?

– Weiß Rita etwas von uns? fragte Irene plötzlich.

– Rita? Dann kam nichts mehr.

– Ja! Es könnte doch schließlich sein, daß ... sagte Irene, eigentlich wußte sie ja überhaupt nicht, wie die Beziehung zwischen den beiden war. Doch jetzt drängte sich ihr das Gefühl auf, eine empfindliche Stelle berührt zu haben, und sie zog sich sofort zurück.

– Rita? fragte Aud noch einmal. – Sie wußte schon etwas über uns, bevor wir es selbst bemerkt hatten.

Wie konnte so etwas möglich sein, dachte Irene. Schließlich hatte sie es schon sofort auf dem Bahnsteig gemerkt in dem Moment, als sie Aud am ersten Morgen sah.

– Das gibt es nicht, sagte sie.

– Aud sah sie kurz an, lächelte leicht und sagte dann, mehr zu sich selbst:

– Das dritte Auge ist immer das schärfste.

– Du sprichst in Rätseln.

– Aber ich bin doch ein Rätsel, findest du etwa nicht? Also kann ich auch in Rätseln sprechen. Dazu wußte Irene nichts zu sagen. Wußte auch nicht, ob sie diesen ironischen Abstand mochte, mit dem sie sich umgab, er verwirrte sie.

– Sie wußte es schon, als ich dich im März letzten Jahres im Fernsehen gesehen habe.

Irene lächelte etwas wehmütig, das allerdings hörte sie nicht ungern.

– Aber damals habe ich dich ja nicht gesehen, rief sie.

– Was, das hast du nicht? Und ich war die ganze Zeit vollkommen überzeugt, daß du mich sofort entdeckt hast. Du hast doch dagesessen und mich direkt aus dem Kasten heraus angelacht. Oder stimmt das vielleicht nicht?

Irene lacht, nimmt ihre Hand, küßt sie, betrachtet sie einen Moment und führt sie dann wieder an den Mund, selbst überrascht über das, was sie tut. Völlig berauscht macht sie das.

– Doch, sagt sie. – Doch, das stimmt absolut.

Aud blinkt und biegt in die erstbeste Parkbucht. Nur noch einmal, noch einmal! Das ist so gut. Sie umarmen sich, unerwartet heftig, unerwartet leidenschaftlich, wollen einander so sehr, so stark, haben so schöne Gesichter, so zerzauste Haare, so leuchtende Augen.

Schnell geht die Fahrt weiter, noch bevor sie sich richtig besonnen haben, taucht Holmekollåsen vor ihnen auf. Vollkommen glücklich könnten sie einander machen.

Auds Vater erwartet sein Auto um fünf Uhr zurück. – Das ist dumm, ich hätte dich sonst zum Flughafen fahren können.

– Es ist vielleicht besser, wenn du das nicht noch einmal versuchst.

Jetzt hat Aud einen anderen Plan. Wenn Irene mit hineinkäme und ihn begrüßte, bekäme sie das Auto sicher noch einmal. Wenn Irene dabei wäre, schlüge er es sicher nicht ab. Was meint sie dazu? Und da Irene nicht sofort antwortet, fügt Aud schnell hinzu: – Wir müssen ja nicht lange bleiben. – Nein, sagt Irene.

Sie fühlt sich unwohl, sie will ihren Vater nicht treffen. Bis jetzt ist er eine Art abstrakte Größe gewesen, eine Figur aus Auds Vergangenheit, ein bekanntes Gesicht. Seine überraschende Gegenwart kommt ihr, einer Sünderin auf der Flucht, allerdings reichlich beunruhigend und deplaciert vor.

– Willst du ihn lieber nicht sehen?

– Doch, doch, sagt Irene.

– Ich möchte so gern, daß du ihn kennenlernst. Er ist nicht ganz gesund, weißt du. Es trifft Irene, daß Aud es so ausdrückt. Es geht also nicht darum, daß *er* sie kennenlernen soll? Dieses dumme Jungmädchengefühl steigt auf; soll sie nun ihrem zukünftigen Schwiegervater präsentiert werden?

Aber zu fragen, wagt sie nicht, will sie nicht verletzen. Aud möchte es ja so gern.

Aber ... was würde eigentlich Georg Strand von ihr denken? Plötzlich wird ihr klar, daß sie nicht darauf vorbereitet ist, vor einem erwachsenen Mann als Lesbe dazustehen.

Und das ist sie ja, ganz zweifellos, wenn sie ihn auf diese Weise kennenlernt.

Solche Gedanken gehen ihr schnell und recht unklar durch den Kopf, es drängt sie, darüber zu reden, doch sie weiß einfach nicht, wie sie anfangen soll, weiß auch nicht, ob sie weiterkäme, wenn sie einmal anfinge. Und wenn sie darüber redete – das lag wie ein Schatten von Gewißheit über dem ganzen –, würde Aud völlig verschreckt reagieren, sie für dumm und feige halten. Aber sie ist das, was sie ist, damit muß sie nun einmal leben. Basta.

Mit diesen Gedanken im Kopf läßt Irene Aud den kleinen Seitenweg zur großen braunen Villa im Slemdal weiterfahren.

Das Haus wirkt ziemlich dunkel, mit dichten, recht wehmütigen Nadelbäumen ringsum und einer kleinen Gruppe von Edeltannen beim Eingang. Die bunte Bleiverglasung und die Spitzgiebel im oberen Stockwerk geben dem Haus etwas Märchenhaftes. Irene bleibt noch einen Moment sitzen und hat das Gefühl, als müsse sie eine andere Welt betreten.

– Ich habe mir immer gedacht, daß man glücklich sein muß, wenn man in solch einem Haus wohnt! stößt sie hervor. Sie sagt es so komisch, daß Aud leise in sich hineinkichert. Wie bei der Sache mit dem Sohn vom Erbbauern, den sie heiraten wollte.

– Du bist lustig, weißt du? Der da drin wohnt, ist vierundzwanzig Stunden am Tag unglücklich.

– Ist er denn ... ganz allein?

– Nein, nein, sagt Aud, – er hat seine Frau Kruse.

Irene steigt aus dem Auto, am liebsten wäre sie drin geblieben. Will nur mit ihr sein, ohne irgendwelche Unterbrechungen, ohne Forderungen oder Blicke. Doch nun steigt sie aus mit dem Gefühl von unangebrachter Peinlichkeit, die ihr bevorsteht.

Als sie auf dem Gartenweg zum Haus gehen, hören sie einen Hund, der laut bellend um die Hausecke auf sie zutobt, ein heller, kleiner Schäferhund.

– Katja! ruft Aud. Katja winselt vor Freude um sie herum, nimmt einen Ast auf und blickt Aud auffordernd an. Aud will ihn ihr abnehmen, doch Katja läßt ihn nicht los.

– Gib ab! sagt Aud streng. Katja zerrt weiter daran. – Gib ab! sagt Aud wieder. Katja läßt den Ast fallen und fiepst vor Aufregung und Freude. – Sitz! Katja gehorcht, sieht sie an, sieht den Ast an, zittert vor Erwartung. Aud hebt den Arm, und schon rast Katja los. – Nein, sitz! Katja setzt sich wieder, völlig außer sich vor Ungeduld. Aud wirft den Stock.

Wie ein hellbrauner Blitz rast die Hündin dem Stock nach und kommt triumphierend damit zurück.

– Ja, ja, sagt Aud, – braver Hund, braver Hund.

Irene steht da und sieht zu, sieht Auds Hand, die Katja zu streicheln versucht, soweit bei der Unruhe des Tieres überhaupt möglich. Ihre Nervosität wird heftiger.

– Gehen wir nicht rein? fragt sie plötzlich in einem strengen Ton. Sie hört es selbst, nimmt aber nichts davon zurück.

– Doch, doch, sagt Aud und übersieht Katja sofort.

Sie betraten das Haus und gelangten in eine dunkle Halle, in der große Ölgemälde in prächtigen Rahmen hingen. Dicke Teppiche, schwere Möbel, kleine Statuen in Regalen, ein Flügel mit Fotos, Szenenfotos an den Wänden und das große Bild einer blonden langhaarigen Frau auf einem kleinen Tisch, daneben ein Strauß Gladiolen. An der Wand darüber hing das Foto eines Babies auf einem Fell. Eine ganze Wand war mit Porträts von Schauspielern bedeckt, unter denen Irene einige bekannte Gesichter wiederfand.

Neben dem Flügel saß Georg Strand in eine Decke gehüllt in einem Korbsessel. Die Abendsonne warf ihren Strahl durch die Verandatür bis zu ihm. Ganz kahlköpfig war er, sie sah die große, gebogene Nase und den schmalen Mund. Irene hatte Mühe, ihn aus den Filmen wiederzuerkennen. Die etwas vorstehenden Augen sahen die beiden unglaublich direkt an.

– Ich sterbe! Zu freundlich, daß ihr mal hereinschaut, bevor es zu spät ist.

– Solltest du nicht mal ins Krankenhaus zur Untersuchung, Papa?

– Nur über meine Leiche! antwortete er lachend. Er streckte Irene die Hand hin. – Sie sind bestimmt nicht die einzige, die an vorübergehender Verwirrung leidet, sagte er zu ihr und nahm ihre Hand.

– Irene Jacobsen, sagte sie.

– Guten Tag, Georg Strand. Der Vater dieses mittelmäßigen Wunderkindes hier. Er sah Aud dabei mit einem belustigten Blick an. Einen Moment lang erkannte sie Aud in seinem Gesicht wieder. Plötzlich war sie es, die dort saß.

– Und was ist jetzt mit Rita? Es wurde still in dem großen dunklen Raum. Irene schaute weg.

– Ja, danke, es geht ihr gut. Soll ich sie grüßen? antwortete Aud in plauderndem Tonfall.

– So, so, dann soll sie wohl beiseite geschoben werden, sagte er. – Was sind Sie denn von Beruf? fragte er Irene.

– Ich bin Bibliotheksassistentin.

– Bibliotheksassistentin, so, so! sagte er in seinem typisch überraschten, interessierten Tonfall und wußte ganz offensichtlich nicht, was man sonst zu dieser Eröffnung sagen könnte. Er suchte nach einer brauchbaren Fortsetzung des Gesprächs. – Ja, ich habe jetzt meine eigene Bibliothek hier. Wollen Sie sie sehen?

Irene blickte unsicher zu Aud, wußte nicht, ob es nun die Zeit war, Georg Strands Bibliothek anzusehen. Aber in diesem Moment wurden sie von Frau Kruse unterbrochen, die mit einem Teetablett hereinkam.

– So, so, und Sie sind nun mit meiner Tochter zusammen? sagte der alte Strand, als Frau Kruse wieder fort war. Er hatte eine Art zu gucken, daß sie glaubte, er sähe sie nur mit einem

Auge an. Irene brachte murmelnd einen bestätigenden Laut heraus. Aud goß den Tee ein. – Und Ihr Mann? Der weiß natürlich nichts davon, stimmt's?

– Papa, du brauchst dich da nun wirklich nicht einzumischen, weißt du? sagte Aud.

– Ja? Hören Sie, wie sie mit mir redet?

– Ja, die Äpfel fallen nicht weit vom Stamm, oder?

– Ah, jetzt wird sie aufsässig, was? Sieh mal einer an, sieh mal einer an. Aber Sie haben ja Recht, natürlich haben Sie Recht. Mögen Sie Äpfel?

– Papa, jetzt könntest du mal damit Schluß machen, weißt du?

Und Papa machte Schluß, scheinbar jedenfalls. Denn offensichtlich war nicht zu ahnen, was als nächstes von ihm käme.

– Ging es gut mit dem Auto?

– Ja, sagte Aud erleichtert, – ganz phantastisch.

– Ja, ja, es ist schon ein fabelhaftes Auto, sagte er warm und zärtlich. – Ein gutes Stück erbst du da. Er sah mißbilligend auf das Tablett mit dem Tee. – Hier fehlt etwas. Aud ging hinüber zu einem Schrank und kam mit einer Flasche Portwein und zwei Gläsern zurück. – Warum denn nur zwei Gläser?

– Ich wollte dich eigentlich fragen, ob ich Irene nachher zum Flugplatz fahren kann?

– Ja, ja, mach das nur. Er nahm die Flasche. – Und Sie, wie wär's mit einem Tropfen? Irene nickte. Aud blickte sie überrascht an. – Hier sitze ich nun, und das einzige, was sie von mir will, ist, mich um Geld zu erleichtern oder mein Auto zu borgen. Prost! Beide tranken. – Und wie habt ihr euch das weiter vorgestellt? fragte er.

– Was? fragte sie und wußte recht gut, was er meinte. Sie sah ihn an. – Ich weiß nicht. Das ist eine ziemlich schwierige Situation.

– O ja, sagte er. – Die Leidenschaft, die Leidenschaft ... daran kann man schon zu Grunde gehen. Und wenn sie stirbt, erlischt die Welt. Einen Augenblick lang saßen alle drei stumm da. – Sehen Sie dort das Bild von meiner Frau?

Irene sah hinüber zum Bild auf dem Flügel, das eine blonde Schönheit von ungefähr dreißig Jahren darstellte. – Ist das Ihre Frau?

– Ja, sagte er. – Das ist meine Geliebte. Ich habe sie immer geliebt. Ich habe sie schon geliebt, bevor ich sie kannte. Und ich liebe sie jetzt, nach ihrem Tod. Es gibt nur einen Menschen auf der Erde, den man wirklich lieben kann. Empfinden Sie das nicht auch so?

Irene dachte darüber nach. Dachte an Aud, dachte an Rulle, an Torgeir. An Aud, Rulle, Torgeir.

– Liebt man nicht unterschiedliche Menschen auf unterschiedliche Weise?

– Nein, sagte Georg Strand. – Die Liebe ist ihrem Wesen nach einzigartig. Die Lust ist polygam. Aber die Liebe ist ganzheitlich, sie läßt sich nicht teilen.

– Aber du sagst doch, daß du mich liebst, sagte Aud.

– Ja, natürlich! Aber das ist keine egoistische Liebe.

– Du sagst, daß die Lust polygam ist.

– Ja, aber nicht die Liebe.

– Nein? Ich denke, daß Lust und Liebe dasselbe ist. Oder? Ich kann jedenfalls nicht Lust einem Menschen gegenüber empfinden, ohne daß es dann Liebe wird.

– Nein? Kannst du nicht? Dann solltest du das wohl mal lernen.

– Wozu? Daß ich dann die Lust so entfalten kann, ohne daß sie gefühlsmäßige Konsequenzen hat? Das wäre allerdings recht praktisch. Aber ich weiß nicht, ob ich das hinkriegte. Ich weiß nicht einmal, ob das erstrebenswert wäre.

– Findest du nicht? Was meinen Sie dazu?

Irene schluckte. Sie hatte das Gespräch als recht wirr empfunden, der Ausgangspunkt war in Vergessenheit geraten. Sie versuchte, ihn wieder aufzuspüren. – Sind Sie sicher, daß Vaterliebe nicht egoistisch ist?

– Lustige Frage, lustige Frage, sagte er und strich sich mit dem Zeigefinger den Bart. – Ich liebe Aud, weil sie ein Teil von mir ist. Ich liebe sie, weil ich sie als kleines Baby schon gesehen habe. Weil ich sie aufwachsen, lachen und weinen gesehen habe, und wie sie zu sprechen anfing. Ich liebe sie, weil sie mir gesagt hat: „Papa! Tomm-tomm!“ Verstehen Sie?

O ja, das verstand Irene. Im Grunde war es nichts anderes, als wie sie Aud liebte. Obwohl sie nichts von diesen Dingen miterlebt hatte. Aber so liebte sie auch Rulle. Wo war da der Unterschied? – Ich glaube nicht, daß dies zwei verschiedene Arten von Liebe sind, sagte sie. – Liebe zu einem Kind, Liebe zu einer Frau oder zu dem Menschen, den ich liebe ... einen Mann oder eine Frau ... oder die Liebe einer Tochter zu ihrem Vater ... Ich glaube, die sexuellen Aspekte dieser Liebe sind mit so starken Tabus belastet, daß sie bei einer Person nur bemerkt werden, bei der keine moralischen Bedenken bestehen. Da muß schon etwas ganz Besonderes passieren, wenn wir die Erotik zu einer ... verbotenen Person bemerken.

— Ja, ja, sagte der alte Strand. — Es gibt so einiges, was darauf hindeutet, daß Sie recht haben könnten.

Plötzlich bemerkte Aud, daß es schon sechs Uhr war; wenn sie das Flugzeug erreichen wollten, mußten sie jetzt weg.

Sie verabschiedeten sich hastig, und das Gespräch war vergessen.

— Vielen Dank für den Besuch, sagte Auds Vater. — Ich würde mich freuen, Sie hier wieder einmal zu begrüßen.

Das Zusammensein mit dem alten Strand hatte eine sonderbar belebende Wirkung auf sie beide. Wieder saßen sie im Auto, und wieder wollten sie nichts anderes, als ineinander zu verschwinden. Wieder und wieder küßten sie sich. Die Uhr lief weiter, sie küßten sich. Unaufhörlich lief die Zeit, sie war nicht anzuhalten.

— Entschuldige, daß er so grob war, sagte Aud, als sie den Motor startete.

— Findest du, daß er grob war?

— Ja, da war so einiges, was er sich hätte sparen können.

— Ich habe ihn als ziemlich befreiend empfunden.

— Er mochte dich.

— Meinst du? Das kannst du nach so kurzer Zeit wohl nicht sagen?

— Doch. Er taute richtig auf mit dir.

— Hm. Irene dachte darüber nach. — Ja, aber ich kann schließlich zu ihm sagen, was ich will, sagte sie. — Ihr ähnelt euch.

— Ja? Das stimmt wohl. Hoffentlich hat dich die Ähnlichkeit nicht erschlagen.

Über die Ullernchaussee fuhren sie auf den Drammensvei, von dort ging es blitzschnell zum Flugplatz. Sie kamen gerade rechtzeitig zum Abflug. Sie küßten sich zum Abschied, mach's gut, du — ja, du auch! Irene rannte los, stand vor der automatischen Tür, die sich bereitwillig vor ihr öffnete, drehte sich um und winkte.

Diesmal wußten sie beide, daß sie sich wiedersähen.

*

– Warum konntest du nicht Bescheid sagen? Sowas machst du doch sonst nicht!

– Ach du, das war völlig unmöglich. Ich saß mitten in einer Konferenz in der Universitätsbibliothek. Trotzdem bin ich immer rausgelaufen, um anzurufen, aber der Apparat war ständig besetzt.

– Hm.

– Es tut mir so wahnsinnig leid, Torgeir. Ich verspreche dir, daß sowas nie wieder vorkommen wird.

– Wie kannst du denn versprechen, daß in Zukunft alle Telefone in deiner Nähe nicht besetzt sind?

– Ach, Mensch, du weißt ganz gut, was ich meine.

Doch sie hatte jetzt das schwärzeste Gewissen, sie hätte ihm sehr wohl Bescheid geben können, wenn sie es nur besser geplant hätte. Statt dessen hatte sie es einfach vor sich hergeschoben und war weggefahren. Das war rücksichtslos gewesen, ganz klar. Warum hatte sie so etwas getan? Konnte man sich nicht auf sie verlassen? Schließlich war es ja keine unerfüllbare Bitte, die er an sic richtete. Zu wissen, wo sie war, wann sie nach Hause käme. Um nicht vergeblich auf sie warten zu müssen. Sowas war nie zuvor geschehen. Warum tat sie solche Dinge? Wie ein dummes, ungehorsames Kind?

Nein, das würde sich bestimmt nicht wiederholen. Das jedenfalls war ganz sicher.

– Wo habt ihr denn am Sonntag getagt?

– Im „Pan"-Restaurant in Kringsjå, sagte Irene. – Die hatten da was gemietet. Unheimlich gemütlich war's da oben.

14

Zum Monatsende bekam Aud Herbstferien. – Kannst du nicht raufkommen? fragte Irene. – Du könntest bei Astrid Amundsen wohnen. – Nein! sagte Aud. – Nie im Leben! Was denkst du dir denn? Willst du mich als versteckte Geliebte in der Stadt haben?

– Aber wie sonst sollen wir denn zusammen sein? fragte Irene verzweifelt. – Ich habe solche Sehnsucht nach dir. Ich werde noch verrückt.

Irene war verzweifelt! Aud hörte das ganz deutlich, und es machte sie fast glücklich. So verzweifelt hatte sie Irene nie zuvor erlebt. Sie braucht mich. O Gott.

– Und wie sollen wir zusammen sein, ohne daß er etwas bemerkt?

– Ich werde sagen, daß ich Telefondienst im Frauenhaus habe, dann kann ich nachts mit dir zusammen sein.

Dieser Plan war für Aud wie ein Sonnenstrahl. Die Aussicht auf eine Nacht mit Irene, vielleicht sogar mehrere, überstrahlte alles. – Ich komme, sagte sie.

Die Herbstferien dauerten nur vier Tage. Am Donnerstag könnte sie dort sein, und am Montag, den 2. Oktober, müßte sie wieder zurück. Aud sah in den Kalender, jetzt, da der Beschluß gefaßt war, freute sie sich grenzenlos. Die Tage vom 28. September bis zum 3. Oktober waren überhäuft mit Terminen, von ihrer unschönen Handschrift im Kalender notiert. Das Treffen der „Klatschweiber" am Donnerstagabend; das Treffen mit Rita am Freitag. Am Samstag, den 30., stand: „Zu Hause reinschauen", und am Sonntagnachmittag sollte sie ein Lied für eine Veranstaltung am 9. Oktober im Frauenzentrum mit den Frauen einstudieren.

Aud begann herumzutelefonieren. – Es tut mir leid, sagte sie. – Wir haben ja so selten Gelegenheit, uns zu sehen, und endlich habe ich Ferien! Daran habe ich natürlich nicht gedacht, als ich mir all diese Sachen vorgenommen habe. Kann ich statt dessen nächsten Samstag kommen? Weißt du, ich will nach Trondheim. Du Rita? Bist du sehr böse, wenn ich unsere Verabredung auf nächsten Freitag verschieben möchte?

– Doch, sagte Rita, – das bin ich, allerdings.

– Aber wie kann man denn darüber böse sein! Wir können uns doch sehen, wann immer wir wollen!

– Stimmt, wir tun es bloß nicht.

– Ich rufe dich an, wenn ich zurück bin.

Aud war verstimmt; wie konnte Rita so störrisch sein? Warum nur war sie Weltmeisterin darin, Aud ein schlechtes Gewissen zu verschaffen?

Der Tag der Abreise kam. Sie flog nach Værnes, wo eine kleine, mollige Frau sich aus der wartenden Menschenmenge löste, auf sie zutrat und fragte, ob sie Aud sei. – Ja, das bin ich, sagte diese recht verwirrt und sah sich um.

– Ich bin Astrid Amundsen, sagte die fremde Frau und lächelte sie unschuldig mit ein paar Zähnen zuviel an. – Wissen Sie, Irene hat mit ihrem Mann zusammen einen Termin. Sie hat vergessen, es Ihnen zu sagen. Aber Sie kennen sie ja. Sie lächelte freundlich.

Aud blieb stehen und sah sie verblüfft an; verschämt in ihrer Enttäuschung. Seit Tagen hatte sie sich auf diesen Moment gefreut. Sie folgte Astrid Amundsen durch die Halle und kam sich wie ein mechanisches, lebloses Holzspielzeug vor. In Astrids hellem Volkswagen fuhren sie los. – Wie war der Flug? fragte sie Aud. – War es voll im Flugzeug? Wie war das Wetter da oben? Hatte sie einen schönen Blick über das Land gehabt? Jetzt hatte sie also Herbstferien? War es nicht schön, so ein paar freie Tage vor sich zu haben? Ist es nicht anstrengend, Lehrerin zu sein? Heutzutage! Gab es da nicht viele Probleme mit der Disziplin? Sie sprach und fragte hektisch.

Aud kämpfte sich durch die Fragen, wurde mitten in der Antwort durch eine neue Frage unterbrochen. – Welche Fächer unterrichten Sie denn? Rollenspiel! Das muß ja lustig sein. Gibt es das erst neuerdings? Und italienisch? Du liebe Zeit. Dann sind Sie ja so etwas wie ein exotischer Typ, was? – Und norwegisch, sagte Aud. – Ja, norwegisch, sagte Astrid. – Die können wohl so langsam ihre Muttersprache nicht mehr, die Schüler, was? – Wann kommt Irene, fragte Aud. – Dauert dieser Termin den ganzen Abend? – Nein, nein, sie kommt wohl jeden Augenblick. Dann redeten sie über das sinkende Niveau an den Schulen, das wohl zu verzeichnen sei. Oder nicht?

Vor einem weißen Holzhaus an einem Hügel hielten sie an. Ja, hier wohnte sie also. Astrid blickte Aud an, eine blonde Locke guckte unter der dunkelgrünen Strickmütze hervor. Einen Moment lang sah sie irgendwie süß aus. Astrid schloß die Haustür auf, öffnete sie und sagte: „So, da sind wir. Kommen Sie, fühlen

Sie sich bitte ganz wie zu Hause."

Ein junges Mädchen im teenie-Alter kam kurz zum Vorschein, guckte mürrisch und verschwand sofort wieder. – Trine! rief Astrid mit einer ganz anderen strengen Stimme. – Komm und sag bitte Guten Tag! Langsam kam das Mädchen zurück und gab Aud eine schlaffe Hand, ohne sie anzusehen. Dann verschwand sie genauso schnell wie vorher. – Ja, ja. Es gibt so ein gewisses Alter, wo es mit dem Benehmen nicht klappen will. Aud sollte sich ruhig im Wohnzimmer niederlassen, sie käme gleich mit dem Tee.

Das Teetrinken wurde eine recht verkrampfte Sache; die Teetassen fielen fast vom Tablett, und die Kanne kleckerte kräftig beim Einschenken. Astrid erzählte Aud, daß sie die erste lesbische Frau sei, die sie in ihrem ganzen Leben getroffen hätte. Aud nippte am Tee und hätte am liebsten den Nachtzug zurück nach Oslo genommen. Zum zehntenmal bot Astrid ihr Kekse an.

– Sagen Sie mal, ich habe ja keine Ahnung von dieser ganzen Sache, darum müssen Sie schon entschuldigen, wenn ich dumme Fragen stelle. Aber ... hassen Sie denn die Männer?

Aud mußte husten. Die Krümel des zehnten Kekses, den sie mit steigendem Widerwillen zu sich genommen hatte, waren in die falsche Kehle gekommen. Sie mußte so stark husten, daß Astrid ihr den Rücken klopfte. In diesem Augenblick klingelte es an der Haustür.

Im nächsten Moment stand Irene da – mit zerzaustem Haar und roten Wangen.

– Ich habe es glücklicherweise geschafft, mich etwas früher davonzuschleichen!

– Na, da kann ich euch beide wohl ein wenig in Ruhe lassen, sagte Astrid, blieb stehen und sah sie von der Tür aus an.

– Ja, und tausend Dank auch, Astrid, sagte Irene. – Du bist wirklich eine Freundin in der Not!

Und die Freundin verschwand mit etwas, das sie wohl für eine passende Bemerkung hielt, zögernd aus der Tür.

Ohne jede weitere Erklärung dessen, was geschehen war und noch geschehen würde, gingen Aud und Irene aufeinander zu. Sie faßten sich an, dicht, ganz dicht standen sie da. Geniert. Versteckten ihre Gesichter an der Schulter der anderen, sahen sich wieder an, verbargen sich erneut. Preßten ihre Beine aneinander, den Unterleib, weich und gut war das. Die Beine konnten sie nicht länger tragen, sie legten sich auf Astrid großgeblümtes Sofa. Mußten über dieses Unikum lachen. Empire? Nein, nein! War es nicht Louis Seize? Keine Ahnung von sowas! Nicht die geringste Ahnung. Du Verrückte, du! Verrückt alle beide, zausten sich ineinander, sanken tiefer auf das stilistisch nicht definierbare Sofa, wollten nur noch so ineinander sinken, augenblicklich, jetzt. Das füllte alles aus. Den ganzen Körper, das ganze Zimmer, das Haus, in dem sie lagen, die ganze Stadt und den ganzen Himmel.

Später dann lagen sie still, jede wanderte in ihren Gedanken, die sich da draußen an irgendeinem Ort wieder trafen. Eigentlich berührten sich alle ihre Gedanken, selbst wenn sie ihre eigenen Wege gingen. Habe ich überhaupt einen einzigen Gedanken, jetzt, in diesem Moment, in dem sie nicht lebt? dachten sie beide.

– Hoffentlich findest du dich hier zurecht, sagte Irene.

– Das wird schon gehen. Ich muß ja nicht die ganze Zeit hier im Zimmer sitzen und vor mich hinstarren. Wenn du nicht da bist, kann ich ja einen Spaziergang machen.

– Du lieber Himmel! Paß bloß auf, wo du hingehst, ich wohne ja hier ganz in der Nähe!

– Was soll das denn heißen? Du glaubst doch wohl nicht, daß ich diese vier Tage hier unter Ausgehverbot bleiben werde?

Irene antwortete nicht.

– Also, weißt du, nein! sagte Aud. – Das mache ich nicht mit!

– Aber wenn er auf diese Weise herausbekommt, daß du hier in der Stadt bist, kann ich dich nicht mehr treffen! O, Aud, bitte!

– Herrgott nochmal, woher soll er denn wissen, daß ich ich bin? Er weiß ja nicht mal, wie ich aussehe!

– O doch, er hat ein Bild von uns gesehen, das von Asserbo.

– Es gibt doch überhaupt kein Bild von uns in Asserbo!

– Von der ganzen Gruppe, meine ich. Alle, die da waren, wurden doch draußen auf der Treppe fotografiert.

– Und daher sollte er mich wiedererkennen?

– Wir stehen nebeneinander.

– Dann hat er doch nur auf dich gesehen. So geht es mir jedenfalls. Wenn mir jemand etwas bedeutet, sehe ich die anderen nicht, besonders die nicht, die direkt daneben stehen.

– So doll ist es ja nun auch nicht mehr mit dem Interesse bei ihm. Wir sind schließlich zwanzig Jahre verheiratet!

– Ich glaube, du spinnst. Nie im Leben kann er einen Menschen wiedererkennen, von dem er nichts als ein Foto gesehen hat, auf dem ich winzig klein bin. Das ist doch totaler Blödsinn.

– Er hat mit Kriminalsachen zu tun, Aud. Er ist es gewohnt, sich Details zu merken.

– Ist das hier eine Kriminalsache oder was?

– Doch, verdammt nochmal! kam es laut und ängstlich von Irene. – Wenn er mitbekommt, daß du hier heimlich wohnst, kann ich dich nicht mehr treffen!

– Das hättest du mir sagen sollen, bevor ich herkam.

– Aber das läßt sich doch aus den Karten lesen!

– Aus den Karten! Das hier ist kein Spiel!

– Du liebe Zeit. Jetzt leg nicht jedes Wort von mir auf die Goldwaage. Du wußtest, bevor du herkamst, was los ist. Ich habe es dir erzählt.

– Ich habe nicht geahnt, daß ich hier in einem Gefängnis leben soll.

Irene umarmte Aud, legte den Kopf an ihre Brust und drückte sich an sie. – Bitte! Fahr nicht wieder ab!

Aud spürte ihre Hand um die Taille. Lag nur da und spürte diese Hand.

– Ich weiß, wie grauenhaft es für dich sein muß, sagte Irene leise in den Stoff von Auds Bluse. – Aber was soll ich denn machen? Samstag und Sonntag fährt er mit Rulle auf die Hütte. Die wir auf der Rørosvidda haben, ich hab' dir schon davon erzählt. Dann können wir beide einen Ausflug hinauf ins Freilichtmuseum machen oder zur Munkholminsel oder sonstwas. Du bist doch sicher noch nicht hier gewesen, oder? Hast du Lust dazu?

Aud nickte. Was sollte auch der Protest? Die Aussicht auf einen gemeinsamen Ausflug, nur sie beide, endlich sie beide allein, milderte die Umstände unbestreitbar. Aud fing sofort an, sich auf diesen Tag zu freuen.

– Aber ist es denn nicht seltsam, daß du nicht mit zur Hütte fährst?

– Ich habe gesagt, daß ich einige Interviews am Wochenende abschreiben muß. Ich habe viele Stunden Interview auf Band mit mißhandelten Frauen. Die ich dann zu einem Buch sammeln will, weißt du?

– Und wann willst du das eigentlich machen?
– Dazu habe ich Zeit genug, wenn du wieder fort bist.
Aud versuchte, sich Irenes Alltag vorzustellen. Soviel gab es da, wovon sie nichts wußte. Eigentlich kam sie auch nie dazu, sie etwas darüber zu fragen. Immer war eine gewisse geistlose Hektik um Irene.
– Können wir das nicht zusammen machen, das mit den Bändern?
– Wie denn?
– Ich weiß nicht. Ach nein, das ist wahrscheinlich keine Hilfe ... es kann ja nur immer eine tippen ... es sei denn, du hast zwei Abspielgeräte. Aber die hast du wohl nicht? Oder vielleicht zwei Schreibmaschinen?
– Die könnte ich mir sicher leihen. Aber hast du denn dazu Lust?
Aud nickte. Doch das, worüber sie gerade noch geredet hatten, ließ sie nicht los. Sie wandte sich Irene zu, so daß sich ihre Gesichter gegenüber lagen auf diesem Sofa mit all den kleinen Blümchen rundum.
– Schrecklich, diese ganzen Blumen hier um uns herum, sagte sie.
– O Gott, ja, überall!
– Soll ich dir eine pflücken?
– Ja, danke. Aber nur, wenn du ein Gänseblümchen findest.
Aud schaute sich das Sofamuster genau an, um etwas zu finden, das einem Gänseblümchen ähneln könnte.
– Die hier? fragte sie und zeigte auf eine unbestimmbare, kleine weiße Blume.
– Okay, sagte Irene. Aud pflückte sie ab.
Doch dann wurden sie ernst. Sollte es in Zukunft immer so bleiben? Sie fragte Irene, wie sie es sich vorgestellt hatte.
Doch Irene wußte nicht, was sie sich vorgestellt hatte. Wenn das ganze sich stabilisiert hätte, fänden sie eine Ordnung, sagte sie.
– Ja, aber was für eine Ordnung? fragte Aud. – So wie jetzt können wir doch nicht weitermachen!
Irene antwortete nicht sofort. Sie lag da und dachte an das Versprechen, das sie Torgeir gegeben hatte, nicht nach halb zwölf zu Hause zu sein. Jetzt lag sie da, und ihr graute davor, es Aud sagen zu müssen. Verdammt, dachte sie, warum habe ich es ihr nicht sofort gesagt, als ich kam?

— Ich muß jetzt gehen, sagte sie.

— Was?

— Ja, ich habe ihm gesagt, daß ich um halb zwölf zu Hause sein werde.

— Aber hast du nicht gesagt, daß du nachts Telefondienst machen mußt?

— Ja, aber erst morgen nacht. Heute nacht ging es nicht, weil ich ihm schon lange versprochen hatte, mit zu diesem Abend zu gehen und nachher mit ihm darüber zu diskutieren. Es war ein Vortrag über Untersuchungshaft, sein Spezialgebiet. Außerdem hatte ich diese ganze Sache auch noch vergessen, weißt du. Daß ich jetzt abgehauen bin, war schon ein Bruch unserer Verabredung. Ich habe gesagt, daß ich Astrid bei einem Kartoffelsalat helfen muß.

Wieder redete sie in dieser schnellen Art, die Aud nun schon so gut an ihr kannte.

— Und jetzt ist der Kartoffelsalat fertig?

— Ach, Aud! Sei doch bitte nicht so sauer auf mich!

Aber Aud war enttäuscht. Es war, als wäre etwas über ihrem Kopf zusammengeklappt. Seit sie von diesen Herbstferien gesprochen hatten, war sie außer sich vor Freude auf die heutige Nacht gewesen. Jetzt lag sie da mit einem flauen Gefühl im Magen und fühlte sich irgendwie kindlich. Warum sich so darüber aufregen? Sie kam ja morgen wieder zurück. Morgen nacht! Dann könnte sie sich eben darauf freuen.

Doch sie war müde davon, sich zu freuen, krank von diesem ganzen Freuen. Es war, als riefe etwas in ihr „Halt!“ Hart und endgültig.

— Dann hau doch ab, Mensch! rief sie laut.

Irene fuhr zusammen. Aud sah es in ihren Augen, die vor Angst aufblitzten, spürte den Ruck und sah förmlich die Wirkung ihrer Worte in ihrem Körper. — Sei so gut und sprich nicht so laut, sagte Irene leise. — Ich fände es nicht so herrlich, wenn Astrid uns hören würde.

— So, darauf kannst du Rücksicht nehmen, sagte Aud genauso laut wie vorher.

— Was erwartest du eigentlich? sagte Irene, nun auch lauter als zuvor. — Soll ich ihm sagen, daß ich mal schnell zu meiner Geliebten gehen muß?

— Ja! schrie Aud. — Allerdings!

— Du bist verrückt!

Sie hatten einander losgelassen und sich mit ziemlichem Abstand voneinander aufgesetzt. Versteht sie denn überhaupt nichts? dachten sie beide.

Lange sagten sie nichts. Von der Außenseite der Haut bis ins Innerste ihrer Herzen war Verhärtung. Die Luft zwischen ihnen war schwer und angefüllt mit Groll und Kummer.

– Jetzt haben wir keine Zeit, sagte Irene nach einer langen Pause. Sie sagte es weich, appellierend und fast liebevoll.

– Das sagst du immer! kam es ruhig von Aud, während sie vor sich hinblickte, verschlossen wie zuvor.

– Na gut, dann sage ich es eben immer.

– Ich weiß nicht, wie ich noch an uns glauben kann.

Wieder wurde es zwischen ihnen still. Wie zuvor saßen sie da und schwiegen, Irene hatte Angst. Suchte und suchte nach etwas, das jetzt im Moment helfen könnte, denn sie mußte gehen, es war schon fünf vor halb zwölf, und sie spürte Panik in sich aufsteigen; sie mußte einen Weg finden.

– Hör mal, Aud, du hast ja recht. Wir müssen miteinander reden. Morgen haben wir die ganze Nacht dazu, wenn wir wollen. Und Samstag und Sonntag, können wir denn dann nicht darüber sprechen? Können wir uns das nicht so vornehmen?

Aud nickte. Beide umarmten sich, sagten einander, daß sie sich lieben, und küßten sich. Doch Aud fühlte sich ganz wie ein kleines Mädchen, das der Mutter erlaubt, am Abend wegzugehen, weil sie versprochen hat, etwas Schönes mitzubringen.

*

Notwendigkeit, dachte sie. Irene hat in ihrem Leben eine Notwendigkeit. Und immer muß sie dorthin zurückgehen. Halb zwölf – die Welt stand und fiel mit diesem Zeitpunkt. Torgeir. Torgeir und die Geborgenheit. Rulle. Ein Haus mit Schulden. Ratenzahlungsverpflichtungen. Abhängig von zwei Monatsgehältern. Routine. Zur Arbeit und zurück. Ihr Leben war fest geordnet. Von dort konnte sie sich fortsehnen.

Und ich sitze hier, dachte Aud, und nehme ihre Sehnsucht entgegen. Bin offen dafür, parat. Gebe ihr die Hand genau durch das winzige Loch, das ihr dieses Leben dafür läßt. Hier und da tauche ich auf, ganz präzise, genau wie sie es will.

Eine erschlichene Existenz, das ist es, was ich hier habe. Eine Diebin, ein Nassauer, ein Schmarotzer, genau das bin ich. Sie könnte mich bitten, tagelang hier eingeschlossen zu hocken, und ich würde es tun. Sie könnte mich bitten, sie am Nordpol zu treffen!

Warum war sie auch so dumm, für ihre Sehnsucht bereitzustehen? Warum hatte sie nicht selbst so einen unveränderbaren Rahmen um ihr Leben, so daß Irene ihre heimlichen Ein- und Ausgänge suchen mußte? Warum war es immer nur ihr Tisch, von dem die Krümel für sie fielen?

Eben weil sie keinen Menschen hatte, für den die Welt zusammenbräche, wenn sie nicht Freitagabend um zehn Uhr genau am gleichen Ort war wie am vorigen Freitagabend um zehn. Und alle Freitage bis zum Ende der Welt. Sie war frei, frei, frei. Frei, um zerstört zu werden, frei, um ein Spiel mit sich treiben zu lassen. Warum richtete sie sich nicht so ein, daß die Welt ständig zusammenbrechen könnte? Das wäre weitaus sicherer.

Ganz klar, ich habe weder Mann noch Kind – aber war das denn so klar? Manche richteten ihr Leben eben mit Schlupflöchern ein, andere ohne. Einige brauchten keine Schlupflöcher, waren völlig offen. Einge konnten, wann sie wollten, ihr festes Zeitschema verlassen, schafften es, auszubrechen, und andere wiederum mußten alles in ihren festen Rahmen einpassen. Einige hatten ihre festgelegten Zeiten für absolut alles, was auf sie zukam, und andere konnten mitten in einem vollgepackten Terminpensum noch Zeit finden für etwas, das sich plötzlich ergab.

Es kam also nicht auf Mann und Kind an. Auch ohne beides konnte jemand ein solch festgelegtes Leben leben. Rita zum Beispiel lebte so; Mittwoch um sechs, da kann ich.

Und wenn dann die große Liebe kommt, heißt es: Hier bin ich! Hier im Fenster. So sieht der Rahmen meines Lebens aus. Willst du mich lieben, mußt du da unten stehen (und Balladen singen, aber nur montags und freitags und jeden zweiten Mittwoch) oder: Hier bin ich! Hier im Fenster. Ich komm' runter, dann können wir spazierengehen.

So einfach war das.

Und es war nicht die Frage, ob sich Mann und Kind da hinter dem Fenster befanden, sondern wie sie sich dort befanden. Würden sie einen Schock bekommen, einen Hustenanfall, Polypen oder doppelseitige Ohrenentzündung, wenn eine verschwand (um spazieren zu gehen), oder würden sie sagen: „Tschüß denn" und (o Wunder): „Viel Spaß!"?

Einige hatten ihr Dasein eben chemisch von Überraschungsmomenten gereinigt. Und kamen dann trotzdem welche, wurden sie zur Katastrophe.

Und andere lebten ein Leben, in dem Überraschungen zum Alltag gehörten und sie gezwungen waren, sich mit ihnen zu befassen, vielleicht auch gegen sie anzukämpfen.

Ich ziehe nach Trondheim um! dachte Aud. Wie sonst sollte das gehen? So konnte sie jedenfalls nicht leben. Und Irene – sie würde ja doch nie umziehen.

Doch wie würde es werden, wenn sie wirklich hierher zöge? Davon hatte sie noch keine klaren Vorstellungen. Wäre es nicht tausendmal schlimmer, hier versteckt zu leben als so wie jetzt in der eigenen Stadt? Trotz allem hatte sie ja ihren Freundinnenkreis und ihr Milieu – aber hier oben in einer völlig fremden Stadt?

Aud wußte es nicht. Wußte nur, daß sie es so, wie es jetzt war, nicht aushielte. Sie wußte auch, daß es schlimm und einsam werden würde, wenn sie nun wirklich abfuhr. Aber war es nicht vorher auch so für sie gewesen? Das erschreckte sie nicht so sehr. Was sind schon schwierige Verhältnisse gegen unerträgliche?

So sah sie es jedenfalls, und anders konnte sie es nicht sehen.

Und obwohl das nur Gedankenspiele waren, keine ernsthaften Pläne, hatte sie doch die Stellenanzeigen von Trondheim studiert. Im Oktober war neuer Einstellungstermin in den Schulen, und hier würde man sicher für ihre Fächer jemand benötigen.

Eine andere Möglichkeit war, sich beurlauben zu lassen. Daran hatte sie auch schon gedacht. Sie hatte mit dem zuständigen Mann darüber gesprochen und zu ihrer großen Überraschung erfahren, daß auch Lehrer mit befristeten Verträgen ein Recht auf Beurlaubung hätten. Aber unterschwellig hatte er ihr geraten, zu bleiben. Bald gäbe es einige „natürliche Abgänge" an der Schule, und dann wäre eine feste Anstellung für sie in Aussicht – vielleicht schon zum Herbst.

Aud hatte sich immer bei dem Gedanken an eine feste Planstelle geschüttelt. Als müßte sie dann für immer ihre Freiheit aufgeben. Ständig wurde darüber geredet, wie schwierig es sei, in Oslo etwas zu bekommen, wenn man es hatte, mußte man es unbedingt behalten. Moderne Leibeigene waren sie.

Doch Auds Leben hatte sich nie in der Schule abgespielt, immer war da Wichtigeres außerhalb der Schule gewesen. Eine Berufung zur Lehrerin hatte sie nie empfunden, ebenso wenig wie die anderen achtzig Prozent der Universitätsabgänger, die eigentlich von etwas ganz anderem träumten. Was das jedoch war, blieb unklar. Auch wenn es ganz im tiefsten Innern immer das Theater war, in irgendeiner Form.

Vielleicht könnte sie in der Stadt irgend etwas mit Theater machen? Ihr Vater könnte ihr vielleicht beim Tröndelager Theater die Türen öffnen. Sie sollte ihn fragen. Aber was sollte sie dort eigentlich? Karten verkaufen?

Ich mache es. Ich werde mich beurlauben lassen, werde hierher ziehen und im Frauenhaus mitarbeiten. Oder ich suche mir eine Anstellung bei Rechtsanwalt Jacobsen, ohne daß er ahnt, wer ich bin – sehr witzig.

Daraus entstehen dann unzählige Verwicklungen und wir schreiben darüber eine Komische Oper. Rein und raus aus dem Kleiderschrank wird es da gehen. Ein ewiges Hin und Her zwischen den Gerichtsakten. Ein totaler Wirrwarr aus Angriff und Verteidigung. Fetzige Melodien und das ganze wird dann damit enden, daß unser Anti-Held (auch Schurke genannt) eine Torte in die Fresse bekommt, während die beiden Geliebten sich kriegen. Happy end und Knallbonbons. Das Publikum wird applaudieren und seine Freude haben, seelisch geläutert, weil sich endlich mal zwei Frauen bekommen haben, das hatten sie jedenfalls noch nie zuvor erlebt. Interessant, nicken sie, sehr gut gespielt und die schönen Bühnenbilder!

Unverdrossen würden sie dann heimfahren, wo für Ewigkeiten Mann und Frau einander gekriegt hatten. Was meinst du, Johan? Sollten wir so ein Spielchen auch mal probieren? Daß Du eine Torte ins Gesicht bekommst, und ich mit meiner Geliebten gen Süden abrausche?

Was? Ungerechte Rollenverteilung? Naja, wenn du meinst, aber man kann ja auch nicht erwarten, daß nur immer der dargestellt wird, der nicht auf der Bananenschale ausrutscht. Ich meine, einer muß ja schließlich unglücklich sein, sonst wird es nicht komisch. Wenn alles witzig ist, kann niemand drüber lachen.

Aud stützte die Ellbogen auf den Stuhl, hier in Astrids guter Stube. Ich bin ratlos, dachte sie. War das die einzige Lösung? Warum wohnte Irene in einer verbarrikadierten Burg?

Sie saß da und schaute sich den Wandteppich an, norwegisches Landleben aus dem letzten Jahrhundert. Vater, Mutter und Kind auf der Treppe. Vögel und Schnee; ein hübsches Bild.

Ich will allein leben, hatte sie gedacht. Nach der langen Beziehung zu Rita hatte sie herausgefunden, daß es ein Grundmißverständnis der Leute sei, als Geliebte zusammen wohnen zu müssen. Sie und Rita hatten gemeinsame Interessen, hatten auch den gleichen Sinn für Humor, hatten sich gern gehabt und einander genossen. Also waren sie zusammengezogen. Falsch, völlig falsch war das gewesen. Stück für Stück war die Liebe durch Trivialitäten dahingeschwunden, die Verzauberung und die Spannung zwischen ihnen nach und nach verschwunden. Ganz sporadisch stahl sich dann auch die Erotik aus ihrer Beziehung, kam wieder, mit immer verminderter Intensität, bis sie vollends ausblieb. Statt dessen fühlten sie sich mehr und mehr voneinander kontrolliert. Schließlich konnte die eine keine Frage mehr stellen, ohne daß sich die andere nicht kontrolliert fühlte. Willst du weg? Wohin denn? So etwa. Beleidigt waren sie, die ständig beleidigte Atmosphäre vergällte ihr gemeinsames Leben.

Daran dachte Aud mit Grauen zurück.

Jetzt sah sie nur noch eins vor sich: Ich will nicht mehr allein sein. Ich bin eigentlich nie allein gewesen. Dazu sind die Menschen nicht geschaffen.

Ich möchte mein Leben mit ihr teilen, das ist es, was ich will.

*

Irene ging hastig nach Hause, es war so gut, allein zu laufen, keinen neben sich zu haben, der ihre Gedanken forderte, und nur die Luft auf der Gesichtshaut zu spüren. Ihre Gedanken wirbelten ununterbrochen, doch egal, welchen Ausweg sie fand, immer endete alles in einem großen Wirrwarr. Eins war sicher, so wie jetzt konnte es nicht weitergehen. Sie fühlte sich total ausgelaugt, hatte fünf Kilo verloren, und wenn sie nicht psychisch zusammenbrechen würde, dann physisch. Die Situation war auf lange Sicht gesehen völlig untragbar.

Was also jetzt?

Das Logischste wäre wohl, es ihm zu sagen. Ich gehe direkt zu ihm und sage ihm, was los ist. Das schafft uns auch bessere Möglichkeiten, uns zu sehen. Dann gibt es kein Lügen und Betrügen mehr, allein dafür brauche ich ja meine halbe Kraft. Wir hätten viel mehr Zeit miteinander, und es brauchte nicht mehr so hektisch wie jetzt zu sein.

Aber würde sie seine Eifersucht ertragen können?

Daran mußte sie denken. Während sie so ging, dachte sie daran, wie sie und Torgeir im Lauf der Jahre gemeinsam durch verschiedene Probleme gegangen waren; eine Form von Kameradschaft hatten sie miteinander aufgebaut, die auf Gleichwertigkeit basierte. Vielleicht würde er verstehen, warum sie das jetzt wollte? Vielleicht war er gezwungen, das zu verstehen? Ganz unmöglich konnte das doch nicht sein?

Jedenfalls mußte sie es versuchen.

Doch sobald sie sich vorstellte, es ihm sagen zu müssen, fürchtete sie sich davor.

Die andere Möglichkeit war, es wie jetzt weiterhin zu verschweigen. Aber war es dann nicht nur eine Frage der Zeit, wie lange Aud und sie das noch ertragen konnten? Schließlich würden sie einander dann aufgeben.

Niemals! Der Gedanke daran machte sie ängstlicher als alle anderen. Wir müssen eine Lösung finden.

Doch wie würde die zu guter Letzt eigentlich aussehen? Wenn sie mit Aud so weitermachte und sich herausstellte, daß sie sich tatsächlich so liebten, wie sie jetzt meinten, ja, dann würden sie sich nie verlassen – und was dann?

Irene fror. Dann hatten sie also die gleiche Situation wie jetzt.

Sie ging über den Hügel. Wenn sie Torgeir verließe, würde sie sich das nie verzeihen, das wußte sie genau. Er hatte es nicht verdient, er war von ihr abhängig. Er hatte selbst keine Freunde. Als Anwalt war er sehr gut, doch im Privatleben ziemlich hilflos. Er war auch emotional von ihr abhängig. Er sagte, daß er sie liebte, und sie wußte keinen Grund, weshalb sie daran zweifeln sollte. Wie könnte sie es jemals fertigbringen, ihm derart weh zu tun?

Doch wenn sie nicht von ihm ginge, wenn sie Aud verließe? Dann? Ja, dann würde sie sich für den Rest ihres Lebens nach ihr sehnen.

Niemand sonst hat ein solches Leben in ihren Körper gebracht wie Aud. Sollte das wieder verpuffen nach so kurzer Zeit? Und nie zurückkommen? Und wieder die graue Langeweile ihres Alltags? Hatte sie denn je zuvor so über ihr Leben nachgedacht? War sie denn unglücklich damit gewesen? Und warum war sie es jetzt?

Irene wußte nicht ein noch aus; sie konnte weder Aud noch

Torgeir aufgeben. Aber dann hieß es, daß sie beide behalten mußte. Und lange hatte sie sich das auch so vorgestellt. Sie könnte ihr Leben fortsetzen wie bisher und das nehmen, was ihr das Zusammensein mit Aud gab – sie würde sich teilen, zwei Leben führen müssen.

Aber genau das ging ja eben nicht! War sie nicht selbst der beste Beweis dafür, so erschöpft, wie sie hier entlanglief, daß sich das nicht realisieren ließ? Und wenn sie es ihm sagte, welche Garantie hatte sie dafür, daß es dann besser werden würde? Bedeutete das nicht nur mehr Panik und Angst?

Da blieb nur eine einzige Möglichkeit: die Scheidung. Der Gedanke war nicht neu für sie, seit dem ersten Treffen mit Aud war er da, ganz klar. Immer wieder hatte sie ihn verworfen, ihn zur Seite geschoben, doch immer wieder hatte er sich in den Mittelpunkt gedrängt, war Ausgangspunkt und nun Schlußpunkt ihrer Gedanken. Diese Vorstellung von Scheidung war neu in ihrem Leben, nicht einmal in der Zeit mit Jan hatte sie daran gedacht, Torgeir zu verlassen. Selbst dann nicht, als sie bis ans Ende der Welt zu ihm fahren wollte.

Diesmal ist es anders, das hatte sie die ganze Zeit gewußt. Und ich werde es schaffen, dachte sie plötzlich. Ich werde es schaffen! Wenn mich nur niemand drängt oder schiebt. Wie ein riesiges Gebirge, das sie überwinden mußte, empfand sie die Situation. Wenn man ihr nur das eigene Tempo ließe, könnte sie es sehr wohl schaffen – langsam und sicher.

*

Am nächsten Tag fiel Rulle vom Baum. Sie und Vivi bauten gerade dort oben eine Tarzan-Hütte, als der morsche Ast abbrach, auf den sich Rulle verlassen hatte; drei Meter fiel sie hinunter und brach sich den Arm. Die Fahrt zur Hütte mußte unter diesen Umständen verschoben werden, und Irene wußte, daß sie jetzt nicht über Nacht wegbleiben konnte. Aber Rulle hielt sich sehr tapfer und weinte kaum, sie bekam im Krankenhaus ihren Gips, Schokoladenkuchen zum Mittag und die ganze Aufmerksamkeit aller Nachbarskinder, so daß sie zu guter Letzt mit der Sache recht zufrieden war.

– Geh nur, Mama, sagte sie.

Irene umarmte sie, freute sich darüber, so eine Tochter zu haben, und ging hinaus, um sich anzukleiden.

– Willst du gehen, obwohl die Kleine krank ist? fragte Torgeir.

– Ich muß doch den Nachtdienst machen, sagte sie mit kraftloser Stimme.

– Kannst du denn keine Vertretung finden?

– Das ist am Freitagabend schwierig ... da sind doch alle zu Hause mit ihrer Familie.

– Ich könnte vielleicht Inga Hval fragen? sagte er. – Sie ist nicht verheiratet! Inga Hval war die neue Vorzimmerdame in seinem Büro. Irene spürte, wie ihr das Blut in den Kopf stieg, ihre Gedanken gingen im Zick-Zack. Sie hatte Aud gesagt, gegen acht Uhr wäre sie da, und nun war es schon weit über die Zeit.

– Du, man kann nicht so ohne weiteres diese Arbeit machen, die braucht schon eine gründliche Einführung.

– Aber in einem Notfall? So schwierig kann das doch wohl nicht sein? Ich rufe sie mal an und höre, ob sie kann. Soll ich nicht? Für dich wäre das auch viel angenehmer. Du bist doch nun den ganzen Tag auf den Beinen gewesen, hast im Krankenhaus lange gewartet und was sonst noch alles. Dann machen wir drei es uns hier gemütlich, ja?

– Nein, sagte Irene. – Ich muß gehen! Vor Erregung überschlug sich ihre Stimme.

Torgeir hob überrascht die Augenbrauen und sah sie an, wie sie da schon im Mantel vor ihm stand.

– Was ist denn in dich gefahren? Man könnte fast meinen, du hättest den Teufel im Genick!

– Es ist ganz unmöglich, in so kurzer Zeit eine Vertretung zu bekommen, und wir nehmen auch niemand ohne Erfahrung für solche Arbeit. Das ist schließlich kein gewöhnlicher Telefondienst, weißt du? Und Inga Hval? Ist sie nicht ganz jung? Wir nehmen am liebsten Frauen mit Erfahrung.

Jetzt hatte sie wieder etwas festeren Boden unter den Füßen, konnte fast ein wenig auf ihn schimpfen wegen seines unüberlegten Vorschlags.

– Ja, ja, sagte er. – Ich habe es ja nur gut gemeint.

Sie ging. Und ihr Gewissen war kein bißchen weniger schwarz als der Himmel da über ihr. Seine Worte verließen sie nicht. „Ich habe es ja nur gut gemeint." Und das stimmte, er hatte es wirklich nur gut gemeint. Wie hätte er auch ihren Jähzorn verstehen können? Irene hastete durch die Straßen. Wenn er bloß nicht so lieb gewesen wäre! Wenn er nur einer von diesen ekligen Kerlen wäre, von denen sie immer hörte! Da könnte sie mit besserem Gewissen ihre Sachen zusammenpacken.

*

Aud sitzt da und liest in Irenes Gedichtsammlung „Erstarrter Kreuzweg", als sie zu ihr kommt. Wieder auf den Blumen. – Das ist gut, du, sagt sie, – es regt mich zu ungeheuer viel neuen Gedanken an. Irene küßt sie auf den Mund, streicht ihr mit der Hand durchs Haar, will etwas dazu sagen, doch nun sind sie beide nur noch damit beschäftigt; umschlingen sich, können einander nicht nah genug sein, wollen mehr, immer mehr und sagen für eine lange Zeit überhaupt nichts. Es ist so gut mit dir, so unbeschreiblich gut, denken sie beide.

Endlich schafft es Irene, sich ein wenig zu befreien, und erzählt von Rulles Mißgeschick.

– Und das ausgerechnet jetzt! sagt Aud. – Als ob es so verabredet wäre. Dann fahren die beiden wohl nicht in die Berge, oder?

– Interessiert es dich überhaupt nicht, wie das mit Rulle passiert ist?

Aud sieht sie überrascht an.

– Doch, sagt sie. – Wie geht es ihr denn jetzt?

– O nein, du sollst dich nicht zu irgendwelchen Dingen zwingen, die dir völlig egal sind!

– Aber das stimmt ja überhaupt nicht, sagt Aud mit leichtem Zittern in der Stimme. – Ich hätte sie so gern kennengelernt.

Damit weiß Irene nichts anzufangen.

*

Die Nacht ist lang, sie wollen beide nicht schlafen – wann wäre ein nächstes Mal für sie? Aud erzählt, daß sie die Gedichte früher schon gelesen hat, besonders eins macht einen großen Eindruck auf sie: „Zum Gedenken an Lady of Shalott". Das meint sie zu verstehen, viele andere aber nicht.

– Ach, es ist schon so lange her, daß ich das alles geschrieben habe. Das ganze ist eine Sammlung von vielen Jahren, ein einziges Durcheinander im Grunde. Sie sei ganz überrascht gewesen, daß der Verlag sie hatte haben wollen.

– Du stellst dein Licht ganz schön unter den Scheffel!

Aud möchte weiter über die Gedichte reden, ereifert sich dabei zusehends. Den ganzen Feminismus nähmen sie vorweg. Um so mehr, als sie sie Mitte der sechziger Jahre geschrieben hatte. Die Frau, die sie da beschreibt, ist so eine moderne Ausgabe von Tennysons Lady auf der Insel. Ewig saß sie mit dem Rücken zur Welt und sah nur den Schatten davon, der sich im Spiegel über ihrem Webstück spiegelte. Sah all die Jungen und Mädchen, die trällernd zum Tanz in die Stadt gingen, und sie wußte – wandte sie sich um, um die Wirklichkeit zu erblicken –, daß Verbannung über sie käme. Und sie tat es dennoch, in dem Moment nämlich, als sie Sir Lancelots Schatten vorbeireiten sah. Drehte sich um, floh aus ihrem Turm, wurde von der Strömung des Flusses erfaßt, mitgerissen und starb. Und Irenes Gedicht erweckt sie endlich zum Leben, wenn sie sich umwendet. Auch hier wird sie vom Fluß mitgerissen, schafft es aber, sich an einem überhängenden Ast festzuhalten, und bekommt schließlich soviel Kraft, daß sie in die entgegengesetzte Richtung gehen kann. Vorbei an der Insel, auf der sie immer gelebt hatte, immer weiter, dem Tal nach, um die Quelle des Flusses zu finden. „The Lady of Shalott" wird zu einer Frau gegen den Strom.

– Nicht sonderlich originell, meint Irene. Doch langsam läßt sie sich von Auds Interesse anstecken. Wie soll man ihren Weg bergauf in die Berge interpretieren? Es ist ja eine Entdeckungsreise, die sie da beschrieben hat. Aud ist von ihrer detaillierten Kenntnis der Landschaft in den Bergen begeistert, so bildlich und lebendig und voller Farben ist sie beschrieben. Wie hatte sie das so hinbekommen? Der ganze Weg bis zu einem großen Bergsee, der Hauptquelle, wurde beschrieben. Wie eine umgedrehte Moldau.

– Weißt du, ich habe es vertont ...

– Vertont?

– Ja!

– Mein Gedicht vertont?

– Ja!

– Aber kannst du denn sowas?

– Nein. Nein, sagt Aud wieder, nur ein paarmal in ihrem Leben hätte sie Melodien erfunden. Aber nie etwas Besonderes, und das war dies hier auch nicht geworden. Aber die Worte hatten sie dazu inspiriert.

– Ich sehe sie als eine erste Feministin. Eine Urfeministin! Die im Grunde in uns allen sein müßte.

– Kann ich das mal hören?

– Ja, aber erst mußt du mir mal was erklären. In Tennysons Gedicht ist es Ritter Lancelot mit seiner glitzernden Rüstung und seinem Tirra Lirra, der die Lady zum Ausbruch inspiriert. Und bei dir? So ganz klar wird das nicht, es sind da einige Bewegungen in den Baumkronen, nicht? Und ... passierte dann noch etwas?

– Sing doch erst mal! Dann sage ich es dir.

– Ist es ein Singvogel? Ja? Aud ist neugierig, will absolut wissen, was sich da in den Bäumen versteckt hat. Irene muß lachen.

– Nein, du sollst jetzt nicht über mich lachen!

– Ich habe es ja schon gesagt, meint Irene, muß aber weiterlachen.

– Also eine weibliche Nachtigall?

– Etwas muß ja auch für die Leser zu tun bleiben, oder? Jetzt sing doch!

– Ja, aber eine kleine Nachtigall kann wohl nicht solche Bewegungen in den Bäumen veranstalten, daß die Frau es gegenüber in ihrem Spiegel gesehen hat.

– O, Aud, nun sing doch endlich dein Lied! Ich sterbe vor Neugier!

– Hör mal, zuerst dachte ich, es müßte ein Gorilla sein, aber als sie dann in die Berge kam, war mir klar, daß es sich um eine skandinavische Landschaft handelte, und ...

– Ist es in dur oder moll?

– Beides; also eigentlich in dur. Diese Nachtigall oder der Gorilla oder diese Jeanne d'Arc, die da oben sitzt, singt ihre Partie in dur.

– Und wie klingt es nun?

– Jetzt weiß ich nicht mehr, ob ich mich traue.

– Doch!

Und Aud singt. Zuerst ganz leise, dann immer lauter und sicherer. Sie steht auf, geht hinüber zum Fenster und singt sie an. Eine einfache, aber eindrucksvolle Balladenmelodie ist es, die sich ständig wiederholt, nur das Tempo ist flexibel – und ab und zu tauchen einige neue Töne in der Melodie auf.

Irene sitzt auf dem Geblümten und hört zu. Nie zuvor hat jemand ihren Gedichten eine Stimme verliehen. Ab und zu hatte sie gelesen, doch so hat sie es noch nie erlebt. Während sie so dasitzt und zuhört, empfindet sie eine Vertiefung der Verse durch die Melodie. Als könne sie selbst jetzt besser ihre Bedeutung verstehen, das, was ihr damals, als sie es geschrieben hatte, durch den Kopf gegangen war. Sie erinnert sich jetzt daran, wie es gewesen war. Sie hatte in der Wohnung in Torshov gesessen und auf Unni aufgepaßt, während Torgeir fortgewesen war. Plötzlich sieht sie wieder die gelbe Wand vor sich, Picassos „Guernica", das Torgeir unbedingt an der Wand hatte haben wollen („Man sollte nicht die Augen vor der Realität verschließen"); sah das Kreuz des Küchenfensters vor sich, die Ulmenkrone dort draußen, die sich bewegenden Blätter, die alle möglichen Figuren bildeten. In dieser Zeit kam es ihr vor, als könnte sie stundenlang in diese Baumkronen blicken, immer gab es neue Variationen von Figuren.

Das Lied ist zu Ende. Irene sitzt ganz reglos und still. Aud kommt herüber, bleibt vor ihr stehen und legt ihre Hände auf Irenes Schultern. So steht sie, ohne etwas zu sagen. Irene hebt schließlich den Kopf ein wenig, legt ihre Hand über Auds und sieht rasch wieder weg.

– Was ist? Hat es dir nicht gefallen?

Irene antwortet nicht.

Aud kniet sich vor sie und sieht nun, daß ihre Augen feucht sind. Sie betrachtet dieses weiche Gesicht, ganz ruhig ist es jetzt und in Gedanken versunken. Es kommt ihr vor, als hätte sie nie ein so schönes Gesicht gesehen. Sie hält ihre Beine umschlungen, blickt wieder zu ihr auf und hätte am liebsten ihre Arme und Schultern zärtlich gestreichelt. Irene streicht mit der Hand durch Auds Haar. Endlich, so scheint es Aud, ist es wieder wie damals unter der Trauerweide.

– War es nicht gut? fragt sie wieder, fast unhörbar. Irene schüttelt den Kopf.

– Endlich habe ich begriffen, warum ich das Gedicht geschrieben habe.

Die Nacht ist lang, sie brauchen sie, um über ihre Zukunft zu sprechen, brauchen sie aber auch, um sich zu lieben, sich gegenseitig zu sagen, was sie denken, um über ihre Vergangenheit zu sprechen. Für alles brauchen sie diese Nacht.

– Dann kann ich ja morgen auch nach Hause fahren, oder? fragt Aud.

– Nein! Kannst du nicht hierbleiben?

Auds spontane Freude über Irenes innig geäußerten, verzweifelten Wunsch ist so groß, daß sie sich vorstellen könnte, ganz ohne alle Bedingung, unter allen Umständen hierzubleiben. Sie will nicht fragen, was Irene sich jetzt gedacht hat; am Abend zuvor hatte sie schließlich davon gesprochen, daß sie heute über alles reden wollten. Was wäre denn, wenn sie nun sagen würde, daß sie sich niemals scheiden ließe? Das wäre schon ziemlich wahrscheinlich, wenn sie an Rulle und alles andere dachte. Dann könnten sie das hier nicht weiterführen. Dann wäre Aud gezwungen, Stellung zu beziehen, und zwar jetzt, in diesem Augenblick. Und das wollte sie nicht, sie wollte jetzt nicht dazu genötigt sein, etwas zu entscheiden. Dann war es schon besser, noch ein Weilchen in Ungewißheit zu leben und die Freuden anzunehmen, die sie bekommen konnte.

Also blieb sie dort. Doch die weiteren Treffen waren so hektisch, wie sie es eigentlich immer gewesen waren, und Irene ergriff auch keine Initiative, über ihre Beziehung grundsätzlich etwas zu sagen, wie sie angekündigt hatte. Wußte sie vielleicht keine Antwort? Schließlich war es ja auch für sie eine unmögliche Situation, wie ein Hündchen vom einen zur anderen zu laufen. Aud bereute ihre groben Forderungen, mit denen sie Irene am ersten gemeinsamen Abend konfrontiert hatte.

*

Auf dem Heimflug fühlte Aud sich elend. Jetzt hatte sie also Irenes Wirklichkeit gesehen. Wenn ich nun wieder in Oslo bin, dachte sie, kann ich mich in diese eine Wirklichkeit hineinträumen, die wir miteinander teilen, sie und ich. Aber die existiert nur in meiner Phantasie. Einen ganzen Herbst lang bin ich nun schon in einer Traumwelt.

Aber sie hat mich auch darin bestärkt! Allerdings! Hat angerufen, geschrieben, erzählt, wie sehr *sie* mit mir lebt die ganze Zeit. Das war keine einseitige, verrückte Träumerei! Sie waren zu zweit. Und der Traum zweier Menschen gehört auf eine ganz andere Weise zu dieser Welt als der eines einzelnen; da gibt es einen Raum, ein ganzes Leben läßt es sich darin leben.

Sollen wir also so weitermachen, indem wir unsere Träume gegenseitig ausfüllen – ist das eine Lebensform?

Nein, dachte sie. Was denkt sie sich denn eigentlich? Was denkt sie eigentlich, wer ich bin? Sieht sie mich denn überhaupt? Sieht sie denn, was sie tut? Was für eine Liebe ist das? Alles in ihr brach zusammen. Wieviel sie innerlich schon aufgebaut hatte, wurde ihr erst in diesem Moment klar. Ein strahlend deutliches déjà-vu durchfuhr sie, sie versuchte es wegzuschieben, spürte eine aufsteigende Übelkeit im Magen, während das Flugzeug in ein Luftloch sackte. Im Grunde konnte sie Fliegen überhaupt nicht vertragen.

Sie versuchte, diese aufkeimende Wahrnehmung zu verdrängen, bemühte sich, das süße, leichte Gefühl der Erwartung in sich lebendig werden zu lassen, das sie auf der Reise in die entgegengesetzte Richtung gespürt hatte – doch das gelang nicht, es war weg. Sie konnte sich nicht mehr daran erinnern, wie es sich angefühlt hatte. Sie blickte durch das kleine Flugzeugfenster, sah die Tragflächen und versuchte vergeblich, durch die dichte Wolkendecke etwas von dem Land unter sich zu erkennen.

Während sie so dasaß und in den Himmel starrte, spürte sie plötzlich ganz stark, daß diese Beziehung zerbrechen würde.

15

Die Wochen nach den Herbstferien waren voller Aktivitäten. Diese Zeit der beginnenden Dunkelheit war die beste in der Schule. Für die Weihnachtsfeier wurde ein Stück über Geschlechtsrollen vorbereitet. Mehr oder weniger Improvisationstheater mit Schlagermelodien aus dem Grand-Prix-Wettbewerb.

Auch für das frauenpolitische Leben war der Spätherbst eine gute Zeit; im Frauenzentrum fanden eine Reihe von Zusammenkünften statt. Die „Klatschweiber" probten ein neues Stück. Aud engagierte sich in den turbulenten Geschäftigkeiten, war aber mehr als sonst mit ihren Gedanken woanders.

Der kurze Aufenthalt in Trondheim war schlimm für sie gewesen, enttäuscht war sie von dort fortgefahren. Doch kaum in Oslo angelangt, kam die gewohnte Welt zurück. Die Vorstellungswelt, in der Irene lebte, wurde stärker und detaillierter als zuvor, sie vermißte sie nur um so mehr. Und sie aß. Völlig maßlos konnte das aus reiner Nervosität oder Zerstreutheit geschehen, nur weil sie sich freute oder etwas von Irene gehört hatte. Oder aber weil eben nichts von ihr kam.

Im Laufe eines Tages konnte sie von einem Moment zum anderen von höchster Begeisterung in tiefste Niedergeschlagenheit fallen. Einfach aufgrund der Signale, die Irene aussandte, oder nur aufgrund ihrer Gedanken an sie.

Sie wird ihn nie verlassen, dachte sie. Das stand plötzlich felsenfest vor ihr und dominierte ihren Alltag.

Den ganzen Herbst hindurch hatte sie gedacht, Irene sei auf dem Weg, unterwegs. Ihr wurde jetzt erst ganz klar, daß sie diese Gedanken gehabt hatte. Daß sie anders zusammen sein könnten, als es nun der Fall war. Nur so hatte ihr Status als Geliebte eine Bedeutung. Diese Vorstellung fiel hinter alles zurück, was Aud getan hatte. Wie hatte es Irene in Fjærvik gefallen? So etwa?

War es diese Hoffnung, die in der Heimlichkeit der wenigen Ferientage zerbrochen war? Denn keine Änderung trat ein. Irene war nirgendwohin unterwegs, und ihr eigener Status blieb genau der, der er immer gewesen war. Was für eine Art Zukunft konnte darin liegen?

Der Eindruck von Irenes Wirklichkeit da oben in Trondheim türmte sich massiv und gewaltig in ihr auf. Ein Gefühl von Vergeblichkeit machte sich in ihr breit, als sei alles wie weggeworfen; die Zeit, die Freude an der Arbeit, die ganze Welt um sie her. Weil sie nicht am gleichen Ort wie sie sein konnte, zusammen mit ihr. An was sollte sie denken, woran noch glauben?

Immer häufiger sah sie sich in einem Trümmerhaufen von Sorgen verschwinden. Teile, Splitter – Reste ihres Lebens. Und nicht selten wurde aus dem Kummer Bitterkeit, wenn sie an all ihre Niederlagen im Leben dachte. Diese brutalen Brüche, der Verrat, der ihr immer neu widerfahren war. Und schließlich fand sie heraus, daß Irene beispielhaft war für das, was alles in ihrem Leben so schiefgegangen war.

Alles wurde in ihr aufgewühlt, Seelenschlacke kam zum Vorschein; sie näherte sich Bereichen, zu denen sie sich bisher nie vorgewagt hatte. Was war der Grund dafür, daß es bei ihr ständig schiefging?

Nie hatte sie das richtig verstanden. Für sie sah es immer so aus, daß sie verraten worden war. Nie war es ihr gelungen, respektiert zu werden. Nie hatte sie es geschafft, ihre eigenen Sachen durchzuführen. Immer war sie nur den anderen entgegengekommen.

Ich muß endlich lernen, Bedingungen zu stellen, dachte Aud. Das genau ist es, was ich nicht kann, Bedingungen stellen. Wann habe ich je an eine Person meine Bedingungen gestellt? Von den anderen bekam ich sie und nahm sie an. Das ist der ganze Fehler. Ich habe mich in Anna verliebt und bin nach Italien gefahren. Bin dort geblieben, habe italienisch gelernt. Das war Annas Leben. In das bin ich eingetaucht. Ganz tief in mir wußte ich ja die ganze Zeit, daß ich Norwegen nie im Leben verlassen würde. Aber ich hoffte auf ein Wunder. Das war es wahrscheinlich. Denn ich konnte mir Anna hier in Norwegen einfach nicht vorstellen, das war irgendwie nicht richtig. Hoffnungslos war es, und ich sah es im Grunde die ganze Zeit, aber was hätte ich denn sonst tun sollen? Wir hätten nur die ganze Beziehung aufgeben können, sofort. Dann hätten wir nie die Zeit miteinander erlebt, die wir trotz allem doch hatten. Seit Sonja; genauso war es mit ihr gewesen. Ich war hoch im Norden geblieben, nur weil sie da war, in ihrem Leben. Das mußte ich annehmen oder nicht. Ich konnte nicht sagen: „Wenn wir zusammen sein wollen, mußt du in den Süden kommen." Aber warum konnte ich das nicht sagen? Weil ich wußte, daß sie nicht woanders hinkäme, und weil ich Angst hatte, sie zu verlieren. Da liegt eben mein Fehler: meine Angst vor dem Verlust. Ich riskiere einfach nichts, wage nicht eine einzige Forderung zu äußern, nur wegen dieser Angst, daß die andere von mir weggeht, wenn ich es tue. Wie bei Rita. Da war es doch das gleiche Problem, obwohl sie nun in Oslo wohnte. Sie öffnete mir die feministische Welt, den feministischen Himmel, alles war neu, und ich nahm es willig an. Alles war ihres. Damals war es mir nicht möglich gewesen zu sagen: „Ich möchte gern mit dir zusammensein, aber ich will nicht in der Frauenbewegung arbeiten.“ Das wäre mir nicht einmal eingefallen. Ich hatte ja schließlich auch Lust, dort mitzuarbeiten, aber es war ihre Frauenbewegung. Bis ich schließlich einen Zipfel fand, der meiner sein konnte: die Theatergruppe. Und damit wäre beinahe die Beziehung zerbrochen, weil ich darauf bestand, daß sie nicht dort mitmachen sollte. Ich glaube, das war das einzige, was ich je im Leben in einer Liebesbeziehung durchgesetzt habe. Und was für eine Angst hatte ich damals. Und hatte ich nicht Grund zu dieser Angst? Ging sie nicht von mir weg?

Das heißt, sie verliebte sich in Rita Gullichsen. Wir wohnten nicht mehr länger zusammen, und schließlich ging sie.

Und jetzt Irene. Was habe ich da getan? Bin nur auf ihre Notwendigkeiten eingegangen. Der Rahmen ihres Lebens stand klar und fest.

Wie ein roter Faden war das durch ihr Leben verlaufen, von ihren jüngsten Jahren im Ausland bis jetzt. Nie hatte sie es geschafft, ihre Sachen zu machen. Hätte sie es geschafft, wäre sie dann nicht verraten worden?

Aber wie ließ sich das machen? Ohne daß es gleich deswegen Geschrei und Krach gab? Ohne daß die andere damit drohte, zu gehen? Nein, das hatte Aud nie richtig verstanden. Sie fühlte sich immer nur mit einer gewissen inneren Logik mehr oder weniger mitgerissen, zu steuern war da nichts mehr. Sie sträubte sich dagegen, wußte aber nicht, wo Halt zu finden war. Angst krallte sich zwischen ihren Schultern fest. Jetzt war sie wieder da!

Nein, dachte sie. Nein, nein, nein. Jetzt ist damit Schluß! Noch einmal werde ich mein Leben nicht für die Liebe verlassen.

Voller Sehnsucht, voll verzweifelter Hoffnung auf Linderung sagt sie es eines Tages am Telefon. Ein trotziger Appell. Ohne Einleitung oder irgendeine Erklärung trägt sie ihn vor. Ich will nicht mehr versteckt werden! Eine alte Melodie, aber ihre wichtigste Botschaft, die sich in ihrer Brust zu einem Notruf zusammengekrampft hat – ohne jeden klaren Sinn. Doch Irene muß auflegen, Torgeir kann jeden Moment nach Hause kommen, Rulle ruft nach ihr, und das Mittagessen muß gemacht werden. Jetzt können sie nicht darüber reden. Da bricht in Aud alles zusammen. „Lieben kannst du mich! Aber dich dazu bekennen kannst du nicht! Warum ist deine Wirklichkeit mit deinem Mann wirklicher als deine Wirklichkeit mit mir? Warum stellst du ihn ins Rampenlicht und hältst mich im Dunkeln versteckt?" Plötzlich kommt alles hoch, jetzt, in den letzten Minuten des Gesprächs.

– Aber, sagt Irene, – wenn ich dich verstecke, ist es doch nicht, weil du lesbisch bist!

– Du, sagt Aud, – bist genauso lesbisch, du! Oder ist es vielleicht ein heterosexuelles Verhältnis, das du mit mir eingegangen bist?

Einen Moment lang bleibt es still am anderen Ende der Leitung.

– Mein Gott, sagt Irene endlich, – ich meine doch nur, wenn du ein Mann wärst, würde ich es ganz genauso tun. Auch einen männlichen Liebhaber würde ich verborgen halten.

– Aber ich bin kein Mann!

Schweigen. Aud hört Irene atmen, Irene hört Aud.

– Ich kann nicht ... sagt Irene, spricht nicht weiter.

– Wenn du nicht kannst, dann kannst du nicht.

– Aber, Aud, sagt sie mit bebender Stimme, – daß ich es verheimliche, geschieht wirklich nicht, weil du ... weil es eine lesbische Beziehung ist.

– Das habe ich nicht gesagt, das war deine Idee.

– Aber warum reagierst du denn so furchtbar darauf?

– Weil du ... Aud beginnt mit großem Elan einen Satz und vergißt, wie er weitergehen soll. Etwas unschlüssiger sagt sie dann: – Weil du mich mit einer solchen Selbstverständlichkeit versteckst ... du fragst mich ja nicht einmal! Die ganze Zeit ist es so gewesen, wir sprechen nicht darüber ... von Anfang an ... da im Bus! ... Da hast du deine Hand weggezogen! Weil andere es sehen könnten. Wenn wir allein waren, hast du dich nicht entzogen.

– Nein, dann hast du es getan!

– Ja! Und warum wohl?

– Ja, warum? kommt es sofort als Echo. An beiden Enden

wird es jäh still, lange Zeit verstreicht, das Schweigen steht steif zwischen ihnen. Endlich atmet Irene tief ein.

– Ich weiß nicht, Aud. Ich weiß nur, daß ich nicht zu meinem Ehemann laufen und über alle möglichen Seitensprünge reden kann, die es so gibt. Schnell kommen die Worte, in fließendem Stakkato und voller Logik.

– Und der sogenannte Seitensprung? Ist das etwa kein Mensch, oder?

– Der Beteiligte muß sich wohl an die Spielregeln halten. Du hast ja gewußt, auf was du dich eingelassen hast, als es anfing.

– Das ist kein Spiel, Irene. Und ich finde deine Art, damit umzugehen, ganz abscheulich!

– Abscheulich? Findest du die heterosexuelle Ehe abscheulich?

– Nicht per se. Aber wie sehr sie es sein kann, darüber weißt du vielleicht mehr als ich. Nein, aber die Lüge, die darin ist.

– Sind homosexuelle Verhältnisse besser?

– Was, wenn sie es nicht wären? Jedenfalls werden die Lügen nicht so zementiert und allerorten bejubelt.

– Ich verstehe nicht, was du meinst, sagt Irene matt. – Ich glaube nicht, daß homosexuelle Verhältnisse besser sind.

– Was weißt du denn davon? Wir können uns nicht so gut eine heimliche Geliebte halten, wir haben nicht ganz Norwegen für uns zur Verfügung. Es gibt nur ein homosexuelles Milieu hier bei uns. Wir sind gezwungen, ehrlich zu sein, ob wir wollen oder nicht.

Ach, wie gern hätte sie das alles mit Irene auf eine ganz andere Weise besprochen als so! Was war denn das für eine Art, sich kennenzulernen? Die Existenz der anderen, ihre Vergangenheit. Statt dessen prallten sie bei der ersten Kreuzung schon aufeinander.

So viele Gefühle zwischen ihnen erfüllen da zitternd die Leitung, geraten ineinander, und keine kann das erlösende Wort sagen. Verwirrt und verbittert bleiben sie bei ihren Standpunkten.

Aud spürt, wie ihre Stimme und alles in ihr zu zittern beginnt.

– Ja, seufzt Irene, – jetzt ist jedenfalls nicht die Zeit für derartige Prüfungen hier im Haus.

Hier im Haus! Hier im Haus. Im Haus!

– Na gut, sagt Aud, – wenn du es nicht sagst, werde ich nicht weitermachen. Er sollte sich endlich zu den Realitäten verhalten.

Diese Worte erschrecken sie, Aud hört, wie ihre Stimme sie hervorbringt, unversöhnlich. Sie bekommt das Gefühl, ein Spiel zu spielen, dessen Regeln sie nicht kennt. Und in einem idiotischen Versuch zu verleugnen, daß sie verliert, fegt sie alle Steine vom Brett.

– Aber ich habe schon soviel Dummes gemacht in meinem Leben! Er wird nur unsicher dadurch und alles wird scheußlich.

Irenes Stimme ist jetzt dünn und hektisch. Aud spürt, daß sie Irene nun hat, und fühlt sich wie ein böses Kind, das sich darüber freut.

Gleichzeitig hört sie am anderen Ende der Leitung das Geräusch einer Tür, die aufgeschlossen und zugeschlagen wird. Irene räuspert sich und hat wieder ihren offiziellen, freundlichen Tonfall.

– Ja, du. Dann reden wir später. Vielen Dank für den Anruf!

– Du hast angerufen.

– Ja, ja, dann eben danke für die Unterhaltung.

– Ja, ja, danke für die Unterhaltung. Aber du sollst bloß nicht denken, daß ich mich verstecken lasse. Ich bestimme, ob ich verheimlicht werden will oder nicht. Nicht du.

Mit sausenden Ohren und klammen Händen steht Aud nach dem Telefongespräch da und erschrickt über das, was sie gesagt hat. Am liebsten riefe sie sofort zurück und sagte, daß sie es bereut. Nein, jetzt ist er nach Hause gekommen, dennoch wählt sie 075, gibt dann aber auf. Anzurufen und zu sagen, daß sie bereut, wäre auch nicht ehrlich. Im Grunde bereut sie es ja absolut nicht! Je mehr sie daran denkt, um so richtiger findet sie, was sie gesagt hat. Sie will nicht im Dunkeln gehalten werden! Hatte das nie gewollt. Das ist unwürdig und vernichtend. Sie hatte es zugelassen, weil sie es mußte. Und schließlich konnte Irene auch mal versuchen, das zu verstehen?

Eben, denkt Aud, sie soll endlich mal dahin kommen, einen Standpunkt zu ergreifen. Und sie soll wirklich wissen, welche meine Bedingungen für diese Beziehung sind. Jetzt habe ich mich verdammt nochmal lange genug damit abgefunden!

Und doch findet sie sich weiterhin damit ab. Sie schreibt die Briefe so, wie es ihr vorgeschrieben wurde, ruft Donnerstag im Spätdienst an, Montag- und Mittwochabend zu Hause. Sagt: „Ja, ist da nicht Torgersen? mit überraschter, leicht entrüsteter Stimme, als er plötzlich an einem Mittwochabend den Hörer abnimmt. Wiederholt sogar die Nummer mit einer falschen Zahl und entschuldigt sich liebenswürdig, als das Mißverständnis aufgeklärt ist.

*

Aber Irene ist voller Angst. Die Verzweiflung in Auds Stimme verfolgt sie überall. Sie denkt: wenn ich so mit diesen Heimlichkeiten weitermache, verliere ich sie! Der Gedanke daran ist so schmerzvoll und erschreckend, daß sie eines Tages direkt zu ihrem Mann Torgeir geht und ihm die Wahrheit sagt.

*

– Ich habe es ihm erzählt, sagt Irene am Mittwochabend fünf vor acht zu Aud am Telefon.

– Ihm was erzählt?

– Ja, du hast doch gesagt, daß ich es ihm sagen soll. Also habe ich es getan. Ihre Stimme klingt hell und freundlich wie immer.

Aud ist vollkommen verblüfft.

– Du hast ihm von uns erzählt?

– Ja, da kannst du mal sehen!

Sehen? Sie versteht nicht, was sie denn sehen soll. Doch gleichzeitig breitet sich ein unbestreitbar süßes Gefühl in ihr aus: Sie will zu mir.

– Es war die reine Katastrophe, sagt Irene mit der gleichen freundlichen Stimme.

Katastrophe? Aud versucht sich die Katastrophe vorzustellen. Was hatte Irene denn gesagt? Welche Worte hatte sie denn benutzt? Hatte er sich wie ein Berserker aufgeführt? Ihr gedroht? Alle Möbel im Zimmer umgeworfen? Wie sah denn eine Katastrophe aus?

Aud kann sie sich aber nicht vorstellen, kann dem Ereignis in diesem Haus dort oben keine Arme, keine Beine, keine Stimme geben.

– Ich fürchte nur, daß das ganze ein Pyrrhus-Sieg wird, sagt Irene in ihrer sonderbaren, sachlichen Art. Aud begreift nicht sofort. Pyrrhus? Wer ist hier Pyrrhus – Aud, Irene, er?

– Und ich habe gedacht, daß ich mit ihm darüber reden könnte, aber das ging nicht. Aud? fragt sie etwas atemlos. – Ich habe jetzt wenig Zeit. Entschuldige, daß ich das schon wieder sage. Aber ich habe wenig Zeit. Ich rufe dich morgen abend an. Bist du dann zu Hause?

Sie legen auf. Und sofort hat Aud vergessen, warum ihr das alles so wichtig gewesen war. Warum nur hatte sie ihr damit gedroht, Schluß zu machen, wenn sie ihm nichts sagen würde? Das hatte doch keinerlei Bedeutung. Welche Rolle spielte es denn schließlich für sie, was der Herr Rechtsanwalt da oben in Trondheim wußte oder nicht wußte? Irenes Respekt, darum ging es ihr.

Ich bin zu ungeduldig, denkt Aud. Das ist mein größter Fehler. Wenn ich nur endlich lernen könnte, etwas geduldiger zu werden, dann wäre ich ein glücklicherer Mensch.

16

Er wurde sie nicht los. Diese Person ohne Gesicht, ohne Körper, die nur wie ein Prinzip da war. Ein gewisses aktives Prinzip, das in seinem Kopf herumfuhr. Warum war das geschehen? Was war mit ihr? Konnte es nicht ebenso ungeschehen sein? Und was hatte sie, das er nicht hatte? Mein Gott, sie trieb sich um und um in ihm, wo er auch war. Dieser Kopf, er konnte ja seinem Kopf nicht entrinnen. Wie eine böse Maschine war sie da.

Wußte sie, was sie tat? Wußte dieses gesichtslose Prinzip von einem Menschen, was sie mit ihm tat? Drängte sich einfach herein und eroberte den einzigen Menschen, den er auf der Welt hatte. Verführte sie, hemmungslos. Wußte sie das?

Nein. Natürlich wußte sie das nicht. Sie kannte ihn ja nicht; wohl kaum ein Gedanke war er in ihrer Welt. War nur einer, der ihrer Lustentfaltung gerade jetzt im Wege stand. Verdammt nochmal! Er spürte, wie sein Kopf vor Wut heiß wurde, ließ seinen ganzen Kummer, seinen ganzen Zorn jetzt gegen sie explodieren. Sie, sein ein, sein alles – wie, wie ...

Wie konnte sie, seine Geliebte, seine Frau, sie – die einzige, die ihn kannte, die einzige, die er auf der Welt hatte ... wie konnte sie ... Allein die Worte zu denken, war schon eine Ungeheuerlichkeit. Sie hakten sich in seinem Kopf fest. Eines grauenhafter als das andere. Er wagte nicht, sie zu einem Satz zusammenzufügen, wollte es nicht, kämpfte dagegen an. Doch sie kamen hervor. Lesbisch, lesbisch, lesbisch. War sie lesbisch? War sie, seine einzige, die wundervollste Frau der Welt, war sie ... war das möglich?

Nie im Leben!

Nicht sie. Sie nicht. Bei allen möglichen anderen konnte er sich das denken – aber nicht sie. Und wenn alle Frauen der Welt lesbisch würden, bliebe sie doch weiterhin sein.

Rechtsanwalt Torgeir Jacobsen nahm die Zeitung in die Hand. Das wußte er: sie war nicht so, würde nie so sein, war nie so gewesen. Es widersprach einfach allem. Widersprach der Natur selbst und allen geologischen Zeitaltern. Widersprach allen Gedanken und Worten auf dieser Erde. Allem, was schön und richtig war. Irene Jacobsen, seine Frau, die Mutter seiner Töchter, die Frau seines Lebens, seine Lebensgefährtin und Partnerin, Freundin, Kameradin und Geliebte ... sie, Irene Jacobsen, war nicht ... lesbisch.

Es gelang ihm nicht, den Worten zu folgen, die er las. Zum viertenmal begann er einen Artikel über Untersuchungshaft, konnte aber damit nicht weiterkommen. Etliche Male hatte er es bereits durchdacht, war es durchgegangen und kam immer wieder zum gleichen Ergebnis: Irene war nicht lesbisch. Doch sobald er zu diesem Schluß gelangt war, stand die gleiche Frage wieder da. Was war das? Wie konnte das geschehen? Was war das mit dieser unbekannten Frau? Wie konnte sie solche Macht über sie gewinnen? Und wieder überzeugte er sich davon, wie unmöglich, wie undenkbar es war, daß Irene so empfinden konnte! Und wieder arbeiteten sich seine Gedanken durch die gleiche Hölle hindurch. Und wieder mündeten sie in der gleichen absoluten und unausweichlichen Schlußfolgerung. Und wieder meldete sich die gleiche Frage, wollte dem Unausweichlichen entrinnen.

Es war zum Wahnsinnigwerden, er mußte irgendwas tun. Was war denn an ihr? Was konnte sie ihr geben, das er nicht konnte? Aber das wollte er nicht denken, wünschte sich, nicht daran zu denken. Herauszufinden ... er hatte Angst vor dem, was er herausfinden könnte.

Er versuchte, das ganze zu verdrängen, tat, als sei nichts geschehen. Wollte so tun, als hätte sie nicht einmal gesagt, daß etwas geschehen war. Das war doch nur Lüge, zusammengesponnenes Zeug, das bildete sie sich nur ein. Vielleicht war da etwas geschehen, aber es bedeutete nichts, jedenfalls nicht viel. Solche Sachen können alle mal erleben, irgendwann. Außerdem war die Situation günstig dafür gewesen; diese Seminar-Erotik, von allem anderen losgelöst, vom Alltag und vom Streß. So konnten sie dort herumlaufen und ihr Leben dem Geistigen widmen – ganz klar, daß dann sowas geschehen konnte.

Anne. Sie stand klar wie ein Bild vor ihm, kam aus dem Nichts; das runde, junge Gesicht und die blonden Haare. Für gewöhnlich dachte er nicht an sie, wenn er sie nicht sah, doch nun war sie plötzlich da. Lächelte mit kleinen, gleichmäßigen Zähnen und rundem Kinn. Lachte jetzt über etwas, das er gerade gesagt hatte, und legte die Arme um seinen Hals. Tanzen wir? Ja, so war es gewesen, sie hatte angefangen. Süß war sie, und es war so einfach gewesen, so hell und einfach.

War es so etwas? Er hoffte, daß es sowas war. Nie hatte er Irene von Anne erzählt. Warum auch? Das war etwas Einmaliges, eine Sache für sich, außerhalb von allem anderen. Das würde sie nur verletzen.

Der Gedanke an Irenes Eifersucht beruhigte ihn nun ein wenig, gab ihm etwas Kraft. Er versuchte, Annes Gesicht noch einmal vor sich zu sehen, wollte dort verweilen, die Gedanken dort ausruhen lassen. Das war das einzige, das er sich in diesem Zustand als Linderung denken konnte. Aber die Hilfe währte so kurz.

Wer war sie?

Auf dem Gruppenbild, das Irene aus Asserbo mitgebracht hatte, konnte er sie nicht ausfindig machen. Dort war es gewesen, dort war das Grauenhafte geschehen. Er hatte sie gefragt, welche Frau es sei. Die, hatte sie gezeigt. Ja, natürlich, direkt neben ihr, das hätte er sich ja wohl denken können. Stand da und grinste, und Irene sah auch nicht gerade traurig aus.

Später hatte er das bereut, weshalb sollte er sie mit seinen Nachforschungen derart plagen? So richtig hatte er nicht sehen können, wie sie aussah, das Bild war zu unscharf. Später fand er dann ein Bild von ihr in der Zeitung, dort stand auch ihr Name, in irgendeinem Zusammenhang mit diesem Frauenhaus da. Ist sie schön? Nach diesen Bildern schwer zu beurteilen. Aber schön, das waren ja diese Frauen ohnehin nicht. Nach diesem undeutlichen Bild zu urteilen, war sie dick, blaß und hatte langes, strähniges Haar. Nein, das Aussehen konnte es nicht gewesen sein. Aber was dann? Eine Anziehung durch die Augen? Wie sah ihr Körper wohl nackt aus? Er spürte, daß er sich phantasiedurchtränktem Niemandsland näherte. Was passierte eigentlich zwischen zwei Frauen?

Er hatte schon mal solche Bilder gesehen, grell und steril waren sie gewesen. Die Wirklichkeit findet sich nicht im Porno, das galt wohl auch für Frauen. Aber was taten sie? Es ging doch einfach nicht. Schon wieder dieses terra icognita. Wieder tauchte dieses schreiende Pornoding auf. Frauen mit gespreizten Beinen, die sich über einen künstlichen Penis hermachten. In sowas würde sich doch Irene nicht reinziehen lassen? Und wenn es das tatsächlich war, konnte sie doch ihn dazu benutzen. Der Gedanke daran erregte ihn.

Er will sie sehen, das stand nun ganz klar vor ihm. Er mußte sie treffen, konnte hier nicht tage- und wochenlang herumlaufen und nur an jemand ohne Gesicht und Körper denken. Er mußte wissen, was es war, mußte es herausfinden. Er bekam Lust, sich zu den beiden zu legen, zwischen ihnen zu sein. Wäre denn das nicht möglich?

Jetzt fühlte er sich erleichtert bei dem Gedanken, daß dies vielleicht die Lösung war. Sie konnten alle drei zusammen sein, sie konnten ihn mit ihrer dunklen, versteckten Welt umfangen. Er ging zu seiner Frau und fragte: — Ist es möglich, sie hierher zu bitten?

Der Blick aus ihren Augen traf ihn. Schnell sah sie fort, stand auf und ging ans Fenster, blickte hinaus. — Nein, das ist nicht möglich, so ist es nicht.

Aber warum denn nicht, wollte er wissen. Was ist es denn, das alles so anders mit ihr werden läßt? Warum kann sie nicht hierher ins Haus kommen und alles wird auf den Tisch gelegt? Warum können sie denn nicht zu dritt darüber reden? Warum denn nicht, um alles in der Welt?

Aber sie schüttelte nur den Kopf, sah hinaus, mit dem Rükken zu ihm. — Nein, das geht nicht, sagte sie. Er spürte, wie ihm langsam die Macht entglitt. Einen Moment lang hatte er gedacht, es ließe sich einrichten. Und nun fühlte er sich wieder zurückgeworfen.

Die Tage vergingen, und er fühlte sich krank. Er hatte das Gefühl, etwas tun zu müssen, wußte aber nicht, was. Die Freude wich aus seiner Arbeit, er lebte nur noch in der Furcht, sie zu verlieren, der Furcht, sie könnte eines Tages weg sein — aus und vorbei. Damit konnte er nicht leben. Er sagte ihr das.

Sie legte die Arme um seinen Hals und sagte, er solle nicht daran denken, nie würde sie ihn verlassen. Darum ging es hier nicht. Sie hätte ihn nie geheiratet, wenn sie ihn nicht gewollt hätte. Einen Moment lang erinnerte sich Torgeir, was der Grund war, daß sie ihn geheiratet hatte — vor nun fast einem Menschenalter war das gewesen. Es stimmte, was sie da sagte, sie war geil auf ihn gewesen, wollte ihn haben.

Aber was wollte sie dann mit ihr? Ach, sowas konnte doch mal passieren, das ging schon vorüber, war wohl eigentlich nichts, nur eben so. Sie wußte ja selbst nicht, was es war. Hatte ja nie vorher für eine Frau so empfunden.

Wie ein Schnitt durchfuhr ihn das: „Nie vorher so für eine Frau empfunden." Dieser Satz stieß ihn geradewegs zurück in sein ganzes Elend. Warum mußte sie das sagen?

— Dann geh nach Oslo und leb' als Lesbe!

— Aber das will ich ja nicht!

Unbeweglich standen sie da und starrten sich an. Dieses elende Wort, das nun endlich zwischen ihnen stand – ein böser Traum. Nun war es raus und hing zwischen ihnen in der Luft. Was willst du? Entscheide dich? Du wählst zwischen Leben und Tod. Du stehst da mit einem Leben in deinen Händen – was wirst du wählen? Da stehst du und wirst über ihn entscheiden, den du gewählt hast, um dein Leben mit ihm zu teilen. Was tust du jetzt? Was machst du in einer solchen Situation, Irene? Drehst du ihm den Rücken zu und sagst: „Ich will das. Ich will wissen, was das ist. Ich will bei ihr sein, will sie wiedersehen. Ja, das will ich?"

Das sagte Irene Jacobsen nicht. Wahr war es, doch sie sagte es nicht. Sie wandte sich ihrem Mann zu und sagte, er sollte es vergessen, es würde nicht wieder passieren.

Die Wochen vergingen, doch die Freude an seiner Arbeit wollte nicht zurückkehren. Er fühlte sich krank. Der Gedanke an sie war nun ferner, wollte aber nicht weichen. Die sehr lebendigen Träume, sie aufzusuchen, ihr etwas anzutun, sie vollkommen zu vernichten, von der Erde verschwinden zu lassen, brannten in ihm und hielten ihn am Leben.

17

– Weiß sie eigentlich von uns?

Er drückte sein Gesicht etwas tiefer in ihr weiches Kissen. Hier konnte er vergessen. Er antwortete nicht, lag nur da und wollte sie anschauen. Sie hatte sich auf den Ellenbogen gestützt, um sich eine Zigarette anzuzünden. Dabei kam ihr das lang herabhängende Haar in den Weg, immer wieder mußte sie es aus dem Gesicht streichen oder mit einer heftigen Kopfbewegung zurückwerfen. Doch bald war es wieder am alten Platz. Er mochte das.

– Du liebe Zeit, sagte er. – Wollen wir etwa jetzt darüber reden?

Sie langte über ihn hinweg zum Aschenbecher, der auf dem Nachttisch stand, nahm einen langen Zug, schnipste die Asche ab und runzelte die Stirn. Wieder rutschte ihr das Haar ins Gesicht. Wunderschön war sie anzuschauen, ganz unvergleichlich.

– Nein, nein, ich habe mir nur gedacht, daß vielleicht irgend etwas passiert ist. Du warst so lange weg, daß ich dich fast aufgegeben habe.

– Warum schneidest du dir nicht die Haare ab? Es ist doch unpraktisch mit all diesen Haaren.

– Das magst du doch, sagte sie und lächelte ihn an. Er fühlte sich wohl mit ihrem Lächeln und genoß es. – Tagaus-tagein laufe ich herum und schneide mir nicht die Haare, nur weil du es so gern hast, und dann sehe ich dich bloß alle Jubeljahre einmal. Ich sollte mir eine Perücke anschaffen.

Sie sahen sich lachend an. War er bei ihr, war er da, sonst nichts. Da war ihr kleines Zimmer mit Kochplatte in der Ecke und Frauenplakaten an der Wand. Die Treppen mußten sie jedesmal hinaufschleichen, ganz wie in der Schulzeit. Er legte sich auf den Rücken, sie beugte sich über ihn und schob ihm eine Zigarette in den Mundwinkel. Er wippte damit auf und ab, so daß sie es nicht schaffte, sie anzuzünden.

– Ganz ruhig, brav, ganz brav. So, einen Zug für Papa, einen für Mama, sagte sie. Er lachte, sie war zu süß, voller Ideen. Nicht so wie Irene, die hatte nie Einfälle. Eben, dachte er plötzlich ganz deutlich, genau das fehlt ihr: Einfälle. Immer ist alles so durchdacht bei ihr, ruhig und gefaßt. Und das war ja auch der Grund, weshalb er so an sie gebunden war, von ihrer ruhigen

Fassung absorbiert. Er blickte zur Zimmerdecke, hatte ihr Gesicht klar vor Augen. Das ruhige Gesicht, das er so liebte.

– Das würde sie nicht überleben, sagte er. – Ich kann sie nicht derart verletzen, verstehst du?

Anne drehte eine Haarsträhne um ihren Zeigefinger und sah darauf hinab, so daß sich ein Doppelkinn bildete. Sie begann einen Zopf zu flechten, und er schaute bewundernd zu.

– Was ist denn mit ihr? fragte sie. – Hat sie denn noch nie einen Geliebten gehabt?

– Nein, sagte er und mehr nicht.

Eine Lüge ist es ja nicht, dachte er, und die Wahrheit kann ich ganz unmöglich erzählen. Sonderbare Situation, der Gedanke daran faszinierte ihn; eine Frage, zu der „Ja" und „Nein" nicht paßten.

– Bist du da ganz sicher? fragte Anne, während sie weiterflocht.

– Allerdings bin ich das, sagte Torgeir, fast mit Begeisterung, da er diesmal die Wahrheit gesagt hatte. Dieser Dialog fesselte ihn, und er bekam Lust, etwas Prinzipielles zu diesem interessanten Frage- und Antwortspiel zu sagen, zu einem Spiel, in dem man andere hinters Licht führt, wenn man die Wahrheit sagte. Er suchte krampfhaft nach einem neutralen Beispiel für diesen Fall, fand aber nichts Passendes. Und er hatte doch für gewöhnlich immer etwas parat.

Plötzlich richtete er sich auf und sagte ganz engagiert: – Hör zu! A stellt B eine Frage. Anne sah ihn überrascht und etwas skeptisch an. – Ja, A stellt B eine Frage und die kann nur mit „Ja" oder „Nein" beantwortet werden.

– Und warum nicht mit „vielleicht"? fragte Anne.

– Ach was! winkte Torgeir ab. Darum geht es doch hier gar nicht, verstehst du! Ich meine: es geht hier um solche Fragen, die ein „Ja" oder „Nein" als Antwort fordern. Verstehst du? Wenn du fragst: Wie heißt die Hauptstadt von Venezuela? kannst du nicht mit „ja" oder „nein" antworten. Wenn du aber fragst: Heißt die Hauptstadt von Venezuela Caracas?, dann kannst du mit „ja" oder „nein" antworten. Gutes Beispiel.

– Oder „vielleicht", sagte Anne.

– Himmel, du lenkst doch nur ab.

– Ja, aber wenn man es doch nicht genau weiß, dann muß man doch mit „vielleicht" oder etwas Ähnlichem antworten, beharrte sie weiter.

– Gut, gut, o.k. Aber darauf kommt es mir eben nicht an, verstehst du? Also, stell dir vor, jemand würde dich fragen ... nein, lieber das mit A und B, das ist besser. A stellt B so eine Ja/Nein-Frage, die Frage beinhaltet jedoch eine Vermutung, die nicht zutrifft. Dann wird B's Antwort unwahr, ganz gleich, ob er nun „ja" oder „nein" antwortet. Oder anders ausgedrückt: B kann ehrlich antworten, obwohl er lügt. Torgeir strahlte vor Begeisterung über seine Gedanken.

– Ich weiß überhaupt nicht, wovon du redest, sagte Anne verstimmt.

– Ja, nun stell dir doch mal vor, daß A die Frage stellt, ob Bogota, die Hauptstadt von Venezuela, schön sei! Was soll B denn darauf antworten? Bogota ist ja schließlich nicht die Hauptstadt von Venezuela! A jedoch lebt in der irrigen Annahme, daß sie es ist! Ja, er hat vielleicht sein Leben lang diese falsche Vorstellung gehabt! So wird B vielleicht, aus rein humanen Erwägungen, die Antwort „ja" wählen ... obwohl Bogota überhaupt nicht dort liegt, sondern ganz im Gegenteil in ... in ... in Paraguay oder wo auch immer. Nicht wahr? Dann hat B die Wahrheit gesagt, obwohl er gelogen hat. Torgeir lehnte sich zurück; nein das war kein treffendes Beispiel gewesen. Solch eine Frage konnte nie moralischer Natur sein.

– Und, bist du nun fertig? fragte Anne. – Was soll denn das ganze?

– Es ist nur die Frage, ob man abstrakt denken kann oder nicht, antwortete Torgeir, immer noch ziemlich unzufrieden mit sich. Er schaffte es einfach nicht, auch nur ein einziges Beispiel für Anne ausfindig zu machen, das dieses Dilemma veranschaulichen konnte.

– Meinst du vielleicht damit, daß ich lieber hätte fragen sollen, ob Irene schon mal eine Geliebte gehabt hat?

– Um Himmelswillen, nein, daran habe ich nun überhaupt nicht gedacht, sagte er und stand auf.

Er mußte einige Runden im Zimmer drehen, mußte sich räuspern und husten, um von der Richtung abzulenken, in die er das Gespräch gebracht hatte. Einen Moment lang fühlte er sich versucht, Anne die Wahrheit zu verraten; vielleicht konnte sie ihm sagen, was sich zwischen Frauen abspielte? Schließlich war sie ja auch eine Frau. Doch er verwarf das. Er war hergekommen, um sich Trost zu holen, und den bekam er, das war so in Ordnung. Warum sollte sie erfahren, weshalb er ihn nötig hatte?

Doch kaum an diesem Punkt seiner Gedanken angelangt, überkam ihn wieder ein fast unbezähmbarer Drang, sich ihr anzuvertrauen. Mit wem sonst könnte er darüber reden? Er legte sich wieder neben sie und verbarg sein Gesicht zwischen ihren Brüsten – gut war es, so dazuliegen und ihre Hände zu spüren, die ihn streichelten. Nein, nein, nun sollte er nicht schwach werden!

– Also, los, Torgeir, mit dir stimmt doch was nicht, das sieht man, ohne hinzugucken. Willst du nicht Tante Anne erzählen, was du hast?

„Tante Anne" nannte sie sich immer dann, wenn sie ihn weich haben wollte, das hatte bisher jedesmal gezogen. Aber nein, diesmal schien es nicht zu klappen. Würde er etwas davon erzählen, so wäre sein Verhältnis zu Anne irgendwie legitimiert. Wenn Irene sowas kann, dann du ja wohl auch, würde Anne sicher denken. Und die Sache bekäme in gewisser Weise einen ernsteren Charakter, was eben alles verändern würde. Denn die Grundlage für die Verbindung war die gegenseitige Freiheit, sie konnte absolut das tun, was sie wollte. Anders könnte Liebe sowieso nicht aussehen, dachte er. Wenn man Termine machen muß, um miteinander ins Bett zu gehen, stirbt die Leidenschaft schnell.

– Du? fragte Anne. – Da ist übrigens etwas, das ich mit dir besprechen wollte. Wenn es mit uns weitergehen soll, möchte ich, daß wir feste Termine miteinander vereinbaren.

– Ganz unmöglich.

– Hör mal zu, mein Lieber! Ich laufe hier herum und warte auf dich, laufe herum und warte darauf, daß du anrufst, weißt du? Oft gehe ich überhaupt nicht raus, bloß um hier in Reichweite des Telefons zu sein und das, obwohl ich mir wichtiges anderes hätte vornehmen können. Ich sitze hier und passe auf dieses verdammte Telefon auf.

– Aber du weißt recht gut, daß ich keine Termine machen kann. Unser Verhältnis ist nicht so aufgebaut.

– Aber ich hoffe es immer noch, ich weiß, daß es dumm ist, aber wo Leben ist, ist Hoffnung.

– Wie bitte?

– Ja, du machst mich irgendwie lebendig. Fünf kurze Küsse landeten auf seinem Gesicht. – Ich wünsche mir so sehr, daß wir einen bestimmten Tag für uns haben. Dann bin ich frei und kann an den anderen Tagen machen, was ich will.

Frei ... kann machen, was ich will ... echote es in Torgeirs Ohren. Was wollte sie denn? Mit anderen Männern zusammensein? Wozu das? Er wurde wütend und sah bereits, wie sie sich ihr junges Leben einrichtete: Tore am Montag, Fridtjof am Dienstag, Sven am Mittwoch, er selbst am Donnerstag, dann am Wochenende das Familientreffen auf dem Lande. Auf dem Land, wo sie für Freitag, Samstag und Sonntag sicher einen Bauernburschen hätte oder einen Einsiedler, der in seiner Hütte im Wald lebte. Grausamer Gedanke.

— Was mußt du denn so unbedingt machen, daß du keine Zeit hast, hierzusitzen. Willst du dir Montags- und Dienstags-Liebhaber anschaffen und mich in diese Reihenfolge einsortieren?

— Trottel, du! Glaubst du vielleicht, ich habe nichts anderes in meinem Leben zu tun, als mich mit Männern zu befassen?

Allerdings, das hatte er gedacht. Sie gab ihm eine Kopfnuß. Au!

— Nein, das glaube ich nicht, sagte er.

— Natürlich denkst du das! Du stellst dir vor, daß ich vierundzwanzig Stunden am Tag rumlaufe und geil bin, stimmt's?

Stimmte das etwa nicht? dachte er. Anders als geil konnte er sie sich überhaupt nicht vorstellen. Wo sie ging und stand, dieser süße Schmollmund, das lange Haar, der junge Körper — geil, geil, geil. Auf dem Weg zur Arbeit und zurück, zwischen den männlichen Kollegen und den Buspassagieren. Er hatte keine Lust, daran zu denken, ihre Geilheit gehörte ihm.

— Natürlich denke ich das nicht, sagte er. — Niemand läuft ständig geil durch die Gegend!

— Nein? Na ja, lassen wir das. Weißt du, ich habe da mit einem Selbstverteidigungskurs angefangen, da brauche ich einige feste Termine. Ich habe keine besondere Lust, das Training deinetwegen ausfallen zu lassen, wenn du dich urplötzlich ankündigst.

— Karate? Schlagen und Treten?

— Ein bißchen von allem. Im Dezember bekommen wir Besuch von einer Trainerin aus Oslo, die schon Karate seit ...

— So, so. Na, das kann ja mit uns beiden in Zukunft lustig werden.

— Schön, daß du von einer gemeinsamen Zukunft redest.

Sie lachten beide. Direkt vor ihnen an der Wand hing ein Poster mit einer Frau drauf, die gerade einem Mann einen wohlgezielten Tritt zwischen die Beine verpaßt hatte; „Lern Selbstverteidigung!“ stand darauf.

– Muß das Ding eigentlich so hängen, daß man es vom Bett aus sehen kann? fragte er.

– Dreimal darfst du raten, sagte sie und gab ihm wieder ihre fünf schnellen Küsse. Er griff nach ihr und zog sie beim fünften zu sich hinunter. Ihre Haare bedeckten die Gesichter wie ein kleines Zelt. Da drinnen konnten sie einander in die Augen sehen.

– Vergewaltigung ist nur eine Erfindung, sagte er. – Alle Frauen wollen doch bumsen. Deswegen sind alle Behauptungen, daß es Vergewaltigung gibt, ganz einfach unlogisch.

Er war mit dieser Äußerung sehr zufrieden. Lange hatte er sich damit abgemüht, hatte versucht, sich in die Sache hineinzuversetzen, denn immer wieder behaupteten Frauen, vergewaltigt worden zu sein. Aber irgend etwas daran konnte nicht stimmen. Nun hatte er es endlich herausgefunden: unlogisch. Das war's.

– Ich bin auch schon mal vergewaltigt worden, sagte Anne und zündete sich ihren Zigarettenstummel neu an.

– Was? Wer zum Teufel noch mal hat das getan? Torgeir richtete sich wütend im Bett auf.

– Aha. Nein, nein, den kannst du nicht zum Zweikampf herausfordern, der ist nicht mehr hier. Sie angelte nach ihrer Nagelfeile und begann, sich die Nägel zu feilen. – Außerdem würdest du totsicher verlieren.

– Woher willst du denn das wissen?

– Weil mein lieber Bruder verdammt gut mit der Faust umgehen kann.

– Dein Bruder?

– Ja.

– Das glaube ich dir nicht! Der wird dich ja wohl nicht vergewaltigt haben!

– Ist ja auch völlig egal, es ist schon viele Jahre her.

– Das war doch sicher nur ein Spiel. Sag mal, kannst du nicht warten mit deinen Fingernägeln, bis ich weg bin?

– Unter einer Bedingung.

– Welcher?

– Daß du mir erzählst, was du mir vorhin eigentlich fast gesagt hättest.

– Jetzt nicht.

– Du lieber Himmel, Torgeir! Man kann dir schon von weitem ansehen, daß etwas mit dir los ist. Deine Haare sind weißer geworden, obwohl das unheimlich gut aussieht, nebenbei bemerkt. Und an den Augen sehe ich so einige Kummerfältchen. Auch das nicht ohne Reiz übrigens. Was ich sagen will, ist nur, daß du nicht gut aussiehst. Und ich möchte dir doch helfen. Du kannst mir immer alles sagen, das weißt du.

Er lag da und hörte ihr zu, es stimmte, was sie sagte. In letzter Zeit ging es ihm tatsächlich miserabel. Obendrein schlief er so schlecht. Wenn er in den Spiegel sah, blickte ihn ein ruiniertes Gesicht an. Er spürte, daß Annes liebevolle Anteilnahme ihre Wirkung zu tun begann. Jedenfalls bekam er hier mehr Aufmerksamkeit als von Irene in letzter Zeit. Nachdem sie es ihm erzählt hatte, war keinerlei Mitgefühl von ihrer Seite gekommen. Er fühlte sich in dieser Situation völlig unterdrückt.

– Sie ist mir untreu.

– Das habe ich mir schon gedacht. Mit wem?

– Mit einer Aud Strand.

Annes ohnehin große Augen wurden noch größer, die Augenbrauen zuckten in gelindem Schreck hoch.

– Mit einer Frau!

– Ja.

– Ich habe gar nicht gewußt, daß Irene Jacobsen lesbisch ist!

– Das ist sie natürlich auch nicht. Das ist nur so ein Tick, den sie gerade hat.

– So, so, ganz schön mutig, finde ich.

– Mutig! Ich finde das zum Kotzen!

– Ja, für dich ist es natürlich nicht so amüsant, das ist klar. Aber verstehen kann ich es. Wenn ich zum Beispiel an unsere Trainerin denke.

Torgeir bemerkte sehr wohl, daß es Anne imponierte. Als hätte er erzählt, daß Irene mit Clark Gable geschlafen hat.

– Sonderlich schlimm scheinst du das ja nicht zu finden!

– Aber Torgeir! Natürlich ist meine Sympathie auf deiner Seite! Ich bin nur so überrascht, weißt du. Außerdem mußt du zugeben, daß Irene auch nicht so aussieht, wie ... wie ... wie eine von denen.

– Eben! Und das ist sie auch nicht.

– Nein. Aber, irgendwie finde ich, daß sie ein gewisses Recht dazu hat. Jetzt seid ihr beide irgendwie quitt. Du bist mit mir zusammen und Irene mit ihr ... Wie heißt sie noch gleich?

– Aud, häßlicher Name, und die Dame, die sich dahinter verbirgt, ist es nicht minder.

– Kennst du sie denn?

– Nein, ich habe sie nur auf einem Bild gesehen, das reichte.

– Hör mal. Ich finde nicht, daß du so verbittert sein solltest, Torgeir. Du bist doch selbst untreu. Denkst du eigentlich mal daran?

– Das ist doch etwas völlig anderes. Wir haben doch nicht so ein Verhältnis.

– Was heißt das? Meinst du ein lesbisches Verhältnis?

Über diese Bemerkung mußte Torgeir lachen, wenn ihm auch nicht im geringsten danach zumute war. Irgendwie fühlte er sich verraten, wußte nicht mehr, was er antworten sollte. Es war einfach anders mit ihm und Anne, schließlich hatte er nie daran gedacht, deswegen Irene zu verlassen. Nie würde er sie heiraten, jung und naiv wie sie eben war. Sie war kein Typ zum Heiraten, keine Hausfrau. Und mit leichten Gewissensbissen mußte er daran denken, daß er recht gut wußte, daß dies seine Bedeutung für Anne hatte; seine berufliche Position und sein Schmerbauch. Anne lebte in einer gewissen Hoffnung ihm gegenüber und die wollte er ihr nicht zerstören, das wäre ganz einfach unmenschlich.

– Du mußt dir doch vorstellen können, daß es ein Schock für mich war, nach zwanzig Jahren Ehe zu erfahren, daß meine Frau homosexuell ist.

Und damit beendete er die Debatte.

18

Den ganzen Herbst über wurden Briefe zwischen Oslo und Trondheim gewechselt; lange, kurze, sehr intensive und völlig verzweifelte, liebevolle und leidenschaftliche. Und immer noch schickte Aud ihre Post an die angegebenen Adressen und telefonierte zur vereinbarten Zeit. An einem Wochenende im Oktober trafen sie sich heimlich in Koppang, wo sie ein Hotelzimmer nahmen, das sie bis zu ihrer Abreise nicht mehr verließen.

Im großen quietschenden Hotelbett umarmten sie sich, liebten sich und fanden nun schneller zueinander als vorher, wußten, was sie wollten. Süße leidenschaftliche Schauder ließen ihre Körper erbeben; wie gut war es, endlich, endlich so miteinander zu sein. Sich wie in einem weichen Meer aufeinander zuzubewegen, auf und abgeworfen zu werden, ohne eigenen Willen. Langsamer, gleichmäßiger Atem, in dieses weiche Wasser hineinzuatmen, den Kopf unter die Oberfläche zu halten und am Grund Tang und Muscheln zu erkennen, zusammen mit ihr all das sehen zu können. Ihre Bewegungen zu spüren, dabei ihre Küsse, innerhalb einer Sekunde formte sich eine ganze Landschaft, tausend Farben explodierten im Kopf, und vor ihnen überflutete die Sonne alles mit ihren warmen Strahlen.

Ganz still lagen sie und warteten darauf, daß die Ruhe wieder in ihre Körper zurückfand. Daß es so sein kann, habe ich nie gewußt.

Also war es möglich. Himmel, wie ich dich begehre.

Aud sprach von der Liebe, die sie für Irene empfand, sagte ihr, daß sie im Grunde immer auf sie gewartet hatte. Dieses Gefühl hatte sie jedenfalls. War das ein Klischee? Einbildung? Glaubte Irene das? Nein, sie glaubte es nicht, denn sie selbst hatte genau das gleiche Gefühl. Und doch lag sie hier, in Auds Armen, und dachte an Torgeir.

Furchtbar war es gewesen, sagen zu müssen: Nein, das ist keine gewöhnliche Freundschaft. Es ist ... es ist ... ich weiß nicht, wie ich es nennen soll, etwas ganz Neues, und doch auch nichts Neues, ich weiß es einfach nicht! Schlimm war es gewesen, ganz grauenhaft, und noch einmal wollte sie das nicht mitmachen, das wußte sie. Lieber ihn schonen. Sie hatte ihm weh getan und wozu eigentlich? Was sollte denn diese ganze Ehrlichkeit?

Aber Aud hatte es ja so gewollt. Schroff und unnachgiebig

war sie gewesen. „Ich bin es, die hier bestimmt, ob ich versteckt sein will oder nicht, nicht du.“ An diesen Satz erinnerte sie sich sehr gut. Und sie hatte Aud beim Wort genommen. In einer momentanen Verwirrung hatte sie es gesagt; jedenfalls sah es jetzt so für sie aus. Es hatte ihn völlig aus der Fassung gebracht, und das bereute sie jetzt.

Eigentlich hatte sie vorher gehofft, daß es nicht ganz so schlimm ginge, wie es dann geschah. Natürlich hatte sie sich nicht eingebildet, daß er ihr applaudierte, aber gehofft, er könnte vielleicht ein wenig Respekt dafür zeigen. Sie hatte gehofft, daß danach ihre Beziehung zu Aud etwas einfacher, nicht mehr so hektisch werden könnte. Doch all diese Überlegungen, die sie vor der dann einsetzenden Katastrophe gehabt hatte, waren nun vollkommen verschwunden. Sie wurde von seiner Wut und seiner Angst mit erfüllt – wie blauäugig sie gewesen war!

Nun ja, jetzt war es geschehen, aber noch einmal würde sie das nicht tun. Es war ein Fehler gewesen, und jetzt spürte sie wieder den Groll, den sie gegen Aud hegte, die sie doch zu dieser Tat gezwungen hatte; zu etwas, das so wenig nützlich war und soviel Schmerzen bereitet hatte.

Und Aud? Was hatte sie denn mit dieser idiotischen Aktion erreicht? Noch kompliziertere Instruktionen, noch mehr Vorsichtsmaßnahmen und noch weniger Kontaktmöglichkeiten. Das war nun die Frucht ihrer Tat geworden. Und Irene? Schlimmere seelische Qualen als zuvor. Und nun, da er erst einmal mißtrauisch geworden war, mußte sie noch viel mehr lügen als früher.

Irene löste sich aus Auds Umarmung, drehte sich von ihr weg und sprach aus, was sie dachte, wie falsch sie Auds Forderung fand.

– Warum hast du dann getan, was ich gesagt habe? Nicht einen Augenblick lang habe ich geglaubt, daß du das tun wirst!

– Warum hätte ich dich nicht ernst nehmen sollen?

Aud blieb die Antwort schuldig. Ich bin nicht ehrlich, dachte sie. Nur vage konnte sie sich an ihre Gefühlsmischung aus Schreck und Aufregung nach diesem Telefonat damals erinnern. Sie wußte nur noch genau, daß sie den Hörer ein zweitesmal ergriff, die Vorwahl von Trondheim gewählt und dann wieder eingehängt hatte. Sie hatte es zurücknehmen wollen, sich dann aber anders entschieden. Schließlich hatte sie sich ja, zum Teufel noch mal, tatsächlich gewünscht, daß Irene es ihm sagte. Warum hatte sie das gewollt?

Sie fand keine Antwort, weder für Irene, noch für sich. Das einzige, was sie dazu sagen konnte, hatte sie schon hundertmal ausgesprochen: sie wollte nicht versteckt gehalten werden. Aber was bedeutete das eigentlich? Immer wurde es mißverstanden. Irene dachte, es bedeutete, daß sie es nicht wollte, weil sie sich als Lesbe nicht verstecken wollte – aber das hatte damit ja nichts zu tun.

Sie wurden beide damit nicht fertig; ihr Treffen war schmerzhaft und der Abschied noch schlimmer. Sie standen in ihrem Hotelzimmer und sagten sich auf Wiedersehen – außerhalb dieses Raums sollte ja niemand etwas merken. Da draußen würde es nur noch ein flüchtiges „Tschüß" werden. – Mach's gut! Ich denke an dich, sagte Irene, doch das war zu dürftig als Abschied. Aud fühlte sich grenzenlos verlassen, ausgeplündert und leer.

Wie kann ich mir selbst nur solche Schmerzen zufügen? Das hatte sie sich wohl schon hundertmal gefragt. Warum hier mitten in einer fremden Landschaft in einem Hotelzimmer stehen, warum mache ich das? Warum reise ich in aller Heimlichkeit in ihre Stadt? Warum benutze ich meine Herbstferien für so etwas? Warum massenhaft Zeit und Geld für etwas geben, das ich doch zu Hause genauso gut haben könnte? In meiner Stadt, meiner Wohnung, meinem Bett? Warum war sie nur immer so schnell bereit, für die Freuden eines einzigen Tages einen so hohen Preis zu zahlen? Wäre es nicht besser gewesen zu warten? So lange zu warten, bis sie dann wirklich zusammen sein konnten und sich nie mehr trennen mußten? Nein, Aud wußte, genau das war ihr größter Fehler, sie glaubte an die Liebe. Immer wieder begann sie von neuem, begann mit großem Engagement und unbändiger Freude – und immer endete es unglücklich. „Jede Stunde der Freude, die dir auf Erden zuteil wird, bezahlst du mit Leid", ging es ihr durch den Kopf. Wenn sie an sich und Irene dachte, sah sie in einen großen dunklen Abgrund.

– Gibt es denn keine Zukunft für uns, Irene? fragte sie, während sie sich ein letztes Mal umarmten.

– Doch, sagte Irene leise und strich Aud mit den Fingern durchs Haar. – Doch, flüsterte sie noch einmal, – sonst wäre ja alles so sinnlos.

19

Torgeir A. Jacobsen, Rechtsanwalt in Trondheim, sitzt an seinem Schreibtisch und blättert in einem Stapel von Dokumenten. Erbsachen, Grenzstreitigkeiten, Liegeplätze – jedem noch so kleinen Mist folgte ein Wust von Papier; sachliche, nüchterne Beschreibungen von Anwälten, glühende, entrüstete, höchst persönliche Zeugnisse von Unrecht über Jahre hinweg von den Betroffenen. Der Streit um ein kleines Stück Weg konnte jahrelang toben, obwohl das ganze auf einfache Art und Weise in Güte gelöst werden könnte. Doch das wollten die zerstrittenen Parteien nicht. Die eine wollte auf Leben und Tod auf diesem kleinen Stückchen Weg gehen und die andere das auf keinen Fall zulassen, der ganze Wert des Lebens schien von dieser Sache abzuhängen; umbringen könnten sie sich. Ein für allemal wollten sie einander fertigmachen.

Dieser unerschüttliche Glaube an das Gericht als letzte und einzige Instanz der Gerechtigkeit, der Togeir zu Zeiten bestürzte, hin und wieder aber auch mit Stolz und Freude erfüllen konnte, ließ ihn meistens den Kopf schütteln. Konnte er denn diesen Menschen helfen in ihrem Gefühl von ewig erlittenem Unrecht? Und konnte er sie in ihrem unerschütterlichen Glauben stützen, daß ihre Angelegenheit gerechtfertigt war? Eben das war seine Aufgabe, ob er nun gewann oder verlor. Kalter Kopf und warmes Herz – so mußte ein guter Anwalt sein, und das war er.

Doch heute war eine Aktenphobie über ihn gekommen. Er blätterte darin herum und sollte sich eigentlich mit den Fakten im Streit um einen alten Bootsplatz befassen, aber die verschiedenen schriftlichen Äußerungen dazu tanzten ihm vor den Augen, er schaffte es nicht, auch nur ein einziges Detail zu behalten oder gar zu erinnern. Er sollte zu einer Besichtigung fahren, dann würde es sicher besser funktionieren. Doch schon die bloße Vorstellung einer solchen Inspektionsfahrt war ihm unerträglich. Seine Gedanken wurden von diesem Bootsplatz und dessen fünfzigjähriger Geschichte weggezerrt: Irene, warum verrätst du mich? Warum nur hast du mir früher nichts gesagt? Wenn es da etwas gegeben hat, womit du nicht zufrieden warst, warum hast du es nie gesagt?

Zum erstenmal hatte sich Irene seinem Willen so widersetzt,

das empfand er als enormen Verrat. Sicher, sie hatten sich gestritten und gelangweilt, waren uneins miteinander gewesen und hatten entgegengesetzte Interessen gehabt. Doch sie hatten immer zu einer Lösung gefunden, zu einem Kompromiß. Mal hatte die eine, mal der andere nachgegeben. Aber nie war es so gewesen, daß die eine etwas vollkommen gegen den Willen des anderen durchgesetzt hatte.

Das war schlimm.

Er wußte nicht, woher ihre plötzliche Aufsässigkeit kam, was die Ursache dafür sein konnte. Er ahnte und fürchtete es, schob es aber wieder fort. Und wieder tauchte der Alptraum dieses Tages auf, an dem sie es gesagt hatte – etwas Gewaltiges und Erschreckendes, ein monströses Gebilde wuchs daraus und blieb in ihm. Seine Phantasie wollte ihm keine Ruhe lassen, suchte ihn ständig mit den furchtbarsten Vermutungen heim. Er fühlte sich hinabgleiten, immer tiefer, so tief, wie er es nie gekannt hatte.

Nicht einen Augenblick lang hatte er ihr geglaubt, daß sie wegen eines Buches, an dem sie arbeitete, nach Oslo mußte.

Er hatte sich stets auf sie verlassen, auf ihr Lächeln und ihre Freundlichkeit und auf die Stütze, die sie ihm immer gewesen war. Zwanzig Jahre hindurch. Zwanzig Jahre! Herrgott noch mal. All die Jahre hindurch hatte sie ihn nie spüren lassen, daß es da etwas anderes für sie gab. Darauf habe ich mein ganzes Leben aufgebaut!

Jetzt fühlte er, daß er sich nicht mehr auf sie verlassen und alles, was sie gesagt oder getan hatte, nicht mehr wahr sein konnte. Wie konnten Frauen nur so abgrundtief falsch sein? Das verstand er nicht. Warum schrien sie nicht los? Warum trampelten sie nicht auf den Boden, bevor es zu spät war? Warum schlichen sie umher und ertrugen alles, ohne etwas zu sagen? Warum liebedienerten sie sich so durch ihr ganzes Leben?

Genau das war es. Schleichen als Lebensform – so waren Frauen.

Herrgott im Himmel – verdammt, verdammt, laß alle Gewitterstürme der Welt über sie kommen, daß sie mit einem dicken Knall auf die Erde zurückfällt. Den Platz, den du jetzt einnimmst, verdienst du ja gar nicht!

Torgeir spürte, wie er abrupt dorthin geschleudert wurde, wo er an jenem Tag im Herbst schon einmal gewesen war. In diesen grauenhaften, höllischen Zustand totalen Mißtrauens. Es breitete sich plötzlich auf alle Menschen aus. Wem konnte er überhaupt noch trauen? Nicht einmal Inga Hval, seiner bezaubernden neuen Vorzimmerdame. Auch ihr nicht.

Torgeir versank in einem tiefen Abgrund. Hier unten war es stockdunkel, und Mißtrauen beherrschte seine Gedanken. Es durchtränkte alles, was er sich auch vornahm, was ihm widerfuhr. Besonders, wenn ihm Angenehmes zuteil wurde. Ein freundliches Lächeln am Arbeitsplatz, ein Freund, der ihm einen Dienst erwies, ein Klient, der ihm für die einzigartige Hilfe dankte; war das nicht alles im Grunde nur Falschheit? Standen sie nicht vor ihm und dachten eigentlich mitten in ihrer Danksagung, was für ein Schwein er sei? Verachteten sie ihn nicht, beschummelten und betrogen sie ihn nicht, sobald er außer Reichweite war?

Torgeirs Seele war voller Argwohn. Er haßte sich selbst, haßte Irene, haßte alles – und mit dieser Gefühlsaufwallung stieg ein gewaltiger Zorn in ihm auf; was hatte er getan, womit hatte er das verdient?

Er dachte über ihrer beider Leben nach. Dachte diese langen Jahre von vorn bis hinten durch. Dort, wo er bislang nur Glück und Freude, Sonnenschein und Liebe gesehen hatte, erblickte er nun lediglich Schmarotzertum und Lüge. Das hatte er nicht gewollt. Bei allem, was sie ihm Gutes getan hatte, waren ihre Gedanken woanders gewesen.

Und wieder dachte er: warum hat sie nie etwas gesagt? Warum hat sie mir nie etwas von ihren Gedanken mitgeteilt? Daß ich zum Beispiel egoistisch sei und nur an meine eigenen Vorteile denke – dann hätte ich eine Chance gehabt, damit etwas zu machen. Ich habe ja immer angenommen, daß alles in Ordnung sei. Was sollte man mit Leuten anfangen, die gute Miene zum bösen Spiel machten?

Torgeir räumte die Akten auf seinem Schreibtisch zusammen und beschloß, den Bootsplatz für heute sausen zu lassen. Wenn er nun seit fünfzig Jahren dort lag und umstritten war, kam es auf einen weiteren Tag auch nicht an. Und heute würde der ursprüngliche Besitzer wohl nicht gerade seinen Mord am Trondheimfjord planen.

Mit diesem makaberen Gedanken erhob er sich von seinem Schreibtisch, ging hinaus zu Inga Hval und sagte ihr, daß er in der Stadt zu tun hätte und heute nicht mehr zurückkäme.

Den ganzen Nachmittag und Abend lief er zu Hause im Wohnzimmer auf und ab. Hin und wieder rief Rulle nach ihm, er sollte ihr eine Geschichte erzählen, sollte ihr Miranda holen, ihre Lieblingspuppe, mit der sie jede Nacht einschlief, wollte ein Glas Wasser haben. Torgeir erledigte das alles, ohne anwesend zu sein, holte Wasser, Miranda, hielt Rulles kleine Hand und versuchte, eine Geschichte zu erfinden, es mißlang jedoch.

– Also, paß mal auf, Rulle, es war einmal ...

– O ja! sagte Rulle gespannt. Gleich kuschelte sie sich unter ihre Decke und sah ihn mit großen Augen an.

– Es war einmal ein Mädchen mit Namen ... mit Namen ... Bellinda.

– Bellinda? Das ist ja ein toller Name! Und dann?

– Also, sie liebte einen Jungen, der ... Goldprinz hieß. Also, diesen Goldprinz liebte Bellinda. Keinen anderen als ihn konnte sie sich vorstellen, und deswegen tat sie alles, was sie überhaupt tun konnte, damit er sich wohlfühlte. Und weißt du, was Goldprinz dann tat?

– Nein.

– Also, er fühlte sich auch tatsächlich wohl! Lief herum und fühlte sich wohl, vom Morgen bis zum Abend, bei Sonnenaufgang und bei Sonnenuntergang und wenn der Mond über die Tannen leuchtete – wo sie wohnten, gab es nämlich viele Tannen, da bei ihrem winzig kleinen Schlößchen, das auf einem Hügel stand –, also, wenn der Mond über die Tannen leuchtete, fühlte er sich auch wohl. Er lief herum und pfiff sich eins, ab und zu ging er raus, um für sie Vögel einzufangen, und sie saß zu Hause am Spinnrad und wartete auf ihn.

Er hielt für einen Moment inne.

– War es für sie nicht langweilig, nur so dazusitzen und zu spinnen?

– Ja, eben, furchtbar langweilig wurde es für sie. Er dachte, daß sie zufrieden wäre, aber eines schönen Tages kam sie zu ihm und sagte, daß sie auch gern rausgehen wollte, um die Welt zu sehen. Zuerst wurde er ein bißchen böse darüber, denn er dachte, daß es ihnen beiden doch so gut ginge, doch dann dachte er darüber nach und sagte ja.

– Das war ein lieber Goldprinz, nicht?

– Ja. Eigentlich war er lieb, aber ein bißchen egoistisch war er ja auch gewesen, findest du nicht?

– Aber er wußte ja nicht, daß sie was anderes außer Spinnen wollte.

— Eben, das war es ja. Also redeten die beiden darüber und machten es dann umgekehrt.

— Was? Saß Goldprinz dann am Spinnrad?

— Nein! Oder ja, doch, ein bißchen. Er spann ein bißchen, hatte aber schon bald keine Lust mehr dazu. Und in einem Gespräch fanden die beiden dann heraus, daß die ganze Spinnerei eigentlich gar nicht so wichtig war, soviel Wolle brauchten sie ja auch nicht. Schließlich hatten sie einen ganz kleinen Haushalt zu führen in ihrem ganz kleinen Schloß.

— Und wie ging es dann weiter?

— Ja, also, weißt du, Goldprinz dachte nun, daß jetzt alles in Ordnung wäre, sie hatten gemeinsam über diese neue Regelung gesprochen, und Bellinda war froh und munter, so wie sie es früher immer gewesen war. Ab und zu ging sie allein hinaus und kam mit einigen Waldtieren zurück, die sie dann beide aßen. Aber eines Tages ...

Torgeir machte wieder eine Pause. Er spürte, wie seine Augen feucht wurden; so wollte er Rulle nicht ansehen.

— Ja, eines Tages, erzählte er weiter, — erschien ein Gespenst bei ihnen. Bis zu dieser Zeit war es nur ein winziges, kleines Wölkchen am Himmel gewesen, man hatte es kaum sehen können. Aber du weißt ja, wie das mit solchen Wölkchen und kleinen Gespenstern ist; sie verändern sich und können riesig werden, oder sie lösen sich in Nichts auf und tauchen dann plötzlich irgendwo wieder auf — genau dort, wo man sie nicht erwartet. Das war also geschehen. Und Bellinda mochte dieses kleine Gespenst und ging nachts heimlich raus, um es zu füttern.

— Mit den Tieren, die sie gefangen hatte? Mit den Waldvögeln?

— Ja, auch damit und mit Beeren, die sie gepflückt hatte. Goldprinz wurde langsam unruhig, er wußte nicht, wo sie war und was sie eigentlich tat. Er wußte schon, daß dort draußen irgendwo ein Gespenst war, gesehen hatte er es aber noch nicht, denn es zeigte sich nicht vor ihm.

— Konnte sich Goldprinz nicht auch mit dem Gespenst anfreunden?

— Ja, genau das hatte er sich zuerst auch gedacht; warum konnten die drei sich nicht draußen treffen, ein Feuer machen und es da gemütlich und warm haben? Aber das wollte Bellinda nicht. Es war ihr Gespenst, und sie wollte es für sich allein haben.

– Und das Gespenst, was hat das dazu gesagt?

– Ja, ich weiß nicht ... kann sein, daß es gar nicht gefragt wurde.

– Wieso weißt du das nicht? Wenn du eine Geschichte erzählst, mußt du doch wissen, was los ist! Du mußt doch wissen, ob sie das Gespenst gefragt haben, ob es mit ihnen zusammen ein Feuer machen will!

– Gut, gut, dann weiß ich es eben. Das Gespenst wurde gefragt, ob es mit beiden zusammensein wollte, und es antwortete nein, weil Gespenster sowas nicht mochten. Nicht besonders jedenfalls. Es hatte aus der Entfernung gesehen nicht soviel gegen ihn, aber zusammen mit Goldprinz am Feuer sitzen, das wollte das Gespenst nicht. Diese Entscheidung vom Gespenst mußte ja respektiert werden, nicht?

– Ein blödes Gespenst.

– Ach, das weiß ich nicht. Vielleicht hat das Gespenst von sich geglaubt, daß es selbst Goldprinz wäre und Goldprinz ein Gespenst.

– Glaubst du?

– Ja, ich denke, so war es.

– Und Bellinda? Was hat die in dieser ganzen Geschichte gemacht?

– Ja, Bellinda rang verzweifelt ihre Hände und wußte sich keinen Rat. Sie sah, daß ihr Goldprinz unglücklich wurde, wußte aber gleichzeitig auch, daß dort draußen das Gespenst wartete und sie liebte.

– Aber, Papa? Konnte sich Goldprinz denn nicht ein eigenes Gespenst suchen? Eins, das nur seins war da draußen zwischen den Bäumen?

Torgeir zuckte zusammen und wandte sich jäh seiner Tochter zu. – Findest du?

– Das weiß ich doch nicht, du erzählst doch die Geschichte. Hat er das denn getan?

Torgeir verstummte, die Gedanken rasten ihm durch den Kopf, er konnte kaum atmen und spürte eine seltsame Trockenheit im Mund. Schließlich sagte er:

– Ja, das hat er getan, aber Bellinda wußte nichts davon.

– Ganz schön fies von ihm.

– Ja, eigentlich war es fies von ihm, stimmt. Aber er verheimlichte es nur, weil er ja im Grunde Bellinda liebte; mit dem Gespenst, das er da draußen für sich hatte, vertrieb er sich nur die

Zeit, das war nur so zum Spaß.

– Könnten sich denn die beiden Gespenster nicht kriegen, und Bellinda hätte dann wieder ihre Ruhe?

– Ja, daran hatte Goldprinz auch oft gedacht, das passierte aber nie. Die beiden Gespenster waren so damit beschäftigt, alles heimlich zu machen, daß sie sich nie trafen. Es ist gar nicht so einfach, ein Gespenst zu sein.

– Ja, und? Wie ging es weiter?

– Ich weiß nicht, Rulle, sagte Torgeir.

– Aber wie hört denn die Geschichte auf, sie muß doch irgendwie aufhören!

– Nein, diese nicht, vielleicht geht es so immer noch weiter?

– Ach was! Dann mache ich eben selber einen Schluß. Die beiden Gespenster haben schließlich die Nase voll davon, daß alles mit Bellinda und Goldprinz so heimlich sein muß und die Sache nicht in Ordnung kommt. Also gehen sie los, jedes in eine Richtung durch den Wald. Plötzlich kommt ganz dicker Nebel, und da weiß man ja nicht, wohin man läuft. Beide laufen also im Kreis herum und schließlich treffen sie sich. Ein Stückchen weiter im Wald bauen sie sich dann ein Gespensterschloß, wo sie herumgespenstern, und später laden sie dann Goldprinz und Bellinda zum Tee ein. Und jetzt geht es ihnen ziemlich gut, und sie sind mal hier und mal da, weil es so langweilig ist, immer im selben Schloß zu sein. Und die beiden Gespenster haben zum Schluß keine Lust mehr, Gespenster zu sein, und ziehen sich ganz normale Kleider an, gehen in die Stadt und kaufen ein. Sie kaufen immer etwas mehr Tee, damit Bellinda und Goldprinz öfter kommen können. Und jetzt geht es allen vieren sehr gut.

Torgeir lächelte. – Schläfst du jetzt?

Rulle betrachtete ihn mißtrauisch. Ja, ja, sie könnte schon schlafen, wenn er es denn absolut wollte. – Jetzt mache ich die Augen zu und denke, ich gehe zu Besuch. Ich werde die beiden Gespenster besuchen, weil es da am spannendsten ist. Später werde ich dann zu Goldprinz und Bellinda rübergehen, damit die beiden nicht traurig sind. Und auf dem Weg dahin treffe ich ein kleines Gespenst, das genau zehn Jahre alt ist und gut zu mir paßt. Keiner weiß was von dem kleinen Gespenst. Nacht, Papa! ich gehe jetzt gleich los.

Sie schloß die Augen.

*

– Du mußt wählen, so geht es nicht weiter. Ich halte es nicht mehr aus. Vielleicht ist das schwach von mir, aber ich habe lange darüber nachgedacht. Du mußt deine Freiheit haben, habe ich gedacht, ich besitze dich ja schließlich nicht. Eifersucht hat nur was mit Besitzansprüchen zu tun, habe ich gedacht, und man besitzt sich ja nicht. Ich schaffe es nur nicht, weißt du. Ich habe das Gefühl, die ganze Zeit mit einer Bombe über dem Kopf zu leben. Irgendwann kann sie plötzlich auf mich herabsausen und explodieren. Und die Bombe heißt: „Ich muß zu einer Verabredung nach Oslo", „Ich habe nächste Woche ein Seminar in Sundvollen", und ich weiß dann ganz genau, daß du eigentlich sagst: „Ich will mich mit ihr treffen." Sogar wenn du nur sagst, daß du rüber zu Astrid willst, denke ich schon, daß du sie dort heimlich sehen wirst, obwohl das ja völlig absurd ist. Obwohl du mich sicher nicht anlügst – jedenfalls glaube ich nicht, Irene, daß du das tust –, denke ich trotzdem, daß du viele Gelegenheiten ausnutzen wirst, um sie zu sehen. Und wohin führt das alles? Was soll dir denn diese Beziehung? Siehst du nicht, daß sie ... daß sie ... daß sie dich total schluckt? Wenn ihr das ... das, was da zwischen euch ist, weiterentwickeln wollt, wo endet es denn? Hast du mal daran gedacht? Hast du vielleicht Lust, als Lesbe zu leben? Ich erwähne das nur mal, damit du dir klar darüber wirst, was du tust. Weil ich nämlich oft das Gefühl habe, das du überhaupt nicht mehr weißt, was du tust. Manchmal überkommt mich ein solches Gefühl von Ohnmacht, daß ich zum Himmel rufen möchte: „Herr, vergib ihr, denn sie weiß nicht, was sie tut!" Verstehst du? Ich habe dich so lieb, über alles lieb ... und ich möchte, daß du dir klar darüber bist, was es bedeutet, lesbisch zu sein. Das ist die Hölle, sage ich dir. Ich kann es sogar schaffen, dabei überhaupt nicht an mich zu denken, und denke nur: um deinetwillen sollst du das nicht tun. Ja? Aber natürlich denke ich dabei auch an mich. Ganz egoistisch gesagt, ist es so, daß ich dich für mich will, ja? Ich möchte, daß wir uns total aufeinander verlassen können und uns nichts bedrohen kann. Hier und da mal ein Flirt, na und? Dagegen hat es bei uns ja noch nie ein Verbot gegeben. Aber ganz und gar zweigleisig zu leben, das schaffe ich nicht, alles wird so geteilt irgendwie. Und alles wird voll von Unehrlichkeit. Mit dieser Ungewißheit kann ich einfach nicht leben, kannst du das verstehen?

Er hatte ihr den Rücken zugewandt, die Hände in den Hosentaschen, und sah aus dem Fenster. An seinem Rücken konnte sie sehen, daß er dem Weinen nahe war.

Sie hätte ihn gern wie eine Mutter umarmt, ihn getröstet, ihn zu Bett gebracht und gut in die Decke eingewickelt. „Mein lieber Kleiner, ich bleibe ja bei dir, ich werde dich nie verlassen. So, jetzt bleibe ich noch ein bißchen hier sitzen und streichle dich, bis du eingeschlafen bist. Und wenn du aufwachst, bin ich immer noch da. Immer werde ich bei dir sein." Eine Melodie aus der Kindheit kam ihr plötzlich in den Sinn, als sie auf den einsamen Rücken dort am Fenster sah, eine Melodie, die ihre Mutter manchmal gesungen hatte: „Büblein klein, Büblein fein, reich mir her dein Händelein."

Leise begann sie zu summen, es war eine hübsche Melodie.

Bei diesem wehmütigen Klang drehte er sich um.

– Mit wählen hat das gar nichts zu tun, sagte sie plötzlich. – Das weißt du ganz gut.

– Doch, sagte er heftig, – genau damit hat es zu tun. Du stehst vor einer Wahl: sie oder ich. Sie, das bedeutet ein Leben als Lesbe. Ich, das bedeutet das Leben, das du jetzt hast. Ich finde, wir sollten realistisch sein, wir sollten uns nichts vormachen. Wenn du nicht meinst, daß dies der Kern der Sache ist, was ist es denn dann? Ganz praktisch gesehen, meine ich.

– Es gibt Situationen im Leben, die nichts mit einer Wahl zu tun haben, sie sind bloße Notwendigkeiten.

Sie hörte sich plötzlich seufzen wie ein kleines Kind kurz vor dem Einschlafen. Das überraschte sie, denn absichtlich hatte sie dieses Zeichen von Gehorsam und diese wortlose Bitte um Hilfe nicht gegeben. Ein Seufzen nach Geborgenheit, die ich genauso brauche wie er, dachte sie. Der Unterschied zwischen ihm und mir ist nur, daß ich genau weiß, die ist nicht in einem anderen Menschen zu finden. Ich, die ich ihm seine Geborgenheit bedeute, kann ihn anlügen. Er kann sich auf mich verlassen, wenn ich Umwege gehe. Er kann glauben, mich zu haben, nur weil ich in seinem Wohnzimmer zu sehen bin, das ist seine Geborgenheit ... auf einer Lüge aufgebaut. Und diese Lüge bin ich, und so zu lügen ist eine Notwendigkeit für mich.

– Das ist doch nur abstraktes Geschwafel, sagte er und ging hinüber zum Regal, um sich eine Zigarette zu holen. – Sag, was du willst, du kannst ja gut reden, wenn es um dich geht. Aber verstehst du denn nicht ... seine Stimme wurde merklich lauter, – verstehst du denn nicht, das es hier um eine Frage auf Leben und Tod geht?

– O ja! schrie sie zurück, – das verstehe ich allerdings ausgezeichnet!

Hier geht es um meinen oder deinen Tod, dachte sie. Jetzt hast du es endlich gesagt. Sie hat in mir etwas entzündet, eine Flamme, ein Leben, etwas, das immer schon in mir gewesen sein muß und nie wieder abzutöten ist. Die hatte sie geweckt. Es war, als hätte ich sie schon immer gekannt; die kannst du nie wieder in mir töten. Aber natürlich kann ich, ganz wie in alten Tagen, als man die Glut des Feuers eingrub, weil es so schwierig war, es neu zu entzünden, auch die Glut dieser Liebe vergraben. Das wäre so etwas wie Sterben, und auf dieses Begräbnis willst du dein Leben bauen. Auf diesem festen Fundament – denn von der vergrabenen Glut willst du ja nichts wissen – findest du dann deine Geborgenheit?

– Was verstehst du denn, hm? Kannst du mir das mal sagen? Was ist für dich das Ergebnis dieses Gesprächs, wo ist denn eine Lösung in Sicht, so ganz praktisch, meine ich? Nicht in philosophischen Kategorien, sondern in der Alltagssprache. Wie sieht denn die Konsequenz für dich aus? Und außerdem, sagte er nun in ganz anderem Ton, – etwas, das ich der Ordnung halber erwähnen sollte, bevor du deine Entscheidung triffst: Wenn du die Scheidung willst, bleibt Rulle natürlich bei mir. Bei deinem ausschweifenden Lebenswandel, den du ja wohl anstrebst, hast du nicht die geringste Chance, das Sorgerecht zu erhalten, wenn es darüber zum Prozeß kommen sollte. Ich möchte nur, daß du das weißt, in solchen Angelegenheiten erhalten immer Väter das Sorgerecht.

Irene hörte zu; was er eben gesagt hatte, war ihr fern und unwirklich. Denn wann immer sie sich die Scheidung vorgestellt hatte, war Rulle ihr auf dem Weg aus dieser Ehe gefolgt. *Sie* hatte Rulle geboren, *sie* trug für den Säugling die ganze Verantwortung, *sie* war am häufigsten mit ihr zusammen – auch jetzt noch. Bei einer Scheidung wurden doch den Müttern die Kinder zugesprochen, so hatte sie gedacht, und daß es etwa anders kommen könnte, war ihr nie in den Sinn gekommen.

Jetzt durchfuhr es sie schlagartig! Könnte er den ganzen Rechtsapparat benutzen, um das Kind zu bekommen? Diese Vorstellung ließ sie vor Schreck erstarren. Sie mußte herausfinden, was daran stimmte. Doch als sie sich verzweifelt den Kopf zerbrach, was es mit seiner Drohung auf sich haben könnte, wußte sie bereits, daß sie sich ihm gegenüber schon wieder in der Defensive befand. Sie kannte dieses Gefühl von früher: eine Mischung aus Selbstaufgabe und Mattigkeit. Mehr Intuition als klare Gedanken waren das; wenn es das gab, würde sie es einen völlig verzweifelten Halbschlaf nennen.

– Na und? sagte er, – was sagst du dazu? Welche Konsequenz ziehst du daraus?

Daß ich wählen werde, dachte sie, da hast du ganz recht. You have made your point. Aber ich werde nicht zwischen den beiden Alternativen wählen, die du gemeint hast. Es wird keine Wahl zwischen Aud und dir sein; es ist eine Wahl zwischen dir und mir – und ich werde dich wählen. Weil mein Leben eben so ist. Und wenn dies auch in Wahrheit nicht mein Leben ist, dann ist es jedenfalls das, was daraus geworden ist. Ich werde dich wählen, weil diese Gesellschaft so ist, wie sie ist. So banal und platt, ganz genau so. Mann und Weib und Weib und Mann – reichen an die Gottheit ran.

– Was denkst du? sagte er, – du sagst ja gar nichts mehr.

Nichts mehr? dachte sie. Habe ich denn in diesem Gespräch viel gesagt?

– Einen Groschen für deine Gedanken, sagte er und grinste schief mit geschlossenem Mund. Sie war müde, unendlich müde, wollte nicht mehr denken.

– Ja, ja, ich denke, dann bleiben wir eben zusammen, sagte sie.

– Bleiben wir eben zusammen? Das hört sich ja an, als ob du nicht anders kannst! Bist du denn kein freier Mensch, kannst du denn nicht wählen, wen du willst? Ich habe dich doch nur vor die Wahl gestellt und dich gebeten, dazu Stellung zu beziehen. Ich flehe dich an, dazu Stellung zu beziehen.

– Wie Gott im Paradies, als er Adam und Eva freistellte, das zu tun, was er wollte.

– Aber Gott hat niemand angefleht! Da ist ja wohl ein Unterschied zwischen diesen beiden Situationen. Ich liege auf meinen Knien und bitte dich, das hat Gott nicht getan.

– O doch! Völlig verzweifelt war Gott bei dem Gedanken, daß die beiden sich vom Baum der Erkenntnis bedienen könnten! Obwohl er da weit oben im Himmel saß. Wie ein kleines Kind fürchtete er sich davor, daß die beiden an den Grundfesten seiner Gebote rütteln könnten.

– Müssen wir jetzt eigentlich die Schöpfungsgeschichte neu interpretieren?

– Wäre das nicht eine ziemlich gute Idee? Wollen wir denn nicht das Paradies wiedergewinnen?

Sie erhob sich und streckte ihm ihre Arme entgegen, sie wußte genau, daß ihr Gesicht weich aussah und voller Liebe war, wußte, daß er sie genau so liebte und jeder Widerstand dahinschmelzen würde. Sie umarmte ihn und strich ihm mit den Händen langsam den Rücken entlang, immer intensiver, und spürte, wie er weich und weicher wurde. Sie schob ihn sanft ins Schlafzimmer und begann ihn auszuziehen. Stumm legten sie sich nebeneinander.

– Hast du dich für mich entschieden? flüsterte er kaum hörbar in ihre Richtung.

Statt einer Antwort, nickte sie nur stumm an seiner Schulter.

– Kannst ... sagte er und schluckte. Sie wußte, was nun käme. – Kannst du mir versprechen, daß ... daß ... ihr euch nie wiedersehen werdet?

Wieder nickte sie schweigend.

– Auch nicht schreiben? Nicht telefonieren? Sie ließ ihre Hand seinen Arm hinabgleiten und drückte fest seine Hand.

– Komm, sagte sie und kuschelte sich an ihn, – ich hab Lust, so einzuschlafen.

– Hast du mich lieb, Irene? Hm?

– Das weißt du ja ...

– Sag's doch. Kannst du es denn nicht sagen. Ich möchte so gern, daß du es sagst.

– Ich habe dich sehr lieb, sagte sie leise und liebevoll.

Aber ihre Gedanken waren schon weit weit weg.

*

Dort wo ihre Gedanken sind, gibt es noch immer ihr Gesicht. Sie sieht und hört sie. Solche Lust hat sie, sie zu streicheln – das kann er mir nicht nehmen.

Rein äußerlich war sie ruhig wie früher, heiter und freundlich, sogar manchmal witzig. Nie verlor sie ihre Fassung. Und in Wirklichkeit riß es sie in tausend Stücke.

Dieses intensive Doppelleben, das sie führen mußte! All die kleinen Lügen, die sie sich ausdenken mußte – es ekelte sie an! Doch wenn sie nicht log, hieß das, den Kontakt zu Aud aufzugeben, das wäre für sie das Allerschlimmste, dachte sie. Die Selbstverachtung und die Selbstvorwürfe erschöpften sie. So ging es ja nicht einen Schritt weiter – für niemand. Ihrem Mann bot sie nur Lügen und Angst und ihrer Geliebten nur ewige Sehnsucht.

Wie oft sie schlaflos auf ihrem Bett lag und diese Dinge durchdachte, wußte sie nicht. Torgeir lag laut atmend neben ihr. Dieser schwere Atem, den sie sich weit weg wünschte. Nur in den eigenen Gedanken wollte sie sein, wollte sie selbst sein, ganz mit sich allein. Endlich in Sicherheit vor allem, was ihr ununterbrochen abverlangt wurde.

Gegen diese Wirklichkeit war der Schlaf die einzige Rettung. Dort konnte sie bei Aud sein, ganz und gar für sie dasein. Sobald der Schlaf sie überkam, war sie bei ihr, ganz nah. Nicht, daß sie von ihr träumte, in dieser Zeit träumte sie wenig, Aud war da, ganz einfach bei ihr. Wie eine Selbstverständlichkeit, wie ihr Puls, der in ihrem Körper schlug.

Doch sobald sie ganz und gar in diese Welt verschwinden wollte, in der Welt ihrer ständigen Gegenwart, ergriff sie tiefe Unruhe, und sie zuckte heftig zusammen. Hellwach lag sie wieder im Schlafzimmer ihrer Villa in Trondheim. Sie drehte sich auf den Rücken und wußte genau, daß sie nun stundenlang nicht mehr einschlafen würde. Durch den Spalt der Gardinen warf das Straßenlicht einen hellen Streifen an die Wand. Sie betrachtete ihn wie einen Freund.

Ich halte diesen Zustand nicht länger aus, dachte sie. Dieser Gedanke kam ihr so plötzlich, daß sie gar nicht klar wußte, welchen Zustand genau sie denn damit meinte.

Ich kann weggehen, dachte sie dann. Aber war es das, was sie gemeint hatte?

Vorsichtig schlich sie sich aus dem Bett, jetzt war ohnehin nicht an Schlaf zu denken. Sie erhob sich und spürte die Müdigkeit in ihrem Kopf kribbeln, tastete nach Hausschuhen und Morgenmantel und öffnete die Tür zum Wohnzimmer. Torgeir stöhnte kurz auf, und sie hörte, daß er sich umdrehte, als sie die Tür leise hinter sich schloß. Er würde nicht aufwachen, von Geräuschen ließ er sich nicht stören.

Unschlüssig blieb sie im dunklen Zimmer stehen, setzte sich, ohne Licht zu machen, und versuchte, den Gedankenfaden von eben wieder aufzunehmen.

Etwas war ihr doch ganz klar gewesen, was war es? Jetzt konnte sie nicht mehr darauf kommen.

Ich muß mich entscheiden, sonst gehe ich völlig kaputt.

Nicht weil er es gesagt hat, aber ich muß mich entscheiden.

Er weiß ja nicht, wovon er spricht. Aber ich muß es tun, weil ich in dieser Weise nicht mehr weiterleben kann.

Was hatte sie nur so klar gedacht? Hatte sie gedacht, daß es sich ... miteinander vereinen ließ? Vereinen! Daß ihr Leben hier mit all der Sicherheit und Geborgenheit weiterexistieren könnte und – die Leidenschaft auch. Aber wie konnte sie die Leidenschaft nebenbei haben?

Und doch hatte sie es so gedacht, hatte angenommen, sie müßte beides für sich bewahren. Müßte! Und gleichzeitig hatte sie doch vom ersten Moment an gewußt, daß es nicht ging, daß es ganz unmöglich war.

Was wollen sie eigentlich von mir? Ein lebendiges oder totes Ich? Beides können sie ja nicht bekommen. Plötzlich sah sie die beiden, Torgeir und Aud, wie sie sinnlos an ihr herumzerrten, in verschiedene Richtungen, den eigenen Bedürfnissen, Wünschen, Standpunkten im Leben und den eigenen verdammten Notwendigkeiten entsprechend.

Sie erhob sich, ging zu Torgeirs kleinem Schreibtisch, der in einer Ecke stand, und knipste die Lampe an. Schreibpapier, Briefumschläge und Kugelschreiber lagen ordentlich gestapelt. Ein Stempel mit „Torgeir Jacobsen“, Titel und Adresse. Sie nahm ihn und stempelte damit die ganze Seite voll, kreuz und quer, dicke und kaum sichtbare Abdrücke. Schließlich war das ganze Blatt übersät mit Torgeir Jacobsen, ihrem Mann.

Mein Mann. Zu spät, daran etwas zu verändern, dachte sie. Aud! Verzeih mir! Nur eine Flucht im Traum, mehr nicht.

Sie nahm einen Kuli und riß eine neue Seite vom Schreibblock, das Geräusch ließ sie zusammenfahren. Würde er nicht davon aufwachen können? Nein, nein, er verschliefe ja das schlimmste Unwetter, dennoch – ganz sicher fühlte sie sich nicht.

Ihre Hand schrieb die Seite voll: Aud, Aud, Aud, schrieb sie. Aud Strand. Aud Strand. A. S. Ich liebe dich. I. J. Die ganze Seite war voll von diesen Beschwörungen. Sie sah sie an, las alles wieder und wieder durch, zerknüllte sie. Nahm auch den gestempelten Bogen und ballte ihn mit dem anderen zusammen in einen großen Aschenbecher. Die Flammen schlugen überraschend hoch, doch schnell fiel das Feuer in sich zusammen, schwelte noch eine kleine Weile und hatte dann alles vernichtet.

Was für ein nächtlicher Zeitvertreib! Wie paßte das mit der stets effektiven Bibliotheksassistentin zusammen, die immer alles in Ordnung hielt? Wie mit der liebevollen, stets trostbereiten Mutter? Und wie mit der informierten Feministin, die Vorträge über die soziale Kontrolle der Frau hielt?

Das war eine andere Irene. Sie sprach ja nicht aus eigener Erfahrung, natürlich nicht. Das tat sie nie, wenn sie Frauensachen diskutierte. Es waren immer die anderen, für die sie auf die Barrikaden ging; die Mißhandelten, die Vergewaltigten, die schlecht Verdienenden, jene, die abtreiben wollten ... sie hielt bei dieser Aufzählung inne. Zu den Abtreibungsfrauen gehörte sie schließlich auch ... nun ja. An irgendeiner Stelle mußte die allgegenwärtige Frauenunterdrückung ja auch sie berührt haben.

Und die Lesben, dachte sie plötzlich. Ging sie auch für die auf die Barrikaden?

Das hatte sie allerdings noch nie getan, immer hatte sie sich dagegen gesträubt. Für den 8. März hatte sie einmal Flugblätter mit dem Motto „Lesbischer Kampf ist Frauenkampf" verteilt. Die Leute hatten gefragt, was das denn bedeuten sollte, und sie hatte keine Antwort gewußt.

Im Grunde wußte sie eigentlich nicht, weshalb von der Unterdrückung der Lesben geredet wurde. Für sie sah es eher entgegengesetzt aus: hatten die denn nicht ihre Freiheit? Was hatten die lesbischen Feministinnen nicht alles in den Jahren tun können, als sie bis zum Hals in Windelwäsche gestanden hatte? Eine Berufsausbildung hatten sie absolviert, so daß sie auf eigenen Beinen stehen konnten, hatten auf der Straße demonstriert, Seminare gehalten, waren zu Frauenlagern gefahren, in den Straßen herumgelaufen und hatten provozierende Lieder gesungen, hatten sich weiterentwickelt! Was für eine Unterdrückung war denn das?

Sie waren doch fröhlich, die lesbischen Feministinnen – jedenfalls die, die sie gesehen hatte. Stark und frei wirkten sie, und wenn sie auf der Straße liefen, hatte man schon das Gefühl, daß sie recht gut wußten, wohin sie wollten. Sie liefen nicht dort herum, um sich zu zeigen, sondern, weil sie genau wußten, daß sie an einen bestimmten Ort wollten. Vital waren sie und voller Humor. Sie mußten sich nicht in anderen spiegeln und benutzten ihren Körper, um sich damit zu bewegen.

In welcher Beziehung waren sie denn unterdrückt?

Irene verstand das nicht. Gewalt, hatte Aud gesagt, doch auch das hatte sie nicht verstanden. Wo war denn diese Gewalt? Das war so weit weg. Sie konnte kaum glauben, daß jemand sie zusammenschlagen könnte, nur weil sie Lesben waren. Das behauptete sie. Schwer, sich das vorzustellen.

Das Verschweigen, hatte Aud gesagt, die ständigen Lügen, das Verleugnen ihrer Existenz. Nun ja, vielleicht das, aber in ferner Vergangenheit. Als sie noch klein waren und zur Schule gingen, damals war es sicher schwierig gewesen. Für sie waren Lesben nur solche Frauen, die recht erfolgreich damit beschäftigt waren, ihr Ich zu manifestieren, die sich liebevoll umarmten und ganz öffentlich zeigten, wie es um sie stand. Das mit dem Verschweigen und Verleugnen als Problem der Lesben stimmte so gar nicht mit dem Bild überein, das die lesbischen Feministinnen abgaben.

Also, was wollten sie eigentlich, irgend etwas stimmte da nicht.

„Du mußt wissen, was du tust", hörte sie Torgeirs Stimme. „Wählst du Aud, so wählst du ein Leben als Lesbe." Aber abschreckend wirkte das nicht auf sie, ganz im Gegenteil. Wie ein enormer Schritt in Richtung Freiheit erschien es ihr. Hatten sich die Beziehungen zwischen Mann und Frau derart festgefahren, was blieb dann noch? Blieb etwas anderes als ein Leben, das sich nur zwischen Frauen abspielte?

„Aud" schrieb sie wieder auf eine neue Seite, „Aud, Aud, Aud." „Ich liebe dich." „Irene Jacobsen liebt Aud Strand." Als wäre sie wieder zwölf Jahre alt und schriebe einen Liebesbrief an einen tollen Jungen.

Nein, lesbisch wollte sie nie werden. Nie werde ich mit Transparenten in den Straßen herumlaufen können. „How DARE you presume I'm a heterosexual?" Und nie würde sie singen: „Ich bin lesbisch – und wie steht's mit dir?" Und sicher würde sie das von ihr verlangen. Sie würde sie auch als feige empfinden, wenn sie es nicht am Arbeitsplatz erzählte, nicht ihren Verwandten sagte und es nicht in der Straßenbahn, am Strand oder mitten in der rush-hour auf der Karl-Johan-Straße allen unter die Nase riebe ... Nie könnte ich das!

Mehr und mehr baute sich Irene Jacobsen eine Legitimation für den Brief auf, den sie zu schreiben gedachte. Ganz egal, für was sie sich auch entschiede, es wäre immer falsch.

Und mitten in dieser völlig unlösbaren Situation stieg ein ganz klarer Gedanke in ihr auf: Rulle.

Was würde mit ihr, wenn sie ihrer Leidenschaft weiterhin nachginge? Wie würde sie das jemals vor sich selbst verantworten, wenn sie jetzt das Kind verlassen müßte? Scheidung? Rulles ganze Welt bräche zusammen.

Alle Gedanken in Irenes Kopf hielten bei dieser Vorstellung inne.

*

„Liebe Aud!

Ich sitze hier, es ist fünf nach halb drei in der Nacht, und kann nicht schlafen. Ich denke und denke an Dich. Und mache ich damit eine kleine Pause, merke ich, daß ich auch in dieser Pause an Dich gedacht habe. Es gab sicher nicht eine einzige Sekunde, seit wir in Asserbo zusammen waren, die ich nicht an Dich gedacht habe.

Aber das geht nicht. Torgeir ist bei allem, was ich mir auch vornehme, mißtrauisch, und ich muß lügen, betrügen und schwindeln für den winzigen Kontakt, den wir beide trotz allem haben. Widerlich ist das ...

Am liebsten wäre ich bei Dir. Aber das geht nicht. Deswegen muß ich Dich bitten, den Kontakt mit mir zu beenden. Mich zu vergessen, werde ich Dich nicht bitten. Ich werde Dich nie vergessen. Dies ist das letzte Mal, daß Du von mir hörst.

Irene"

Irene las den knappen Brief noch einmal durch, grausam war er. Sie las ihn noch einmal – aber es stimmte ja alles, was da stand. Was sollte sie denn anderes schreiben?

Sie fügte hinzu: „P.S. Ich werde Deine Briefe vermissen." Im gleichen Moment hörte sie Torgeirs Schritte im Schlafzimmer. Sie faltete rasch den Brief und stopfte ihn in einen Umschlag. Er öffnete die Tür.

– Sitzt du hier?

– Ja ... ich kann nicht schlafen ...

Er kam zu ihr herüber, sah ihr über die Schulter und legte eine Hand auf ihren Arm.

– Was hast du denn da?

– Ach ... ich habe mir nur eine Liste geschrieben von Sachen, die ich noch erledigen muß, so einen Merkzettel, weißt du ...

– Und den willst du mit der Post schicken?

– Nein ... Ich habe ihn nur in den Umschlag gelegt, damit er nicht wegkommt.

Überraschend griff er danach, sie legte blitzschnell ihre Handflächen drauf.

– Torgeir! rief sie. Ihre Stimme klang hysterisch in der nächtlichen Ruhe.

Er versuchte, den Umschlag unter ihren Händen an einer Ecke vorzuziehen, aber sie hielt ihn fest.

– Irene, komm, laß jetzt los! sagte er mit verbissener Geduld. – Ich möchte sehen, was auf deinem Merkzettel steht. Das dürfte ja wohl uns beide angehen, oder?

Doch sie ließ nicht los. Nun packte er einfach ihre Handgelenke, drückte ihre Hände mit Gewalt zur Seite und nahm den Umschlag.

– Torgeir! Sie stand auf.

– Ruhig, ruhig. Du weckst noch die Kleine.

Sie versuchte, ihm den Brief zu entreißen, aber er hielt ihn, so hoch er konnte, stand da wie ein Fels, und sie konnte nichts machen.

– Ganz ruhig! Vielleicht habe ich dem Merkzettel etwas hinzuzufügen, kann ja sein, daß du etwas vergessen hast.

Jetzt war er giftig. Sie spürte, daß er ebenso verzweifelt war wie sie, seine Rolle aber weiterspielte.

Dann soll er es eben tun, dachte sie, schließlich steht ja nichts anderes darin als das, was er von mir will. Sie setzte sich in einen Sessel, er ließ sich ihr gegenüber nieder und öffnete den Umschlag, strich sich durchs Haar und las. Sein Gesichtsausdruck veränderte sich dabei nicht im geringsten, als hielte er da einen Geschäftsbrief in der Hand.

– So, so, sagte er und sah sie direkt an, – sonderbarer Merkzettel. Und während er sie noch immer unverwandt ansah, riß er den Bogen langsam in Stücke. – Es macht wohl nichts, oder? sagte er ganz ruhig. – Du wirst dich schon an den Inhalt erinnern, nicht wahr? Er hielt inne, sah sie aber weiterhin an. – War das nicht ein etwas zu liebevoller Merkzettel? Ich könnte mir recht gut einen anderen vorstellen, einen, der etwas ... sagen wir mal ... sachlicher wäre.

Er stand auf.

– Steh auf, kommandierte er. Sie tat, was er sagte, und starrte zurück. Ihr Kopf war völlig leer, sie dachte nichts mehr. Irgendwo in diese Leere hörte sie seine Stimme sagen:

– Geh zum Schreibtisch.

Sie tat, was er sagte, er folgte ihr, sie setzte sich.

– So, sagte er in fast freundlichem Ton, völlig ruhig und ohne jede Erregung, riß eine Seite vom Block, drückte ihr einen Schreiber in die Hand. – Jetzt kannst du schreiben.

Er ging ein wenig auf und ab, blieb stehen und baute sich hinter ihrem Stuhl auf.

– „Liebe Aud“, diktierte er. Sie schrieb. – Ja, also. „Liebe Aud!“ Nein, nein, natürlich nicht zweimal. Einmal ist schon mehr als genug. Weiter: „Es ...“ Irene schrieb „Es“ – „gibt keinen“, sagte er. Irene schrieb. – „Grund für einen“ fuhr er fort und wartete – „weiteren Kontakt zwischen uns“, diktierte er weiter. Wartete wieder. „Zwischen uns“, schrieb Irene. – Punkt, das war's.

– Ist das alles?

– Natürlich! Meinst du, wir haben etwas vergessen?

Irene antwortete nicht, das alles schien sich nicht in der realen Welt abzuspielen. Sie spürte nichts als Müdigkeit und Erschöpfung und hatte nur den einen Gedanken, das alles hier irgendwie zu überstehen.

–„ Irene“, sagte er.

– Ja?

– Nein, ich meine nur als Unterschrift ... dein Name. Irene schrieb.

– Kann ich nicht noch das P.S. dazuschreiben, das ich in dem anderen Brief stehen hatte?

– Doch, doch, kam es von ihm. – Mach nur ... ich weiß gar nicht mehr, was es war.

Irene schrieb: „P.S. Ich werde Deine Briefe vermissen.“ Er sah es nicht an, nahm einen neuen Umschlag und schob ihn ihr hin.

– So, jetzt schreib Namen und Adresse drauf, und dann werde ich dafür sorgen, daß er morgen abgeht.

Irene schrieb Namen und Adresse. Als er den Brief nahm, sagte sie plötzlich:

– Mein Gott, Torgeir, das ist der reine Wahnwitz! Ich brauche doch nur einen neuen Brief an sie zu schreiben.

– Ja, ja. Dazu wirst du aber nicht kommen, weißt du. Legte den Brief in seine Aktentasche neben dem Schreibtisch und ging ins Schlafzimmer zurück. Sie hörte, wie er sich ins Bett legte.

– Kommst du? rief er sanft.

20

Als der Schnee kam, wurde es anders. Winter hatte nichts mit ihr zu tun, im Schnee hatten sie einander noch nicht gekannt. Er deckte all ihre Spuren in den Parks der Stadt und auf den herbstlichen Grashügeln zu. In diesem Jahr fiel er spät, in der Nacht zum 27. November, ganz ohne Vorankündigung. Es war ein langer Herbst gewesen. Aud sah auf diese weiße Welt hinab und dachte an Rita. Das Hausdach mit Frau Holles Federn, Bäume mit Zweigen aus Engelshaar, der helle Winterhimmel und weiße Teppich auf den Straßen, bevor die Autos ihn zerstörten, brachten die Erinnerungen an das letzte Jahr zurück. Wie oft war sie mit Rita zur Frognerseter hinaufgefahren, um den Winter zu begrüßen?

Jetzt also sollte sie ihren Winter mit einer anderen Frau teilen. Auf ihrem Weg zur Arbeit spürte sie die kalte Luft und versuchte, sich Irene in dieser neuen Welt vorzustellen.

Müde kam sie heim, in der Schule war es an diesem Tag anstrengend gewesen. Ihr Stück war bald fertig, im Juli sollte die Aufführung sein. Doch noch immer saß mindestens die Hälfte der Dialoge nicht richtig. O, Frau Strand, das schaffen wir nie im Leben! Wo liegt denn das Problem, hatte Aud gefragt, wovor habt ihr am meisten Angst? Vor den Älteren?

Ein Brief lag für sie im Kasten; wie gut, die vertraute Schrift zu sehen. Schnell drückte sie einen Kuß auf den Absender, und ihr wurde etwas flau dabei. Freudig stieg sie die Treppen hinauf, die heute kein Ende nehmen wollten. Jetzt eine Tasse Tee machen, dann ins Bett kriechen und den Brief lesen. Danach ein wenig Zeitung lesen, Radio hören, vielleicht ein wenig schlafen und erst später die Norwegischarbeiten korrigieren. (Die Textanalyse eines bösen Leserbriefes, der sich mit Gottes Existenz befaßt.)

In ihrer Wohnung sah es ziemlich unordentlich aus, längst hätte sie mal wieder putzen müssen. Sie drehte das Radio an, und sofort brauste ihr die Sendung „Nach der Schule" lautstark um die Ohren. Ihr stand mehr der Sinn nach einer „Entspannungsstunde für Lehrer", die sowohl lehrreich als auch beruhigend wäre. Während sie darauf wartete, daß ihr Teewasser kochte, stellte sie Spekulationen darüber an, was so ein Programm eigentlich beinhalten könnte. Schließlich machte sie es sich in ihrem Bett gemütlich und stellte sich – wie schon unzählige Male – vor, Irene läge neben ihr. Sie faltete das Briefpapier auseinander und sah zu ihrer Überraschung, daß es nahezu leer war. Nur mitten auf der Seite stand: „Liebe Aud! Es gibt keinen Grund für einen weiteren Kontakt zwischen uns. Irene."

Aud glaubt nicht, was sie da liest. Noch einmal liest sie die wenigen Worte, sie stehen tatsächlich da.

Sie schafft es nicht, auf diese Botschaft zu reagieren, denkt, es muß sich um einen Irrtum handeln. Was ist geschehen? Warum nur so eine kurze Nachricht? Will sie tatsächlich Schluß machen? Aud kann es nicht glauben. Wenn es wirklich so ist, warum schreibt sie dann nicht einen richtigen Brief, warum reden sie nicht gemeinsam darüber?

Sie muß herausbekommen, was dem hier zugrunde liegt. Je mehr sie darüber nachdenkt, desto verzweifelter wird sie. Es muß sich um ein Mißverständnis handeln. Dachte Irene etwa, daß sie die sofortige Scheidung von ihr verlangte? Hatte sie nicht deutlich genug gemacht, daß sie bereit war zu warten?

Verzweifelt sucht Aud nach einem Grund für diesen Brief. Und plötzlich steht mit fast gewaltiger Deutlichkeit vor ihr, daß Irene Jacobsen, die Frau, an die sie seit vier Monaten unablässig denkt, für sie nahezu eine Fremde ist.

Mit dem Brief in der Hand liegt Aud auf dem Bett, liest ihn noch einmal. „Liebe Aud." Liebe Aud, liebe Aud, liebe Aud. Längst hat das Teewasser gekocht, ist verdampft, und die Platte glüht. Was in aller Welt mache ich jetzt?

*

Oslo, den 27. November 1978

Liebe Irene!

Heute habe ich Deinen Brief bekommen. Naja, Brief kann man das wohl nicht nennen, eher einen Zettel. Einen Wisch mit grausamer Botschaft. Meinst Du eigentlich, was dort steht? Warum schreibst Du es auf diese Weise, warum sprichst Du nicht lieber mit mir? Warum ist kein Wort darüber gefallen, als wir in Koppang waren? Ist etwas passiert? Ich verstehe überhaupt nichts. Du kannst doch nicht so einfach alles abbrechen! Da stimmt doch etwas nicht. Ich fühle ganz genau, daß etwas nicht in Ordnung ist, daß es ein Mißverständnis gegeben haben muß oder sowas. Bitte nimm doch Kontakt mit mir auf, daß wir wenigstens darüber reden können. Ich liebe Dich. Ich sitze hier ganz allein, sehr spät ist es schon, und es hat abends zu schneien begonnen. Es ist so seltsam – die ganze Welt hat sich verändert – die Welt, in der ich ständig an Dich gedacht habe. Zu denken, daß ich das nicht mehr tun könnte, bringe ich nicht fertig. Die ganze Welt meiner Gedanken müßte aufhören. Die Freude, die Du mir gabst, die Freude, daran zu denken, daß ein Brief von Dir kommen könnte, die Freude, Dir zu schreiben. Auch das ist ein Zusammensein, weißt du ... Irene, ich bitte Dich! Melde Dich unbedingt sofort bei mir!

Deine Aud

Aud las den kleinen Brief noch einmal durch; was sollte er schon nützen? Auch über ihre Qualen wollte Irene ja nichts hören. Kein Kontakt ist eben kein Kontakt. Eigentlich war dies das Schlimmste von allem.

Aud riß den Brief entzwei und begann einen neuen.

„Liebe Irene! Hier sitze ich und versuche, Deine letzte Mitteilung an mich zu verstehen. Das Schlimmste ist ja, daß ich mich nicht einmal dazu äußern darf, wenn ich Dich beim Wort nehmen soll. Jeglichen Kontakt brichst Du einfach ab. Fertig. Das ist wohl das Schlimmste, das jemand einem anderen Menschen antun kann. Schluß zu machen wäre schon schlimm genug, wenn auch vielleicht in Deiner Situation verständlich (ich versuche jedenfalls, es zu verstehen), mir aber jede Reaktionsmöglichkeit zu nehmen, ist wohl noch schlimmer. Wie kannst Du einen Faden, den Du zu spinnen begonnen hast, so abreißen? (Wer hat denn angefangen? Ich vielleicht?) Begreifst Du denn überhaupt nicht ... "

Auds Herz klopfte wild. Sie spürte, wie ihr Kugelschreiber in steigender Verzweiflung dahinzurasen begann. Sie brach ab.

Wieder griff sie nach einem neuen Blatt. „Irene! Du bist grausam. Zum Teufel noch mal, wie kannst Du so ekelhaft zu mir sein? Du hast mich nur für Deine eigenen Ziele benutzt. Du ..."

Sie hielt an. Mit welchem Wort konnte sie noch auf ihre beispiellose Tat reagieren? Ihre Gedanken überschlugen sich. Nichts war mehr zu machen. Hoffnungslos impotent erwiesen sich Worte auf Papier, irgendwann einmal wurden sie weggeworfen. Nicht ein Wort kam ihr in den Sinn, das ihre Ohnmacht auszudrücken imstande war.

Sie holte sich Marilyn Frenchs Buch „Frauen“ aus dem Regal. Irgend etwas stand dort über die sexuelle Ausnutzung unter Frauen. Eine lesbische Frau in dem Buch hatte etwas dazu gesagt, wie sie hieß, wußte Aud nicht mehr. Nachdem Irene gemeint hatte, es sei dumm, es nur deswegen nicht zu lesen, weil es ein Bestseller ist, hatte sie es sich endlich vorgenommen. Sie fand die Stelle und strich sie mit einem Bleistift an.

In der Schule machte sie am nächsten Tag eine Fotokopie davon, schrieb einen Zettel, steckte beides in einen Umschlag und schickte es ab. Auf dem Zettel stand: „I. Ich hasse Dich. A.“

Sobald sie den dumpfen Ton hörte, mit dem der Brief in den Kasten fiel, bereute sie es bereits. Wie konnte sie bloß den Mann von der Post dazu überreden, ihr den Brief zurückzugeben? Sie war völlig außer sich. Wie hatte sie nur so dumm sein können; wenn Irene ihn nun erhielte, wäre alles vorbei. Aud ging die Straße auf und ab und wartete auf die nächste Leerung. – Ist es möglich, einen Brief zurückzubekommen, den ich eingeworfen habe? – Nein, das geht nicht. – Aber! sagte Aud, – ich habe einen furchtbar dummen Brief geschrieben. Da! Da liegt er ja, sehen Sie? – Nein, das geht wirklich nicht. – Es ist aber lebenswichtig! – Ja, ja, aber das nützt nichts. Wenn Sie den Brief in den Kasten werfen, gehört er der Person, an die er adressiert ist. So ist die Vorschrift. Wenn Sie den Brief also zurückhaben wollen, müssen Sie mit zum Postamt kommen und mit dem Leiter sprechen. Damit klappte er den Postbeutel zusammen und ging zum Auto zurück, verbissen darum bemüht, sich von Auds verzweifelten Bitten nicht erweichen zu lassen.

Sie ging wieder nach Hause. Zu diesem Menschen im Postamt wollte sie nicht gehen. Zu Hause angekommen, sammelte sie die Fetzen aus dem Papierkorb. Das waren doch immerhin Briefe mit einem Inhalt gewesen, Briefe, die etwas über ihre Reaktion aussagten. In jedem Fall waren sie besser als das, was sie nun abgeschickt hatte. Sie nahm die Schnipsel, klebte sie mühsam zusammen und steckte sie in einen Umschlag. Eine Weile saß sie da und überlegte. Schließlich suchte sie ein Bild von sich heraus, so ein typisches Automatenbild, und schrieb auf die Rückseite: „Ich verstehe überhaupt nichts mehr“, ging hinaus und schickte es ab.

*

Aud verstand wirklich nichts, es war die volle Wahrheit, was sie da auf das Foto geschrieben hatte.

Danach bekam Irene eine Reihe von Briefen, verzweifelte, bittende, wütende, moralisierende. Und ich habe Dich für eine intelligente Frau gehalten! Dafür habe ich Dich bewundert, jawohl! Aber die wachsen eben nicht auf den Bäumen, das habe ich nun gelernt. Du jedenfalls scheinst dort zu leben!

Irene las alles resigniert. Was sollte sie mit diesen Ausbrüchen anfangen? Sie erschreckten sie und machten sie steif. Mit einer solchen Wut konnte sie nicht umgehen. Sie antwortete nicht. In ihren Gedanken aber gab es ununterbrochen Antworten, die ihr wie böse Träume durch den Kopf gingen. Intelligent! Denkst du, eine Person löst ihre Probleme mit Hilfe von Intelligenz? Wenn es so wäre, hätten wir keine Probleme gehabt: Torgeir und ich – und du auch. Sie hätte eine Menge gegen Auds Art zu reagieren vorbringen können, verkniff es sich aber. Jede Antwort wäre eine Weiterführung der Beziehung, und eine Fortsetzung würde ihren Zusammenbruch bedeuten. Das spürte sie ganz physisch. Keine Konfrontationen mehr von zwei Seiten, diese ewigen Forderungen, die an sie gestellt wurden.

Dann lieber so: die totale Abkapselung.

Doch Aud schrieb. Als keine Antwort kam, begann sie anzurufen. Zuerst Astrid, die Irene benachrichtigte. Irene ließ über Astrid ausrichten, daß sie die Verbindung aufgeben solle. Woraufhin Aud sie am Arbeitsplatz anrief. Als Irene sich durch ihre Kollegen verleugnen ließ, rief sie zu Hause an.

Es war an einem Freitagnachmittag, Torgeir nahm den Hörer ab und rief sie ans Telefon. Irenes Stimme fragte aus dem Bad, wer es denn sei. Noch bevor er sagte, es sei eine Frau Torgersen, wußte sie schlagartig Bescheid. Du mein Gott! Jetzt gab es keinen Ausweg für sie. Aufgelöst und wütend ergriff sie den Hörer, sagte mit schwacher Stimme: – Hallo.

– Irene!

Dann nichts mehr.

Eine Mischung all dessen, was sie einmal für diesen Menschen gefühlt hatte, Gutes und Böses, Schönes und Schreckliches, stieg in Irene auf, als sie diese Stimme hörte. Ich kann nicht! dachte sie und spürte, daß sie den Hörer nicht mehr halten konnte. Hinter sich hörte sie Torgeir, er lief im Wohnzimmer herum und räumte die Zeitungen zusammen. Sie wollte etwas sagen, einen eindringlichen Appell geben, den er nicht verstehen, aber Aud erreichen könnte. Doch was? Ihr Kopf war völlig leer.

Irene legte auf.

Sie ging ins Bad, setzte sich auf den Wannenrand und wusch sich das Gesicht.

Torgeir kam ihr nach. – Was ist denn?

– Ich weiß nicht, wir wurden unterbrochen.

– Wer war denn das? Wir kennen doch keine Torgersen.

– Es war eine Frau, die ich durch das Frauenhaus kenne.

– Die sollten hier aber wohl nicht privat anrufen, oder?

– Nein, kam es völlig verzweifelt von ihr, sie wußte nicht mehr aus noch ein. Wenn er doch nur rausginge, wenn er nur aufhörte, so dazustehen und sie mit Blicken zu durchbohren. Ich halte das nicht mehr aus, ich muß meine Ruhe haben. Konnte Aud das denn nicht verstehen? Irgendwann mußte sie es doch kapieren.

– Torgeir, ich würde ganz gern die Tür zumachen, ich war auf dem Klo noch nicht fertig, ja?

*

– Hallo, ja, ich bin es. Entschuldigen Sie, daß ich schon wieder anrufe und Sie störe, aber könnten Sie wohl so nett sein und ihr eine Nachricht übermitteln?

– Sie hat gesagt, daß sie keine Nachrichten wünscht.

– Aber wie kann ich sie denn erreichen? Ich ... ich ...

– Ich denke, daß Sie Irene in Ruhe lassen sollten.

– Aber sie hat mir überhaupt nichts erklärt, hat einfach so Schluß gemacht!

– Sie können schließlich nicht erwarten, daß sie ihre Ehe aufgibt.

– Nein, aber ... Aud kam nicht weiter, denn genau das hatte sie sich erhofft. – Aber eine Erklärung hätte sie mir doch geben können.

– Wegen dieser Geschichte ist ein solches Durcheinander bei Irene entstanden; Sie sollten sich wirklich besser zurückhalten.

– Ja, aber, ich ... Aud rang mit den Tränen, sie preßte ihren Unterarm gegen die Tischkante, um durch den Schmerz ihre Beherrschung nicht zu verlieren. Ruhig hörte sie sich sagen: – Ja, aber, wissen Sie denn, was da passiert ist?

Auf der anderen Seite entstand eine angespannte Pause. Astrid wußte also etwas und war unsicher, ob sie es sagen sollte oder nicht. Sie kannten einander ja so wenig, in der kurzen Zeit, die sie sich gesehen hatten, war nicht gerade der herzlichste Kontakt entstanden. Aud hatte sehr deutlich gespürt, daß Astrid über das Chaos, das sie dort in dem wohletablierten Heim anrichtete, nicht sonderlich glücklich war. Seit Jahren bestand mit Irene und Torgeir ein gutnachbarliches Verhältnis, und nun war diese ordentliche Situation durch die leidenschaftliche Liebe auf ihrem Sofa problematisch geworden.

— Er hat sie vor die Wahl gestellt, kam es schließlich.

— Vor die Wahl?

— Ja-a, sagte Astrid mit so entschiedener Selbstverständlichkeit, daß ihre Stimme überkippte. — Vor die Wahl zwischen Ihnen und ihm.

— Dann hat er sie also gezwungen.

— Nein, jetzt sage ich aber nichts mehr. Torgeir und Irene sind meine guten Freunde, ich kann einfach nicht so über sie sprechen. Wenn Irene nicht will, kann ich schließlich auch nichts tun.

— Aber ... aber ... er kann sie doch nicht zwingen zu wählen! brach Aud unerbittlich los.

— Also ... sagte Astrid, und es war wohl zu spüren, daß die Verlockung, alles zu sagen, was sie wußte, nun doch zu groß wurde. — Er hat ihr gedroht!

— Gedroht? Wollte er sie schlagen, sich an ihr rächen? Wollte er sie öffentlich bloßstellen? Alle möglichen Grausamkeiten schossen Aud durch den Kopf.

— Rulle! Rulle, natürlich!

— Aber, du lieber Gott, kann er denn bestimmen, wer Rulle bekommt?

— Nein, nein, nun ist es genug, ich muß jetzt wirklich auflegen. Ich kann nicht dastehen und so über meine besten Freunde reden.

— Aber, aber, das ist doch ...

— Es tut mir leid, Aud, mehr werde ich nicht sagen. Wir werden jetzt beide auflegen. Leben Sie wohl.

*

— Juristische Beratung für Frauen.

— Hallo, Jorunn, hier ist Aud Strand. Hast du einen Moment Zeit für mich?

— Ja, ja, schieß nur los.

— Sag mal, ist es so, daß bei einer Scheidung der Vater in jedem Fall das Kind zugesprochen bekommt, wenn die Mutter lesbisch ist?

— Nein, das läßt sich so nicht sagen. Wir haben da einige Urteile, die die rechtliche Irrelevanz konstatieren. Allerdings werden nur die wenigsten Scheidungen per Gerichtsurteil durchgeführt, das sind ja nur zehn Prozent.

— Und was ist bei einer gewöhnlichen Scheidung?

— In den meisten Fällen behalten die Mütter die Kinder. Der wichtigste Aspekt ist aber das Interesse und der Wunsch des Kindes, und in der Regel waren die Kinder ja am häufigsten mit den Müttern zusammen, so daß hier die stärksten Bindungen vorliegen. Ob sie nun lesbisch ist oder nicht, spielt in diesem Zusammenhang keine Rolle.

— Wenn es so ist, wie du sagst, wie kann dann ein Ehemann damit drohen, daß er automatisch die Kinder bekommt, weil die Mutter lesbisch ist?

— Das ist für mich natürlich nicht so leicht zu beantworten. Hat er denn damit gedroht?

— Ja, er ist obendrein Anwalt.

— Hm, kannst du sie nicht bitten herzukommen?

— Also, das ist etwas problematisch.

— Ja, aber dann kannst du es ihr doch vermitteln. Natürlich gibt es sehr konservative Richter, aber generell bläst der Wind in die andere Richtung.

— Tausend Dank, du!

Und wie sollte sie das nun weitervermitteln? Vielleicht hatte Irene es schon selbst herausgefunden? Schließlich war sie ja juristisch nicht ganz unbedarft; ließe sie sich einfach von solchen Drohungen einschüchtern?

Aber sicher konnte Aud sich natürlich nicht sein, denn was nützten all diese Informationen, wenn sie bei ihr endeten? Entschlossen, aber mit einem Gefühl, als krabbelten ihr unzählige Ameisen über den Rücken, nahm sie den Hörer auf und wählte noch einmal Astrid Amundsens Nummer.

Niemand nahm ab.

*

— Sie will mich nicht sehen!

– Was? Warum nicht?
– Weil er es so will.
– Wußte er denn etwas?
– Sie hat es ihm erzählt.
– Und warum hat sie das gemacht?
– Weil ich es ihr gesagt habe.
– Und warum hast du das getan?
– Weil ich, weil, weil ... weil ich mich nicht damit abfinden konnte, versteckt zu werden.
– Wollte sie dich für alle Ewigkeiten verstecken?
– Weiß ich nicht.
– Das weißt du nicht?
– Nein.
– Habt ihr denn nicht darüber gesprochen?
– Doch. Nein. Ich weiß nicht. Wir haben uns gesagt, daß, daß ... daß wir eine gemeinsame Zukunft haben wollten.
– Aber wie denn? Habt ihr das nicht ausführlich besprochen?
Aud schüttelte den Kopf. Sie hielt einen Umschlag in der Hand. – Dieser Zettel hier – willst du ihn sehen? Du mußt nicht ...
Rita nahm ihn, las und blickte auf. – Sie ist feige.
Feige? dachte Aud. Zum erstenmal hörte sie, daß Irene kritisiert wurde. – So einfach geht es ja wohl auch nicht!
– Sie hätte dir eine Chance geben können!
– Wie kann sie mir unter solchen Umständen eine Chance geben?
– So wie alle anderen Frauen, die mit ihrem bisherigen Leben brechen oder neue Wege suchen, wenn sie begreifen, daß sie dieses Leben nicht weiterführen wollen, das sie bewußtlos mit einer Eheschließung begonnen hatten.
– Schlagworte! Wenn du mitten in solchen Problemen steckst, kannst du sie doch nicht durch Schlagworte lösen!
– Ich hab's schließlich getan, hast du das vergessen! Warum sollte das Leben denn so viel schwieriger für diese Irene Jacobsen da oben in Trondheim sein, als für alle anderen?
– Wie kannst du einen Menschen kritisieren, den du überhaupt nicht kennst?
– Allerdings kann ich das!
– Aber sie hat ein Kind!
– Ja, und warum kann sie es nicht mitnehmen?
– Er hat ihr gedroht, unser Verhältnis gegen sie auszuspielen,

wenn es zur Scheidung kommt.

– Ich begreife überhaupt nicht, was das mit der Sache zu tun hat, sie kann doch vorsichtig sein. Er ist doch sicher auch kein unbeschriebenes Blatt. Und selbst wenn diese Drohung Hand und Fuß hätte, würde es diesen Wisch da nicht rechtfertigen.

– Das weißt du doch nicht!

– Das stimmt. Und du? Ich finde, daß Frauen nur allzu oft ihre Kinder als Entschuldigung vorschieben. Wenn du davon nicht loskommst, sehe ich schwarz für dich.

– Was meinst du damit?

Rita hielt den Kopf schief und sah zur Zimmerdecke, mit den Fingern strich sie mehrmals ihr glattes Haar hinter die Ohren. – Ich finde, sagte sie und fuchtelte mit den Armen durch die Luft, – ich denke, sie wird sich ja nicht ohne Grund in dich verliebt haben.

– Ohne Grund? fragte Aud überrascht.

Doch Rita sah die Verzweiflung und die Tränen in ihrem Gesicht.

– Hör mal! sagte sie und beugte sich zu ihr. – Sie ist achtunddreißig Jahre alt. Zwanzig Jahre lang war sie verheiratet. Sie lebt ein wohletabliertes Leben, hat drei Kinder. Schließlich ist es keine Überraschung für sie, daß sie drei Kinder hat. Und nun verliebt sie sich eines schönen Tages in dich. Rita machte eine Pause, legte Aud die Hand auf den Arm, strich ihr übers Handgelenk und drückte die Hand. – Das ist passiert, weil sie etwas mit dir wollte!

Aud lag ganz still da, spürte Ritas Hand auf ihrer und wurde ruhiger. – Ja, aber was hätte sie denn machen sollen? Sollte sie Mann und Kind verlassen, nach Oslo kommen und als Lesbe leben?

– Das meine ich nicht! brauste Rita auf. Und sofort ärgerte sie sich über ihre Antwort, denn warum in aller Welt hätte Irene nicht nach Oslo kommen können, um dort als Lesbe zu leben? Jetzt hatte sie gewählt und zwar falsch. Zu dieser falschen Wahl mußte Aud sich nun verhalten. Anstatt hier herumzulaufen, mehr oder weniger zu Grunde zu gehen und zu hoffen, daß die Welt nicht so ist, wie sie ist. – Ich weiß auch nicht genau, was sie hätte tun können. Aber nun hat sie die Wahl getroffen, dich auszuschalten, feige und brutal. Verdammt nochmal, wütend solltest du auf sie sein! Lieg hier nicht 'rum und heule! Sie verdient es nicht!

– Ich bin nicht ... ich kann nicht ... ich schaffe es nicht, böse auf sie zu sein. Ich habe es ja versucht, habe ihr eine Kopie aus Marilyn Frenchs „Frauen" geschickt, diese Stelle über lesbische Frauen. Ich habe einen Brief geschrieben, in dem ich sie beschimpft habe, habe ihn in Stücke gerissen und ihr dann die zusammengeklebten Schnipsel geschickt. Ich habe gesagt und geschrieben, daß ich sie hasse. Aber ehrlich war das nicht, es hatte nichts mit dem zu tun, was ich wirklich gefühlt habe.

– Was hast du denn gefühlt?

– Daß es meine Schuld ist.

– Deine Schuld? Es ist doch nicht deine Schuld, wenn sie nicht den Mut hat, die Konsequenz aus ihren Gefühlen zu ziehen? Daß sie lieber ein Leben in Geborgenheit haben will – völlig normal!

– Ja, ja, das weiß ich, und trotzdem schaffe ich es nicht, böse auf sie zu sein. Wenn ich es versuche, dann ... Aud hielt inne, wußte nicht so recht, was sie eigentlich sagen wollte. Oder wußte es vielleicht vage, wollte es aber Rita nicht sagen.

– Ich muß jetzt los, sagte Rita, – ich hab noch soviel zu erledigen.

– Ist gut.

Rita beugte sich über Aud und küßte sie auf die Wange.

– Sehen wir uns noch, bevor ich wegfahre?

– Fährst du weg?

– Ich fahre nach Tromsø rauf und besuche Rita, anschließend mache ich meine Runde mit den Selbstverteidigungskursen. Hast du das vergessen?

– Ja, nein, jetzt erinnere ich mich, wenn du es sagst ... bist du noch mit ihr zusammen?

– Mit wem? Mit Rita?

– Ja. Du brauchst nicht zu antworten ...

– Wir sind gut befreundet.

– Mensch, wenn ich das frage, will ich natürlich wissen, ob ihr noch miteinander schlaft. Aber gut, gut. Ich will es eigentlich auch gar nicht wissen. Ich weiß nicht, warum ich das gefragt habe.

Rita sagte nichts.

– Können wir nicht so verbleiben, daß ich dich anrufe, dann probieren wir, uns zu verabreden. Wir können ja bei Larsen essen oder so?

– Gut, in Ordnung. Rita winkte und verschwand schnell aus der Tür.

Als Rita gegangen war, setzte sich Aud an ihren Schreibtisch, nahm ein weißes Blatt heraus und sah es eine Weile an. Die Bleistiftspitze berührte vorsichtig das Papier. Sie zeichnete eine Augenbraue, dicht, dunkel, die in eckigem Schwung auslief. Die Augen? Mit einigen flüchtigen Strichen wurden sie angedeutet. Jetzt die Stirn, die Wange, nur die eine Seite; dann schnell und flüchtig die Haare, den Scheitel auf der linken Seite, eine Stirnlocke. Auds Herz begann heftig zu schlagen. Sie zeichnete den Mund, breit war er, die Mundwinkel ein wenig hinabgezogen. Lange war sie damit beschäftigt. Würde sie auch noch die anderen Linien des Gesichtes schaffen? Sie begann beim Haaransatz, deutete den Wangenknochen an und ließ die Form schmaler werden. Schnell skizzierte sie den Nasenrücken und deutete die Nasenlöcher an. Ein kleiner Strich am Kinn, schließlich füllte sie die Augen aus.

Aud blickte die Zeichnung an und wunderte sich. Es war das Werk eines zehnjährigen Kindes, grob und falsch, zu deutliche Wangenknochen, zu steifer Blick, ein viel zu grimmiger Mund. Und doch glich es ihr seltsamerweise. Irene sah Aud vom Papier an.

*

– Das war ausgesprochen unreif. Absolut unreif.

– Aber wieso denn? Hast du nicht immer gesagt, daß man ehrlich sein muß?

– Ja. Aber es gibt schwarze und weiße Lügen, ihre war eine weiße.

– Auch wenn sie weiß war, hätte sie nicht ihr Leben darauf bauen können!

– Wer sagt denn, daß sie ihr Leben darauf bauen wollte? Was führt dich eigentlich zu der Annahme, daß du derart wichtig für ihr Leben warst?

– Ja, aber ich möchte auch nicht nur für sie zur Verfügung stehen und nicht wichtig sein. Verstehst du das denn nicht?

– Ab und zu muß man sich damit abfinden, die Nebenrolle zu spielen.

– Nein, damit wollte ich mich nicht abfinden.

– Und warum nicht? Du spielst doch sicher die Hauptrolle in einem anderen Stück oder in mehreren sogar? In meinem Leben, zum Beispiel, hast du eine außerordentlich bedeutsame Rolle.

Und an eins hättest du auch noch denken sollen: Oft ist es so, daß in einem Stück eine Person anfangs eine recht unbedeutende Rolle hat und sich dann im Handlungsverlauf erweist, daß dies die Hauptperson ist. Überspielt die Person aber schon zu Beginn ihre Rolle, geht die ganze Wirkung flöten.

– Papa! Das Leben ist kein Theaterstück.

– Nein?

– Nein.

– Ich weiß nicht, ob du damit recht hast. Ein Theaterstück ist nicht das Leben, aber ich bin mir nicht so sicher, ob das Leben nicht doch ein Theaterstück ist.

– „You know, someone said, ‚The world's a stage ...'"

– Wie bitte?

– Ich habe Elvis zitiert, der wiederum Shakespeare zitierte.

– Ach so, ja.

– Aber, Papa, hast du schon mal von einem Stück gehört, in dem es versteckte Rollen gibt? Nicht genug damit, daß sie Nebenrollen sind, unsichtbar sind sie! Die ganze Zeit über bewegen sie sich auf der Bühne und beeinflussen das Leben der sichtbaren Personen, aber man hört nicht, was sie sagen, und weiß nicht, wo sie sind. Doch immer verursachen sie einen großen Aufstand und dramatische Konflikte zwischen den Hauptdarstellern. Hast du schon mal in so einem Stück gespielt?

– Nein, in genau so einem nicht, aber das könnte interessant sein.

– Ich finde es nicht im geringsten interessant, das wäre nur schlechtes Theater. Das Publikum würde völlig verwirrt nach Hause gehen.

– Ja, möglich.

– Ja, möglich.

Sie lachten beide und schwiegen dann eine Weile. Der Alte dachte an Banquos Geist in „Macbeth", und Aud dachte an ihren Vater. Es müßte nicht unbedingt schlechtes Theater werden, dachte er, unglaublich spannend ist es, wenn man Macbeths Reaktionen in seinem Gesicht ablesen kann, wenn er etwas sieht, das sonst niemand sieht; den Geist des besten Freundes, den er hatte töten lassen. Ein sehr faszinierendes, psychologisches Spiel, konstatierte er und begann sich zu ärgern, daß er nie den Macbeth bekommen hatte. Während seiner langen Bühnenlaufbahn war er nicht einmal in die Nähe einer solchen Inszenierung geraten. Was hatte Mama noch dazu gesagt? Hatte sie nicht immer gemeint, er solle sich diese Gedanken aus dem Kopf schlagen?

– Ich wollte schon immer ... – Aber hast du nicht ..., begannen sie gleichzeitig. Beide brachen ab. Er machte eine auffordernde Geste zu seiner Tochter.

– Aber du hast doch Mama betrogen. Und es ihr danach auch gesagt. Du wolltest nicht mit versteckten Menschen leben.

– O ja, aber nie hätte ich daran gedacht, sie deswegen zu verlassen, das ist wohl der ganz große Unterschied.

– Was meinst du damit?

– Ich meine folgendes: Nachdem Frau Jacobsen lieber mit dir als mit ihrem Mann zusammensein wollte, fühlte sie sich so in ihrer ganzen Existenz bedroht, daß sie auf dich verzichten mußte.

– Und warum nicht auf ihn? Wäre das nicht logischer gewesen?

– Woher willst du wissen, ob sie das zu guter Letzt nicht noch tun wird?

Aud zuckte zusammen, sie saß steif da und wagte nicht zu hoffen, hörte nur auf seine Stimme.

– Nur Mut, mein Mädchen. Sie kommt eines Tages, das wirst du schon sehen. Ich habe es in ihren Augen gesehen ... Möchtest du ein Gedicht hören?

– Nein, Papa, nicht jetzt, bitte, ich muß bald gehen.

– Nur eins?

– Na, gut.

Er schlug sein Tagebuch auf und begann mit großem Pathos, von den eigenen Gedanken deutlich ergriffen, ein Gedicht zu lesen, das er vor fünfundvierzig Jahren über seine Liebe an seine zukünftige Frau geschrieben hatte, noch bevor er sie kennenlernte. Wohl an die fünfundzwanzigmal schon hatte Aud es gehört und kämpfte mit einem Gähnen. Doch als er nun zu lesen begann, erschien es ihr in einem neuen Licht. Ein Mann hatte die Geliebte seiner Seele gefunden, obwohl er sie nie zuvor gesehen hatte – und die Beschreibung stimmte! War er dann in der Welt herumgelaufen und hatte die gesucht, die exakt zu seinen Vorstellungen paßte oder war es eine Vorahnung gewesen?

– Weißt du, diesmal hat mir das Gedicht wesentlich mehr gesagt als früher.

– Ja, antwortete ihr Vater ohne Erstaunen.

*

Aus allen Dingen verschwindet das Leben. Die Stadt ist dicht mit Schnee bedeckt. Als graue Leidensstrecke liegen die Tage vor ihr, nur durch den Schlaf unterbrochen. „Ich werde Deine Briefe vermissen.“ Immer folgt ihr dieser Satz, das ist fast noch schlimmer. Das Gefühl des Vermissens flammt wieder auf. Eine schonungsvolle Art, die Nachricht zu vermitteln. Nun ja – wie überbringt man eine Todesnachricht schonend?

Also nicht mehr schreiben. Diese Briefe konnte sie tatsächlich ihr Eigen nennen; die Freude, an die Worte zu denken, die sie schriebe, die Freiheit, auf dem Bürgersteig zu gehen, an der Bushaltestelle stehenzubleiben, die Netzkarte vorzuzeigen, im Bus zu sitzen – und Sätze zu denken, die Irene bald bekommen würde. Ein Kontakt, der nie begann, nie endete. Das wurde ihr nun genommen. Ich werde Deine Briefe vermissen.

Sie weiß, daß sie jetzt weinen wird, jeden Tag weiß sie es: jetzt muß ich weinen – tut es aber nicht. Sie läßt die Worte aufprallen und schweigt.

Anfang Dezember ist es. Sie läuft den Fußgängerweg entlang und weiß, daß sie leben muß. Sie betritt das kleine Kaufhaus, in dem sie für gewöhnlich einkauft, nimmt einen roten Plastikkorb, kauft Sunlichtseife, Knoblauchkäse, Vollkornbrot und Club Soda, wird von den Menschen in den schmalen Einkaufsgassen hin und hergeschoben, hört das Piepen der Computerkassen und weiß, daß sie leben muß. Verläßt das Geschäft wieder, geht die Straße entlang, an endlosen Autoreihen vorbei, hält an der Fußgängerampel, sieht die Wagen vorbeischießen, geht bei grün rüber, sieht eine Frau mit schwarzem Mantel, einen Mann mit brauner Lederjacke und hellbraunem Strickkragen, eine junge Mutter in hochhackigen Stiefeletten mit ihrem Kinderwagen, sieht über sie alle hinweg zu den Bergen rings um die Stadt und hinauf in den hellen Winterhimmel. Kalt weht die Luft von den Schneehügeln am Rande der Gehwege, kalt weht es in ihr Gesicht, durch die Handschuhe, sie weiß, daß sie leben muß.

Schön und klar ist es.

21

– Rulle! Sieh mal! rief Irene. Sie war vor einem großen mechanischen Nikolaus stehengeblieben, der Weihnachtsgrütze aß, während aus einer Spieldose ein altes Weihnachtslied ertönte. Doch Rulle stand ein Stückchen weiter vor einem Buchgeschäft und besah sich das Schaufenster.

– Da! rief sie und preßte ihren Zeigefinger fest gegen die Scheibe. Irene ging zu ihr hinüber. – Das wünsche ich mir. Sie deutete auf einen großen Atlas.

– Hmm, sagte Irene und nahm sie bei der Hand. Sie hatte schon einen Atlas für sie gekauft und versuchte nun, uninteressiert zu erscheinen. Sonderlich begabt war sie dazu allerdings nicht, Torgeir konnte sowas wesentlich besser. Er konnte die verrücktesten Dinge erfinden, wenn er Geschenke beschrieb, die er gekauft hatte. „Ein Ungeheuer mit vier Köpfen und viereckigem Bauch", sagte er zum Beispiel und niemand wußte dann, wovon er sprach.

– Weißt du, was Vivi sich zu Weihnachten wünscht?

– Nein, eine neue Collegejacke vielleicht?

– Ja, nein, ach, die wünschen sich doch alle! Sie will eine Puppe, die alles kann.

– Schlafen, essen, pinkeln, schreiben und sowas?

– Nein, das doch nicht. Sie möchte eine Puppe mit eigenem Willen haben. Rulle sagte das sehr bedeutungsvoll, als wäre mit „Eigenem Willen" so eine Art Vor- und Nachname.

– Und was kann die machen?

– Das weiß man ja eben nicht, erklärte Rulle voller Eifer. – Weißt du, sie hat die Nase voll von all diesen Puppen, die immer machen, was man ihnen sagt. Nun will sie eine Überraschungspuppe.

Irene mußte sich ihr Lachen über dieses altkluge Geschwätz verkneifen.

– Ja, gibt es denn solche Puppen?

– Nein, die gibt es noch nicht, weißt du. Ich muß ihr nämlich eine machen.

Endlich kamen sie an einem Geschäft mit Puppen vorbei, von denen Rulle meinte, daß sie geeignet sein könnten.

– Die könnte ich allein bezahlen, meinte sie, – ich müßte nur die Hälfte von dir bekommen. Sie gingen hinein.

– Oh, seufzte Rulle tief auf. – Hier ist so viel, was ich haben möchte. Aber man muß sich ja beherrschen.

Irene hatte Lust, ihr alles zu kaufen, was sie wollte, nur wegen dieser Äußerung. Sie war so zauberhaft. Und außerdem hatte sie ihre neue weiße Mütze auf.

Während Irene bezahlte, stand ihr Portemonnaie für einen Moment offen, so daß Auds Bild zum Vorschein kam. Ein kleines Paßfoto, das mit dem letzten Brief gekommen war, das sie nur für einen Moment dort hineingesteckt hatte, aber nun immer noch dort war.

– Wer ist das, Mama? kam es fragend mit hoher Stimme von Rulle, die ein wenig auf den Zehenspitzen stand.

Irene fühlte ihren Puls schneller schlagen.

– Das ist ... das ist ... eine Frau, die ich kenne.

– Ja? Und warum kenne ich sie nicht?

Irene lächelte dem Verkäufer entschuldigend zu, als müßte ihn das kleine Gespräch belästigen, und nahm schließlich ihr Wechselgeld entgegen.

– Weil sie in Oslo wohnt. Sie klappte ihre Geldbörse zusammen und steckte sie tief in die Tasche, dann gingen sie hinaus.

– Da hat man immer nur Geliebte stecken.

– Was?

– Im Portemonnaie.

– Ach so, ja.

– Darum ist sie deine Geliebte. Davon habe schon mal was gehört.

– Was? Was hast du gehört!

– Zwei Frauengeliebte! Sie wohnen zwei Häuser weiter von Vivi und haben einen Kanarienvogel.

– Was für ein Unsinn!

– Das ist kein Unsinn!

– Was sind denn das für zwei Frauen?

Rulle überlegte.

– Das sage ich dir nicht, bevor du mir nicht mehr über die Oslo-Frau erzählt hast.

Irene räusperte sich, sie spürt die kleine Hand in ihrer, fühlte, wie die Gedanken im Kopf ihrer Tochter schwirren. Plötzlich löste sie den Griff und knotete ihren Schal neu.

– Rulle, da gibt es nicht mehr zu erzählen. Sie ist eine Frau, die ich von der Arbeit im Frauenhaus kenne, weißt du. Und was die beiden da in Vivis Nachbarschaft betrifft: man soll über andere Leute keine Klatschgeschichten verbreiten.

Im gleichen Moment begannen die Domglocken zu schlagen. Der kräftige Klang breitete sich über der Stadt aus und erfüllte die kühle Luft. Irene blieb stehen und atmete tief ein. Unter all ihrem Winterzeug spürte sie den Schweiß, das Herz schlug ihr bis zum Hals hinauf. Jetzt setzte das Glockenspiel ein, die Melodie erfüllte ihren Kopf. Sie verspürte den seltsamen Drang, dort hineinzugehen: Buße für ihr elendes Fleisch und Schutz für die Angst, die in ihr aufstieg.

Was mache ich eigentlich? Warum belüge ich meine Tochter?

Ebenso abrupt, wie es begonnen hatte, hörte das Schlagen der Kirchenglocken auf. Irene nahm Rulles Hand und ging weiter. Doch bald schon zog Rulle sie am Mantelärmel.

— Mama? Warum bist du so komisch?

— Es ist nichts, sagte Irene leise, — komm!

*

Irene stand mit dem Rücken zum geschmückten Weihnachtsbaum und sah aus dem Fenster. Eine dunkle, viereckige Winternacht füllte den Rahmen aus. Im Lichtkegel der Straßenlampe sah sie die nasse Säule des fallenden Schnees, im Hintergrund die Außenbeleuchtungen der anderen Häuser. Viele hatten jetzt einen Weihnachtsbaum mit elektrischen Kerzen im Garten stehen, mehr als im vergangenen Jahr.

Unni hatte die Chopinplatte aufgelegt, die ihr Freund ihr geschenkt hatte. Irene folgte den Tönen, konnte sich aber an den Namen des Stückes nicht erinnern. Es klang so bekannt.

— Willst du nicht zusehen, wenn wir die Geschenke auspakken, Mama? fragte Heidi. Gestern waren sie und Unni nach Hause gekommen, die Arme voller Geschenkpakete. Erwachsen waren sie geworden, ihre beiden Töchter. Du lieber Himmel, jeden Weihnachten vergaß sie diese Tatsache, immer wieder schien ihr während der Vorbereitungen zum Fest, daß alles für drei kleine Mädchen sei.

— Guck mal! rief Rulle, — guck mal, das hab' ich von Heidi!

Rulle streckte ihr einen Cellophanumschlag mit vielen, farbigen Briefmarken aus aller Welt entgegen.

— Das ist aber hübsch! sagte Irene. Rulle schob demonstrativ ihre Unterlippe nach vorne.

— Das interessiert dich kein bißchen! sagte sie, Irene mußte lächeln.

Rulle machte das Kuvert auf, legte die Marken der Reihe nach auf den Eßtisch und schaute sie genau an.

– Und wenn jetzt die Tür plötzlich aufgeht und zum Beispiel der Weihnachtsmann hereinkommt? sagte Torgeir. – Dann würden deine Briefmarken in alle Richtungen davonwehen.

– Ach, Papa, du bist wirklich kindisch, gab Rulle ihm zur Antwort und versenkte sich weiter in die Betrachtung ihrer Marken. – Ich glaube nicht mehr an den Weihnachtsmann, setzte sie nach einer Weile hinzu. – Immer wieder vergißt du das.

– Aber dann glaubst du vielleicht an den Luftdruck? antwortete Torgeir.

– Den Luftdruck?

Aud, dachte Irene. Immer wieder kam sie zurück, obwohl sie versucht hatte, sie wegzuschieben. Doch es waren bittere Gedanken, ebenso gnadenlos und unerbittlich wie zuvor die sehnsüchtigen.

Wieder dachte sie an den Brief, nun ja, so konnte man es nicht gerade bezeichnen; einen Satz und einen Textauszug. Sie kannte die Stelle des Textes. Sie handelte von der Außenseiterstellung einer lesbischen Frau im Gegensatz zu einer heterosexuellen, der alles Wertgeschätzte, Offizielle offen stand in dieser Gesellschaft. Irene konnte das verstehen, wußte aber nicht, was es mit ihrer Beziehung zu tun haben sollte. Und dann dieser Zettel: „Ich hasse Dich."

Ach, Aud, wie kannst du mich so mißverstehen? Weißt du denn nicht, daß dieser Brief genauso schlimm war für mich wie für dich? Glaubst du, daß ich mit großem Vergnügen auf deine Briefe verzichte? Was für ein Verzicht! Aber was sollte ich denn tun?

Also gut, nun bist du böse auf mich. Verachtest du mich, denkst du, ich bin feige? Dann bin ich es eben. Sei so wütend wie immer du willst, das hilft nicht weiter. Du hast mich einmal gezwungen, das war einmal zuviel. Hast du denn nicht im allergeringsten verstanden, in welcher Situation ich mich befand?

Zu Beginn war es seltsam schmerzlos gewesen. Sie hatte eine Entscheidung getroffen. Vorbei. Ganz brutal. Aber was hätte sie sonst tun sollen? Und im Grunde genommen stimmte, was Torgeir gesagt hatte: sie konnte nicht zwei Leben leben; sie hatte wählen müssen.

Und das hatte sie getan. Nachdem das geschehen war, empfand sie eine ausgesprochene Erleichterung. Als hätte sie ein Joch von ihren Schultern abgeworfen; es gab Momente, in denen sie glaubte, fliegen zu können. Keine hektischen, atemlosen Telefongespräche mehr. Nicht mehr die kleinen Briefumschläge am Arbeitsplatz mit dem Poststempel „Oslo" und leidenschaftlichen Inhalten. Keine Vorwürfe, keine Tränen mehr in den langen, verbotenen Telefonaten bei Astrid am Abend. Kein Verlangen mehr nach ständig neuen Liebesbeweisen, keine Angst mehr vor dem Abbruch der Beziehung. Ja, auch das! Jetzt war sie von all dem befreit, konnte damit beginnen, sich in diesem Leben zurechtzufinden, so, wie es nun eben war. Ihr wurde klar, was sie seit viereinhalb Monaten in ihrem täglichen Leben alles vernachlässigt hatte. Nicht in allererster Linie die Hausarbeit, na gut, die auch, aber Bücher. Wann hatte sie zuletzt ein Buch gelesen? Das Buch über Frauenmißhandlung konnte sie jetzt in Angriff nehmen – soviel Zeit war plötzlich zur Verfügung! Langsam kam das Leben wieder in seine gewohnten Bahnen; Freunde und Bekannte, Rulle am Abend vor dem Einschlafen vorlesen – alles, was zu einem funktionierenden Leben gehörte.

Eine Amputation, allerdings. Sie fühlte sich eiskalt, selbst der Gedanke an Auds mögliche Verzweiflung berührte sie nicht. Sie hatte genug davon. Eine Zeitlang konnte sie in ihrer Erinnerung an Aud nichts als Forderungen sehen. Die Forderung, zu kommen, die Forderung, anzurufen, zu lieben. Und zum Schluß die Forderung, es Torgeir zu sagen. Sie hatte genug davon, sich um Leute zu kümmern, genug davon, Mitleid zu verströmen, als sei sie eine unerschöpfliche, ewige Quelle. Das war sie nicht, sie war trocken – trocken und hart. Jetzt wollte sie sich um sich selbst kümmern!

Doch im Verlauf der kommenden Tage dachte Irene: Wie kann sich ein Eisklumpen um sich selbst kümmern? Mir sind keine Gefühle geblieben. Solange ich Aud hatte, die Gedanken an sie, ihre Briefe, ihre Stimme am Telefon, die Hoffnung, diese ständige Hoffnung, konnte ich auch etwas für Torgeir sein. Ich war fröhlich, Himmel, wie fröhlich ich zu der Zeit war! Und er auch; er sah ja, wie ich strahlte, und wollte mich immer wieder – heftiger als zuvor. Und jetzt? Nun hat er mich ganz und hockt da und fragt sich, ob er jetzt so wie Rulle ist, wenn sie so tut, als glaube sie noch an den Weihnachtsmann. Hat er dabei etwas gelernt? Hat es ihm genützt, seine Macht auszuspielen?

Nachdem sie vor etwa einer Woche Rita Blom mitten im

Weihnachtstrubel getroffen hatte, war es schlimmer geworden. Irene sah sie vor sich gehen, ihr schmaler Rücken stach ihr sofort ins Auge. Sie wollte sie nicht wiedererkennen, wollte weg. Schon auf dem Weg in die entgegengesetzte Richtung hörte sie plötzlich: Hallo, Irene!

Beide blieben stehen und unterhielten sich recht zwanghaft über das Seminar. Wie war es möglich, so trocken über diese Woche damals zu sprechen. Als wären alle Verzauberungen, die sie beide dort miteinander erlebt hatten, alle Visionen fort. Nichts kannten sie voneinander, nichts war gemeinsam als eben dieses Seminar in Dänemark – war es nicht herrlich dort gewesen? Leere Phrasen. Und noch etwas Unaussprechliches gab es für sie beide: Aud Strand.

Ich will alles über sie wissen! Hast du sie in letzter Zeit gesehen? Wie geht es ihr? Hat sie etwas über mich gesagt? Ist sie böse auf mich? Hat sie sich in eine andere Frau verliebt? Wie sieht sie jetzt aus? Was hatte sie an, als du sie gesehen hast? Die grüne Cordhose, das weiße Hemd und die Weste? Grüß sie von mir und sag, daß ich an sie denke und denke und denke ...

Doch all diese Fragen gibt es nur tief in ihr, dort sehnen sie sich nach einer Antwort. Rita sieht nur eine freundliche, kurz angebundene Irene, die offensichtlich nichts anderes im Sinn hat, als diese Unterhaltung schnell hinter sich zu bringen, frohe Weihnachten zu wünschen und zu verschwinden.

– Mit Aud und dir ist es nicht gut gegangen? ... Plötzlich kam diese Frage, Rita sah sie mit ihren kleinen braunen Augen direkt an. Irene trat einen Schritt zurück, im gleichen Augenblick drehte es sich in ihrem Kopf, ein schrecklicher Ton schwoll an und verebbte. Sie kniff den Mund zusammen, schüttelte den Kopf. Jetzt spürte sie Ritas Hand auf ihrem Mantelärmel. – Fühlst du dich nicht wohl? Irene schüttelte wieder den Kopf. Sie wollte Rita so gern fragen, ob sie sich beide nicht in ein Cafe setzen könnten, vielleicht da im Kaufhaus? Aber sie schaffte es nicht, diese Frage zu stellen, hatte Angst vor dem, was dann käme. Rita hatte durch ihre Frage etwas in ihr ausgelöst, jetzt mußte sie nur schnell weg, bevor sie etwas bemerken konnte.

Sie spannte ihr Gesicht, wich Ritas Blick aus und sagte: – Ich kann hier nicht so stehenbleiben. Bist du so nett und ... und grüßt sie von mir? Rita nickte.

– Ist sie über Weihnachten in Slemdal?

– Nein, sie fährt nach Kopenhagen.

– Nach Kopenhagen! Irene verspürte den Wunsch, sich aufzuschwingen und wegzufliegen. Also gut, dann werden meine Gedanken dorthin gehen.

– Ich muß mich beeilen, aber danke für alles.

– Ja, gleichfalls, frohe Weihnachten!

Irene hatte das Gefühl, als wäre sie von ihr weggerannt. Später fragte sie sich, wofür sie Rita eigentlich gedankt hatte.

Doch sobald sie um die nächste Hausecke gekommen war, bereute sie schon ihr Handeln. Warum hatte sie Rita so gehen lassen? Warum konnte sie sich nicht besser beherrschen? Warum hatte sie nicht gefragt, wo in Trondheim Rita wohnte. Sie hätte sich mit ihr verabreden können! Sie machte kehrt, lief schnell in die Olaf Tygvasonsgate und hielt nach der kleinen, energischen Erscheinung Ausschau. Doch sie war in diesem Einkaufsgewimmel endgültig verschwunden.

Das war ein Zeichen, dachte sie. Sie stand vor einem Schaufenster, überdachte die kurze Unterhaltung. Sie kannte Rita ja nicht, hatte sie eigentlich immer etwas feindselig empfunden. Nun aber kam es ihr vor, als sei Rita zu ihr gekommen. Auds ganzes Wesen war plötzlich wieder da, stärker, näher als vorher, so, als trage Rita ihren Körper mit in sich. Das schmerzte, aber es tat gut. Den Rest dieses Tages fühlte sie sich seltsam leicht.

Immer wieder wunderte sie sich darüber, warum sie sich nicht mit Rita verabredet hatte. Sie hätte ihr doch etwas mitgeben können, irgendwas. Nur um zu zeigen, daß sie an Aud dachte. Die Zeichnung, dachte sie plötzlich, die sie damals nach diesem unwirklichen Aufenthalt in Fjærvik gemacht hatte, hätte sie Rita mitgeben sollen.

Aber jetzt war es zu spät.

Die Schneeflocken tanzten vor ihren Augen, hinter ihr knisterte Weihnachtspapier. Irene stand in ihrem Wohnzimmer, im Kreis ihrer Familie und dachte an diese Zeichnung. Was Aud jetzt wohl machte? Ihre Gedanken wanderten nach Kopenhagen, die ganze Woche lang hatte sie nur an diese Stadt gedacht: Wie wird sie dort Weihnachten feiern? Mit Freundinnen zusammen? Schwierig, sich das vorzustellen. Geht es dort so zu wie bei dem Seminar? Singen, tanzen und diskutieren sie alle zusammen? Und denkt sie währenddessen an mich?

Ganz fern hörte sie Andeutungen von Unzufriedenheit darüber, daß sie am Geschenkeauspacken überhaupt nicht teilnahm. Sie wußte nicht, wie lange sie so gestanden hatte. Eine halbe

Stunde? Fünf Minuten? Schon fünf Minuten wären zuviel gewesen. Ihr treuester Leidgenosse, das schlechte Gewissen, meldete sich zur Stelle. Langsam zwang sie sich vom Fenster weg und wandte sich den anderen im Zimmer zu.

Ihr Blick wanderte zu Unni, ihrer ältesten Tochter.

– Was hast du da gerade gespielt?

– Eine Chopin-Etude.

– Ja? meinte sie etwas ungläubig, – es hörte sich doch so bekannt an.

– Und ob die bekannt ist! sagte Torgeir. – Lill Lindfors hat doch zu dieser Melodie einen Schlagertext gesungen. Verdammt, wie ging das denn noch? Aufgeregt summte er vor sich hin, suchte nach dem Text, kam aber nicht darauf.

– Es geht ... fing Unni an.

– Warte! rief Torgeir. – Es liegt mir auf der Zunge!

– Aber Papa! Weißt du denn nicht ...

– Sag nichts!

– „In mir klingt ein Lied" sang Heidi nun einfach dazwischen.

– Kannst du es nicht noch einmal spielen? fragte Irene.

Heidi legte die Platte wieder auf, die ruhige Klavierstimme erfüllte den Raum. Ganz leise hörten sie Heidis Stimme dazu, dünn und etwas zittrig. Nach kurzer Zeit unterbrach sie sich und sah sich unsicher um.

– Sing doch weiter, sagte Irene.

So ermutigt, sang Heidi nun mit kräftigerer Stimme den ganzen Text zu der Melodie mit.

Vor Eifer bekam sie einen roten Kopf. Der Pianist auf der Platte spielte den echten Chopin weiter. Einen Moment lang herrschte eine fast andächtige Stimmung in der Familie.

– Was für eine hübsche Stimme du hast, sagte Irene.

– Der Text ist gar nicht so übel, meinte Torgeir.

Nur Heidi bemerkte die Tränen in Irenes Augen.

*

In den Tagen nach Weihnachten lebte Familie Jacobsen ihr gewohntes Leben. Irenes Gedanken aber wanderten hin und her, ließen sich von der Vergangenheit aufsaugen und kamen wieder zurück. Eine ähnliche Abwesenheit bemerkte sie auch bei ihren beiden älteren Töchtern, besonders bei Heidi. Was hielt sie hier eigentlich zusammen? Das Scheinleben einer Zusammengehörigkeit, die sie einmal miteinander verbunden hatte?

Lediglich Rulle schien sich wohlzufühlen, sie hatte alle um sich herum und Vivi drei Häuser weiter, mit der sie die Geschenke vergleichen und sich auf alle zukünftigen Weihnachtsfeste freuen konnte.

Hatte das allein nicht schon seinen Wert?

Doch, doch, sicher. Und trotzdem: das war es nicht. „Ich bin eine egoistische Mutter“, dachte sie.

Die Zeichnung ging ihr nicht mehr aus dem Kopf. Nach dem Zusammentreffen mit Rita dachte sie immer wieder daran. Eines Tages schließlich suchte sie das Blatt heraus. Während sie mit der kleinen Schatulle im Schlafzimmer saß, entschloß sie sich, sie abzuschicken. Sie hatte die Hütte aus der Perspektive gezeichnet, die sich ihr beim ersten Anblick geboten hatte, mit der kleinen Grasfläche davor, den Baumstämmen und dem Meer im Hintergrund, ganz links das Bootshaus am Waldrand und die Felsen der Schärenlandschaft.

Sie mochte das Bild, hatte es oft angesehen und ihr immer ein Gefühl von Existenz vermittelt. Ein präzises Stück Wirklichkeit war es, unromantisch, unidyllisch, nah und eigenartig, ein bißchen schief vielleicht. Endlich hatte sie ein Bild zustande gebracht, das ganz und gar richtig war.

Sie sollte es haben, auch das war richtig. Doch sofort spürte sie, wie sehr sie es vermissen würde. Sie holte Zeichenblock und Farben hervor und begann, das kleine Aquarell zu kopieren. Zuerst guckte sie noch ab, sie wollte es genauso haben, doch das gelang nicht besonders. Dann drehte sie das Original um und zeichnete aus der Erinnerung weiter, das ging besser. Viele Linien wurden dennoch zu unsicher, also drehte sie das Bild wieder um und sah nach. Nun entdeckte sie einige Fehler im ursprünglichen Bild und fand die jetzige Version gelungener. Trotzdem war das erste besser. Worin der eigentliche Fehler bestand, vermochte sie nicht herauszubekommen.

– Mama! Malst du wieder? Heidis Stimme war ganz nah hinter ihr, sie stellte sich neben ihren Stuhl und sah zu.

– Ach, sagte Irene abwiegelnd, – ich probier's nur mal.

– Das ist gut geworden!

– Ja, findest du? Irene blickte schnell zu ihrer Tochter auf und hielt beide Blätter nebeneinander.

– Ist das beides die gleiche Gegend?

– Ja ... das soll es werden, aber irgendwie bekomme ich das zweite nicht richtig hin.

– Das rechte ist besser. Das Haus ist dort mehr Teil der Landschaft, auf dem anderen hast du es nur so dahingemalt, finde ich. Es könnte ebensogut auch woanders stehen ...

– Findest du?

– Ach, ich weiß nicht, ich versuche nur meine Empfindung auszudrücken, ich verstehe ja nichts davon. Alle beide sind schön. Finde ich. Ist das ein bestimmter Ort?

– Nein, nur etwas, das ich mir vorstelle.

– Bist du als Kind mal dort gewesen?

– Nein, das ist nicht in Vestfold ...

Irene brach ab, wie konnte sie so sicher sein, daß diese Hütte nicht in Vestfold lag, wenn dies nur ein Ort in ihrer Phantasie sein sollte?

Heidi schien jedoch nichts Sonderbares daran zu finden.

22

Die Tage gingen dahin, einer dunkler als der andere. Die Straßen wurden weihnachtlich, begannen zu glitzern, rote Strickmützen tauchten überall auf, weiße Watte und Glockenspiele. In dieser Atmosphäre schien es nichts als von Kerzen erleuchtete Wohnungsfenster zu geben, die Harmonie und Wärme ausstrahlten, lebendige Wärme. Familien, die sich zusammenfanden – Aud sehnte sich dort hinein.

Warum ist das so? fragte sie sich, ich weiß doch ganz gut, wieviel Kummer und Sorgen sich hinter diesen erleuchteten Vierekken befinden, wie viele unglückliche Ehen, wie viele Lügen, wieviel Betrug. Und doch laufe ich herum und habe solche Empfindungen?

Wieder versuchte sie, sich genau an die Weihnachtsfeste ihrer Kindheit zu erinnern. Sie dachte an ihre Mutter und daran, wie sie das Fest vorbereitet hatten. Das war immer viel spannender gewesen als der Heiligabend selbst.

Ihr Vater rief an, wie immer saß er einsam in seinem großen Haus in Slemdal und wartete. Worauf allerdings, das wußten weder er noch sie. Er war in diesem Zustand, seit er seine Frau verloren hatte. – Naja, sagte er, richtige Weihnachten wird es ja nicht dieses Jahr. Seit einundzwanzig Jahren schon sagte er das. Ohne Mama, meinte er. – Deshalb habe ich gedacht, sagte er und räusperte sich leicht, – daß ich mit Frau Kruse nach Mallorca fliege.

Aud mußte lächeln. – Ja? Nach Mallorca? – Ja, kam es fast entschuldigend. – Wenn du magst, kannst du ja mitkommen, aber du hast sicher schon etwas vor, nicht wahr?

– Ich habe eine Einladung nach Kopenhagen bekommen, wenn du wegfährst, werde ich sie wohl annehmen. Wir können dann ja im neuen Jahr wieder zusammen sein.

– Ach, wer weiß, ob ich dann noch lebe!

Aud sagte einen Moment nichts; schon lange hatte sie es sich abgewöhnt, zur Ankündigung seines bevorstehenden Todes etwas zu bemerken. Sie verabredeten einen Tag, um sich ihre Geschenke zu geben, und beendeten dann das Gespräch.

Aud blieb neben dem Apparat sitzen, sie spürte einen schmerzenden Klumpen in der Zwerchfellgegend; so ging es ihr oft, wenn sie mit ihm gesprochen hatte.

War das die Schwermut, die sie von ihm geerbt hatte? Oft glaubte sie das, dann wieder hielt sie es für Unsinn, denn schließlich war so etwas nicht erblich. Das kommt von konkreten Dingen, hier und jetzt. Sie sollte nicht in der Vergangenheit suchen, nicht bis in die Kindheit zurückgehen und vielleicht noch weiter. Ach, sie wußte es nicht. In ihren Gedanken war es ruhig.

Sie schaltete den Fernseher an, konnte sich aber auf nichts konzentrieren, sah sich in ihrem Zimmer um und redete mit ihrem Vater. Die Zweizimmerwohnung war aufgeräumt, das Schlafzimmer, in dem der Schreibtisch stand, und das Wohnzimmer. Jetzt war nichts mehr zu tun, sie hatte eingekauft, gegessen und war satt. Das Wochenende lag vor ihr, und sie wußte nichts damit anzufangen.

Irene hat mein ganzes Leben ausgefüllt, so ist es eben, nicht zum ersten Mal ist es so gekommen, wieder ließ ich es geschehen. Aud hatte das Gefühl, als hätte Irene sie ganz einfach genommen und dahin geschoben und gedrückt, wohin sie es wollte. Eine wahnwitzige willenlose Willigkeit.

Geistesabwesend starrte sie auf den italienischen Film im Fernsehen. Sie hatte ihn wegen der Sprache eingeschaltet, diese intensiven Stimmen konnten sie beruhigen. Eine ganze Weile war er nun schon gelaufen, eine Szene unwahrscheinlicher als die andere, das Stück für das Medium Film völlig ungeeignet; die Legende von Odysseus und Circe. Doch als Odysseus ihr nun zu Füßen lag, verfolgte Aud die Handlung. Odysseus war in Trance und wollte nichts als bleiben, mehr vermochte er nicht, was immer er einmal wollte, was das Ziel der Reise war – er hatte es vergessen. Er befand sich auf dem Weg zu etwas hin oder von etwas fort, ohne Rücksicht auf die Mannschaft wollte er lediglich dort liegen und in ihr Gesicht sehen.

Was war das nur? Bedeutete denn Liebe, daß ein Mensch letztendlich für die Welt verloren ging? Konnte sie denn nicht in ihr gelebt werden – in Freiheit –, obwohl die Lebensziele bestimmt waren, obwohl eine Person wußte, wer sie war und was sie wollte? Konnte das alles nur mit dem Verlust der Liebe erreicht werden? Konnten der geliebte Mensch, das Lebensziel und der Sinn denn nicht mit der erotischen Leidenschaft verbunden werden? Und war diese nur zu erreichen, wenn jemand in die genau entgegengesetzte Richtung ging, in verbotenes Revier eindrang, Tabus brach, das Unmögliche realisierte, auf alles pfiff und von dem nichtvorhandenen Geld durch die ganze Welt reiste und liebte, wenn man vor Freude auf der Stelle tot umfallen möchte?

Und warum sollte Aud Strand, eine Frau von sechsunddreißig Jahren, hier an einem kalten Winterabend in Oslo sitzen und sich mit Odysseus vergleichen? Eine absolute Lächerlichkeit war das. Entschlossen stand sie auf und drückte auf den Knopf, Odysseus und Circe verschwanden augenblicklich. So einfach ging das, plopp, fort waren sie und mit ihnen diese ganze Faszination ihrer Geschichte.

Dann die überraschende Stille; diese fernen Figuren aus der antiken Sage hatten sie mit Leben erfüllt, jetzt vermißte sie sie plötzlich. Wann sonst konnte sie einmal italienisch hören? Außerdem hatte sie sich diesen Film vorgemerkt, drei dicke Striche im Programmheft bewiesen das.

Aber sie wollte nicht. Das Gefühl der Einsamkeit drang ihr bis ins Mark. Rita – was soll ich machen? Was ist mit mir los, daß ich immer verraten werde?

Draußen vor den Fensterscheiben war es dunkel, Aud fühlte das Unbehagen in sich aufsteigen, spürte die Stille des Wohnviertels, hörte nur ihre eigenen Laute.

Sie saß da, starrte in die Luft, kein Muskel rührte sich. In ihr war alles unbeweglich, Arme, Beine, der Körper, die Haut, die ihn umschloß, das Gesicht, die Augen. Aud spürte, daß sie existierte, doch in ihr war alles abgestorben.

Einen Moment lang überlegte sie, ob sie ins Bad gehen sollte, um sich das Gesicht mit kaltem Wasser zu waschen. Doch der Gedanke daran, sich bewegen zu müssen, war ihr unerträglich. Wenn sie jetzt nicht ganz still sitzenbliebe, stürzte alles auf einmal in ihr zusammen. Also blieb sie sitzen; die Zeit verging, die Luft vibrierte. In ihr war nichts.

Schließlich hob sie eine Hand hoch, nur ganz wenig. Betrachtete sie, drehte sie um, besah mit leerem Kopf lange die Innenfläche, all die verzweigten Spuren, die dort kreuz und quer verliefen. Als sie sich schließlich von der Bettkante erheben wollte und die Bewegung in ihrem Körper spürte, ließ sie sich vehement zurückfallen, begrub ihren Kopf im Kissen, das Gesicht war warm und voller Tränen ...

*

Sie muß eine Weile geschlafen haben. Zehn vor elf, sie steht auf, geht ins Bad, wäscht sich das Gesicht, geht in die Küche, setzt Teewasser auf.

Es ist vorbei, es ist wohl besser, sich endlich damit zu konfrontieren – vorbei. Und Rita hatte recht, als sie meinte, daß Irene nun gewählt hatte.

Ein Begriff kommt ihr plötzlich wieder in den Sinn: „Die Entscheidungsproblematik bei der Frau". Ist sie damit gemeint? Ist Irene denn so schwach? Aud hatte von ihr nicht diesen Eindruck gewonnen. Stark ist sie und sieht alles recht klar.

Sie brüht den Tee auf und fühlt sich wohl, der Schlaf hat gut getan.

Ja, ich hatte befürchtet, daß du wieder von mir fortgehen wirst – aber so! Wo ist dein Mut geblieben? Wo ist er jetzt? So, wie du damals direkt durch den ganzen Raum auf mich zugekommen bist!

Wer hatte denn den Kontakt begonnen? Aud sieht sie in Gedanken auf sich zukommen, mutig und stark. Es war so unbeschreiblich gut, daß du es getan hast, ich hätte es nie im Leben gewagt! Aud spürt wieder, wie sie plötzlich im Bus ihre Hand wegzieht – es könnte ja jemand gucken. Eben, genau das war Irene Jacobsen!

Das hätte ich verstehen müssen, aber ich war zu feige, die Konsequenz daraus zu ziehen.

Aud hört jetzt ganz deutlich ihre Stimme, die immer hektisch war, immer unterwegs, immer auf der Hut davor, nicht entlarvt zu werden.

Aud sitzt mit aufgestützten Ellbogen am Schreibtisch und sieht nun ganz deutlich, wie Irene sich zurückzieht, immer mehr.

Wie dumm ich war! Warum habe ich das nicht sofort bemerkt? Gesehen habe ich es ja von Anfang an, ich habe nur auf etwas anderes gehofft. Aber worauf? Daß sie sich scheiden läßt, daß sie zu mir kommt – wie denn das?

O ja, an Träumen hatte es bei ihr nicht gemangelt. Sie hatte sie alle vor sich gesehen, sich selbst, Irene, alle drei Töchter, hatte gesehen, wie sie alle in das Haus in Slemdal einziehen – wenn es an der Zeit gewesen wäre. Wie oft hatte sie ihre Wohnung hier für sich, Irene und Rulle eingerichtet, hatte sie in den Oster-, Pfingst-, Sommer- und Weihnachtsferien in der Hütte in Færvik gesehen.

Aber waren das Pläne gewesen? Realistische Gedanken an ihre Zukunft hatte sie eigentlich nie gehabt.

Die ganze Situation war nicht gerade sehr einladend für konkrete Pläne gewesen. Es war und blieb nichts als eine ewige Flucht in Träume, die sie beide unternommen hatten. Völlig undurchführbare. Denn – was sollte Irene in Oslo? Was sie in Trondheim? Auf derartiger Willkür konnte Liebe nicht gedeihen, das wußte sie recht gut.

Plötzlich vermißte sie Rita, sehnte sich nach den langen Gesprächen mit ihr, die weit in die Nacht hinein dauern konnten. Sehnte sich nach dem Zustand, als sie noch zusammenwohnten, nur zwei Türen und ein Flur zwischen ihnen. Sie konnten einander sehen, wann immer sie wollten, konnten allein oder zusammen schlafen. Aud sehnte sich nach dem Zustand, bevor alles zwischen ihnen zu zerbröckeln begann. Bevor Aud so kategorisch darauf bestanden hatte, Dinge nur für sich allein zu haben, bevor Rita ihre Nächte woanders zu verbringen begann und Aud dalag, wartete und keinen Schlaf finden konnte. Rita hatte diese Beziehung zu Rita G. verbissen, voller Trotz realisiert.

Nein, nicht daran denken, lieber an die Zeit, bevor das alles anfing. Warum hatte sie auf das Positive, das trotz allem ja zwischen ihnen war, nicht besser achtgeben können?

Ich war ja völlig weg, die letzten Monate waren eine einzige zusammenhängende Psychose bei mir gewesen. Hatte ich nicht sehr gute Vorsätze gehabt? Ich wußte ja, wie die Dinge zusammenhingen; wir sollten eben nicht so einfach auseinandergehen; hatten sie das denn nicht miteinander verabredet? Und was geschieht dann? Kaum hat sie sich verliebt, rast ihre ganze Phantasie, ihre Aufmerksamkeit, Energie, Freude, Wärme – alles, was sie hat – einspurig in Richtung auf diesen einen, neuen Menschen!

Das kann man wohl als Egoismus in Reinkultur bezeichnen!

Wer hat gesagt, Liebe sei Altruismus? Ein Eigenkult, das war's! Wie anders sollte sie denn das nennen, was sie den ganzen Herbst über getrieben hatte? Oder das, was Rita gemacht hatte oder Irene, bis sie dann stopp gesagt hatte? Oder gab es vielleicht Unterschiede im Umgang mit der Liebe?

Aud ist sich unsicher, verwirrt, sie will mit Rita darüber sprechen, möchte sie so vieles fragen. Sie nimmt den Hörer auf und wählt die Nummer ihrer Wohngemeinschaft, freut sich auf ihre Stimme – immer schon mochte sie Ritas Stimme –, stellt sich vor, daß sie sich über den Anruf freut und Lust hat, sie sofort zu sehen. Ist es zu spät? Nein, Rita ist ja ein Nachtmensch. Es klingelt lange, ist sie etwa schon zu Bett gegangen, das kann doch nicht sein. Also wartet sie weiter.

Endlich hört sie ein Klicken in der Leitung, der Hörer wird abgenommen.

– Hallo, sagt die helle Stimme von Jorunn Bergersen sehr schläfrig. Ach, Entschuldigung, sie hat sie wohl hoffentlich nicht aufgeweckt? Sie möchte nur mit Rita sprechen. – Rita, die ist doch heute abend weggefahren. – Weggefahren? – Ja, zu diesem Selbstverteidigungskurs.

Aud legt den Hörer auf und fühlt sich seltsam dumm und verlassen. Warum hat sie nicht angerufen und sich von ihr verabschiedet? Aud ärgert sich darüber, hatten sie denn nicht verabredet, daß sie sich vor ihrer Reise noch treffen und zu Larsen essen gehen wollten?

Ist sie vielleicht verletzt darüber, weil Aud sich in diesem ganzen Herbst so wenig um sie gekümmert hat? So stolz braucht sie nun auch nicht zu sein, sie weiß ja recht gut, wie das Verliebtsein ist.

Enttäuscht kleidet sie sich aus und versucht, Schlaf zu finden.

*

Heiligabend rückte unerbittlich näher. Aud wollte für eine gute Woche zu Bodil Nielsen nach Kopenhagen fahren. Doch sobald sie an diese Reise dachte, hatte sie Lust, abzusagen. Sie spürte, daß sie es nicht schaffte, mit anderen Menschen zusammen zu sein. Der Zustand ging nicht vorüber, so wie sie es gehofft hatte. Niemand konnte sie erreichen. Bodil war ein sehr lieber Mensch, doch im Grunde war ihre Beziehung verkrampft. Ging es Aud schlecht, wurde Bodil ganz unsicher und wußte nicht, was sie tun sollte. Ihre ganze Freundschaft hatte immer daraus bestanden, gemeinsam etwas Komisches in dieser Welt zu entdecken und dann darüber zu lachen. Das Lachen wurde zu ihrer Waffe, ihrem Medium und zum Gipfel ihrer Intimität. Lange Erklärungen waren zwischen ihnen nie nötig gewesen, immer hatte eine die andere ganz unmittelbar verstanden, ein sonderbares Zusammenspiel, denn gleichzeitig kannten sie große Bereiche im Leben der anderen überhaupt nicht. Jahrelang war es so mit ihnen beiden gegangen.

Doch jetzt fühlte sich Aud nicht in der Verfassung, auf Bodils

Ton einzugehen, sie verspürte dazu keine Kraft. Lieber wollte sie zu Hause bleiben und Heiligabend allein feiern. Warum auch nicht? Na gut, wenn es dann so weit war, würde es sicher schlimm werden, aber sie fühlte, daß sie eigentlich nirgendwo sein wollte.

Überrascht stellte sie fest, daß sie an ihren Vater dachte. Hartnäckig saß er da und war einsam, obwohl sich viele liebevoll um ihn kümmerten. Eine ferne Erinnerung kam zurück, irgendwann hatte sie etwas sagen wollen, wann? Daß sie Angst vor seinem Tod hatte?

Jedenfalls fürchtete er sich nicht davor. Seitdem er ohne seine Frau war, hatte es keine Freude mehr für ihn gegeben. Der Tod wäre vielleicht eine willkommene Erleichterung für ihn. Die Angst, das Erbe seiner Schwermut antreten zu müssen, kam immer wieder.

Merkwürdiger Gedanke! Solange er lebte, würde sie dagegen ankämpfen. Was bedeutete Alleinsein – hatte er denn nicht Frau Kruse? Und mich! Und seine vielen Freunde – so viele Menschen könnte er in seiner Umgebung haben, wenn er nur wollte.

Diesen großen Schmerz von damals aber wurde er nicht los, konnte ihn nicht bewältigen.

Doch wer bin ich eigentlich, daß ich hier über ihn urteile? Ich, die ich mich kaputtjammere über einen Menschen, den ich nur ganze fünf Monate kannte! Die beiden waren zwanzig Jahre zusammen gewesen.

Oder war das einerlei? Wenn das Leben von uns ging, so ging es von uns.

*

Am Abend bevor Aud mit der Fähre nach Kopenhagen abfahren wollte, ging sie noch einmal in die Stadt. „Night flight to Venus" dröhnte Bonnie M. durch die Tür der Diskothek. Sie verschanzte sich hinter einem Bier und vermißte Rita. Warum nur diese Selbstverteidigungstournee die ganze Küste entlang? Aus Trondheim, Bodö und Tromsö waren Karten gekommen: „Mir geht's gut. Ich habe eine Frau getroffen, die Sanne heißt, habe eine Menge von ihr gelernt, sehr spannend!" So, so, hatte sie sich in sie verliebt? Dann könnten sie ja beide eine Konkurrenz beginnen, wer es schaffte, die am weitesten entfernte Geliebte zu haben! Aud trank das zweite Bier aus und war sauer – auf Rita, auf Irene, sauer auf all diese lächerlichen Tänzer und Tänzerinnen hier in der Disko, die sich jetzt im Travolta-Stil nach „Grease" bewegten. Alle waren anscheinend in den letzten Monaten auf einem Travolta-Kurs gewesen, das war deutlich zu erkennen. Einige Typen schienen mit aller Macht diesem Knaben ähnlich sehen zu wollen.

Warum ist Rita nicht hier? Sie hat die seltene Begabung, nie da zu sein, wenn ich sie brauche.

Plötzlich bemerkte sie Steffen ganz in der Nähe, seine braunen Augen ruhten warm auf ihr. Verdammt, das tat so gut! – Komm! rief sie in den Lärm und nahm seine Hand, – laß uns tanzen!

Sie mischten sich unter die Tanzenden, Steffen hatte sofort den richtigen Stil drauf und zeigte es ihr: – So! rief er lachend, und Aud probierte es. Was waren das nur für verborgene Fähigkeiten, die schwule Männer so gut tanzen ließen? Sehr mystisch.

– Du lieber Himmel, was ist mit dir? fragte Steffen, als sie wieder zum Tisch zurückgingen. – Du bist nicht sonderlich gut drauf heute, was?

– Stimmt, ich habe Liebeskummer und versuche nun, ihn in einem Meer von Bier zu ersäufen.

Nein, nein, ich kann das jetzt nicht erzählen, dachte Aud. Nicht Steffen und nicht irgendeinem anderen. Es würde doch nur Gelächter, ohrenbetäubender Lärm und Bierseligkeit daraus werden. Wie sollte sie sich ihm mitteilen? Inzwischen waren noch eine Frau namens Yvonne und Gro Åmot von ihrer Theatergruppe an ihren Tisch gekommen.

– Weißt du, ich habe mich derart ver... begann sie zu Steffen gewandt. Doch welches Wort sollte sie eigentlich benutzen? „Verliebt" hatte sie sagen wollen, aber stimmte das denn? Kein Wort konnte ihre Gefühle wirklich beschreiben. Ich habe sie geliebt, wahnwitzig geliebt!

– Also, da war eine Frau in Trondheim, fing sie wieder an.

Er nickte lächelnd, das verstand er sehr gut.

– Und jetzt, versuchte sie weiterzukommen, – jetzt ist es vorbei.

Steffen nahm nachdenklich einen Schluck aus seinem Bierglas. Das war ohne Zweifel die kürzeste Geschichte der Welt gewesen.

– Ich hatte eine Depri nach der anderen. Steffen nickte

wieder.

– Hat sie Schluß gemacht?

– Mmm. Sie ist verheiratet. Ich wollte, daß sie ihren Mann damit konfrontiert – und damit begann dann der Anfang vom Ende.

– Zum Teufel mit der Ehe! sagte Steffen und erzählte dann von seinem Erlebnis mit einem Mann, den er im Frognerpark kennengelernt hatte, einen Regierungsrat. Eine traurige Geschichte war das.

– Ab und zu fühle ich mich wirklich wie eine Hure, sagte er, – nur dazu da, diese bestehenden Gesellschaftsformen zu stützen. Amen.

– Sie hörten die Morgenandacht.

– Zum Kotzen ist das! Schließlich kann es ja mal passieren, daß dir wirklich etwas an jemand liegt! Aber diese Kerle wagen es ja ums Verrecken nicht, ihre Gefühle zu zeigen. In den Arsch ficken, das ja! Ich schmeiß' ne Runde! sagte er. – Verstehst du, was ich meine?

Sie verstand, das heißt, sie verstand, weil sie wußte, was er meinte, aber wirklich verstehen konnte sie das nicht. Eine Welt lag zwischen ihm und ihr. Dennoch trafen sie sich hier – das größte Paradox dieser Heterogesellschaft. Aber vor Jahren war Steffen der einzige homosexuelle Mensch gewesen, den sie überhaupt kannte.

Er ging, die Zigarette in der Hand, das Bierglas in der anderen, blieb an gewissen strategischen Punkten stehen, hielt Ausschau, kam zurück und setzte sich wieder an seinen Platz.

– Ist er nicht da?

Steffen schüttelte den Kopf. – Ich habe über das nachgedacht, was du gesagt hast, über diese Frau da in Trondheim, die ihre Beziehung zu dir auf Heimlichkeit aufbauen wollte. Der Teufel soll sie holen! Die Sache kann nur funktionieren, wenn wir ihren Ehekram respektieren! Oh, stieß er leidenschaftlich aus und starrte in die Luft, wo er das ganze Unrecht sah, – die ewige Loyalität der Homosexuellen gegenüber den Heteros! Ehrerbietig und gehorsam hüten wir ihre Geheimnisse! Warum benehmen wir uns so idiotisch devot, kannst du mir das mal sagen, Aud? Schulden wir denen vielleicht etwas? Stehen wir vielleicht in irgendeiner mystischen Schuld bei denen? Wir sollten einen langen Demozug durch die Innenstadt machen mit Plakaten, auf denen steht: „Ich habe mit Staatsrat Hinz und Kunz gebumst! ..."

und dann groß die Namen! Warum beschützen wir sie bloß immerzu? Vielleicht, weil wir sie liebgewonnen haben? Dieser Staatsrat-Depp, dieser Per, der war unheimlich lieb. Doch sobald er dann seine Männeruniform angezogen hatte, war die Panzerung wieder perfekt. Manchmal denke ich, daß es eine einzige Strafe ist, Männer zu lieben. Ich wünschte, ich wäre lesbisch.

— Außerdem fällt uns die Heteroorganisation in den Rücken.

— Eben, wir sollten unter uns bleiben.

— Ja, aber was heißt denn „unter uns", das gibt es doch gar nicht, Steffen! Das ist völliger Schwachsinn! Etwas, das sich so ein Psychiater mal ausgedacht hat, nicht mehr. Ich habe früher immer gedacht: keine verheiratete Frau! Und was ist, wenn dir die verheiratete Frau, die du liebst, sagt, daß sie auf der Stelle tot umfällt, wenn du nicht zu ihr kommst?

— Dann laß sie tot umfallen, Mensch!

Aud sagte nichts dazu.

— Verdient sie denn etwas Besseres?

— Das ist vielleicht der große Unterschied zwischen ihr und deinem Staatsrat da. Denn er hat Vorteile durch die Ehe, sie aber nicht.

— Stimmt, und seine Frau, Solveig, hätte auch ein Recht darauf, ihr Leben zu leben.

Draußen an der Garderobe entstand ein unglaubliches Gedränge, Arme wurden in die Luft gereckt, Mäntel und Jacken von einem zum anderen über die Köpfe gereicht. Schnell verschwanden die Leute mit hochgestelltem Kragen in der Dunkelheit. Alle drängten aus der Tür, über der in kaum lesbarer Schrift „Boys Club" stand.

Plötzlich erscholl Lärm von der Ausgangstür; der Rausschmeißer hatte eine Auseinandersetzung mit einer Frau. Eine andere, offensichtlich ihre Freundin, stand daneben und versuchte, den Kerl festzuhalten: — Sie hat doch gar nichts gemacht, Mensch! Hör doch mal, sie hat doch nichts gemacht! Er antwortete mit knallrotem Kopf: — Sie hat hier Lokalverbot, das weiß sie ganz genau! Jedesmal gibt es Ärger, wenn die da ist! Er packte sie hart am Arm und wollte sie hinausschieben. — Aber sie war doch überhaupt nicht hier, Mann! Sie wollte mich doch nur abholen! Die, mit der es angeblich immer nur Ärger gab, riß sich los und trat dem Rausschmeißer vors Schienbein. — Laß los, brüllte sie dabei. Nun kam der Wirt herbei, in modisch weißem Jackett. Wieder versuchte die Freundin, alles zu erklären und zupfte ihn am Ärmel: – Svendsen, Lita war überhaupt nicht in der Disko! Der aber beachtete sie nicht, ging mit seinem Türhüter auf Lita los, und mit einem gewaltigen Stoß warfen sie die Frau auf die Straße.

– Svendsen, sagte Aud und spürte, daß sie weder nüchtern noch sonderlich ruhig war, – wie kannst du jemand derart rausschmeißen?

– Die da? rief er und zeigte auf die Tür, – die soll erst mal lernen, sich anständig zu benehmen! Dann kann sie gern wiederkommen!

– Aber sie stand doch nur hier in der Garderobe, um die andere abzuholen!

Svendsen sah sie einen Moment lang nachdenklich an.

– Sie hat mich getreten! jaulte der Rausschmeißer noch einmal auf.

– Getreten! sagte Yvonne, – sie hat dich überhaupt nicht angefaßt!

Sofort entbrannte ein aufgeregtes Stimmengewirr zwischen den umstehenden Gästen, jemand faßte Yvonne und klebte ihr eine Ohrfeige. Als wieder einige aus der Tür gestoßen wurden, sahen die anderen zu ihrer größten Verwunderung zwei Polizeiwagen in Bereitschaft dort stehen.

Nun ging alles sehr schnell. In den nächsten fünf Minuten überstürzten sich die Ereignisse. Die Türwache zeigte auf Lille Gro Åmot, die direkt vor Aud stand. Gro hatte kein anderes Verbrechen begangen, als an diesem Tag die Schwulendisko der Stadt zu besuchen. Plötzlich waren überall Polizisten und Schäferhunde. Gro wurde am Arm gepackt und sollte abgeführt werden, leistete aber Widerstand. Aud hielt sie fest, so daß Aud und der Polizist Gro hin und her zerrten. Schließlich schlüpfte Gro aus ihrer Jacke und wollte weglaufen, geriet aber sogleich in den festen Griff einer Polizistin – und dann ab in den bereitstehenden Wagen. Während Aud sich bemühte, ihre Jacke aus der Garderobe zu bekommen, wurde sie so gepackt, daß sie vornüber sackte. – Jaja, ich komme ja schon mit, wozu müßt ihr denn so brutal sein? Ohne Kommentar wurde auch sie in den Wagen gebracht, in dem nun schon Gro, Lita und ihre Freundin Bergliot hockten. Dort nahmen sie dann nach kurzer Zeit auch noch Yvonne und Jorunn Bergersen entgegen, die in den Wagen gestoßen wurden. Durch das Autofenster konnte sie beobachten, daß auch Margaretha Johanson, die für dieses Wochenende aus

Stockholm gekommen war, auf den Rücksitz eines Polizeiwagens verfrachtet wurde. Dann ging es ab zu einer ihnen unbekannten Polizeiwache.

Dort angekommen, mußten sie sich der Reihe nach an die Wand stellen und wurden nach Namen, Alter und Arbeitsplatz gefragt.

– Und du, Kleine? fragte der Wachhabende Gro, – was hast du denn heute abend da gemacht? – Nicht antworten, Gro! Sag nichts! Du brauchst nur Namen und Adresse zu sagen! – Ruhe da drüben! Yvonne wurde aufgerufen. – Ich möchte eine Anzeige wegen Körperverletzung machen, sagte sie. Nachdem sie von einem Mann geschlagen wurde, hatte er ihr auch noch den Arm so verdreht, daß es einen lauten Knacks gegeben hatte.

– Das geht jetzt nicht, Sie können niemand anzeigen, wenn Sie betrunken sind!

Das wiederholte sich mehrere Male. Die Frauen wollten sowohl die Polizeibeamten als auch den Rausschmeißer und andere Gäste wegen Körperverletzung anzeigen, erhielten aber zur Antwort, daß von Betrunkenen keine Anzeigen entgegengenommen würden.

– Stimmt denn das? fragte Aud laut in Richtung Jorunn Bergersen.

– Nein, überhaupt nicht, er sollte mal seine Vorschriften gründlich durchlesen, antwortete diese ebenso laut. – Ruhe! Es ist verboten, sich hier laut zu unterhalten! – Aber flüstern können wir doch wohl? fragte Jorunn und setzte ihr Gespräch über die Verfahrensweise flüsternd mit Aud fort. Daraufhin wurden sie in den Flur gestoßen, an dem die Zellen lagen, damit sie den weiteren Verlauf der Ermittlungen nicht störten.

Gro und Yvonne begannen ein Lied zu singen, das sie für ihre Theatergruppe gemacht hatten. Es ging auf eine bekannte Schlagermelodie und handelte von ihrer Begegnung mit Sappho auf Lesbos, die dort immer noch zu finden ist, der Gewaltandrohung nichts anhaben konnte und deren Lieder noch immer wahr sind. Doch sie wurden sehr bald unterbrochen und lautstark darauf aufmerksam gemacht, daß Singen, Reden oder Flüstern, also jede Äußerung absolut verboten war.

Gro und Yvonne wurden in eine Zelle gebracht.

Offensichtlich war in der Zwischenzeit auch der andere Polizeiwagen eingetroffen, denn nun ging die Tür auf und Margaretha Johanson von der Gruppe 8 wurde in den Flur gebracht.

– Hallo, Margaretha, schön, dich zu sehen!
– Warum haben sie dich denn festgenommen?
– Das passierte, bevor ich danach fragen konnte, kam es auf schwedisch zurück.
Gro und Yvonnes Stimmen dröhnten durch die Gänge: „Nieder mit dem Patriarchat."
Ohne jeden Kommentar oder Erklärung der ganzen Sache wurden die Frauen nach einer Zeit, die irgend jemand wohl für angemessen hielt, auf freien Fuß gesetzt.
Draußen war es bitterkalt, längst fuhren keine Busse oder Bahnen mehr, ihre Jacken und Mäntel hingen noch immer in der Diskothek. Da auch kein freies Taxi zu sehen war, blieb ihnen nichts übrig, als in ihren dünnen Sachen den Heimweg anzutreten.
Auf dem ganzen Weg hatte Aud das Gefühl, gleich von hinten angegriffen zu werden. Sie merkte jetzt, daß sie sich sonst immer recht sicher gefühlt, in einem Rechtsstaat zu leben geglaubt hatte und daran, daß es sinnvoll war, gegen Unrecht zu protestieren, auch von ihrer inneren Unverletzbarkeit überzeugt war, obwohl Erlebnisse wie diese für sie nicht neu waren. Sie spürte die schneidende Kälte, besonders am Hals, und Stiche im Ohr; die Hände waren schon steif, es nützte kaum, sie in die Hosentaschen zu stecken. Morgen früh würde sie ihre Sachen holen, wenn sie dazu noch Zeit hätte. Wieder hatte sie das Gefühl, es sei jemand hinter ihr.
Bevor sie sich trennten, hatten sie verabredet, eine Anzeige zu machen. Aber was sollte schon daraus werden – schließlich mußten sie die Polizei ja bei der Polizei anzeigen. „Lieber Papa! Du bist ganz böse zu mir gewesen! Das sollst du nicht! Hör bitte auf, so böse zu sein."

*

Das Schiff schlingerte beträchtlich, und die Wellen schlugen heftig gegen die Kabine. Aud wachte vom Klang der eigenen Stimme auf, die laut und deutlich sagte: „Wo bist du?"
Mit einem Ruck stand sie auf, tastete mit den Händen in die Luft, um sich an der Wand zu stützen, fand aber nichts. Es war stockdunkel, sie versuchte es nun in der anderen Richtung, konnte aber auch hier nicht die Tür zur Toilette finden. Alle Richtungen schienen aufgehoben zu sein. Das Schiff machte

wieder eine heftige Bewegung, sie griff ins Dunkle, um sich festzuhalten, bekam aber nur ihr Laken zu fassen.

Endlich fand sie den Schalter über ihrem Bett, im Nu war der große Raum lichtüberflutet. Sie war allein in einer Vierpersonenkabine. Sie legte sich nach einer Weile wieder ins Bett und versuchte, sich an den Traum zu erinnern. Ihr Ohr schmerzte höllisch.

Im Traum war sie zusammen mit Rita und Irene auf Fjærvik gewesen, es war Hochwasser. Dann kamen auch Jorunn und Yvonne dazu. Und Rulle. Das Wasser stieg und stieg und bedeckte allmählich die Landschaft. Schließlich war nichts mehr zu sehen, die Berghänge, der Kiefernwald, die Fichten hinter dem Haus, alles war weg. Ein gewaltiger Sturm ergriff die Hütte und fuhr ihr direkt ins Ohr. Jetzt kamen die Wellen immer näher. Schon hörten die Frauen sie an die Fensterscheiben schlagen. Sie saßen in der Hütte und warteten darauf, daß es aufhören würde. Draußen näherte sich die Polizeipatrouille. Sie brachen durch den Wald, kamen aus allen Richtungen, niemand konnte sie mehr aufhalten. Die Polizisten führten dressierte Delphine mit sich. Jetzt begann die Hütte sich zu bewegen, langsam rutschte sie mal in diese, mal in jene Richtung. Rita meinte, sie müßten mit den Delphinen Kontakt aufnehmen, die könnten sprechen. Sie griff nach ihrer Hand, wußte, daß alles gut werden würde, wenn sie Rita halten konnte. Irene war weg. Im Ohr tobte der Schmerz, draußen dröhnte die Flut gegen das Haus. War sie in diesem Augenblick aufgewacht?

Konnte sie denn überhaupt von der eigenen Stimme aufwachen oder war das eine Halluzination gewesen?

Die Entzündung im Ohr ließ nicht nach. Sie legte sich auf die linke Seite, auf der sie die Schmerzen hatte. Langsam stieg der Schmerz an, ließ einen Moment nach und kam dann wieder. Unmöglich, so einzuschlafen.

Sie ging ein wenig in der Kabine hin und her, um sich abzulenken, aber es nützte nichts. Als sie einen Blick aus dem Bullauge warf, sah sie überrascht, in welche Richtung sie fuhren.

Plötzlich kam die Übelkeit, sie konnte eben noch die Toilette erreichen. Schlimmer kann es nun nicht mehr kommen, dachte sie. Sie hing über dem Becken, im Ohr klopfte der Schmerz, egal, was noch käme ... ob sie jetzt abkratzte ... ob das Schiff sänke ... jedenfalls würde das Schaukeln aufhören ... ob die ganze Erde nun unterginge ... in das Chaos, aus dem sie gekommen war ... wenn sie nur nicht mehr spucken, nicht mehr mit diesen wildgewordenen Eingeweiden hier stehen müßte ... hätte sie es nur nicht gesagt ... sie bereute es so sehr ...

Meistens liegt sie da und spricht nichts. Durch die Schmerzen gewinnt alles an Klarheit. Bodil hat einen Arzt gerufen. Sie liegt jetzt in Bodils großem, hellem Zimmer mit Balkon. Bodil kümmert sich um sie, sagt, was nötig ist, und läßt sie in Ruhe. Eigentlich eine Erleichterung, daß ich nun etwas ganz Konkretes habe, denkt Aud.

– Wie kommst du denn zu dieser Ohrengeschichte? Hast du eine Ahnung?

– Wir wurden von den Bullen mitgenommen und dann nachts in die Kälte geschickt.

– Was wollten die denn von euch?

– Weil wir uns für eine Frau eingesetzt haben, die aus der Diskothek geworfen werden sollte.

– Und dann kamen die Bullen?

– Hm.

Sie liegt da und versucht ihre Gedanken zu ordnen, schafft aber nichts anderes, als auf ihre Schmerzen zu achten, die dort drinnen erbarmungslos toben. Wenn nur diese Schmerzen aufhörten, dann wäre ich ein glücklicher Mensch. Warum haben Irene und ich nie etwas Konkretes geplant? Haben wir denn angenommen, daß unsere Liebe die Welt in die Knie zwingen würde, bis alles in Ordnung wäre? Wenn es doch endlich aufginge, dann täte es nicht mehr so wahnsinnig weh! Hätte ich bloß nie davon geredet, daß sie es sagen soll! Immer wieder geht ihr das durch den Kopf. Warum habe ich das von ihr verlangt? Der Druck im Ohr wird ständig stärker. Dumm war das, dumm, dumm! Das muß ich ihr unbedingt sagen, unbedingt!

Der Fehler war, daß ich alles haben wollte und das sofort – keine Kompromisse, bitte. „Man muß die Grenzen der anderen respektieren." Wie oft hatten sie und Rita davon gesprochen und es trotzdem nie begriffen. Das hörte sich ja ganz gut an, aber was bedeutete es eigentlich?

Zu akzeptieren, daß die andere Person „nein" sagen konnte. Aber das hatte sie doch getan! Unentwegt hatte sie die unzähligen Grenzen akzeptiert, die Irene gesetzt hatte. Bis sie dann eines Tages platzte.

Womit wollte ich mich eigentlich nicht abfinden? Im Ohr

tobt der Schmerz mehr und mehr, jetzt mußte es doch endlich aufgehen? Sie liegt still und lauscht auf die Geräusche. Diese elenden Schmerzen haben schon etwas von Treue und Beständigkeit, sie hüllen sie gleichsam ein. Sie fühlt sich ganz und gar in ihrem Körper, so vollkommen in sich selbst. Eine Art umgekehrtes Glücksgefühl.

Womit also wollte sie sich nicht abfinden? Mit den Schmerzen? Der Sehnsucht? Der Einsamkeit? Wovor hatte sie Irene eigentlich beschützen sollen?

War sie denn besser als Torgeir, der sein ganzes Glück auf Lügen aufbaute und sie zwang, mit ihm zu leben? Ob Irene das auch dachte? Daß sie von ihr gezwungen wurde, genauso wie von ihm? Daß damit all ihre Träume von Freiheit und gleichberechtigter Beziehung zwischen Frauen zerstört wurden? Aud war keinen Deut besser. Selbst wenn Irene den Grund verstanden hätte, was hätte sie davon gehabt? Zwang war Zwang – und sie ging dabei zu Grunde.

Ich habe damals meine Macht ihr gegenüber ausgespielt. Mein größter Fehler war, daß ich nicht begriffen habe, Macht zu besitzen! Das wollte ich nie wissen.

Fast immer hatte sie es umgekehrt gesehen; andere übten Macht über sie aus. Vielleicht war das kein Widerspruch? Schließlich habe ich ja Macht über sie gehabt – hat sie nicht getan, was ich gesagt habe? Warum habe ich damals nicht begriffen, daß sie es täte? Weil ich mich selbst so schwach fühlte? Doch beide Gefühle nebeneinander bestehen: Macht und Ohnmacht. Vielleicht ist die Macht am größten, wenn die Verzweiflung am größten ist, eine Tyrannei der Verzweiflung. Auch ein Mann, der seine Frau schlägt, fühlt sich ohnmächtig – und hat dennoch die Macht. Schließlich wird es dann nur noch die Frage sein, wer wen zuerst kaputt macht, wenn man nicht schafft, es ganz bewußt anzugehen.

Jetzt liege ich hier und vergleiche mich mit einem prügelnden Ehemann! Unter der Decke ballte sie die Fäuste. Bitte, bitte, laß mich wieder stark sein, laß mich endlich wieder stark sein – innerlich.

Immer wieder denkt sie diese Worte, liegt ganz still, in der Wohnung ist kein Laut zu hören. Plötzlich läßt etwas da drinnen los, dieser Wahnsinnsschmerz weicht auf einmal aus ihrem Ohr, sie fühlt das Kissen unter sich naß werden. Weit, weit weg ist sie ... fühlt sich sonderbar nackt, offen, sieht sich im Zimmer um, betrachtet die Einrichtung ganz genau und blickt aus der Balkontür, durch die ein kleiner Lichtstrahl fällt.

Draußen auf dem Flur klingelt das Telefon. Irene, denkt sie matt. Sie muß eingeschlafen sein, hat sich die Ohrenschmerzen weggeschlafen. Als sie sich aufzurichten versucht, sieht sie den nassen, gelben Fleck auf dem Kopfkissen. Endlich war es aufgegangen, und das Trommelfell hatte nun Erleichterung bekommen. Es klingelt immer noch, keine ist zu Hause, doch Aud fühlt sich zu schwach, um aufzustehen. Als das Klingeln aber nicht nachlassen will, geht sie ganz langsam auf den Flur und nimmt ab.

Ritas Stimme! Sie erreicht ganz unmittelbar einen empfindlichen Punkt in Aud. Diese Empfindung breitet sich in ihr aus, wie ein kleiner Keim, der ungeahnte Kräfte in sich birgt. – Hallo, Aud?

– Ja, hallo! Rufst du etwa aus Tromsö an? Wie geht es dir denn?

– Furchtbar, ich vermisse dich.

– Du vermißt mich? Geht es denn nicht gut mit Rita?

– Doch, das hat damit nichts zu tun.

– Rita, sag mal, warum hast du mich nicht mehr angerufen, bevor du weggefahren bist?

– Wir haben doch verabredet, daß du anrufen solltest.

– Ich sollte anrufen?

– Ja.

– Ach, entschuldige.

– Macht nichts.

– Ja, wirklich?

– Nein, eigentlich stimmt das nicht.

– Bist du sauer?

– Sauer? Ich war natürlich verletzt darüber, daß du es vergessen hattest. Wenn du willst, kannst du das sauer nennen.

– Ich bin so blöd.

– Was sagst du?

– Ach, ich war nicht sonderlich nett zu dir in den vergangenen Monaten.

– Daß du nicht nett warst, ist nicht der Punkt, sondern daß du ja überhaupt nicht anwesend warst!

– Ja, ja, ich weiß. Für einen Moment bleibt es still zwischen ihnen.

– Ich soll dich von Irene grüßen.

– Was?
– Ja.
– Aber, wie, wo habt ihr euch ...
– Ich habe sie kurz vor Weihnachten ganz zufällig mitten in Trondheim im schönsten Einkaufsrummel getroffen.
– Ja?
– Ja, sie hat nach dir gefragt.
– ...
– Aud, bist du noch da? Was ist denn?
– Ich denke nur.
– Und was denkst du?
– Ach, nichts Besonderes. Ich bin krank.
– Krank?
– Ja, ich habe Mittelohrentzündung.
– Bist du in Behandlung?
– Ja, es kommt einer her, ich muß Penicillin nehmen.
– Schöner Mist.
– Ja, aber da hilft nun nichts.
– Hast du Schmerzen?
– Ja, aber es geht schon besser.
– Paß auf dich auf, lauf nicht barfuß herum!
– Bodil kümmert sich um mich.
– Ist sie jetzt auch da?
– Nein, sie kauft ein, willst du sie sprechen?
– Nein, ich kenne sie ja fast nicht.
– Dann grüße ich sie von dir.
– Tu das. Ich muß Schluß machen, das wird zu teuer.
– Na klar, danke für den Anruf, du!
– Bitte, bitte und gute Besserung!

Aud legte auf und behielt ihre Stimme im Ohr. Sie hatte einen ganz eigenen Klang, man hörte, daß es eine Gesangsstimme war. Immer schon hatte sie ihre Stimme so gemocht und jetzt, nachdem sie nur mit ihr telefoniert, sie nicht gesehen hatte, wurde es ihr noch klarer – genau das mochte sie so an ihr. Es erinnerte an die Zeit, in der sie sich in sie verliebt hatte, damals hatte sie unentwegt diese Stimme gehört, auch wenn sie voneinander getrennt waren. Wie lange schon hatte sie nicht mehr daran gedacht!

Himmel, warum bin ich so unselbständig? Bin ich lediglich eine unselbständige Egoistin? Monatelang lasse ich mich nur von der Leidenschaft beherrschen und sobald ich dann wieder allein bin und sogar die verloren habe, der ich alles gab, wünsche ich mich zu der zurück, die ich verlassen habe.

Aber hatte sie denn Rita verlassen?

Sie konnte sich an ihre Gefühle erinnern an dem Abend, als Rita weggefahren war. Verdutzt und enttäuscht war sie darüber gewesen, daß sie nicht mehr bei ihr angerufen hatte. Und nun kam es heraus, daß dies ihre Sache gewesen wäre. Eine Bagatelle? Vielleicht, aber irgendwann war mal Schluß. Was erwartete sie eigentlich von Rita? Daß sie auf sie aufpassen sollte? Ich vergesse sie und denke, daß sie mich vergessen hat! Mache ich so etwas vielleicht immerzu?

Mit Anna war es nicht so gewesen, das stand jedenfalls fest. Doch Rita? Ohne es zu begreifen, hatte sie Rita im Stich gelassen. Ein kleines Beispiel nur, das aber Licht auf die ganze Sache warf. Aud schämte sich.

Und Irene? Mit ihr hatte sie das gewiß nicht getan, ganz im Gegenteil. Aud lehnte sich im Bett zurück und versuchte die Gedanken von vorhin aufzunehmen, bevor der Anruf kam. Sie drehte das Kissen herum und preßte ihren Kopf dagegen, als könnte das beim Denken helfen. Prügelnde Ehemänner – das war es gewesen. Macht! Daß sie ihre Macht Irene gegenüber mißbraucht und nichts davon begriffen hatte. War das auch eine Art Hintergehen?

Ja, auch das war Betrug, es gab ja so unzählige Möglichkeiten dafür. Es hat ja nicht nur damit zu tun, jemand zu verlassen, nein, auch das Vertrauen zu mißbrauchen, zu verletzen ... oder zu zwingen, das alles gehörte dazu.

Vielleicht ist überhaupt mein größter Fehler, daß ich den eigenen Betrug als den der anderen interpretiere. Im Endeffekt ist es dann das gleiche: ich bleibe allein.

Sie ging in die Küche hinunter, um sich etwas zu trinken zu holen. Trotz allem war sie froh, nein froh war sie eigentlich nicht, aber traurig in gehobener Stimmung vielleicht. Es hatte etwas damit zu tun, wie sie die Sache ansah – wo hatte sie das schon einmal gehört?

Aus ihrer Mitte heraus spürte sie so etwas wie einen ruhigen Punkt – einen Sieg, so als fühlte sie, etwas geschafft zu haben. Ging es ihr so gut, weil Rita angerufen hatte? Es war vielmehr die Art gewesen, in der sie miteinander gesprochen hatten. Sie hatte es endlich geschafft, während des Gesprächs sie selbst zu bleiben.

Ich habe nicht gesagt, was ich gedacht habe, dachte sie plötzlich. Und das, obwohl sie wie gewöhnlich danach gefragt hatte, was ich denke. Aber ich habe es nicht gesagt! Mit Rita hatte es nichts zu tun gehabt, noch einmal hatte sie Rita nicht damit verletzen wollen, indem sie ihr erzählte, daß sie an Irene dachte. Um Macht war es gegangen, um Macht in Liebesbeziehungen. Hatte es nicht vielleicht doch eine ganze Menge mit Rita zu tun? Sie war mit ihren Gedankengängen nicht fertig geworden, war noch mitten drin, kaum, daß sie etwas davon in Worte fassen könnte. Ob sie überhaupt zu Worten werden konnten, wußte Aud noch nicht. Sie mußte es noch einmal durchdenken – und weiterdenken. Wieder und immer wieder. Dann eventuell könnte sie davon berichten, aber jetzt nicht.

Aud goß sich ein Glas Milch aus dem Kühlschrank ein und sah es an. Endlich! Nun habe ich es endlich geschafft, etwas für mich zu behalten! Sie empfand das als einen unermeßlichen Sieg.

Während sie so stand und nachdachte, hörte sie den Schlüssel in der Tür, dann Bodils Stimme im Flur.

– Jemand zu Hause?

Schnaufend kam sie mit etlichen Einkaufstüten in die Küche.

– Hei! Du siehst ja fast so aus, als ob es dir besser geht? Stimmt das?

– Nein, ich habe nur gerade herausgefunden, was mein größter Fehler ist.

– Was? Das hört sich ja nicht schlecht an! Und was ist es?

– Mein größter Fehler ist, daß ich ständig glaube, Bericht erstatten zu müssen.

– Bericht erstatten? Worüber denn?

– Über meine Gedanken, meine Gefühle, alles, was ich mache.

– Aber wem denn? Kopenhagens Oberbürgermeister vielleicht?

– Ach was – nein, eben allen, die fragen. Aber ganz besonders wohl den Menschen, die mir nahestehen.

– Naja, dann ist es ja gut, daß du das nun endlich herausgefunden hast.

Nachdem sie beide die Tüten geleert und alles verstaut hatten, setzte Bodil Teewasser auf.

– Weißt du, was ich manchmal denke? fragte Bodil nach einer Weile. – Allzu viele große Fehler hast du eigentlich nicht, aber das kommt mir sicher so vor, weil ich eine Menge von dir halte. Aber ... es gibt da schon einen gewissen Hang zum Selbstbetrug bei dir.

– Findest du? Dann ist das vielleicht mein größter Fehler?

– Weiß ich nicht. Vielleicht ist dein größter Fehler, daß du immerzu meinst, ihn herausfinden zu müssen?

*

Dieser Winter wurde bitterkalt. In Oslo mußte man schon bis 1915 zurückgehen, um einen ebenso kalten Winter zu finden, und in Trondheim sogar bis 1901. In Tynset wurden 44,9 Grad minus gemessen.

Als Aud mit der Fähre am Neujahrswochenende zurückkam, waren es um die zwanzig Grad Kälte in Oslo. Nie wurde Aud müde, während der langen Fahrt den herrlichen Oslofjord durch das Fenster zu betrachten; die weichen, in der Sonne glitzernden Schneewehen, die in allen Farben vorhandenen Holzhäuser und die Pinienwälder – sie war wieder zu Hause.

Ihr Briefkasten war hoffnungslos überfüllt. Als sie ihn öffnete, quoll ihr alles entgegen und fiel zu Boden. Sie sah die Post nicht durch, war viel mehr damit beschäftigt, alles trotz des Gepäcks mit nach oben zu nehmen. Dort aber bemerkte sie den großen Umschlag mit dem Stempel aus Trondheim sofort. Was konnte das sein? Was wollte sie jetzt? War es doch nicht Schluß?

Aud zog ein kleines Aquarell aus dem Umschlag. Zuerst hielt sie es verkehrt herum, als sie es dann umdrehte, sah sie die Hütte in Færvik. Es war wie ein kleiner Gruß von der Küste, an der sie gerade vorbeigefahren war. Mal hielt sie es dicht vor die Augen, dann wieder etwas weiter weg – wie viele Details es auf dem Bild gab! Das Bootshaus an seinem neuen Platz; sie wußte noch immer nicht, ob sie es dort akzeptieren konnte. Da lag sogar der umgefallene Wassereimer, den sie hineinzutragen vergessen hatte. Nicht schlecht, das Bild, eigentlich sogar ziemlich gut, nein, es war ganz ausgezeichnet! Aud imponierte die Zeichenkunst Irenes. Nur aus dem Gedächtnis hatte sie das gemacht! So mußte es wohl gewesen sein, denn solange sie dort waren, hatte sie es ja ganz sicher nicht gemacht.

Aud hielt das kleine Aquarell in der Hand und wußte nicht, wohin sie es hängen sollte. Sie schaute noch einmal in den Umschlag, doch da war nichts mehr, keine weitere Mitteilung an sie.

Aber war das nicht schon genug?

Sie hängte es schließlich bei der Tür auf, so daß sie es vom Bett aus sehen konnte. „Zeichnen zu können, ist eine Frage des Sehens.“ Dieser ganz unerwartete Vorstoß von Irenes Seite ließ in ihr ein Gefühl wach werden, das sie schon lange nicht mehr im Körper gespürt hatte. Sie legte sich auf ihr Bett und träumte sich weg.

Nachdem sie eine lange Weile so das Bild angesehen hatte, stand sie auf, wühlte in ihrer Schreibtischschublade, holte die sehr ungeschickte Zeichnung eines Gesichts hervor und hängte sie unter das Bild von der Hütte. Dann ging sie wieder zum Bett zurück – ja, so sollten sie hängenbleiben.

23

– Hallo, Aud!

– Nein! Hallo, du!

Rita stand plötzlich neben ihrem Tisch. Sie umarmten sich, blieben eine Weile umschlungen stehen und sahen sich verwirrt an. Die Diskomusik dröhnte in ihre Ohren. Rita drückte ihre Stirn gegen Auds Schulter, sie spürte Auds warme Hände um die Taille. Wie gut es war, sie so zu halten, die Hände erinnerten sich an diesen Körper. Sie ließen sich ein wenig los und blickten sich verschämt an.

– Ist das schön, dich zu sehen!

– Finde ich auch, du!

Aud nahm zärtlich ihren Kopf und zog ihn zu sich heran, spürte ihre Finger in den weichen Haaren, atmete den wohlvertrauten Duft tief ein, fühlte die Wärme ihres Gesichts. Sie küßten sich auf den Mund – schnell. Und sahen sofort weg. Dann setzten sie sich.

– Sie haben dich eingesperrt, wie ich hörte? Wieso denn das?

– Weil ich verhindern wollte, daß sie Gro Åmot mitnehmen.

– Und warum wollten sie die einsperren?

– Lita und Bergliot sollten rausgeschmissen werden, und da hat sie sich eingemischt.

– Deswegen haben die die Polizei geholt?

– Ja, ja, mit Hunden und allem drum und dran. Riesensache war das.

– Widerlich! Sie sah Aud zögernd an. – Aber du hättest dich da doch raushalten können. Die feinste Art Frauenkampf ist das ja nun wirklich nicht, oder? Warst du betrunken?

– Komm, hör auf. Erzähl lieber von deiner Reise, wir sind da doch verschiedener Meinung.

Und obwohl Rita dafür bekannt war, in Diskussionen ziemlich halsstarrig zu sein, hieß dies nicht, daß sie unflexibel war; in kürzester Zeit war sie mitten in einer ausführlichen Beschreibung ihrer Tour durch den Norden des Landes. In Aud breitete sich eine Erleichterung bei diesem Gespräch aus, woher das kam, war ihr nicht ganz klar. Sie folgte Rita jetzt durch die verschiedenen Städte: Trondheim, Bodö, Tromsö. Trondheim, dachte sie, da bin ich die ganze Zeit.

– Es ist ganz schön spannend zu sehen, wie überall das Interesse an Selbstverteidigung zunimmt, sagte Rita. – Aber uns fehlen Trainerinnen, vorläufig jedenfalls.

Aud wollte mehr über ihr Zusammentreffen mit Irene hören. Wo waren sie sich begegnet? War Irene nervös gewesen? Traurig? Aber Rita war mitten in einem anderen Thema, erzählte jetzt von dieser Sanne, die sie dort oben kennengelernt und von der sie soviel gelernt hatte.

Nach und nach hatten sich andere mit an den Tisch gesetzt. Einige Gesichter waren ihnen bekannt. Eine Frau grüßte sie, sie erwiderte unsicher diesen Gruß. War das eine, die Rita kannte? Ziemlich gut sieht sie aus, dachte Aud und vergaß sie sofort wieder.

– Ja? fragte Rita.

– Was?

– Willst du oder nicht?

– Was soll ich wollen?

– Sag mal, hörst du überhaupt nicht zu, wenn ich was erzähle? Aud war ertappt, sie hatte tatsächlich nichts von dem gehört, was Rita gesagt hatte.

– Nein, was ist denn?

– Ach, laß!

Rita winkte ab. Aud stand verwirrt auf und ging vom Tisch weg. Worüber war sie denn nun so ärgerlich? Sie bahnte sich einen Weg zur Bar. Eine ehemalige Schülerin grüßte sie eifrig, während sie versuchte, zwei Zentimeter von der Theke zu erwischen. Sie spürte sie neben sich, als sie ihr Bier entgegennahm.

– Ganz schön eng hier, was? sagte sie zu Aud.

– Ja, ja, jetzt oder nie, sie lächelte zurück. Mehr gab es nicht zu sagen. Aud ging wieder zu ihrem Tisch. Sie lehnte sich zu Rita hinüber.

– Wer ist denn die da drüben?

– Wer? Rita sah in die angedeutete Richtung. – Ach, Anne meinst du? Das ist eine der Selbstverteidigungsfrauen aus Trondheim.

Aud sah wieder zu ihr hinüber. Sie tanzte gerade mit einer kleinen älteren Frau Walzer.

– Anne Hoffmeyer heißt sie, studiert Chemie.

Aud wollte noch mehr sagen, fühlte aber Ritas Verstimmtheit.

– Entschuldige, daß ich nicht zugehört habe, als du erzählt hast, sagte sie und nahm Ritas Hand. Sofort merkte sie, als sie die schlaffe Hand hielt, daß dies nicht richtig gewesen war. Sie sollte schließlich nicht glauben, daß Rita sich so leicht trösten ließe.

— Aber, aber ... ich ... Aud wußte nicht recht, was sie sagen sollte. Dann ist sie eben sauer, dachte sie. Warum habe ich bloß immer diese Angst davor, daß Rita böse auf mich sein könnte? — Ich war ganz in Gedanken, sagte sie.

— Das bist du ja immer, entgegnete Rita. — Den ganzen Herbst über warst du das.

— Ich wußte, daß du das sagen würdest.

— Ja? Findest du es denn so seltsam?

— Nein, aber findest du es denn so seltsam, daß ich in Gedanken bin? Die Zeit, in der du fort warst, war ganz schön hart für mich!

— Ach! Ich kann dein Selbstmitleid nicht mehr ertragen! Das gibt dir für alles eine Entschuldigung!

Das war neu. Aud wußte nicht, was sie dazu sagen sollte. Sobald Rita sah, daß sie Aud verletzt hatte, tat es ihr leid.

— Hast du wieder mal von ihr gehört? fragte sie schnell in bedeutend freundlicherem Ton. Aud schüttelte den Kopf.

— Warum habe ich mir das bloß geholt? sagte sie und schob ihr Bierglas von sich.

— Sonderlich gut sah sie nicht aus, als ich sie kurz vor Weihnachten getroffen habe.

— Was hat sie gesagt?

— Wir haben über das Seminar gesprochen und uns beide die allergrößte Mühe gegeben, deinen Namen nicht zu erwähnen.

Aud verlor sich in ihren Gedanken an dieses Zusammentreffen. Sie wollte mehr von Rita hören, wie hatte sie genau ausgesehen? Gerade als sie das fragen wollte, sagte Rita:

— Sie ist feige.

— Das hast du schon einmal gesagt.

— Ja, ich sage das, weil ich es finde. Es ist ganz einfach feige von ihr, nicht konsequent mit ihren Gefühlen zu sein — nur wegen der gesellschaftlichen Normen, vor denen sie Angst hat.

— Ich weiß nicht, ob ich so unbedingt über Irene mit dir diskutieren möchte.

— Ist sie denn so heilig?

— Irgendwie ja.

Es gab einen Punkt in ihr, der durch Ritas Fragen nicht zu erschüttern war. Das war neu für sie; Aud stellte es jetzt mit einer gewissen Verwunderung fest. Sie konnte noch soviel fragen, weiter würde sie nicht kommen. Sie war Rita jetzt ferner als früher, doch empfand sie gleichzeitig mehr Bereitschaft, mit ihr zusammen zu sein.

— Hör mal, du findest sie feige, denkst wahrscheinlich, daß sie mir Unrecht getan hat? Und trotzdem meinst du, ich laufe nur herum und tue mir selbst leid. Was ist denn das für eine Logik?

Ja, dachte Rita, das ist logisch, aber wie soll ich es ausdrükken? Sie wollte Aud viel mehr fragen, versuchte aber, sich zurückzuhalten. Irgend etwas war neu an Aud und verwirrte Rita. Es war ihr noch sehr gut in Erinnerung, wie oft Aud kritisiert hatte, sie bohre immer zuviel, frage zuviel, presse mehr oder weniger alle Informationen aus ihr heraus. Und kritisiere sie dann. Etwas stimmte schon daran. Aber mitten in einer ganz konkreten Situation, so wie jetzt, wußte sie einfach nicht, was sie tun sollte, außer sich völlig zu beherrschen und das für sich zu behalten, was für sie das Wichtigste war. Ich muß mich einfühlen, muß mich in Auds Situation versetzen. Doch sobald sie das dachte, lehnte sie sich dagegen auf: Aud hatte etwas an sich, das sie einfach nicht begreifen, das sie niemals akzeptieren konnte.

— Ich kann's ja verstehen, ich weiß ja, daß du dich so furchtbar in sie verliebt hast ... Es klang wie die Ankündigung einer größeren Einfühlung in Aud. Doch die eigenen Worte taten ihr weh, sie kam nicht weiter.

— Herrgott, Aud! Du siehst dich immer nur passiv! Das ist zum Verrücktwerden!

— Passiv? fragte Aud zurück, völlig überrascht von diesem Wort. — Ich fühle mich überhaupt nicht passiv! Ich ... aber sie wußte nicht, was sie noch sagen sollte.

— Du läßt alles mit dir machen, sagst du. Von Anfang an habe ich das von dir gehört.

— Ich habe das gesagt?

— Allerdings! Von einer Flut hast du immer geredet, die dich mitreißt oder so etwas. Als ob von einer Naturkatastrophe die Rede sei.

— Aber so erlebe ich es immer! Ich meine, was soll ich denn machen, wenn die Liebe da ist? Das letzte hatte Aud sehr laut und wild gestikulierend gesagt, als müßten alle Anwesenden dieser Diskothek in der Akersgate dazu Stellung nehmen, was sie tun sollte, wenn die Liebe plötzlich da war.

– Du kannst doch das eine oder andere wählen, sagte Rita, – und du kannst richtig oder falsch wählen. Aber als passives Opfer brauchst du dich nun wirklich nicht zu betrachten.

– Aber manchmal bin ich das eben!

– Du nicht! Du bist nicht in so einem privaten Gefängnis, wie es manche Frauen sind! Du konntest selbst mitentscheiden, was mit dir und Irene werden sollte.

– Ja, ja, und natürlich habe ich alles falsch gemacht. Und du hast immer alles richtig gemacht, natürlich.

Rita krümmte sich unter diesen Worten – diese verdammte Tendenz, immer zurückzuschießen, wenn sie sich angegriffen fühlte. So würde sie nicht einen Schritt weiterkommen. Die Antwort auf Auds letzten Satz lag Rita schon auf den Lippen: „Ich ziehe wenigstens die Konsequenzen aus meinen Dummheiten", sie beherrschte sich aber. – Nein, das habe ich natürlich nicht, sagte sie statt dessen.

– Nanu? kam es überrascht von Aud, – dann nenne mir das einzige Mal, wo du einen Fehler begangen hast!

– Das mit Rita Gullichsen war damals ein Fehler.

– Ach nein? sagte Aud und legte sofort ihre Aggression ab. – Und was war damit nicht richtig?

– Ich ... sagte Rita und räusperte sich. Ich muß jetzt ehrlich sein, dachte sie, sonst hat das ganze keinen Sinn.

– Ich habe damals gedacht, daß ich von dir weg wollte, und deswegen habe ich mich verliebt. Das habe ich auch zu Rita gesagt, aber das stimmte nicht.

Was mache ich hier eigentlich, dachte Rita, ich gebe ihr eine Liebeserklärung im Nebensatz ab. Doch Aud ließ sich nichts anmerken.

– Mußtest du es denn sagen, bevor du es selbst genau wußtest?

– So kam es mir vor, ja.

– Aber zu dem Zeitpunkt hattest du deinen Fehler ja schon begangen!

– Ja, ja, das sage ich doch.

– Andererseits ist es ja auch schwer sich vorzustellen, wie du ihn hättest vermeiden können.

– Wieso?

– Weil er erst sichtbar wurde, als du ihn schon gemacht hattest.

– Ich hätte wohl etwas klüger sein können.

– Aber das bist du eben nicht gewesen! Können wir uns denn zwingen, klüger zu sein, als wir sind?

– Vielleicht.

– Es hat doch keinen Sinn, später die große Einsicht zu haben! Ich finde, daß wir unseren Gefühlen gegenüber oft sehr ungerecht sind, wenn wir sie rückblickend betrachten. Als müßten wir immer 110 prozentige Klugheit ihnen gegenüber ins Feld führen. So ist es doch einfach nicht! Außerdem vergessen wir nur zu gern, wie stark diese „Triebkräfte" zum damaligen Zeitpunkt in uns geherrscht haben. Geil warst du, geil auf Rita. Hast du das vergessen? Haben denn diese Triebe nicht auch eine Art Klugheit, oder wie ich das nennen soll, in sich? Oder sind sie per Definition schon dumm und nur das intelligent, was wir später darüber sagen?

– Ja, aber was sollen wir mit diesen Trieben machen, Aud? Das ist es!

– Was machen wir mit ihnen? Aud breitete die Arme aus. – Was machen wir, wenn sich das Universum vor dir öffnet und du den Sternenhimmel sehen kannst? Wenn die Blumen in tausend Farben aufspringen ... Aud hielt inne.

– Auch dann hast du die Wahl!

– Ach, Rita! Hast du denn überhaupt keinen Sinn für Poesie?

– Vielleicht nicht den gleichen wie du.

– Schönheit ist eine feste Größe im Leben, sagte Aud warm.

– Ja, ja! antwortete Rita plötzlich sehr lebhaft. – Das stimmt, allerdings. Und es ist auch ... hm ... auch schön. Aber wer sagt, daß wir von diesen Schönheitserlebnissen völlig passiv werden müssen? Daß wir von jeder Verantwortung völlig befreit sind? Das eben verstehe ich nicht! Warum kannst du nicht aktiv Stellung beziehen, wie dein Leben verlaufen soll? Indem du etwas beginnst, es genießt – oder es eben sein läßt, es aufgibst? Warum nur mußt du dir immer wie ein zerstörtes Etwas vorkommen? Und dann warten, daß dich wieder jemand aufhebt? Du hättest nicht zu warten brauchen, bis sie Schluß machte. Oder bis sie mit einem realisierbaren Plan für eure Zukunft gekommen wäre, so daß ihr hättet weitermachen können. Warum hast du nicht selbst einen gemacht? Oder warum hast du nicht Schluß gemacht, wenn euer Verhältnis so grausam und hoffnungslos war, wie du gesagt hast?

– Nein!

– Doch, doch das hättest du tun können! Und jetzt, da sie dir den Laufpaß gegeben hat, kannst du wieder wählen, ob du nun immer noch mit diesen Gefühlen für sie etwas machen willst oder ...

– Das ist leichter gesagt, als getan!

Diese Worte blieben zwischen ihnen stehen, ließen sie beide stumm werden. Vielleicht denkt sie jetzt, ich sage nichts mehr dazu, weil ich denke, sie ist im Recht, dachte Rita. Aber ich sage nichts mehr, weil ich weiß, daß ich recht habe, ich muß nur andere Worte suchen, um ihr das klar zu machen. Aud atmete tief ein, Rita hoffte, daß etwas käme, aber es blieb still zwischen ihnen. Unglücklich sieht sie aus hinter ihrem abweisenden Gesichtsausdruck, dachte Rita. Und kaputt außerdem, dennoch fand Rita sie schön, auch in so einem Streit. Wieder spürte sie, wie das Bedürfnis in ihr hochkam, Aud besser zu verstehen. Wie eine Welle überflutete sie dieses Mitgefühl. Und gleichzeitig war da auch wieder der innere Widerstand, den sie immer im Kielwasser des Mitgefühls empfand. Sie konnte dieses Gefühl des Widerstandes oft ganz bildlich vor sich sehen, wie eine Rettungsboje auf einer dunklen, formlosen Wasseroberfläche. Sie wußte nicht, warum Aud ihr manchmal dieses Gefühl geben konnte, hinabgezogen zu werden, wußte nur, daß sie mit aller Macht dagegen ankämpfen mußte, auch in so einem Fall wie jetzt, da Aud recht hatte, wenn sie sagte, daß es verdammt nochmal leichter gesagt, als getan war, sich gegen die Gefühle zu entscheiden.

*

Aud, Rita und Anne gingen durch die nächtliche Stadt, hinter dem Storting vorbei in Richtung Karl Johan. Kleine Gruppen von Jugendlichen gröhlten durch die Straßen, daß es von den Häuserwänden widerhallte. Am Taxistand wartete eine lange Reihe von Menschen, kein Taxi war weit und breit in Sicht.

– Waren alle Frauen da in der Disko lesbisch? fragte Anne.

– Ja, antworteten Rita und Aud gleichzeitig.

Rita dachte an das kurze Gespräch, das sie in der Diskothek mit Anne gehabt hatte. Während Aud mit Steffen tanzte, hatte Anne gefragt, wer sie sei. Als sie es erfahren hatte, kam nur noch ein einziges Fragen und Nachbohren zu Auds Person. Rita hatte schon Angst gehabt, indiskret gewesen zu sein, denn sie hatte auch von Auds derzeitigem Liebeskummer und allem anderen erzählt. Aber nur, weil sie so inständig gefragt hatte. Wahrscheinlich konnte Anne es gar nicht abwarten, lesbisch zu werden. Sie hatte mit irgendeinem Liebhaber Ärger. War Anne etwa in sie verliebt? Sie spürte förmlich die tausend Fragen, die Anne in sich trug, während sie so nebeneinander gingen. Rita fühlte so etwas wie Verantwortung Anne gegenüber, wußte aber nicht, was sie damit anfangen sollte. Am liebsten hätte sie Aud gefragt, ob sie mit zu ihr käme.

Ich komme einfach nicht von ihr los, dachte sie. Ich will mit ihr schlafen, nichts anderes! Diese Entdeckung überraschte sie, was zum Teufel war das nur? Wie war es denn kurz vor Weihnachten gewesen? Was war nur zwischen ihnen wieder entstanden? War das vielleicht nur bei ihr so? Sie spürte, wie leidenschaftlich sich ihr ganzer Körper nach Aud sehnte, während sie da nebeneinander am Grand Café vorbeigingen.

Die Februarkälte biß ihnen in die Gesichtshaut, dieser unglaubliche Winter wollte wohl nicht so schnell aufgeben. Aud ging außen, Rita in der Mitte. Etwas Sonderbares war in der Garderobe geschehen, während Rita schnell noch einmal aufs Klo gegangen war. Diese Chemie-Studentin war auf sie zugekommen und hatte gesagt: – Wir haben übrigens einen gemeinsamen Bekannten. – So, wen denn? – Einen gewissen Herrn Jacobsen aus Trondheim. – Ich kenne ihn nicht. – Nein, aber er hat mir von dir erzählt.

Aud wußte nicht, was sie damit anfangen und ob sie darauf reagieren sollte.

Sie spürte Ritas Hand, als sie sich bei ihr einhakte. Es war eine Bitte in Ritas ganzer Art, mit der sie nichts anzufangen wußte. Nicht ein einziges Mal seit dem Tag auf der Frognerseter hatte Rita so deutlich ausgesprochen, daß sie Aud noch nicht aufgegeben hatte. Und sie hatte es nur überhört. Sie hatte sie damals nicht verlassen wollen, warum hatte sie das nicht früher gesagt? Dann wäre es vielleicht nicht zu spät gewesen.

Aber war es denn nur eine Frage der Zeit? Ging es darum, nur so schnell wie möglich zuzugreifen, da sich sonst die andere an jemand anders bände? Das war ja wohl nicht so. Sie mußte es endlich wagen, Rita zu sagen, was ihrer Ansicht nach in ihrer Beziehung nicht ging, und sich nicht nur still davonschleichen. Denn das, was zwischen ihnen beiden nicht klappte, hatte doch wohl kaum etwas mit einer dritten Person zu tun? Irene hätte jetzt oder vor fünf Jahren in ihr Leben kommen können, immer hätte sie sie gemocht.

Und jetzt – treibe ich nun mit Rita ein Doppelspiel? Denn indirekt habe ich sie ja angelogen; als ich sagte, auf die eigenen Gefühle zu verzichten sei leichter gesagt, als getan. Rita glaubt ja immer noch, daß dieser schreckliche Zettel von Irene das letzte ist, das ich von ihr bekommen habe. Und diesen Gruß aus Trondheim.

Ich muß ehrlich zu ihr sein, aber ich will ihr ganz einfach nicht erzählen, daß ich wieder etwas von Irene bekommen habe. Dann verliert es gleichsam ... dann ... Das gehört nur mir, das ist etwas, das ich nur für mich allein haben will. Kann ich denn nicht ehrlich zu ihr sein, ohne es ihr zu erzählen?

Die drei blieben an der Ecke Universtitätsgate stehen, hier mußte Anne in Richtung Pilestredet weitergehen. Rita wußte, daß sie bereits einen kleinen Umweg gegangen war. Sie blieb abwartend stehen und sah sie an.

– Also dann, sagte Rita, – wir müssen hier weitergehen. Bis zum Training morgen?

Anne nickte, legte plötzlich ihren Arm um Rita und drückte sie an sich.

– Ich finde dich unheimlich toll! sagte sie und lief davon. Nach ein paar Schritten drehte sie sich um und winkte beiden zu.

– Na sowas, und ich dachte fast, daß sie dich unheimlich toll fände, sagte Rita. – Sie hat mich derart über dich ausgefragt.

– Ja? Und hast du ihr geantwortet?

Sie gingen über den Hügel im Schloßpark, dort oben ragten die schwarzen Stämme der Bäume aus dem weißen Teppich hoch hinauf; diese Stelle strahlte immer eine solche Ruhe aus. Eine einsame Schloßwache stand in ihrer eigentümlichen nichtanwesenden Aufpassertätigkeit hinter ihnen.

– Hier trennen sich dann unsere Wege, sagte Aud.

– Kommst du nicht noch auf einen Sprung mit zu mir?

Aud schüttelte den Kopf. Sie blieben stehen.

– Du Rita? Du hast gesagt ...

– Vergiß es!

– Weißt du denn, was ich sagen will?

– Daß du sauer darüber bist, weil ich gesagt habe, du sollst sie aufgeben.

– Nein, das ist es nicht. Ich bin gar nicht sauer.

— Was ist es denn dann?

— Du hast gesagt, daß du damals gar nicht von mir weggehen wolltest.

— Ach so ... Nein ... ach, laß doch. Rasch umarmte sie Aud, küßte sie auf den Mund und verschwand dann mit schnellen Schritten in Richtung Schloßmauer.

*

Das ist nun Aud Strand, dachte Anne Hoffmeyer, von der ist also Torgeirs Frau so begeistert. Naja, schwer zu verstehen war das nicht, sie hatte schon eine gewisse Ausstrahlung, auch wenn sie selbst Rita vorzöge. Falls es jemand ganz genau wissen wollte. Ehrlich gesagt, war sie furchtbar neugierig auf alles, was mit Rita zusammenhing.

Und ehrlich wollte sie jetzt sein, jedenfalls beschloß sie das nun auf ihrem Weg zum Haus ihrer Mutter, die verwitwet in einem alten Hof in der Pilestredet lebte. „Hier muß etwas passieren!" dachte sie. In vielen Krisen war das schon ihr Motto gewesen.

Sie hatte Torgeir bereits eine Ewigkeit nicht mehr gesehen, das ständige Warten auf ihn reichte ihr wirklich. War er denn so damit beschäftigt, seine Frau wieder zur Vernunft zu bringen? Ohne Ankündigung wollte er ja nicht mit ihr Schluß machen. Was für ein Versprechen! Dürftiger ging es wohl gar nicht mehr.

Außerdem geisterte Rita ständig durch ihren Kopf, sie wußte nicht mehr genau, wann sie sich in sie verliebt hatte. Wahrscheinlich damals, als sie nach Trondheim gekommen war und bei ihr übernachtet hatte. An diesem Abend war eine so sonderbare Stimmung zwischen ihnen gewesen. Aber wenn sie es recht überlegte, glaubte sie eher, daß sie Ritas Besuch schon mit unmißverständlich großer Erwartung entgegengesehen hatte.

Aber Rita war ganz offensichtlich mit dieser Aud Strand beschäftigt. Das Verhältnis zwischen den beiden war ja wohl keineswegs beendet. So wie die miteinander umgingen. Da konnte sie sich Rita auch gleich wieder aus dem Kopf schlagen.

Aber auf irgend etwas mußte sie doch bauen, irgendeinen Weg mußte sie doch für sich finden? Sie konnte nicht immerzu so ins Ungewisse hineinleben, wie sie es jetzt tat, und nicht die geringste Ordnung in ihr Liebesleben bringen.

Jetzt sitzen die beiden da oben in ihrem „Glückshaus" und lügen sich an, dachte sie. Wenn sie aus dem Fenster gucken, haben sie eine herrliche Aussicht auf den Fjord und die Stadt; es ist wunderschön, und sie haben alles. Seit Jahren leben sie so zusammen, haben sich lieb, und sie haben ihre drei Kinder. Aber sie lügen und lügen. Warum?

Und draußen in der Dunkelheit laufen ich und diese Aud da herum, sehnen uns ganz unbeschreiblich, öffnen unsere Arme sofort, sobald sich die beiden herausschleichen, und befriedigen ihre heimlichen Triebe und Gelüste, auf daß ihr Glückshaus bestehen bleibe! So etwas wie moderne, befreite Prostituierte sind wir.

Anne wurde wütend. Warum hatte sie ihr ganzes Leben so eingerichtet, als würde er eines Tages für immer zu ihr kommen? Denn genau das hatte sie getan, sie sah es nun deutlicher als je zuvor. Immer hatte er diese Hoffnung in ihr am Leben gehalten. Aber wenn diese beiden, dieses Superpaar, doch eine andere liebten, warum ließen sie sich dann nicht scheiden? Oder warum sagten sie nicht ganz klar und deutlich, wie es war: „Ich will dich als Geliebte. Fertig."

Alles der reine Egoismus, die Angst vor dem Verlust, Angst davor, daß eine solche Offenheit auch Bruch bedeuten könnte.

Krampfhaft versuchten sie weiterhin, Kartoffeln *und* Soße zu bekommen, koste es, was es wolle; das war eben Sinn und Ziel aller Untreue.

Und Torgeir war am schlimmsten. Irene hatte ja immerhin noch versucht ehrlich zu sein, nach einer gewissen Zeit. Aber das war wohl erst, als Aud ihr die Pistole auf die Brust gesetzt hatte. Ganz schön mutig von der, das hätte sie mit ihm auch tun sollen.

Anne kochte inzwischen vor Wut. Sie bog jetzt in die Pilestredet ein. Und dann hatte Torgeir Irene gezwungen, ihr Verhältnis aufzugeben, während er seins behielt und Irene nicht das geringste davon wußte. Wie konnte man so frech sein! Und das noch guten Gewissens! Denn Torgeir schien ja von Skrupeln nicht sonderlich heimgesucht zu sein.

Aber damit wäre nun Schluß. Jetzt wußte sie mehr über ihn, als er ahnen konnte. Während sie so langsam ihres Wegs ging, überkam sie ein unglaublich behagliches Gefühl von Macht. Jetzt hatte sie ihn! Was sollte sie jetzt mit ihm machen? Ihn erschrekken, ihm drohen? Alle Möglichkeiten standen ihr offen ...

Was für ein elendes Rindvieh bin ich nur gewesen, dachte sie.

Warum habe ich mich ständig mit allem abgefunden?

Ihre erste aktive Handlung, diese Reise nach Oslo, gegen die Torgeir heftig protestiert hatte, weil er ja Freitag drei Stunden Zeit für sie erübrigen könnte, schien eine Lawine an Aktivitäten in ihr auszulösen. Sie würde ganz gewiß nicht mehr zu Hause sitzen und auf die Telefonklingel lauschen.

Ihr Herz begann schneller zu schlagen. Ich werde Irene Jacobsen anrufen und ihr alles erzählen!

Anne feixte über ihren Plan – das geschähe ihm recht! Das hätte ich schon längst machen sollen. Ich lege jetzt die Karten auf den Tisch, endlich würde das Ehepaar Jacobsen sehen, was sie eigentlich spielten. Wenn Irene hörte, daß er sie schon seit drei Jahren betrog, ließe sie sich sicher sofort scheiden.

Und ich für meinen Teil komme endlich aus dem Schlamassel, in dem ich schon viel zu lange stecke. Irene kann zu ihrer Aud gehen und Torgeir zu mir.

Und wenn er nun so wütend darüber wird, daß er Schluß macht? Nun, dann muß ich das eben riskieren. Wer sich nicht in Gefahr begibt, kommt darin um – starker Spruch! Habe ich den nicht neulich auf einer deutschen Liederplatte gehört? Wenn ich will, werde ich ihn schon wieder geil machen, kein Problem. Aber vielleicht will ich dann gar nicht mehr. Vielleicht will ich dann lieber Rita? Aber so sicher kann ich mir mit ihr ja nicht sein. Anne dachte an ihr kurzes Gespräch mit Rita in dieser Diskothek. „Ich kann nicht einfach sagen, daß ich mir Aud zurückwünsche", hatte sie gesagt. Anne hatte das nicht verstanden, entweder wünschte sie, jemand wiederzuhaben, oder nicht. Und sie hatte ganz deutlich gesehen, daß Rita sich Aud zurückwünschte, vielleicht hatte sie es nicht zugeben wollen?

Das gab ihren Gedanken eine neue Wendung. Wenn sie nun Irene Jacobsen erzählte, daß sie Torgeirs Geliebte ist, dann wäre sie ja frei, um zu Aud zu gehen, und Rita würde Aud dann nicht bekommen! Sagte sie es nicht, bestand die Chance, daß Irene bei Torgeir blieb. Dann könnte Rita Aud wiederbekommen.

Und ich? dachte Anne. Auf diese Weise gehe ich leer aus.

Auf wen soll ich nun am meisten Rücksicht nehmen? fragte sie sich. Auf Rita oder mich? Wenn ich sie liebe, sollte ich wohl das Beste für sie wünschen, aber dann kann ich sie nicht haben. Wie edel sollte Liebe eigentlich sein? So sehr, daß alle voller Großmut aufeinander verzichten und niemand bekamen?

Nein, so edel bin ich jedenfalls nicht. Ich will jemand, mit dem oder der ich schlafen, den oder die ich liebhaben kann. Unter einigermaßen sicheren Umständen.

Also, was ist da zu tun? Was will ich eigentlich? Zuerst muß ich das einmal herausbekommen. Ich kann ja nicht anfangen, völlig gedankenlos auf andere einzuwirken, ohne genau zu wissen, was ich will.

Ich möchte lesbisch sein. Das stelle ich mir viel besser vor.

Aber wie soll ich es schaffen, lesbisch zu werden, wenn ich scharf auf einen Mann bin?

Ich muß mich jetzt entscheiden, wen ich nun eigentlich will; Torgeir oder Rita. Das muß klar sein, bevor ich in Aktion trete. Wenn ich es also sage, kann ich ihn behalten. Dann läßt Irene sich scheiden, um mit Aud zusammenzusein. Wenn ich Rita möchte, sage ich besser nichts. Dann bleibt Aud weiterhin in ihrem Irene-Zustand, Rita muß sie aufgeben und kann zu mir kommen.

Halt! dachte sie plötzlich überrascht, da kann ich ja Rita in beiden Fällen bekommen! Egal, ob ich es sage oder nicht.

Was mache ich hier eigentlich? Plane ich jetzt, beide zu haben? Bin ich denn bisexuell?

Anne wurde nun ganz nervös. Wenn das stimmte, dann bliebe ja alles dasselbe Chaos wie jetzt. Nie bekäme sie in ihr Gefühlsleben die Klarheit, nach der sie sich so sehnte. Himmel, dreiundzwanzig war sie schließlich und wußte noch immer nicht über sich Bescheid!

Nein, nein, bisexuell bin ich nicht! Ich bin überhaupt nicht bi-irgendwas, weil ich nämlich nicht von beiden dasselbe will. Es ist ja nicht so, daß ich unbedingt mit Rita schlafen will ... Nein, das stimmte nun überhaupt nicht. Und was für eine Lust sie hatte, mit ihr zu schlafen. Aber nicht so! Anne war sich nicht sicher, wußte nur, daß es etwas ganz anderes sein würde, ganz anders als mit einem Mann jedenfalls ... Zumindest wäre das nicht die Hauptsache zwischen ihnen, wichtiger wäre es, sie zu lieben, mit ihr zusammenzusein, sie kennenzulernen. Sie war eine so spannende Frau. Also: ich bin nicht homosexuell, ich bin homophil, das ist es wohl. Rita-phil und Torgeir-geil ...

Ich bin demnach also homophil und heterosexuell, will mit Männern schlafen und Frauen lieben.

Dafür gab es natürlich kein Wort. „Bisexuell" oder „biphil", das wäre ja nur falsch. Diese Worte deckten alle nicht den Tatbestand, wer hatte sich die eigentlich ausgedacht? Es war überhaupt nicht so, daß sie in alle Richtungen lieben oder schlafen wollte, das stimmte einfach nicht. Es war ganz anders. Was sie für eine Frau empfand, war ja so ganz anders als das, was sie an Gefühlen für einen Mann aufbrachte. Dann muß ich eben ein passendes Wort erfinden. Bisexophil? Genau, das bin ich: bisexophil.

Sie stieg die dunkelbraunen Treppenstufen hinauf. Und woher weiß ich, daß Irene ihren Mann verläßt, wenn er entlarvt ist? Vielleicht wird sie derart verwirrt und eifersüchtig, daß sie mit allen Mitteln versucht, ihn zurückzugewinnen?

Plötzlich fühlte sie sich ganz machtlos dieser Macht gegenüber, die sie in ihren Händen hielt. Sie stieg die Stufen hoch, müde in den Beinen und müde davon, über all das nachzudenken. Vielleicht kann ich überhaupt nichts beeinflussen, vielleicht geht alles seinen Weg wegen einiger Umstände, von denen ich keine Ahnung habe?

Nein, nein, damit will ich mich nicht abfinden! Wenn ich gar nichts tue, dann geschieht auch nichts. Die Wahrheit ist, daß Torgeir drei Frauen in Schach hält. Es macht keinen Spaß zu sehen, wie unendlich lange er das schon so treibt, jedenfalls lange genug. Drei Frauen in einer Art Gefängnis oder Gewahrsam; eingeschlossen in eine Situation, in der keine von uns die Möglichkeit hat, mit sich weiterzukommen! Er allein hat das Interesse, alles so zu belassen. Ganz gleich, was dabei herauskommt, wenn ich seine Heimlichkeiten verrate: Ich muß raus. Wir alle drei müssen da raus! Und das ist wohl verdammt nochmal wichtiger als meine Geilheit auf ihn! Ich kann schließlich einen anderen für mich finden als ausgerechnet Torgeir Jacobsen! Wenn ich dann unbedingt noch will ... Auch wenn ich das große, liebe Brummbärchen ganz gern behalten würde, wenn es ginge ... Nein, es bleibt dabei, ich habe alles zu gewinnen und nichts zu verlieren. Was gebe ich denn letztlich auf? Ein Telefongefängnis, das ist alles.

Mit diesem Gedanken schloß sie energisch die Haustür auf.

24

In den wenigen Monaten, die seit Weihnachten vergangen waren, so stellte Irene plötzlich fest, hatte sie endlich Zeit und Raum zum Durchatmen bekommen; frei von Torgeirs Eifersucht, frei von der eigenen Leidenschaft. In dieser Zeit des Aufatmens verstärkten sich ihre Träume.

Dieses Wegsehnen war nichts Neues für sie, auch bevor Aud kam, hatte sie das oft getan. Zum erstenmal aber war diese Sehnsucht nicht vage, wie ein weit entfernter Flügelschlag, dem sie nicht zu folgen wußte. Diesmal nahm sie Gestalt an und war ihr ständig bewußt: ich will Jura studieren.

Ganz systematisch erkundigte sie sich nach den Möglichkeiten, dieses Studium zu beginnen. Neuerdings konnten die ersten Semester in Trondheim absolviert werden. Und dann? Danach müßte sie in Oslo weiterstudieren. Aber jetzt wollte sie sich nur auf den Studienbeginn konzentrieren. Heimlich beschaffte sie sich die Literatur für die Anfangssemester und deponierte sie in ihrem Garderobenschrank in der Bibliothek. In den Pausen las sie voller Eifer und Ehrfurcht den trockenen Stoff.

Warum Torgeir nichts von ihrem Vorhaben wissen durfte, war ihr zu Anfang nicht recht klar, die Vorsichtsmaßnahmen hatte sie ganz intuitiv unternommen. Vorläufig war dieses Studium noch ein Plan, dessen Realisierung davon abzuhängen schien, daß niemand daran rührte, weder mit Vorwürfen, Einwänden noch Beifall und Erwartungen. Es ist wie eine heimliche Schwangerschaft, dachte Irene, wenn das Kind dann da ist, kann niemand mehr seine Existenz anzweifeln, ganz gleich, wie häßlich es auch sein mag.

Irene las, und zwischen den Buchstaben war Aud – überall. Langsam durchlebte Irene die Zeit mit ihr noch einmal.

Ein neues Leben. Ich habe es ja immer gewußt, von Anfang an: es ist nichts Neues für mich, daß Frauen so auf mich wirken können. Aber ich hatte es vergessen oder noch nicht verstanden, was es bedeutete, ich begriff die sehr deutliche Sprache meines Körpers nicht. Nur in einer freien Beziehung zu einer Frau kann ich zu mir selbst finden.

Doch dann kam diese schreckliche Enttäuschung. Sie hatte sich von ihrer rabiaten und verzweifelten Geliebten schließlich erpreßt, ja fast mißhandelt gefühlt. So hatte sie es sich nicht vorgestellt.

Jetzt dachte sie alles noch einmal durch.

Sie schrieb Aud. Lange Briefe, die sie nicht abzuschicken wagte, aber immer wieder las und veränderte. Diese Briefe erstaunten sie – es war wie ein Zusammentreffen mit sich selbst.

Endlich wurde nun auch der Kellerraum für sie hergerichtet, seit Jahren hatten sie schon davon geredet. Torgeir war mit größtem Eifer dabei, tischlerte und installierte Lampen. Sie bekam sogar eine Petroleumlampe, die sie sich immer schon gewünscht hatte. Sie holten einen Korbstuhl vom Speicher, und Astrid verehrte ihr einen Wandteppich. Während sie ihn aufhängte, brachte ihr Torgeir Kaffee nach unten. – Danke, jetzt komme ich schon zurecht. Er war unendlich lieb zu ihr, wollte ganz offensichtlich etwas wieder gutmachen, was er nicht wahrhaben wollte. Wie leicht er zu durchschauen war!

Hier saß sie nun die Nächte über, las im Familienrecht und dachte an ihre Zukunft. Die Bücher lagen in einer Schublade. Also, dann die ersten Semester hier und anschließend nach Oslo. Nach Oslo! Aber so weit mußte sie ja noch nicht denken, jetzt erst einmal diesen Schritt.

Endlich begann sie mit der Arbeit an dem Buch über Mißhandlung. Sie suchte die Tonbänder heraus, auf die Jorunn Bergersen die Interviews mit mißhandelten Frauen aufgenommen hatte. Sie hörte den gedämpften Stimmen zu, spulte weiter, schrieb ab, spulte weiter und schrieb ab. Eine mühsame Arbeit, aber so wurden die Aussagen präziser und vor allem authentischer. Bei Wiederholungen mußte sie hier und da kürzen; das war kein Wunder, denn schließlich wiederholten sich auch die Drohungen und Schläge, die diese Frauen einzustecken hatten. – Du gottverdammte Hure, du Flittchen! Ich habe genau gesehen, wie du ihn angestarrt hast! Ich schlage dich grün und blau, sage ich dir! Niemand guckt dich dann mehr an, nicht mal mit dem Arsch! Was bildest du dir eigentlich ein, wer du bist? Läufst herum und wackelst mit deinem Arsch. Ich werde dir das Arschwackeln schon abgewöhnen. Die nächsten fünf Wochen wirst du nicht mehr damit herumschaukeln! Und dann hat er mich getreten, sagte eine ruhige, heisere Stimme. – Wohin? fragte Jorunn. Eine kleine Pause. – Überall hin. In den Rücken, in den Bauch, ich habe auf dem Boden gelegen. Als er sich dann hingelegt hat, bin ich ins Krankenhaus gefahren; ich war ja überall grün und blau und hatte außerdem drei gebrochene Rippen. Aber die konnten auch nichts dabei machen. – Und dann?

– Dann bin ich wieder nach Hause, eine Todesangst hab' ich gehabt. Ich dachte, ich krieg' nun die nächste Tracht Prügel, weil ich abgehauen bin. Glücklicherweise schlief er aber schon. Am nächsten Tag war er wieder weich wie Butter.

Wie konnte frau das nur aushalten? Ein Jahr, zehn, zwanzig, ja sogar vierzig, wie auf dem Tonband zu hören war. Wie konnte es so weit kommen, ohne daß irgendeine offizielle Stelle eingriff? Wo waren sie denn, die bei jeder Bagatelle im Straßenverkehr einen Riesentanz machten? Irene war erschüttert, sie hatte gewußt, daß es schlimm war, wie grauenhaft es aber wirklich war, verstand sie erst jetzt, als sie die Stimmen der Frauen vom Tonband hörte.

Überwältigt von dem, was sie gehört hatte, sagte sie eines Abends zu Torgeir: – Diese mißhandelten Frauen erleben die reine Folter! – Ja, sagte er. – Ich weiß wirklich nicht, warum diese Frauen dann die Ehe aufrechterhalten. Eine Frau, die von ihrem Mann geschlagen wird, sollte sich scheiden lassen.

Damit war dieses Thema für ihn beendet. Er vertiefte sich wieder in seinen Artikel über das französische Strafrecht.

Nein, du, so einfach ist es nicht, dachte Irene. Aber sie hatte kein Verlangen, weiter mit ihm darüber zu reden, schon seit einer ganzen Weile nicht mehr. Sie rief Jorunn an.

– Diese Ehen? Das ist das Schlimmste, was in Norwegens Geschichte passiert, seit die Gestapo nicht mehr hier ist.

Irene mußte an den Zwang denken, dem sie selbst ausgesetzt war; eine milde Form gegenüber dem, was sie hier hören mußte. Doch es hatte gereicht, sie in Schach zu halten. Außerdem lag ihre Sache anders, denn sie blieb ja nicht zwanghaft in dieser Ehe, sondern wegen der Kameradschaft zwischen ihr und Torgeir. So betrachtete sie es immer noch. Ihr Glaube an die Gleichwertigkeit zwischen ihnen hatte allerdings einen Sprung bekommen. In ihren endlosen Gedanken warf sie ihm wieder und wieder vor, daß er nicht in der Lage gewesen war, mit ihr vernünftig über alles zu reden, sondern bereits nach kürzester Zeit ganz souverän von ihr verlangte, sich zu entscheiden. So hatte sie ihn nie zuvor kennengelernt. Zwar hatte sie ihn schon aufbrausend erlebt, und ganz ohne Handgreiflichkeiten war er auch nicht durch seine Ehejahre gekommen. Doch daß er sich so unglaublich aufführen konnte, war nun neu für sie.

Was alles damals geschehen war, wußte Aud nicht. Sie hat

überhaupt sehr wenig Phantasie und Einfühlungsvermögen in meine Situation bewiesen, nur die eigenen Bedürfnisse im Sinn gehabt, dachte Irene mit Bitterkeit.

Doch sobald der Druck nicht mehr da war und sie erleichtert aufatmen konnte, kamen die Sehnsucht und ein Gefühl von Entsagung zurück. Und der Wunsch nach Versöhnung – nein, mehr als das.

Irene schickte ihr kurze Ansichtskarten, auf denen Frauen in Trachten aus dem letzten Jahrhundert abgebildet waren. War sie noch immer böse? Haßte sie sie wirklich, so wie sie es auf dem Zettel geschrieben hatte? Das fragte Irene in einem Brief und schickte ihn ab. Sie denke viel über alles Vergangene nach und bitte Aud, doch zu antworten.

Und Aud schrieb zurück: „Irene. Ich wollte damals nicht damit sagen, daß ich Dich hasse. Ich habe es versucht, konnte es aber nicht. Doch was Du getan hast, war hassenswert. Ich habe es geschrieben, aber es stimmte nicht." „Ich war damals vollkommen immun", schrieb Irene zurück. „Wenn ich jetzt Deinen Brief lese, merke ich, daß Deine Worte mich damals gar nicht erreicht haben. Sie standen nur tot auf einem Zettel. Ich kann mich nicht mehr erinnern, was ich damals gedacht habe, kann mich an fast nichts aus dieser Zeit erinnern. Es ist, als verschwände alles in einer Schlucht vor mir, über die sich jetzt eine Brücke wölbt, von unserer Zeit davor bis jetzt." „Wir dürfen nicht vergessen, warum mit uns alles so schief ging", antwortete Aud. „Wenn wir das jetzt verdrängen, können wir nichts daraus lernen. Ich weiß nicht, ob ich Dir jemals diese Zeilen verzeihen kann, die Du mir geschrieben hast, werde es aber versuchen. Doch immer wieder habe ich sie vor Augen, ob ich will oder nicht." „Ich erinnere mich an nichts mehr", schrieb Irene. „Ich habe da eine Gedächtnislücke; ich weiß nicht einmal mehr, ob Torgeir mich gezwungen hat oder ob ich das nur geträumt habe." „Er hat Dich gezwungen. Du schreibst in Deinem letzten Brief, daß er Dich gezwungen hat, indem er damit drohte, Dir Rulle wegzunehmen." „Nein, das meine ich nicht. Obwohl er mir auch damit gedroht hat, das stimmt. Was ich aber in meinem letzten Brief geschrieben habe, meine ich ganz konkret: Ich habe geträumt, daß er über mir stand und mir einen Text diktierte. Eben diesen Brief, den ich Dir dann geschickt habe. Ich weiß nicht einmal mehr, was da drin stand. Oder war das vielleicht kein Traum?" „‚Liebe Aud! Es gibt keinen Grund für einen weiteren Kontakt zwischen uns. Irene'." „Wenn ich diese Worte jetzt schwarz auf weiß sehe, die ich an Dich geschickt haben soll, kann ich mich besser erinnern, was ich damals gedacht habe. Ich meinte damals, sein Leben leben zu müssen. Er hatte mich vor die Wahl gestellt: entweder Du oder er. Und ich habe mir damals gedacht: das hier ist keine Wahl zwischen Aud und Torgeir, sondern eine zwischen ihm und mir. Und da habe ich ihn gewählt. Aus Rücksicht auf das Kind. So etwa habe ich zu der Zeit gedacht. Für mich war es keine Wahl. Ich war in dieser Nacht todmüde, war nicht wirklich anwesend." „Du fragst mich, warum ich so furchtbar müde war. Ob ich denn so viel mehr als andere Menschen zu tun gehabt hätte. Himmel, warum bist Du immer so eifersüchtig auf das, was ich mache?" „Ich bin nicht eifersüchtig auf das, was Du tust. Es ist mehr die Art und Weise, wie Du es machst. Dein Leben ist völlig durchgeplant. Kein Platz mehr für Überraschungen, kein Raum mehr für Neues." „Ich habe jetzt übrigens einen Raum bekommen, ganz konkret, im Keller ein Zimmer für mich. Seit Jahren war das geplant, aber nun ist es endlich etwas geworden. Hier unten kann ich sitzen und an Dich schreiben, völlig ungestört. Deine Briefe geben mir soviel Freude. Obwohl vieles, was Du sagst, für mich sehr schwierig ist. Was ich damals mit ‚todmüde' gemeint habe, sollte bedeuten, daß ich völlig zusammenklappte. Dieser Zustand war eingetreten, nachdem Du mich gezwungen hattest, ihm alles zu sagen. Warum hast Du mich dazu gezwungen? Das war doch die Quelle des ganzen Unglücks, das dann folgte. Nie habe ich das verstehen können." „Liebe Irene! Ich denke so oft an Dich. Auch ich freue mich sehr über Deine Briefe. Es ist gut zu wissen, daß Du nun im Keller ein Zimmer ganz für Dich hast. Heute habe ich wieder einen Brief von Dir bekommen, gleich nachdem ich einen an Dich abgeschickt hatte. Du sagst, ich hätte Dich dazu gezwungen, es Torgeir zu sagen. Aber das war doch kein Befehl! Ich habe mir damals selbst Vorwürfe gemacht, weil ich das zu Dir gesagt habe. Aber Du hättest es ihm auch nicht zu erzählen brauchen. Es lag auch in Deiner Verantwortung. Warum hast Du es denn gesagt?" „Du antwortest mir mit einer neuen Frage. Ich habe es gesagt, weil ich Angst hatte, Dich zu verlieren. Vielleicht hat Dein Eintritt in mein Leben genau das bedeutet: mir wurde klar, daß ich keinen Raum für mich habe – weder konkret noch abstrakt. Und Du hattest ihn! Als ich die Arme nach Dir ausstrecken wollte, gab es keinen Platz dafür."

„Das ist es ja, was ich so schrecklich fand. Mit Dir zu sein, bedeutete für mich, in diesem Leben zu sein. Nicht mit Dir zu sein, bedeutete das Gegenteil ..."

Irene saß in ihrem Arbeitszimmer und las Auds letzte Zeilen wieder und wieder. Ihre Korrespondenz war sehr knapp gefaßt, ein vorsichtiger Versuch, Schicht für Schicht abzudecken, um besser sehen zu können. Der Briefwechsel verlief oft völlig unsynchron, nicht selten waren mehrere Briefe gleichzeitig unterwegs. Und das Tempo nahm ständig zu. Irene war nur noch damit beschäftigt. Jetzt lebte sie sogar noch mehr in dieser Korrespondenz, als sie es vor dem Bruch getan hatte. Obwohl nun alles viel ruhiger verlief, erschütterte sie dieses Leben mehr als zuvor. Zwar mußte sie noch immer verborgen halten, was in ihr vorging, aber mit Hilfe des Kellerzimmers war dies leichter geworden.

Wieder las Irene den letzten Brief. Warum hatte es für Aud bedeutet, in diesem Leben zu sein, wenn sie mit ihr zusammen war? Wo war sie denn sonst? Sie machte doch soviel, hatte ihren Beruf und die „Klatschweiber". War sie denn innerlich nie dabei? Oder war es so, daß sie, von außen betrachtet, ganz souverän und hervorragend funktionierte, sie aber innerlich etwas quälte? Was war das? Angst? Depressionen? Einsamkeit? Sie kannte sie ja nicht, was wußte sie denn schon von Aud? Bis zu dem Abend, an dem ich ihre Stimme hinter mir hörte, mich umdrehte und zu ihr ging ...

Anders hatte sie nicht gekonnt.

Und etwas anderes wollte sie auch nicht!

Plötzlich begann Irene zu ahnen, weshalb Aud sie damals gezwungen hatte. Weil ich sie nicht an meine Brust gedrückt habe.

Der Gedanke machte sie stutzig, was soll denn das bedeuten? Ich will sie ja an mich drücken und festhalten! Nichts auf der Welt wollte ich lieber. Ich konnte es eben nur nicht, es gab damals in meinem Leben keinen Platz für sie.

Aber jetzt werde ich ihr einen Platz in meinem Leben verschaffen – wenn ich es will.

Plötzlich wurde ihr ganz klar, warum Aud so verzweifelt gewesen war. Diese Angst, weggeschoben zu werden ... war ihr das denn nicht schon oft in ihrem Leben passiert? Irene dachte nach. Wie war das denn mit den Frauen, die in ihres Vaters Leben traten, nachdem Auds Mutter gestorben war? Hatten die sie an ihre Brust gedrückt? Sie wußte ja fast nichts darüber, sie wollte danach fragen.

Endlich begriff Irene, daß es eine Bitte war, die Aud damals an sie gerichtet hatte, kein Befehl. Wieviel Unrecht hatte sie ihr seitdem in Gedanken getan! All ihre Hoffnungen auf eine bessere Welt zwischen Frauen, ihren Glauben an die starken Feministinnen, die in gleichwertigen, freien Beziehungen miteinander lebten, hatte sie sich durch diese eine übereilte Handlung zerstören lassen. Denn wenn Aud sie so zwingen konnte, waren das doch nur Illusionen.

Und Torgeir? Er hatte sie ja schließlich auch gezwungen, und das ganz real. Mit physischer Anwesenheit und dem Recht in der Hinterhand. Hatte sie Aud deswegen nicht viel härter als ihn verurteilt? Warum das?

Auds Drohung betraf mich viel mehr, traf mich zutiefst. Dafür sollte sie büßen.

Irene überkam plötzlich ein Gefühl, als müsse sie auf die Knie fallen und Aud um Verzeihung bitten. – Ob du mir das je verzeihen kannst? fragte sie laut in den Kellerraum.

Sie nahm einen Block und schrieb die ganze Nacht einen langen Brief an sie. Von nun an kamen nur noch solche langen Briefe von ihr. Aud beantwortete nicht alle, auch antwortete sie nicht direkt auf Irenes Liebeserklärungen, die zwischendurch und am Schluß immer wieder auftauchten. Meine Geliebte!

Immer noch spürte Irene Auds Anwesenheit, deswegen ließ sie es zu, ihr Innerstes vor Aud auszubreiten. Das hatte sie bisher sehr selten getan. Warum sie dieses Vertrauen zu Aud hatte, konnte sie nicht genau sagen, doch dieses Gefühl ihrer ständigen Anwesenheit war unglaublich stark. Und eben das konnte sie in ihrem Leben weiterbringen.

Nachdem einige Zeit vergangen war und Aud ihre Briefe noch immer recht förmlich und kurz beantwortete, verspürte Irene das Gefühl, als hätte sie eine Chance verspielt.

Ließ Aud sich nicht mehr zurückrufen? War sie zu einer Beziehung mit Irene nicht mehr bereit? Hielt sie gar diese ganze Korrespondenz nur aus Anständigkeit aufrecht?

Voller Wehmut dachte Irene an den Augenblick in Auds Hütte zurück, als sie beide gleichzeitig darauf kamen, daß wirkliche Gleichstellung nur in einem Matriarchat erreicht werden konnte. Das war nur ein scheinbarer Widerspruch. Macht und Fürsorge miteinander kombiniert – nur das könnte uns weiterbringen. Das galt für zwei Menschen ebenso wie für alle ...

25

Irene hörte die Telefonglocke und wußte sofort, daß es Aud war. Wahre Freudenfeuer durchfuhren sie. Glücklicherweise war Torgeir gerade nicht da. Sie stürzte aus dem Keller hinauf ins Schlafzimmer, wo das Telefon stand. Doch als sie den Hörer endlich abnahm, drang nur noch der Summton in seiner eintönige Melancholie an ihr Ohr.

Sie ging in die Küche, blieb unschlüssig stehen; was hatte sie hier gewollt? Kartoffeln schälen? Geistesabwesend nahm sie den Beutel aus dem Kühlschrank und begann mit ihrer Arbeit. Während sie das kalte Wasser laufen ließ, sah sie den glatzköpfigen Georg Strand vor sich: mager und doch noch kräftig, mit dem kahlen Schädel, den hellen, buschigen Brauen und den scharfen, etwas vorstehenden, feuchten Augen. „Die Leidenschaft! Sterben möchte man ihretwegen, und ist diese gestorben, erlischt die ganze Welt.“ Hatte er das nicht damals gesagt?

Sie nahm eine Kartoffel, die anscheinend nur braun innen war. Während sie durch einen Querschnitt mit dem Messer der Sache auf den Grund zu gehen versuchte, läutete das Telefon wieder. Mein Gott! Flüchtig trocknete sie ihre Hände und rannte zum Apparat.

– Hallo, sagte sie mit warmer Stimme in den Hörer.

– Hallo? Der Klang einer fremden Frauenstimme drang an ihr Ohr.

– Ja, hallo?

– Mit ... mit wem spreche ich, bitte? wurde sie gefragt. Ziemlich unbeholfen klang das.

– Sie sprechen mit Irene Jacobsen. Darf ich fra...

– Ah, sind Sie endlich nach Hause gekommen!

– Wer ist da eigentlich?

Am anderen Ende entstand eine kurze Pause, dann hörte sie ein Räuspern und schließlich: – Entschuldigen Sie die Störung ... störe ich Sie gerade?

– Nein, sagte Irene. Ein unbestimmtes Gefühl von Ärger begann sich in ihrer Brust zusammenzuziehen. – Was möchten Sie denn?

– Ich bin ... ich bin ... wieder eine kurze Pause, es war deutlich zu spüren, daß die Frau am anderen Ende sich sehr zusammenzunehmen versuchte. – Frau Jacobsen, was ich Ihnen sagen will, ist so furchtbar schwierig.

— Ja, aber was ist denn bloß los, um alles in der Welt? Könnten Sie mir nicht erst einmal sagen, wer Sie eigentlich sind?

— Ja, also ... wieder ein kleines Zögern. — Ich heiße Anne Hoffmeyer.

— Anne Hoffmeyer? Sind Sie ganz sicher, daß Sie die richtige Nummer gewählt haben?

— Sind Sie denn nicht Frau Jacobsen, Irene Jacobsen?

— Doch, das bin ich.

— Ja, dann bin ich richtig. Sagen Sie, Frau Jacobsen, kann ich Sie nicht Irene nennen?

— Bitte, wenn Sie wollen.

— Also, Irene, da ist etwas, das ich Ihnen erzählen muß, und sonderlich lustig ist es ganz bestimmt nicht ... also, ich habe lange darüber nachgedacht ...

Nach diesem plötzlichen kleinen Energieausbruch war es wieder still.

— Hallo? Frau Hoffmeyer? Sind Sie noch da?

— Ja, ja. Frau Jacobsen, ich bin eine Bekannte Ihres Mannes.

Dieser letzte Satz wurde mit solchem Gewicht herausgebracht, als sei er die ganze angekündigte Botschaft.

— Und? fragte Irene unsicher, — was heißt das? Doch augenblicklich wußte sie, was diese Fremde ihr eigentlich sagen wollte.

— Ja, also, sagte Anne, — eben nicht nur eine Bekannte.

— So?

— Nein. Sie machte eine kurze Pause. — Wir sind seit drei Jahren zusammen. Jetzt war ihre Stimme sicherer, nicht mehr so jungmädchenhaft wie zu Beginn des Gesprächs. Irene hörte sie nur noch von fern, sie atmete tief ein und versuchte, beherrscht zu erscheinen.

— Warum erzählen Sie mir das? Wollen Sie sich an ihm rächen?

— Nein, ich will mich an niemand rächen. Ich fand nur wichtig, daß Sie es wissen. Weil niemand etwas gesagt hat. Und plötzlich, fast altklug: — Außerdem finde ich es so für alle Teile am besten!

Alle Teile! War denn diese Anne Hoffmeyer, diese junge, naive Frau da am Telefon ein Teil? Ein Teil in ihrem oder Torgeirs Leben? Sie wollte etwas Spöttisches dazu sagen, verkniff es sich aber. — So, so, sagte sie trocken, jetzt eindeutig unhöflich.

– Also, ließ sich Anne Hoffmeyer nicht beirren, – ich kann Ihnen gern erzählen, was ich mir gedacht habe. Aber vielleicht wollen Sie das gar nicht hören ... wahrscheinlich hassen Sie mich jetzt.

– Oh, doch! stieß Irene aus, – erzählen Sie nur, erzählen Sie nur, was Sie sich gedacht haben.

Wieder eine kleine Pause, es hörte sich an, als ob sie sich eine Zigarette anzündete.

– Ja, also, Sie kennen mich nicht, aber Sie denken sicher, daß ich dumm bin.

– Ich denke absolut nichts über Sie.

– Ach, man bekommt so schnell einen Eindruck von jemand. Und Sie denken sicher, ich bin jung und naiv.

Darauf wußte Irene keine Antwort.

– Ach, wissen Sie, Irene, ich habe so oft an Sie gedacht.

– Das kann ich mir wohl vorstellen.

– Ich bin sonst eigentlich recht lustig, ich meine, ich bin ein fröhlicher Typ. Aber das letzte halbe Jahr – nie in meinem Leben war ich so daneben wie in dieser Zeit! Verstehen Sie mich? Ich habe mich so schrecklich einsam gefühlt.

Irene mußte alle Kräfte aufbieten, um ihre Reaktionen zu bändigen, die sich jetzt verselbständigen wollten.

– Ich weiß nicht so recht, ob ich mir jetzt etwas über Ihre Einsamkeit anhören möchte.

– Nein, das verstehe ich ja, entschuldigen Sie bitte.

Irene sagte nichts, was sollte jetzt noch kommen, dachte sie. Sollen wir einfach auflegen? Sie spürte die Unruhe in sich und wollte jetzt ihren Gedanken und Gefühlen nachgehen. Anne Hoffmeyer schreckte sie mit ihrer Stimme auf.

– Wissen Sie, als ich so unglücklich war, habe ich mir gedacht ... also, ich bin es ja nicht allein, die unglücklich ist. Torgeir macht ja nicht nur mich unglücklich.

– Was wollen Sie damit sagen? Die Frage war ihr herausgerutscht. Gleichzeitig empfand sie einen gewissen Ekel dabei, den Namen ihres Mannes in so vertraulicher Weise von ihr hören zu müssen. Die Welt, die er mit ihr gemeinsam hatte, teilte sich ihr so mit. Jetzt wollte sie nichts mehr über ihn hören, nur das, was er selbst zu sagen hatte.

– Ich kenne Aud Strand.

– Was?

– Es geht ihr im Moment nicht so besonders gut.

Das war genug, in Irenes Kopf schien ein Feuerwerk loszugehen. – Ich habe keinerlei Interesse daran, mir Ihre Äußerungen über mein Privatleben weiter anzuhören, Frau Hoffmeyer! Ebensowenig bin ich an Ihren Problemen interessiert. Außerdem verbitte ich mir für die Zukunft derartige Telefonanrufe!

Sie knallte den Hörer auf.

26

Er läuft im Wohnzimmer auf und ab und nimmt sich vor, nichts zu trinken. Bei dieser Auseinandersetzung will er nüchtern sein. Wann kommt sie denn endlich von ihrer Arbeit? Er denkt an die Rotweinflasche dort drüben im Regal, an den Korkenzieher in der Küchenschublade; wie einfach wäre es, sie zu öffnen. Aber nein, er will jetzt ganz klar sehen, alles erinnern, alles, was zwischen ihnen gewesen war und ist. Daß dies jetzt ans Tageslicht kommt, daran ist er wirklich unschuldig.

Völlig unverhofft waren ihm die Briefe in die Hände gefallen. Als er im Kellerraum ein wackliges Bein am Schreibtisch festschraubte, schob sich die unterste Schublade etwas heraus. Dann mußte er den Tisch ein wenig schräg stellen und alle Schubladen rutschten ihm entgegen. Wie dumm, daß er sie nicht vorher herausgenommen hatte. Nun fiel sein Blick auf einige Bücher und einen Brief, der darunter hervorlugte. Während er sich wieder mit dem Tischbein beschäftigte, sah er plötzlich ganz deutlich den Absender vor sich. „Aud Strand". Er rieß den Umschlag aus der Schublade, dabei kamen weitere Briefe zum Vorschein. Alle mit dem gleichen verhaßten Absender und an Astrid Amundsen adressiert. So, so, Astrid machte da also mit! Er hielt jetzt alle Briefe in der Hand. Eine solche Wut stieg in ihm auf, daß er auf der Stelle irgend etwas tun mußte. Er schleuderte die Briefe zu Boden und stieß dabei einen tierischen Laut aus.

In sprachlosem Zorn sammelte er nach einer Weile die verstreuten Briefe wieder ein. Die Datumsstempel gaben bereitwillig Auskunft darüber, wie lange das schon so ging. Was sollte er mit ihnen machen? Er nahm sie mit ins Wohnzimmer hinauf und legte sie ordentlich vor sich auf den Tisch, während er auf sie wartete. Das reichte ja wohl für einen ordentlichen Schock, sobald sie hereinkam.

Er öffnete den obersten Brief und blieb sofort an dem Satz hängen: „Aber du hättest es ihm ja nicht sagen müssen." So, denkst du! Er überflog den Rest und wurde so wütend, daß er Lust verspürte, den ganzen Tisch samt der Briefe umzuwerfen.

Nein, so wollte er sie doch nicht empfangen, besser war es, gute Miene zum bösen Spiel zu machen. Also sammelte er sie wieder ein und brachte sie dorthin zurück, wo er sie gefunden hatte. Dann ging er wieder hinauf und wartete.

Diesmal würde er nicht in sentimentale Tränen ausbrechen und um Trost winseln, diesmal kriegte sie ihn nicht klein. Wie brachten diese Frauen es eigentlich fertig, daß er sich in ihren Händen immer so klein und jämmerlich vorkam? Warum schmolz alle Kraft in ihm zusammen, wenn Irene dastand und direkt in seine Angst, in sein Unglück hineinsah? Nackt fühlte er sich dann, wie ein Säugling, nicht wie ein Mann. Lag es daran, wie sie ihn liebte?

Oder war das ihr Trick?

Aber jetzt hatte er sie, jetzt hatte er etwas in der Hand, wovon sie nichts wußte. Wie konnte sie ihm das antun? Hatte er nicht gesagt, daß sie wählen mußte? Und trotzdem gingen diese Lügen weiter. Er hatte ihr einen Kellerraum eingerichtet, damit sie an dem Buch arbeiten konnte. Ein schönes Buch wurde das! Aber jetzt würde er einen Riegel vor ihre lichtscheuen Bücher setzen. Er hatte von ihrer ganzen Verlogenheit die Nase gründlich voll. Fast war er froh darüber, auf diese Briefe gestoßen zu sein, wie haßerfüllt seine Gedanken auch waren. Diesmal würde er sie gründlich aus der Fassung bringen. Immer war sie die Beherrschtere von beiden!

Er sah sie vor sich: den schmalen Körper, die starken Sehnen an dem schlanken Hals, die kleinen, aber festen Hände, sah ihren Blick. Alle Geborgenheit nannte sie ihr Eigen. Sie blickte bis in den letzten Winkel seiner Seele und wußte, wie alles zusammenhing. Aber er kannte sie nicht, sie war und blieb für ihn ein Rätsel. Was gab ihr nur diese zerstörerische Macht über ihn? Daß sie ihn soviel besser kannte als er sie?

Sie waren nicht gleichberechtigt! Egal, wieviel sie auch darüber geredet und daran gearbeitet hatten. In Wahrheit hatte sie die Macht. Welche Gleichberechtigung gibt es denn mit einem Baby? Welche Macht hatte denn ein Baby, von dem man alles weiß, von den vollgeschissenen Windeln bis zum ersten Wort, das es spricht. Kille, kille, ich bin ja immer da für meinen kleinen Jungen. War ihr Verhältnis denn so?

Kein Wunder, daß er öfter wegging und etwas für sich allein haben wollte. Das spielte ja keine Rolle für das Kille-Kille-Baby. Es war wie auf den Fußballplatz gehen und in ein Tor schießen. Er kam ja immer wieder, das hatte keine Bedeutung.

Und warum konnte sie dann nicht auch ihren Fußballplatz haben?

Weil Windelnwaschen und Fußballspielen eben nicht gleichzeitig ging. Immerhin forderte das einen hundertprozentigen Einsatz: Außerdem war es mit der ständigen Fürsorge unvereinbar. Sie, die Allgegenwärtige.

War es so zwischen ihnen? Herrgott noch mal, das ist ja wie ein Gefängnis, sowohl für sie als für ihn. Warum war es denn so schwierig, ihr ihre „Freiheit" zu geben? Weil er sie ständig brauchte? Selbst, wenn er sie nicht brauchte, wollte er wissen, daß sie für ihn da war. Genauso wie Rulle, das war ja das Anstrengende mit ihr; sie lebte immer in einem Abenteuer, in dem Mama und Papa ständig anwesend waren. Immer mußte er in ihre Welt einsteigen, sich nach ihren Bedürfnissen richten – und das nützte sie ganz schön aus, ganz besonders, wenn sie krank war. Dann wurde sie immer kleiner, bis sie wieder ein Säugling war. Warum konnte er Rulle nie länger als eine halbe Stunde ertragen? Sie war lustig und süß, er liebte sie über alles, doch nach einer gewissen Zeit mußte er immer hinaus, um Luft zu holen. Solange er bei ihr war, konnte er nicht einen eigenen Gedanken fassen. Sie besaß ihn, mit Haut und Haar – und Geist!

Empfand Irene genauso: daß er sie besaß, daß sie nie einen eigenen Gedanken in Ruhe zu Ende denken konnte? Mußte sie deshalb dieses Spielchen vor ihm abziehen, ihn deshalb anlügen? War das ihre Freiheit?

Freiheit in Lug und Trug.

Nur sie konnte ihm untreu sein, er ihr nicht.

Bei diesem Gedanken hielt Torgeir inne. Er blieb mitten im Zimmer stehen und staunte über diesen seltsamen Widerspruch. In seiner Untreue war keine Untreue, da er nie vorgegeben hatte, auf diese Weise treu zu sein. Wie kann man sich denn einem Treueeid gegenüber treu verhalten, den man nie abgelegt hatte?

Das Geräusch des Schlüssels in der Haustür läßt ihn zusammenfahren. Er setzt sich schnell und verhält sich mäuschenstill. Draußen sind ihre Geräusche zu hören, der Kleiderbügel, den sie aufhängt, der Reißverschluß ihrer Stiefeletten, das kleine Räuspern, sie putzt sich die Nase. – Torgeir? Bist du da? hört er. Ihre Stimme ist hell, fragend, weiblich. Ich liebe sie. Die Worte packen ihn wie ein fester Griff um Körper und Seele.

Jetzt steht sie in der Türöffnung. Ihre weiße Jacke hebt sich von den schwarzen Haaren ab, die dunklen Brauen scharf und deutlich über den Augen, die ihm noch nie so blau erschienen sind. Ihr ernster Mund ist geschlossen, sie hat die Arme vor der Brust gekreuzt und ruht auf einem Bein. Wie schön sie ist! Einen Moment lang sind alle bitteren Gedanken wie fortgeblasen.

Er lächelt sie schief an und wird sofort unsicher. Sie steht einfach da und ist schön.

Einen Augenblick lang kommt es ihm vor, als sähe er sie zum erstenmal. Als er aufsteht, wird ihm plötzlich seine Körperlänge bewußt. Er will auf sie zugehen. – Willst du nicht ... kommst du nicht herein? sagt er, als lade er sie in einen Raum ein, den sie nie zuvor betreten hat, als wolle er sie an ihren Platz geleiten.

– Wie siehst du denn aus? fragt sie, läßt die Arme fallen, geht direkt auf ihn zu, ohne ihn aus den Augen zu lassen, hält genau vor ihm und sagt: – Ich bin unheimlich wütend auf dich!

Sie sagt es mit freundlicher Stimme.

– Und warum?

Die Antwort kommt nicht sofort.

– Ich weiß überhaupt nicht, wovon du sprichst, sagt er zögernd. Und das stimmt. In seinem Kopf ist es vollkommen leer. Er empfindet plötzlich nichts als Liebe, die nun, ganz unverständlich, auf Haß und Feindseligkeit trifft.

– Ich habe schon immer gewußt, daß du dir selbst der Nächste bist, sagt sie ganz ruhig und mustert ihn. – Aber irgendwie habe ich mir trotzdem immer eingebildet, daß du ehrlich bist.

– Willst du von Ehrlichkeit reden?

– Allerdings, ich wußte nichts von deinem Doppelspiel.

Jetzt dämmert ihm, wie sehr er schon an sein schlechtes Gewissen gewöhnt, wie immun er schon dagegen ist. Doch nun weiß er, was sie meint, und alles dreht sich in seinem Kopf.

– Das war nicht ... das ist nicht ...

– O doch! Das war und ist, das ist vollkommen klar.

– Irene, das spielt doch keine Rolle!

– Spielt keine Rolle? Für wen? Für sie?

– Für uns?

– Uns!

Irene wendet sich von ihm ab, der kleinen Tür im Bücherregal zu und zieht die Flasche Rotwein hervor.

Ohne ihn anzusehen, geht sie in die Küche, holt den Korkenzieher, kommt ins Wohnzimmer zurück, öffnet die Flasche. Ohne ihn anzusehen, nimmt sie eins der besten Gläser aus dem Schrank, gießt sich ein und trinkt. Dann dreht sie sich zu ihm um, ihre Augen kommen ihm jetzt noch schöner vor.

– Sie ist sicher jung und schön, nicht wahr?

Torgeir stöhnt laut und theatralisch auf.

– Irene! Keine Frau ist schöner als du!

– Ach, Torgeir, hör doch auf! Du zwingst mich, meine Freundin aufzugeben, damit ich dir treu bleibe, und du selbst hast seit Jahren eine Geliebte! Kannst du mir sagen, was das bedeuten soll?

– Aber für dich war es doch ernst! schreit er.

– Allerdings, das war es.

Das sitzt. Der Schmerz über diese Worte überflutet ihn und füllt ihn völlig aus. Das will er nicht hören! Nein! Und mit einem Schlag fühlt er sich in die Dunkelheit der Stimmung zurückversetzt, in der er sich zuvor befunden hatte. Langsam dreht er sich zu ihr um.

– Was, zum Teufel, soll denn diese Vergangenheitsform?

– Was?

– „Das war ernst für dich“, sagst du. Soweit ich sehen kann, ist noch nicht Schluß zwischen euch.

Darauf antwortet Irene nicht.

– Antworte mir gefälligst!

– War das eine Frage?

– Eine Frage ist da wohl nicht mehr nötig, oder?

Vor Erregung zitternd sitzen sie sich gegenüber.

– Soll ich dir sagen, was heute passiert ist? sagt Torgeir plötzlich in übertrieben versöhnlichem Tonfall. Er zündet sich langsam eine Zigarette an.

– Ich gedachte dir einen Gefallen zu tun – nicht schlecht, was? Also ging ich in dein Zimmer hinunter, um dein wackliges Schreibtischbein zu reparieren, darüber hattest du dich ja beklagt.

– Ich habe mich nicht darüber beklagt.

– Aber es wackelt, willst du das vielleicht bestreiten?

– Nein, aber darum brauchst du dich nicht zu kümmern, Torgeir. Ich nehme ein Streichholz und klemme es drunter ...

– Das ist jetzt zu spät!

Irene schweigt. Im Zimmer breitet sich eine unbehagliche Stille aus. Tausend angstvolle Gedanken schießen ihr durch den Kopf, sie sitzt reglos da.

– Ich wollte also diesen Tisch reparieren! Dabei klatscht er wuchtig mit der ganzen Handfläche auf den Couchtisch.

– Torgeir! Was soll denn ...

– Halt's Maul, du Dreckstück!

– Hast du sie gelesen?

– Gelesen? Die würde ich nicht mit der Kneifzange anfassen!

– Torgeir! Hör doch! Du mußt mir jetzt zuhören! Das sind nicht solche Briefe, wie du denkst!

– Los, geh runter, leg dich hin und schieb sie dir rein! Das willst du doch!

– Torgeir, was denkst ...

– Ich denke überhaupt nichts mehr! Du hast versprochen, mit ihr Schluß zu machen, aber es nicht getan!

– Ja.

– So, das gibst du auch noch zu! Und warum, wenn ich fragen darf?

– Weil ich es brauchte.

– Weil du das brauchst? Was brauchst du?

– Sie!

– Was zum Teufel willst du mit dieser ... dieser Vot...

– Sei still! Was zum Teufel willst du mit Anne Hoffmeyer?

– Nichts, sie ist eine Null.

– Wie kannst du zu einer ein Verhältnis haben, die du als Null betrachtest?

– Ich habe kein Verhältnis zu ihr.

– Du hast kein Verhältnis zu ihr? Jahrelang hast du mich mit ihr betrogen!

– Ich war dir nicht untreu.

– Wie kannst du sowas sagen? Was glaubst du eigentlich, was du gewesen bist?

– Ein anständiger, loyaler Ehemann, der ab und zu seine Zerstreuung gehabt hat, von der du nichts ahntest, und die dir nicht einen Augenblick lang geschadet hat.

– Was man nicht weiß, macht einen nicht heiß, fügt er hinzu, als Irene nicht antwortet.

– Wenn das so ist, hättest du mir ja meine Privatkorrespondenz lassen können. Was ist denn das für eine Doppelmoral? Was Irene nicht sieht, kann ihr nicht weh tun, aber Torgeir darf natürlich überall herumschnüffeln.

Torgeir steht wütend auf.

– Aber ich kann ums Verrecken nicht begreifen, was du mit diesem fetten, lesbischen Bauernweib willst! Kannst du mir das vielleicht mal erklären? Warum sind ihre Briefe so lebenswichtig?

Irene steht ebenfalls auf, ihre Augen sind zu kleinen Schlitzen zusammengezogen. – Glaub ja nicht, daß du so mit mir reden kannst! Guck doch mal deine Figur an!

Er setzt sich wieder. – Ich? Bei mir ist alles völlig normal, sagt er in gutmütigem, selbstgefälligem Tonfall. Doch sie spürt sehr gut, daß er innerlich vor Zorn glüht. Langsam fühlt sie, wie die Angst in ihr hochkriecht vor dem, was nun käme. Einen Moment lang denkt sie daran, fortzulaufen, aber sie bleibt vor ihm stehen.

– Es ist mir vollkommen egal, ob sie sich zurechtmacht oder nicht, sie ist eben ganz sie selbst, oder wie ich das nennen soll.

– Und ich? Ich bin nicht ich selbst, wie du so schön sagst?

– Ich habe jetzt mal an mich gedacht, nicht an dich. Ich bin nicht ich selbst!

– Eben, genau dasselbe habe ich auch gedacht, hast du nicht mal daran gedacht, eine Therapie anzufangen?

– O doch! Das ist meine Therapie, diese Briefe sind meine Therapie!

Jetzt steht er auf, außer sich vor Erregung, schiebt sie unsanft beiseite, zischt: – Ich glaube, ich wüßte eine bessere Therapie für dich! und geht mit langen Schritten durchs Zimmer. Gleich darauf ist er unten im Keller, in ihrem Zimmer, reißt die Briefe aus der Schublade und weiß nicht, was er nun damit machen soll.

– Torgeir, was machst du?

Ja, was mache ich hier, fragt er sich, reißt einen Umschlag nach dem anderen auf, zerknüllt die Seiten, wirft sie auf den Boden. Er trampelt wild darauf herum. Noch einer.

– Torgeir? Wo bist du? Irene erscheint in der Türöffnung.

– Hier, schreit er und hält ihr zitternd die Briefe vors Gesicht. – Das wird jetzt deine Therapie sein. Reißt noch einen Brief heraus, zerfetzt ihn und wirft die Schnipsel in die Luft.

– Torgeir! Hör auf!

Mit einer kräftigen Bewegung stößt er sie weg. Sie stürzt zu Boden. Das Rotweinglas fällt ihr aus der Hand und zerbricht.

– Wisch das auf! schreit er und zeigt auf den Fleck. – Los, wisch das auf!

– Hör auf, Torgeir!

Jetzt hören sie Rulle oben weinen. – Papa! ruft sie und kommt herunter.

– Paß auf, Rulle, hier sind Splitter, sagt er zu ihr, – Mama hat ein Glas kaputtgeschlagen. Sieh zu, daß du das endlich saubermachst!

– Geh wieder in dein Bett, Rulle, Mama kommt gleich zu dir rauf!

– Ja, mach, was Mama dir sagt, schreit Torgeir die Kleine an, packt sie und schleppt sie die Treppe hinauf in ihr Zimmer. – So, hier bleibst du jetzt! Er knallt die Kinderzimmertür zu und schließt von außen ab.

Als er zurückkommt, klaubt Irene gerade die Glasscherben zusammen.

– Hör auf damit! schreit er sie an.

Sie macht weiter. Er packt sie am Handgelenk, reißt sie herum und zerrt sie hoch.

– Laß das! Sie sieht, wie sich sein Gesicht langsam verzerrt.

– Laß das! Laß das! Nichts werde ich lassen, solange du mit diesen widerwärtigen Weibern nicht aufhörst! Im gleichen Moment schlägt er ihr mit voller Wucht den Handrücken ins Gesicht.

– Mach deinen Dreck endlich weg! brüllt er.

Sie dreht sich um, geht hinauf in die Küche.

Nach kurzer Zeit kommt sie mit Handfeger, Schaufel, nassem Lappen zurück und beginnt den Fleck auszureiben. Torgeir wühlt weiter in ihren Schubladen herum, reißt einige Manuskriptseiten heraus und wirft sie auf den Boden.

– Mama! hören sie Rulles Stimme aus dem Kinderzimmer rufen.

– Gib Ruhe da oben! brüllt er hinauf. – Aber wenn du unbedingt willst, kannst du dir das gern ansehen. Komm nur her, Rulle, komm her und sieh dir deine feine Mutter genau an! Eine lesbische Schlampe ist sie!

Rulle rüttelt verzweifelt an der Türklinke.

Irene rennt hinauf, will sie beruhigen, stellt aber fest, daß die Tür verschlossen und der Schlüssel abgezogen ist.

– Torgeir, wo hast du den Schlüssel?

– Ja, das weißt du nicht, was?

– Torgeir, du hast kein Recht, das zu tun!

– Ich kann mit dem Recht machen, was ich will, vergiß das nicht!

Irene redet durch die geschlossene Tür beruhigend auf Rulle ein.

Torgeir steht jetzt vor einem zusammengeknüllten Haufen Papier. Als er ihre Schritte auf der Kellertreppe hört, nimmt er sein Feuerzeug und zündet ihn an. Es brennt nicht so richtig.

– Bist du wahnsinnig?

Sie will das Feuer löschen, doch er verstellt ihr den Weg.

– Scher dich weg, du!

Als die Flamme zu erlöschen scheint, greift er nach der Petroleumlampe und reißt den Glaszylinder ab. – Torgeir! – Halt dein Maul! Er kippt Petroleum aufs Papier. Nun stürzt sie sich auf ihn, doch schon schlagen Flammen empor und haben im nächsten Moment die Gardinen erfaßt.

Das zwingt Torgeir zum Rückzug. Er nimmt ein Kissen und schlägt wild auf die Flammen ein. Sofort beginnt seine rechte Hand zu brennen, sie war voller Petroleum. Brüllend stürzt er ins Badezimmer hinauf, hält sie unter Wasser, worauf die Flamme noch höher schlägt. Irene rennt ihm nach, zieht sich die Jacke aus und schlingt sie um seine Hand. Er sinkt in die Knie. Sie hören Rulle rufen.

– Der Schlüssel! Torgeir! Um Himmelswillen, was hast du mit dem Schlüssel gemacht!

Aber er ist außerstande, darüber nachzudenken, er ist kurz davor, das Bewußtsein zu verlieren.

– Rulle? sagt sie durch die Tür. Drinnen ist es ganz still geworden. Irene sagt mit ruhiger, leiser Stimme: – Hörst du mich, mein Schatz? Du mußt jetzt genau das machen, was Mama dir sagt, ja?

– Ja?

– Wir können den Schlüssel nicht finden. Nimm den Hocker und stell ihn vor das Fenster. Dann springst du raus, ich werde dich unten auffangen.

– Das ist zu hoch, Mama!

– Ja, ich weiß, aber du mußt das machen, ja?

– Ja.

Irene rennt in den Garten und stellt sich unter Rulles Fenster. Schon sieht sie den dunklen kleinen Kopf im Fenster auftauchen, dann eine Hand, einen Fuß. Rulle klammert sich am Rahmen fest.

– Kannst du nicht die Leiter holen, Mama?

– Dafür ist es zu spät.

– Wieso denn?

– Die ist zu schwer. Frag jetzt nicht Rulle, ich erkläre dir das später. Laß dich jetzt los, ich fange dich auf.

Rulle klettert hinaus und hängt nun an ihren Armen. Es geht einige Meter hinunter.

– Laß los, ruft Irene.

Rulle läßt sich fallen, Irene packt sie, beide prallen zu Boden.

– Was ist los, Mama? Was ist denn los?

Rulle will sie festhalten, doch Irene stürzt sofort wieder ins Haus, rennt zum Telefon, wählt; Rulle hört, wie sie etwas in den Hörer ruft, und rennt ihr nach.

– Mama, was ist denn los?

Im gleichen Augenblick sieht sie dicke Rauchschwaden aus dem Keller nach oben quellen. Im Schlafzimmer hört sie die Stimme ihrer Mutter: – Es brennt in der Birkegaten 12.

Unmittelbar darauf sind die Feuerwehrwagen da, der Krankenwagen kommt gleich mit. Auf der eben noch menschenleeren Straße drängeln sich plötzlich die Leute. – Es brennt bei Jacobsens! Die meisten stehen nur herum und sehen sich das ganze an, einige aber fragen, ob sie behilflich sein und etwas aus dem Haus holen können. – Ja, sagt Irene, meinen Mann. Sie konnte ihn lediglich aus dem Badezimmer ziehen, jetzt braucht sie Hilfe, ihn aus dem Haus zu tragen. Er windet sich vor Schmerzen. Die Tochter des Nachbarn kommt mit einem Erste Hilfe-Koffer angelaufen. Mehrere Frauen beugen sich über Torgeir und begutachten seine verletzte Hand, die wirklich schlimm aussieht. Irene versucht, ihn bei Bewußtsein zu halten. In ihrem Pyjama und der roten Collegejacke betrachtet Rulle ihren veränderten Vater. Da entdeckt sie gleich neben seiner Hosentasche etwas Blinkendes im Gras: der Schlüssel. Bevor Irene sie aufhalten kann, rennt sie mit dem Schlüssel ins Haus zurück. – Rulle! Irene läuft ihr nach, gefolgt von einigen Leuten. Was will die Kleine da drinnen? Ein aufgeregtes Raunen geht durch die Menge. Hatten Jacobsens nicht Ölheizung?

Kurz darauf taucht Rulles Kopf in einem Fenster im ersten Stock auf. Zuerst fliegt das Briefmarkenalbum durch die Luft, dann folgt eine große Puppe mit blonden Zöpfen und blaukariertem Kleid. Bei jedem Teil geht ein Stöhnen durch die Menge.

– Da fliegt Miranda, kommentiert ein kleiner Junge. Nun wird Rulle von hinten ergriffen und vom Fenster weggezogen.

Irene rennt hektisch durchs Wohnzimmer, will Wichtiges mitnehmen, greift aber nur wahllos nach irgendwelchen Dingen. Sie kommt mit drei Büchern und einem elektrischen Wasserkocher aus dem Haus gelaufen.

Torgeir wird auf die Bahre gelegt und abtransportiert. Jetzt laufen die Feuerwehrleute mit ihren Löschgeräten ins Haus. Viel Feuer ist gar nicht zu sehen, mehr Rauch. Rulle steht mit weit aufgerissenen Augen da. Jetzt kommt Astrid Amundsen, legt ihren Arm um Irene, drückt Rulle fest an sich und fängt an zu weinen.

Inzwischen spekulieren die Leute, ob der Herr Rechtsanwalt wohl überleben wird. Einige hinter vorgehaltener Hand geflüsterte Versionen über die Brandursache machen die Runde. Psst! sagen einige, da steht doch Frau Jacobsen!

Der Brand ist rasch unter Kontrolle. – Frau Jacobsen? sagt ein Feuerwehrmann und grüßt mit der Hand am Helm. – Das Feuer ist jetzt gelöscht, aber vom Zimmer da unten ist nicht mehr viel übrig.

*

– Mama? Ich möchte gern das Zimmer sehen.

– Nein, Rulle, da ist abgeschlossen.

Auch Irene ist noch nicht unten gewesen. Aber Rulle gibt nicht nach. Irene stellt die Kochplatte an; Rulle ist gerade aus der Schule gekommen.

– Soll ich Kakao mit Schlagsahne machen?

– Ich will das Zimmer sehen, Mama!

Ob das richtig ist? Es ist wohl besser, Kindern einen solchen Anblick zu ersparen. Aber vielleicht sind Rulles Vorstellungen von dem zerstörten Raum da unten viel schlimmer als die Realität?

– Mama, ich will das Zimmer sehen!

Irene nimmt Rulle bei der Hand. Unten bricht Irene das Schloß auf, öffnet die Tür, beide starren in den verkohlten Raum.

Vom Papierhaufen in der Mitte des Zimmers ist nichts mehr zu sehen. Die Bücher sind zum größten Teil verbrannt, sie kann die Reste des großen Bildbandes über Tarquinia erkennen, den sie im Herbst gekauft hatte, dahinter kann sie einige verkohlte Lieblingsbücher sehen: Virginia Woolf, Sigrid Undset, Arne Garborg. Auf dem Boden liegen die Scherben der Petroleumlampe. Von der Wand hängen einige traurige Fetzen des ehemaligen Wandteppichs, den sie von Astrid bekommen hatte, „Norwegische Volksbräuche 1848“ von Tidemand. Früher hing er in Astrids Wohnzimmer. Nachdem sie dort mit Aud zusammengewesen war, hatte er sie immer an diese Zeit mit ihr erinnert. Daraufhin hatte ihn Astrid ihr dann geschenkt.

Ihre Augen wandern durch den Raum, in dem es fürchterlich stinkt. Unwillkürlich legt Irene ihre Hand auf Rulles Schulter. Auf ihrem Schreibtisch gibt es kein Blatt Papier mehr, offensichtlich hat er alles zerrissen, was er finden konnte. Auch ihre unabgeschickten Briefe und Exzerpte aus dem Familienrecht sind weg. Zur Unkenntlichkeit zerschmolzene Tonbänder liegen in einer Ecke.

– Jetzt müssen die Frauen, die auf Band gesprochen haben, alles noch mal erzählen! Ob die sich noch daran erinnern können?

– Doch, ich denke schon, daß sie sich erinnern können.

27

Für Torgeir begann jetzt eine lange, schmerzensreiche Zeit. Er hatte an seiner rechten Hand eine Verbrennung dritten Grades, mehrere Hauttransplantationen von Oberschenkel und Oberarm mußten vorgenommen werden. Er nahm alles tapfer hin, beklagte sich nur manchmal, daß seine Hand wohl nie wieder so schön werden würde, daß er Irene damit liebkosen könnte. Sie pflegte ihn.

Sonst sagte er nicht viel zu dem Geschehenen. Sehr lange konnte er nicht in seine Kanzlei gehen, auch Irene arbeitete in der ersten Zeit nicht, um sich besser um ihn kümmern zu können. Sie war liebevoll und sanft zu ihm. Als er sich besser fühlte, spürte sie, wie sein Begehren wiederkam. Immer wieder sollte sie bei ihm liegen und dasein. Sobald sie für eine Weile das Zimmer verließ, rief er nach ihr, weil er Schmerzen hatte. Also bemühte sie sich, ihn nicht zu lange allein zu lassen.

Kurz nach dem Brand meldete sich die Polizei bei ihnen, um sie über die Ursache des Unglücks zu verhören. Obwohl es Torgeir noch schlecht ging, willigte er ein.

– Sag, daß du die Petroleumlampe umgestoßen hast, das reicht denen bestimmt. Außerdem haben wir ja die Hausratsversicherung.

– Das kannst du ihnen sagen.

– Aber es war dein Zimmer!

– Das stimmt. Aber du bist unten gewesen, um einen Tisch zu reparieren. Also hast du die Petroleumlampe angezündet und dann umgestoßen. Sie ist auf einen Stapel Briefe gefallen, der rein zufällig auf dem Boden lag.

– Was soll das? Warum willst du das denn nicht machen? Die Versicherungssumme kommt doch uns beiden zugute.

– Nein, Torgeir, von mir werden die nichts hören. Ich stand während der Geschichte in der Küche und machte Abendbrot. Mehr kannst du nicht von mir verlangen, den Rest überlasse ich deiner Phantasie.

– Und Rulle? Ihr wirst du dann befehlen, die Klappe zu halten.

– Rulle? Die werden doch wohl keine Kinder verhören?

– Allerdings werden sie das.

– Ich weiß nicht. Wenn du willst, daß sie lügen soll, kannst du es ihr selbst sagen. Das letzte, was sie gesehen hat, war ein rasender Vater, der Briefschnipsel in die Luft warf, seine Tochter nach oben schleppte und einsperrte.

Es war eine verzwickte Lage, doch Torgeir schaffte es, dank seiner Kenntnisse der Landesgesetze und der Versicherungsmethoden, so aus der Sache herauszukommen, daß sie die Versicherungssumme nicht verloren.

Dann wurde Torgeir in seinem Krankenbett sehr aktiv. Er bestellte den Schreiner, damit der Keller rasch wieder in Ordnung käme. Wie wäre es mit einem Hobbyraum? Könnten sie nicht einen gemeinsamen Hobbyraum im Keller haben?

Ansonsten sprachen sie in der Zeit wenig miteinander, von Torgeirs Hand einmal abgesehen. In den Nächten jedoch wollte er sie zurückerobern. Sie spürte seine Lust, sein Bedürfnis nach Versöhnung als Balsam für ihn. Anfangs weigerte sie sich, obwohl sie wußte, daß es nichts nützte, gab eines Nachts schließlich den stummen Kampf auf, umarmte ihn, wußte genau, was sie zu tun hatte, fühlte sein Begehren aufflammen, ließ ihn eindringen, hörte ihren hektisch gemurmelten Namen, zitterte unter seinen wilden Stößen und umschlang ihn so, wie er es wollte.

Als er aufwachte, hörte er sie weinen, es kam ihm vor wie das Weinen einer fremden Frau. Was war los mit ihr? Er drehte sich um, blickte auf ihren Nacken, den Haaransatz und empfand keinerlei Mitleid mit ihren Tränen. – Warum weinst du?

Sie streckte die Hand nach dem Wasserglas auf dem Nachttisch, ergriff es in ihrer typischen, sehr graziösen Weise, die ihn immer bezaubert hatte, führte das Glas an den Mund, so unendlich weiblich, trank unter Tränen einen Schluck und setzte es wieder ab.

– Ich weiß nicht, warum ich weine. Ich weine wegen allem, sagte sie in den Raum, nicht zu ihm, sondern wie zu einem unsichtbaren Gesprächspartner. – Über mein ganzes Leben.

– Über dein Leben? Bist du jetzt total übergeschnappt?

Sie antwortete nicht.

– Antworte mir, verdammt nochmal! Oder bist du jetzt auch noch stumm geworden?

– Das hättest du nie tun dürfen.

– Bist du jetzt rachsüchtig? Er lachte. – Findest du nicht, daß ich schon genug gestraft bin? Ein Zimmer kann man wieder herrichten, eine Hand schließlich nicht.

Seine Wahnsinnstat scheint für ihn mit seinen Schmerzen erledigt zu sein, dachte Irene, es besteht keine Notwendigkeit für ihn, über das zu reden, was er angerichtet hat. Nachdem seine Hand nun so gut wie nur möglich verheilte und er sich obendrein ihrer sicher war, konnten sie seiner Ansicht nach so weitermachen wie bisher.

Als sie am nächsten Morgen erwacht, schämt sie sich. Ein stechender Kopfschmerz sitzt ihr in den Schläfen; als sie aufstehen will, steigt Übelkeit in ihr hoch.

Torgeir ist schon zur Arbeit gegangen, inzwischen geht es ihm gut genug. Der Abdruck seines Kopfes ist noch auf seinem Kissen zu sehen. Auf dem Nachttisch sieht sie einen kleinen Zettel liegen: „Meine Geliebte! Danke! Komme um 16 Uhr. T.A.J." Mit einer heftigen Bewegung zerknüllt sie das Papier in ihrer Faust, preßt die Zähne aufeinander und geht ins Bad. Dort läßt sie sich lange kaltes Wasser übers Gesicht laufen, während die Kopfschmerzen weitertoben. Ein kurzer Blick in den Spiegel bestätigt ihr, daß sie so aussieht, wie sie sich fühlt. Sie nimmt eine Brausetablette aus dem Schränkchen und betrachtet die sprudelnden Bläschen im Glas. Sie trinkt, fixiert voller Ekel ihren Körper, die dünne Haut über den vorstehenden Hüftknochen und die Falten am Bauch. Ich bin nicht mehr schön, denkt sie, das ist schon lange vorbei.

In der Dusche läßt sie das Wasser lange teilnahmslos an sich herunterlaufen, vermeidet dabei, ihren Körper anzusehen. Dreimal wäscht sie die Haare, seift wieder und wieder ihren Körper ein. Zwangsläufig berührt sie dabei ihre viel zu dicken Oberschenkel, die kleinen Brüste mit den Fettstreifen, mit Widerwillen spürt sie ihren knochigen Oberkörper. Die Arme, ja, die mag sie, sie sehen für ihr Alter noch sehr weich und schön aus.

Plötzlich sieht sie Aud vor sich, groß und rund steht sie neben ihr unter dem Wasserstrahl und lächelt sie an. „Kannst du mich sehen?" fragt sie mit ihrer heiseren Stimme.

Nun bin ich wirklich übergeschnappt.

In diesem Augenblick wird ihr bewußt, daß Aud zum erstenmal in den vergangenen sieben Monaten – und all den unzähligen Tagen, Stunden und Minuten von August bis Februar – völlig aus ihrem Bewußtsein verschwunden war.

Plötzlich hört sie das Schließen der Haustür. Kommt er jetzt schon?

– Mama? Bist du da?

Stimmt, Rulle kommt ja heute früher wegen der Konferenz.

– Wo bist du, Mama?

– Hier! Im Badezimmer.

– Ach, im Badezimmer! Darf ich dir den Rücken waschen?

Irene hört sofort den liebebedürftigen Unterton in ihrer Stimme. Sie kommt herein.

– Soll ich meinen Regenmantel anziehen oder soll ich mich auch ausziehen?

– Zieh dich nur aus, dann wirst du auch mal ein bißchen sauber.

Rulle verschwindet, nach einigen Sekunden kommt sie nackt zurück. Irene spürt Rulles Bedürfnis, ihr ganz nah zu sein. Sie erinnert sich an ihre eigene Kindheit und den Wunsch, ganz dicht bei der Mutter zu sein.

Als sie ihre kleine Tochter an den Schultern faßt und sie an sich zieht, fühlt sie sich ungeschickt. Aber Rulle drückt ihren Kopf an Irenes Brust und beginnt sie tüchtig einzuseifen.

– Mama? Hat Papa das Feuer gemacht?

– Nein, warum hätte er das denn tun sollen? Es war ein Unfall.

– Aber Vivi sagt, daß ihre Mutter gesagt hat, die Nachbarin sagt, daß das Papa gemacht hat.

– Woher will sie das denn wissen?

Rulle schweigt einen Augenblick lang.

– Und was meinst du?

– Papa war ja total beknackt!

– Rulle, Papa war nicht beknackt! Er war nur ein bißchen böse.

– Und warum hat er denn so viele Briefe kaputtgerissen?

Das hatte sie immer wieder seit diesem Vorfall gefragt, Irene war jedesmal ausgewichen. Aber jetzt, in diesem Augenblick voller Vertrautheit mit ihrer Tochter wacht sie auf und entscheidet sich. Weiß nicht wofür, weiß nur, daß es wichtig und höchste Zeit ist.

– Das waren Briefe von meiner Freundin aus Oslo, die Papa nicht mochte. Die ich aber mag, sogar sehr mag.

– Und Papa mag sie nicht?

– Er kennt sie nicht.

– Und warum ist er wütend auf ihre Briefe, wenn er sie gar nicht kennt?

– Er ist eifersüchtig.
– Eifersüchtig?
– Ja, weil er denkt, daß ich sie lieber habe als ihn.
– Hast du sie denn lieber?
Irene hockt sich vor ihre Tochter und nimmt sie in ihre Arme.
– Es gibt verschiedene Arten, jemand zu mögen. Wenn ich dich nun zum Beispiel frage, wen du lieber hast, Vivi oder mich, da wüßtest du auch nicht ...
– Vivi!
Irene muß lachen.
– Hast du sie am allerliebsten?
– Ja, sie ist genauso groß wie ich und geht in meine Klasse, das tust du nicht. Außerdem haben wir hundert Geheimnisse.
– Aber mich hast du doch auch ein bißchen lieb, oder?
Rulle denkt nach.
– Ja-a. Aber du bist doch meine Mama.
– Genau das meine ich, Rulle, das ist etwas anderes.
– Du hast versprochen, daß ich deinen Rücken waschen darf, und jetzt redest du nur rum.
Irene seift den Lappen ein, gibt ihn ihr und bückt sich so, daß Rulle herankommen kann. Voller Eifer beginnt sie ihre Arbeit an Mutters Rücken.
– Kitzelt das?
– M-m, schön ist das!
– Du, Mama? Die du so lieb hast da in Oslo, weißt du, die schreibt dir sicher wieder neue Briefe.
Irene dreht die Dusche ab, nimmt ein großes Badetuch, packt Rulle darin ein und rubbelt sie kräftig trocken. Warum sollen wir die Kinder eigentlich immer mit der Realität verschonen? Oft verstehen sie die ja besser als wir Erwachsene. Vielleicht tun wir das nur, weil wir so furchtbar gern wollen, daß sie in einer ganz anderen Welt leben als wir.
Sie weiß genau, daß sie Rulle eines Tages etwas erzählen muß, das wesentlich schlimmer ist als ein brennender Keller und ein wütender Vater. Vielleicht muß sie ihre Tochter schon in sehr naher Zukunft vor eine Wahl stellen, für die sie noch viel zu jung sein wird. Was kann sie also anderes tun, als ihr jetzt alles so ehrlich zu erzählen, wie es ist?
– Mama? Weißt du, was ich mir gedacht habe? Ich will jetzt nicht mehr Rulle genannt werden, ich heiße doch Regine.

– Ja, möchtest du das? Magst du denn Rulle nicht mehr?

– Doch, doch. Aber das paßt besser zu einem kleinen Kind. Außerdem reimt sich das auf so viel Blödes, das kann ich nicht mehr leiden.

Irene denkt kurz darüber nach, was sich alles auf Rulle reimt, plötzlich überwältigt sie ein so intensives Gefühl, daß sie sich auf den Badewannenrand setzen muß. – Rulle ... Regine, weißt du, daß ich dich ganz, ganz lieb habe?

– H-m.

– Eigentlich bist du mein ganzes Leben.

– Was? Du bist doch dein Leben.

– Ich meine, daß du soviel für mich bedeutest.

Rulle-Regine runzelt ihre Augenbrauen und versucht zu verstehen, was Mama damit wohl meint. Erwachsene sagen soviel sonderbares Zeug. Das Komischste aber ist, daß sie immer meinen, Kinder müßten alles ganz anders machen als sie. Geh nicht so spät ins Bett, sagen sie, das ist ungesund. Sie selbst aber bleiben die halbe Nacht auf und machen Lärm. Raucht nicht, sagen sie und qualmen dann derart, daß man keine Luft mehr bekommt. Spiel nicht mit Streichhölzern, sagen sie. Und sie selbst stecken ihr eigenes Haus in Brand. Du bist mein Leben, sagen sie. Aber wie kann jemand das Leben von einer anderen sein? Das ist doch völlig unmöglich.

Also, nur weil man klein ist, denkt Ulla Regine, muß man sich immer so gut benehmen.

*

– Gefühle können wir nicht wählen, die sind einfach da. Aber wir können entscheiden, was wir mit ihnen anfangen. Das eben macht den Unterschied zwischen Moral und Unmoral aus. Die Gefühle selbst sind also weder moralisch noch unmoralisch.

Stimmt das, was er da immer wieder gesagt hat? überlegte Irene. Es hörte sich richtig an, keine Person wurde schon von vornherein verurteilt, denn sie hatte ja die Chance, sich zu entscheiden. Aber hätte ich das im letzten Herbst tun können? Ich wurde ja gezwungen, mich gegen Aud zu entscheiden. Aber die Gefühle für sie, die habe ich selbst gewählt, habe sie wachsen lassen. Liegt darin nicht die Moral oder Unmoral? Eigentlich ist es doch umgekehrt, wie er es sagt. Wir wählen unsere Gefühle, bekommen aber keine Erlaubnis, mit ihnen zu machen, was wir wollen.

– Gefühle sind Natur, hatte er weiter gesagt. – Es sind Kräfte, die man eindämmen oder loslassen kann. Aber sie sind da.

Und wenn wir sie eindämmen, passiert etwas mit ihnen, dachte Irene seinen Gedanken weiter. Genauso, wie wenn wir sie zulassen. Sie bleiben nicht immer und ewig die gleichen. Was geschah denn mit deinen Gefühlen, als du an diesem Abend deiner Wut freie Bahn gegeben hast? War das auch eine Entscheidung? Hast du dafür keine Verantwortung zu tragen? Und was passierte, als ich meine Gefühle zu ihr unterdrücken mußte? Eiskalt wurde es in mir, wurde ich selbst. Da gab es nichts mehr einzudämmen oder loszulassen, da war absolut nichts mehr.

– Deswegen gibt es ja den berühmten § 68 im französischen Strafgesetzbuch, den sogenannten crime-passionnel-Paragraphen. Mord im Affekt, besonders Mord aus Eifersucht, kann mit Verständnis beim Gesetzgeber rechnen. Hier haben wir die offizielle Anerkennung dafür, daß Gefühle Realität sind. Ein Mann, der seine Frau zu Hause mit einem Geliebten überrascht, kann mit Freispruch rechnen, wenn er den Geliebten umbringt.

Infolgedessen hättest du also Aud töten können, wenn du uns in Koppang erwischt hättest.

– Warum lachst du jetzt? Da gibt es doch nicht das geringste zu lachen! Oder freust du dich darüber, daß ein Mann wegen einer Frau sein Leben verlieren muß und ein anderer zum Mörder wird?

– Ich habe nicht gelacht, ich mußte nur an etwas denken.

– Das solltest du lieber nicht.

So, nun sind also auch noch Gedanken verboten! Aber es stimmte ja, man konnte einen Menschen so weit bringen, daß er zum Schluß keinen Gedanken mehr im Kopf hatte. Wozu dann über Gefühle herumreden?

– „Denk nicht, das verwirrt nur“, sagt Albert Engström, kennst du das nicht? fragte Torgeir. – Letztendlich sind es doch nur die Gefühle, von denen man ausgehen kann. Es gibt zwei Arten von Gedanken, von Gedankentypen: solche, die auf dem Gefühlsleben basieren, und solche, die auf dem Intellekt basieren. Die Ersteren können nie unecht sein, die Letzteren haben die Eigenart, sich von der Realtität entfernen und somit ein Eigenleben zu entwickeln. Das Gefühlsleben der Gedanken könnte man vielleicht sagen. Sehr faszinierend und ebenso irreführend. So kann ich zum Beispiel hier sitzen und mich gedanklich zu einer Lösung durcharbeiten, die zur Rettung unserer Ehe führen kann. Ich kann mir vorstellen, in welchen Bereichen ich jetzt klüger als früher sein muß. Aber letztendlich kann ich mich nur an das eine halten: daß ich dich liebe. Ich kann daran denken, wie hart ich wohl ab und zu mit dir umgegangen bin, daß du manchmal sogar ein Veilchen von mir bekommen hast. Ich kann mir Vorwürfe machen, warum ich mich nicht besser beherrschen konnte, als ich dieses Feuerchen da entfacht habe. Und kann mir vornehmen, nie mehr so etwas Schlimmes zu tun. Ich kann es bereuen. Reue, das ist auch so ein Gefühl! Du ahnst ja nicht, wie sehr ich bereut habe, wenn ich mal zu grob zu dir gewesen bin! Was für eine Qual war es für mich, immer wieder daran zu denken! Aber was nützt das denn? Ganz genau betrachtet, sind derartige selbstzerstörerische Vorwürfe gegen die eigene Person zutiefst unehrlich. Die Natur der Reue ist eine kriecherische. Denn wenn ich versuche, mich wieder hineinzuversetzen, warum ich damals so oder so gehandelt habe, geschieht immer das gleiche: ich weiß, daß meine Wut gerechtfertigt war. Du hast mich gequält, und ich habe zugeschlagen. Im Grunde schlug ich dich, weil ich dich liebe.

Da habe ich dann also die beiden sich widersprechenden Gefühle, zu denen ich mich verhalten muß. Das eine macht mich wütend, das andere läßt mich bereuen. Wie kann ich nun mit beiden in mir gleichermaßen zurechtkommen? Das kann ich nur schaffen, wenn ich folgendermaßen denke: In mir sind zweierlei Gefühle: zum einen, daß ich dich liebe und deswegen böse werde, und zum anderen, daß ich bereue, weil ich dich liebe. Siehst du, was ich meine? Die Wut, die ich als gerechtfertigt empfinde, und die Reue, die ebenso ein Teil von mir ist. Zwei sich widersprechende Gefühle also, die nur ihre Bedeutung haben, wenn man sie als Synthese betrachtet: die Liebe. Nicht ein einziges intellektuelles Gedankengebäude könnte eine entsprechende Synthese zustande bringen.

Warum sagst du denn gar nichts? Du mußt dir doch auch deine Gedanken darüber gemacht haben? Dein Fehler war, daß du dich zu sehr an die Vernunft gehalten hast. Du hast deinen Gefühlen nicht den ihnen zustehenden Spielraum gegeben. Immer warst du bis zum Äußersten beherrscht, hast dich kontrolliert. Was meinst du, wie sehr ich unter deiner ständigen Selbstkontrolle gelitten habe! Und läßt du dann eines Tages mal deinen Gefühlen freien Lauf – indem sie sich auf irgend etwas, irgend jemand richten, für den du etwas empfindest ... auf eine Frau ... – dann ist das Ergebnis gleich ein explosiver Verblendungszustand. Siehst du das denn nicht? Ein Vulkanausbruch war das. In solchen Situationen ist es schwer, klar zu sehen, und man glaubt sofort, die große Liebe gefunden zu haben. Aber das ist ein Fehler.

Woher kann er etwas über meine Gefühle wissen? Woher weiß er denn, wie meine Liebe aussieht? Irene spürt in sich einen harten Klumpen des Widerstandes gegen seine Worte. Er will Auds Existenz in mir ausrotten, doch das kann er weder mit Zwang noch Worten.

Und über seine jahrelange Geliebte, diese Anne, verliert er nicht eine Silbe. Als wäre sie eine ganz unwichtige Fußnote in der Geschichte seines Lebens.

Das Recht der Gefühle.

Wenn er davon predigt, dachte er dann auch einmal an die Gefühle anderer Menschen?

Könnte ich eines Tages hingehen und seine Anwaltskanzlei in Stücke hauen, weil ich auf eine Klientin eifersüchtig bin? Oder auf seine gottverdammten Akten? Könnte ich Anne denn ermorden?

Aber ich hätte überhaupt keine Lust, sein Büro zu verwüsten, hätte keine Lust, Anne Hoffmeyer zu töten. Das ist der Unterschied.

Eigentlich ganz im Gegenteil. Irene hatte seit Annes Anruf oft an sie gedacht und bereute, den Hörer so brutal aufgelegt zu haben. Sie hätte eine andere Behandlung verdient.

Und selbst wenn ich solche Untaten in Gedanken begehen könnte, so würde ich sie nie ausführen. Warum kann ich mich beherrschen und er nicht? Wo ist da der Unterschied? Liegt er vielleicht in den Hormonen? Das wollte Irene nicht als Erklärung genügen. Vielleicht lag er in der von ihm so viel zitierten Wahl? Der Fehler, auf dem sein ganzes Rechtssystem aufbaute, lag darin, daß man zu seinen Handlungen „getrieben" wurde. Warum geschah das nie den Frauen, immer nur den Männern? Weil niemand sie gezwungen hatte, sich „richtig" zu entscheiden. Weil sie immer und ewig das Recht hatten loszutoben! Und weil sie dabei niemand aufhielt.

Es war nicht die Tatsache der Untreue an sich, die sie so aufregte, sondern seine Art, wie er darüber sprach. Die signalisierte ihr sehr deutlich, daß er nicht bereit war, sich durch die Schwierigkeiten durchzuarbeiten. Weder allein noch gemeinsam mit ihr.

Und jetzt das – wieder genau das gleiche. Er hatte ihr Zimmer in Brand gesetzt. Nahm er das eigentlich ernst? Wußte er eigentlich, was er ihr damit angetan hatte? Seine ganze Konzentration richtete sich darauf, die Handlung zu verteidigen.

Eine tiefe Bitterkeit stieg in Irene auf. Er hätte hundert Geliebte haben können, und sie hätte sich wahrscheinlich auch über ihre Jugend und Schönheit sehr aufgeregt. Daß er aber die ersten Schritte ihres langsamen und langen Wegs zu sich selbst zerstört hatte, das war etwas anderes. Naiv und dumm, wie sie gewesen war, hatte sie trotz allem noch angenommen, daß sie nach und nach gemeinsam ihre Probleme durcharbeiten würden, daß auch für Torgeir darin eine Bereicherung läge und er sich weiterentwickelte – denn dumm war er ja schließlich nicht.

Statt dessen griff er nach diesen unersetzlichen Zeugnissen ihrer Selbsterkenntnis und behandelte sie wie Pornographie. Er ahnte nicht, fragte nicht, was er da zerstört hatte! Nein, er hatte sich entschieden, rot zu sehen.

Daß die Auseinandersetzung mit ihm soweit kommen konnte, hätte sie nie für möglich gehalten – oder hatte sie vor seinen Ausrutschern in die Brutalität immer nur die Augen verschlossen und sie entschuldigt? Jetzt fielen ihr viele solcher Begebenheiten wieder ein.

Was hatte sie damals dabei gedacht? Hatte sie seine Entgleisungen mit seiner Überarbeitung entschuldigt? Hatte sie einfach so hingenommen, daß er keinen Widerspruch vertragen konnte? Der Erfolg, von dem er geträumt hatte, war nicht eingetreten, er verstand sich selbst nicht mehr. Er wurde ja nur so böse, weil er so hilflos war wie ein kleiner Junge. Und stets hatte alles damit geendet, daß sie ihn tröstete.

Schließlich habe ich ihm immer alles verziehen, weil ich ihn liebte! dachte sie jetzt. Was für einen Bärendienst habe ich ihm da eigentlich erwiesen? Mein Lebenswerk scheint dieser gigantische Bärendienst an ihm zu sein. Nie habe ich ihn gezwungen, sich mit seinen Handlungen zu konfrontieren. Denn er vergaß sie ja! Schon nach wenigen Tagen waren sie wie ausradiert. Daß er Tische und Stühle umgeworfen und gebrüllt hatte, existierte für ihn nicht mehr. Und jetzt? Auch jetzt vergäße er in kurzer Zeit, was an diesem Abend wirklich geschehen war. Dachte er denn nicht einmal daran, daß er wegen seiner unverzeihlichen Unbeherrschtheit fast sein eigenes Kind in Lebensgefahr gebracht hatte?

Das glaubte Irene kaum. Schon bald würde er die Version glauben, die er der Polizei erzählt hatte. Schon jetzt, wenige Wochen danach, hatte er eine Geschichte zusammengebastelt, die er zum Besten gab, wenn er nach seiner Hand gefragt wurde. Lachend und gutgelaunt konnte er sie stets von Neuem erzählen. Wenn sie ihn in einem halben Jahr fragte, warum er ihre Briefe verbrannt hatte, käme dann die Antwort: Welche Briefe?

Diesmal wirst du keine Gelegenheit bekommen, das zu vergessen!

28

– Wir haben uns nie ein richtiges Zuhause geschaffen, haben immer nur gearbeitet und gearbeitet. Was war denn, wenn eine von uns beiden krank war? Wir haben mit einundvierzig Grad Fieber im Frauenzentrum gestanden und Matritzen abgezogen.

– Jetzt übertreibst du aber! Wir haben uns auch gegenseitig gehätschelt, wenn wir krank im Bett lagen.

Einen Augenblick lang sahen sie sich unsicher an. Dann fuhr Aud fort: – Ja, ich weiß, einmal, als ich Mandelentzündung hatte, bekam ich mein Frühstück im Bett und ...

– Komm, nun fang nicht wieder mit dieser Geschichte an!

– Doch! Denn du hast nie begriffen, was damals los war.

– Dann werde ich es wohl auch nicht besser verstehen, wenn du es noch mal wiederholst. Oder sprichst du zu einem unsichtbaren Publikum? Rita sah sich demonstrativ vor dem Majorstuhaus um, vor dem sie Flugblätter für den 8. März verteilten.

– „Schluß mit der Ausbeutung von unersetzbaren Kräften!" rief sie. Es war bitterkalt. – Unsere Parolen sind nicht gerade das Gelbe vom Ei, sagte Aud. Sie bewunderte Rita, die sie unaufgefordert wieder und wieder ausrufen konnte. Diese Parolen, Produkte wochenlanger Diskussionen in den Frauengruppen, waren entweder viel zu lang oder die kürzeren, peppigeren einfach zu platt: „Mehr Männer auf den Mond!"

Da standen sie und hüpften herum, um nicht so zu frieren; die gute alte Clara hatte sicher nicht an Norwegen gedacht, als sie das Datum für den Frauentag festlegte.

– Ein Zuhause! wiederholte Rita nach einer ganzen Weile, während sie einer Dame im Bisampelz ein Flugblatt hinhielt, das sie so angewidert betrachtete, als wolle ihr jemand ein ekliges Kriechtier in die Hand drücken. Sie machte einen kleinen Bogen um die beiden.

– Das war's wohl auch nicht, was wir wollten, oder? Wir wollten ja eben keine idyllische Kleinfamilie, wir wollten doch das Private aufheben. Hast du das vergessen?

– Jeder Mensch braucht ein Zuhause, braucht Geborgenheit.

– Sagen Sie mal, Frau Strand, sind Sie eigentlich sicher, daß Sie hier an dem richtigen Stand stehen? Oder wollen Sie Werbung für Norwegens Hausfrauenverband machen? Die stehen etwas weiter unten auf der Straße!

Jetzt kam eine ganze Gruppe junger Mädchen auf sie zu, die ihnen erzählten, sie müßten einen Aufsatz über die „Modernen Forderungen der Frau" schreiben.

– Nein, Rita, nun mal ernst! Ich meine ja nur, daß wir nicht ewig so knackig und frisch bleiben werden wie jetzt!

– Na und, dann ziehen wir in ein feministisches Altersheim, das wollten wir doch schon immer.

– Und wer macht das auf?

– Die Frauen, die es wollen. Hast du mir nicht ein paar Jahre voraus? Dann könntest du doch schon mal mit der Gründung anfangen.

– Sehr witzig, sagte Aud, – wir brauchen jemand, der uns sehr nahe steht.

– Wir brauchen eine, die uns nah steht, korrigierte Rita sofort. – „Angst vor Lesben bedeutet Angst vor selbständigen Frauen" rief sie wieder.

Eine ältere Dame mit scharfem Blick und roter Winternase blieb vor ihnen stehen.

– Ganz hervorragend, daß die Frauen endlich kämpfen, die Männer haben wirklich lange genug das Sagen gehabt. Es ist sehr gut, daß Sie hier stehen!

Ein hagerer älterer Mann kam gut gelaunt auf sie zu: – Frauenbefreiung? Was wir brauchen, ist Männerbefreiung! Die Frauen haben doch schon immer gemacht, was sie wollten, nicht wahr, Mutter? Aud reichte ihr ein Flugblatt, woraufhin sie ihren Mann ansah. Er griff danach. – Danke, danke, sagte er jovial.

– „Kostenlose Kindergärten – kollektive Lebensformen", rief Rita.

– Wir können menschliche Nähe nicht wegkollektivisieren.

– Nein, aber gratis Sklavenarbeit soll auch nicht daraus werden!

Bevor Aud noch antworten konnte, stand ein chic gekleideter junger Mann vor ihr und fragte, was sie denn mit der Parole von den kostenlosen Kindergärten meinten. Sollten die Kinder den Institutionen überlassen werden, damit dann alle in ihrer Kommune durcheinanderbumsen konnten? Als Aud zu einer Antwort ansetzen wollte, redete er schon weiter. – Was sind denn das für Lebensformen? Sollen wir vielleicht alle schwul werden? Und dann dieses Schlagwort: Schluß mit der kommerziellen Ausbeutung der Sexualität! Darf man denn in Zukunft keine

Nacktfotos mehr angucken? Und was, wenn man mal auf die Pauke hauen will? Kleinmädchenmentalität ist das! triumphierte er und sah sich beifallheischend nach seinen Freunden um.

— Jetzt hör mal zu, du, sagte Aud.

— Außerdem, unterbrach er sie wieder. — Nein, du hörst jetzt mal zu! Möchtest du, daß dich jemand für Geld kaufen kann? Hm. Er überlegte einen Moment. — Die sowas machen, zwingt doch keiner dazu.

— Ja, das glaubst du, was? Hast du noch nie etwas von Zuhältern gehört?

— Zuhälter? Nein, das ist natürlich Mist, damit sollten die Nutten aufhören. Die sollen doch nicht so blöd sein und ihr Geld abgeben. Aber sag mal, diese Lesbenbewegung, was will die eigentlich? Sollen denn alle Frauen lesbisch werden? „Schickt die Männer auf See!" Und was heißt dieses „Lesben raus aus der Ehe!" Wenn sie lesbisch sind, dann sind sie doch wohl nicht verheiratet, oder?

— Einige heiraten eben, bevor sie wissen, daß sie lesbisch sind, verstehst du?

Nein, das verstand er nicht. So etwas hatte er noch nie gehört. Aud gab jedem ein Flugblatt, sie verschwanden in der Menschenmenge.

— Hoffentlich werden wir bald abgelöst, sonst erfriere ich hier noch! Im gleichen Moment kam Jorunn auch schon über die Straße, und Aud winkte sie herbei.

*

Aud und Rita saßen im Vinkelcafé vor Kaffee und belegten Brötchen und spürten nun das angenehme Gefühl, etwas Wichtiges getan zu haben.

— Was für verrückte Leute es gibt! sagte Rita.

— Ja, aber unheimlich gut, wenn wir Unterstützung bekommen, nicht?

— Ja, und zwar von denen wir es am wenigsten erwarten.

Immer wieder rieben sie sich ihre kalten Hände.

— Du! sagte Rita, — ich finde, daß du seit Weihnachten viel froher geworden bist.

— Findest du?

— Ja. Weißt du, ich denke, vielleicht war es im Grunde eine Erleichterung für dich, daß der Kontakt zu Irene abgebrochen wurde. Du warst ja in dieser Zeit gar nicht ansprechbar, außer dieser Beziehung existierte für dich nichts.

Aud antwortete nicht.

– Das ganze war die Privatisierung eines kollektiven Erlebnisses, darum mußte es auch schief gehen.

– Ja, glaubst du?

– Als ich Irene kurz vor Weihnachten in Trondheim traf, war es so, als sei das ganze Seminar für sie gestorben. Sie hat nur an dich gedacht und sich nicht getraut, es zu sagen. Und wir standen da herum und versicherten einander immer, was für ein herrliches Seminar es gewesen sei. Für sie waren das nur leere Worte. Für mich aber nicht! Ich habe dort enorm viel gelernt, und das hat meine weitere Arbeit bereichert. Ich habe dort neue Kraft und neuen Mut bekommen. Aber was hat eigentlich dieses Seminar für Irene bedeutet? Ist sie nach Hause gefahren und hat in Trondheim etwas Neues für Frauen in Gang gesetzt? Die ganze Inspiration habt ihr beide nur für eure Liebesgeschichte benutzt.

Aud ließ diese Worte in sich eindringen und bewegte sie in ihrem Kopf. So hatte sie die Sache bis jetzt nie betrachtet. Liebe ist Liebe, hatte sie nur gedacht. – Irene arbeitet ja weiter daran, in Trondheim ein Frauenhaus zu eröffnen, außerdem arbeitet sie an dem Mißhandlungsbuch mit! Sie ist ... ist das denn gar nicht wichtig?

– Nach meinen Informationen hat sie im letzten halben Jahr nicht sonderlich viel für das Frauenhausprojekt getan, und mit dem Buch ist es auch nicht weitergegangen.

– Mein Gott, was du für Forderungen stellst, Rita! Habe ich denn nicht die ganze Zeit mit den „Klatschweibern“ gearbeitet?

– Ja, jetzt! Nachdem du aus deiner Psychose aufgewacht bist!

Aud fingerte unsicher an der Tischdecke herum; sie wußte, was jetzt käme, und ihr graute davor. Von der neu aufgenommenen Korrespondenz mit Irene hatte sie Rita bisher kein Wort erzählt und hatte deswegen ein schlechtes Gewissen. Aber das will ich auch nicht, das ist schließlich meine Sache! Schwer, sich das zu sagen, ohne sich wie ein Lump vorzukommen.

– Sag mal, Rita, findest du denn jede Form von Privatleben grundsätzlich falsch?

Rita überhörte die Provokation in der Frage.

– Ich weiß es nicht, früher habe ich gedacht, daß alles offen sein muß. Mein Privatleben habe ich nur in mir selbst, dafür braucht es keine künstlichen Grenzen.

– Ich brauche diese äußeren Grenzen schon sehr! Sonst kann ich die inneren nicht setzen. Wo ist denn da der große Unterschied?

– Ach, ich weiß nicht, ich habe noch nie dieses Bedürfnis nach Grenzen gehabt, von denen du ständig redest.

Ich rede immer davon? fragte sich Aud, ihr war es so erschienen, als täte Rita das.

– Meiner Ansicht nach kommt die Arbeit immer vor der Liebe, sagte Rita und sah Aud fragend an. – Hast du Lust, mehr darüber zu hören? Aud nickte. – Liebe sollte sich immer der Arbeit unterordnen; nein, nicht nur das, Liebe ist schließlich Arbeit, auch Gemeinschaft in der Arbeit. Wenn ich mich in jemand verliebt habe, dann immer, weil ich gern mit ihr zusammen gearbeitet habe. So ist es auch mit uns beiden gewesen. Und so war es für mich auch mit Rita. Hörst du eigentlich zu?

– Ja?

– Nein, nein, du sitzt da und starrst nur in die Luft.

– Nein, ich höre dir zu.

– Naja. Jedenfalls hat es mich deswegen damals so furchtbar verletzt, daß du mich nicht in der Theatergruppe haben wolltest. Das konnte ich einfach nicht verstehen. Die gemeinsame Arbeit war doch unsere Liebe, so dachte ich. Für mich war es genauso, als hättest du gesagt, daß du mich nicht mehr liebst.

Rita machte eine Pause, nahm einen Schluck aus ihrer Kaffeetasse und wollte fortfahren. Aud hatte das Gefühl, als löste sich in diesem Augenblick etwas von ihr; diese Situation weckte eine Erinnerung, die sie nicht greifen konnte.

– Und dann kam Rita, sie war einfach da mitten in meiner Arbeit. Was für eine Erleichterung war das für mich! Kannst du das verstehen? Sie hat mich bewundert; du hast schon ganz recht gehabt, als du das damals gesagt hast, und ich hatte Lust, mich darin zu baden. Aber das wollte ich dir gegenüber nicht unbedingt zugeben. Genau das wollte ich in meinem Leben, dachte ich. Davon habe ich immer schon geträumt – da ist eine, mit der ich in der gemeinsamen Arbeit völlig aufgehen kann. Mit ihr kann ich alles teilen, mit Aud nicht. Wie bitter ich damals auf dich war. Es war mir eine Erleichterung, von dir wegzukommen. Mit Rita konnte ich genau das Leben führen, das ich wollte, nicht diese private Liebe im abgeschlossenen Raum, zu der du so einen Hang hast.

– Warum machst du dann mit ihr nicht weiter?

– Ich habe doch gesagt, daß ich einen Fehler begangen habe. Ich bin zu kategorisch. Ich denke immer, daß sich etwas ganz genau nach einem Prinzip realisieren läßt. Aber das stimmt nicht. Nach kurzer Zeit sah ich, daß da viel weniger Gemeinsamkeiten mit Rita waren, als ich dachte. Zuerst habe ich geglaubt, meine Zwillingsschwester zu treffen. Außerdem noch der gleiche Name! Aber das alles war irgendwie an den Haaren herbeigezogen und gewollt. Rita mußte lachen. – Schließlich entdeckte ich, daß wohl die Hälfte unserer Gemeinsamkeiten darin bestand, daß Rita mir ständig recht gab. Als ich das endlich merkte, wurde ich ganz leer. Und dann ...

Mit großem Engagement war sie bis hierher gekommen, doch nun blieb sie stecken.

– Und dann? fragte Aud.

– Ja, ja ... dann habe ich begonnen, mich nach dir zu sehnen.

Aud berührte sie leicht an der Stirn, spürte dabei sehr deutlich den warmen Strom, der durch ihre Fingerkuppen auf Ritas Gesicht überging. Rita blickte sie an, ihre Augen waren feucht. Sie weinte so schnell. Jetzt mußte sie über ihre Tränen lachen. Dann wurde sie wieder ernst. – Ach, ich war so unbeschreiblich dumm!

Aud sah sie mit festem Blick an, jetzt schweiften ihre Gedanken nicht ab. Mit dem Mittelfinger streichelte sie Ritas Augenbraue. Sie lächelten sich an, traurig, sehr ruhig und wandten den Blick nicht voneinander ab.

– Wonach hast du dich bei mir gesehnt?

– Nach allem!

Aud empfand Ritas Worte wie etwas Neues, in das sie gerade eintauchte.

– Aber du hast doch immer soviel bei mir kritisiert.

– Ja, ich weiß! Aber gerade das habe ich so vermißt! Ich habe mich nach unseren Diskussionen gesehnt, habe sogar unsere Streitereien vermißt, obwohl ich sie im aktuellen Moment manchmal richtig gehaßt habe.

Während Rita das aussprach, wurde Aud klar, daß sie es ganz genauso empfunden hatte. Diese Stimme, diese ärgerliche Armbewegung, mit der sie sagen konnte: „Herrgott, Aud, bist du wieder mal blind!“ Wie viele Menschen kannte sie eigentlich, die sich die Mühe machten, ihr unangenehme Wahrheiten zu sagen?

Ob die Kritik angebracht war oder nicht, war nicht das Entscheidende, sondern sie brauchte den Widerstand und das damit signalisierte Interesse an ihrem Leben.

Doch gleichzeitig fragte sich Aud, ob sie alles so einfach annehmen konnte, was Rita zu ihr sagte. Vielleicht war es zu früh, das zu wissen. Sie brauchte Rita und hatte sie lieb, Rita sollte nicht aus ihrem Leben verschwinden. Aber sie katapultierte sie nicht in den Sternenhimmel.

– Woran denkst du? weckte Rita sie aus ihren Gedanken. Wie soll ich in Worte fassen, was ich jetzt denke? Ohne daß es zu präzise oder zu plump wird?

– Ich habe dich auch vermißt, aus den gleichen Gründen wie du.

– Ja? Aber ich habe doch deine Grenzen nicht respektiert, wie du sagst, das habe ich erst jetzt verstanden. Und ich habe mir vorgenommen, das in Zukunft zu ändern.

– Rita, ich muß dir etwas sagen.

– Was?

– Zwischen Irene und mir ist nicht Schluß, weißt du.

– Ach so.

Aud war klar, daß Rita seit langem in dieser Hoffnung lebte, obwohl sie nie davon geredet hatten. Sie würde darüber hinwegkommen! Aber hatte sie Auds Gefühl für Irene denn je ernst genommen? Nachdem Irene einen deutlichen Schlußpunkt gesetzt hatte, sah Rita mehr Raum für Aud und sich, als ihr bewußt war. In gewissem Sinne waren sie noch immer eine Einheit, viele frühere Vertrautheiten existierten noch immer.

– Habt ihr euch gesehen?

– Geschrieben. Ich hätte dir das früher sagen sollen, aber ich habe es nicht geschafft.

– Und warum nicht?

– Ich hatte Angst davor, daß etwas in mir zerstört werden könnte.

– Zerstört?

– Ja.

Rita versuchte sich den Sinn ihrer Worte klarzumachen.

– Ich war zu sehr mit mir selbst beschäftigt, das war sie sicher nicht. Nachdem du dich in sie verliebt hast, habe ich das begriffen. Weißt du noch, als wir oben auf der Frognerseter waren und ich allein spazieren ging? Weiter als bis zum Tryvann bin ich nicht gekommen, dann bin ich umgekehrt. Ich habe damals gedacht, daß ich mit dir sprechen muß, bevor es zu spät ist. An diesem Tag wurde mir klar, daß ich dich viel zu sehr in meine Welt hineingezogen und dich beeinflußt habe. Aber das war auch schön, weißt du? Und du hast es ja immer zugelassen! Außerdem war ich so stolz auf dich ... aber ich habe dabei eben vergessen ... daß du dich immer mehr von dir selbst entfernt hast ... und daß ich nicht tat, was für dich wichtig war, zum Beispiel die Sachen gelesen habe, die du gut fandest, Sigrid Undset oder die Geschichte mit den Etruskern. Rita lachte traurig. Sie brach ab und fand, daß sie viel zuviel redete.

— Es ging nicht darum, daß du zu sehr mit dir selbst beschäftigt warst. Übrigens finde ich es sehr faszinierend, daß du deine Sachen so engagierst machst! Ich habe das ja auch getan. Das war es nicht, sondern die Tatsache, daß ich immer etwas von dir „lernte", du aber anscheinend nichts von mir. Immer warst du im Recht.

Rita senkte den Kopf, Auds Worte klangen ihr noch in den Ohren: „Zwischen Irene und mir ist nicht Schluß."

— Also, dann ist es jetzt zu spät?

Aud wußte nicht, was sie darauf antworten sollte. Die Antwort war ja und nein zugleich. Es war nicht zu spät, weil es das zwischen zwei lebendigen Menschen nie ist. Und doch war es zu spät, weil inzwischen Irene in ihr Leben getreten war.

— Nein, sagte sie, nahm Ritas Hand und küßte ihre Finger. — Es ist nicht zu spät. Ein Mensch ist ja schließlich kein Ziel, bei dem es darauf ankommt, wer es zuerst erreicht.

29

Den ganzen Winter hindurch bis zum Frühling war im Frauenzentrum enorm viel los, auch wenn es außerhalb hieß, daß sich in der Frauenbewegung wenig regte – genauso war es auch damals gewesen, als sie entstanden war.

Schließlich findet sich kein Zeitpunkt in der Geschichte der Frauenbewegung, da sie sich mit dem Ansturm starker Gegenkräfte nicht hatte auseinandersetzen müssen. Nicht anders war es in diesem Jahr, in dem Aud und Irene sich unendlich nacheinander sehnten.

Nach dem 8. März mit seinen langen, aber wahren Parolen gab es gegen Ende des Monats eine Demonstration vor der Iranischen Botschaft. Die Frauen protestierten gegen die Wiedereinführung des Schleiers und die neue Welle von Frauenunterdrükkung des Khomeini Regimes. Da die Polizei eine Massendemonstration verboten hatte, bekamen nur zehn Personen die Erlaubnis zur Demo. Zehn Frauen verkleideten sich als Mohammedanerinnen und protestierten in traditioneller Frauentracht mit Schleier, während Hunderte vorbeidefilierten, ohne Ende, wie auf einem Samstagnachmittagsspaziergang.

Nein, die Frauenbewegung ruhte nicht, den ganzen Winter über bis in den Frühling hinein wurde das große Kulturfestival vorbereitet, das im Juni stattfinden sollte.

Aud denkt: Sie kommt, sie kommt, sie kommt. Irene kommt, um Jura zu studieren. Aud fährt zum Frauenlager in Vestfold, das erste feministische Frauencamp in Norwegen. Sie geht die großen, blankgescheuerten Felssteine bei Ula hinunter. O doch, ich kann warten, denkt sie, wenn ich nur weiß, daß du mich liebst. Die Liebe ist wie ein Geschenk, wie eine Wiedergeburt, du gibst dich hin und erhältst dich selbst zurück, denkt Aud. Aber dieses Geschenk kannst du nie, nie fordern. Du kannst es wünschen. Du kannst dich danach sehnen. Aber du kannst es nicht erzwingen.

Ein Stückchen weiter, auf der anderen Seite einer Felskluft ist Rita. Jetzt hebt sie aus einer Felsspalte eine Muschel auf. Etwas weiter entfernt gehen Rita Gullichsen und Anne Hoffmeyer. Sie haben einander die Gesichter zugewandt, so daß Aud sie im Profil sieht. Sie passen zueinander, denkt Aud, einige Menschen kleiden einander.

Längst windet sich Aud nicht mehr unter Rita Gullichsens Existenz. Schön sah sie aus, wie sie da in den Sonnenuntergang spazierte. Das war alles, was es dazu zu sagen gab. Danke Anne, denkt Aud. Ich habe dir mehr zu danken, als du ahnen kannst! Oder ahnst du es etwa?

Die See ist ruhig. Der Abend ist warm und mild. Das Abendrot breitet sich über den Himmel aus, breitet sich in Aud aus. Nie werde ich einen anderen Menschen bekommen, endlich habe ich das gelernt, denkt sie. Aber ich werde das wieder vergessen. Vielleicht muß ich es wieder und wieder lernen, bis ich alt bin.

*

Am Abend, als die hohen Schatten der Bäume das Lager erreichen, ziehen die Frauen zur Feuerstelle weiter oben in einer Waldlichtung. Sie ziehen sich ihre Islandpullis und warme Strümpfe an, denn es wird kalt, nehmen ihre Gitarren und etwas zu trinken mit. Lange Äste werden geholt, um daran Brot zu rösten. Sie gehen in Gruppen, zu zweit oder allein. Es ist Sommernacht in Norwegen. Und die soll nicht verschlafen werden. Auch hier nicht.

Als die Dunkelheit kommt, sitzen die Frauen dichtgedrängt um das Feuer. Warm ist es. Manche klimpern einige Akkorde auf der Gitarre, summen etwas vor sich hin – ohne Worte. Die Frauen erzählen sich Geschichten: wie es war, als sich die Hexen in der Nacht getroffen haben. Sie hören einander zu und ergänzen sich. Alle wissen, wie es damals gewesen war. – Du liebe Zeit, seufzen einige. – Dieses ganze Kräutergesabbel. Könnt ihr euch nicht einen anständigen Besen besorgen und über die Bäume schwingen? Das wär doch mal was! – Nein, nun hört endlich auf mit dieser Debatte! – Aber sie ist wichtig! Wenn wir alle im Wald verschwinden und nur noch Kräuter sammeln, können wir gleich einpacken! – Und was ist mit der Neutronenbombe? – Ja, sagen andere, was ist damit? – Aber es ist ja doch nicht so, daß wir uns nicht darum kümmern! Schließlich passiert ja nicht nur eine Sache, sondern vieles gleichzeitig. Es sieht nur nicht immer so aus, als ginge alles in die gleiche Richtung. Und alle können ja auch nicht alles machen! Die Debatte wogt hin und her.

Das Wellenlied! rufen einige. – Jetzt wollen wir keine Diskussion mehr. Schon erschallen die Klänge des F-Dur-Akkordes, und alle fallen in das Frauenlied ein, das ihnen durch die starken Worte Kraft geben soll: „ ... wir sind hierher gekommen, um zu bleiben, wir sind hierher gekommen, um einander Kraft zu geben." Daraufhin war es still.

Aud spürt eine Hand neben sich, die ihr etwas geben will. Sie fühlt etwas Kühles, Glattes in ihrer Hand und erkennt eine Muschel. – Die habe ich heute nachmittag am Strand gefunden, sagt Rita. Im rötlichen Lichtschein des Feuers betrachtet Aud die Muschel und hält sie ans Ohr. Ihr kräftiger Tangduft läßt in Aud eine klare Erinnerung lebendig werden. Sie atmet tief ein, um das flüchtige Bild festzuhalten. – Schön ist sie, sagt sie zu Rita und reicht ihr die Muschel zurück.

– Willst du sie haben? fragt Rita.

GERD BRANTENBERG, geboren 1941 in Oslo, wuchs in der norwegischen Kleinstadt Frederikstad auf. Sie wurde als Lektorin in den Fächern Englisch, Geschichte und Staatswissenschaft ausgebildet. Seit 1971 ist sie als Lehrerin tätig.

Von Anfang an beteiligte sie sich aktiv an der neuen Frauenbewegung – zuerst in Kopenhagen, später in Oslo. Hier rief sie eine lesbische Bewegung ins Leben, leistete die entscheidenden Vorarbeiten für die Gründung einer Frauenhochschule in Dänemark und eines Krisenzentrums für vergewaltigte und mißhandelte Frauen in Oslo (in Verbindung mit dem internationalen Frauen-Tribunal in Brüssel 1976).

1978 gründete Gerd Brantenberg das Tverrliterarische Frauenforum. Sie ist leitendes Mitglied des norwegischen Schriftstellerverbandes.

Folgende Bücher von Gerd Brantenberg sind bisher in deutscher Sprache erschienen:

Die Töchter Egalias, Berlin 1980,
Mädchenwelten, Berlin 1982,
Vom andern Ufer, München 1983.

CLAUDIA MEYENBURG wurde 1944 in Dresden geboren. Nachdem sie zehn Jahre als Arzthelferin gearbeitet hatte, absolvierte sie über den 2. Bildungsweg ein Pädagogikstudium in Lüneburg, sie arbeitet heute als Sonderschullehrerin für Lernbehinderten- und Verhaltensgestörtenpädagogik in Hamburg.

Ende 1983 gründete sie zusammen mit Dorothee Danzmann und Elke Martin die erste feministische Literatur-Agentur. Ziele dieser gemeinsamen Arbeit sind, wichtige feministische Literatur des Auslands auf den deutschen Markt zu bringen, für gute Übersetzungen zu sorgen und eine größere Zusammenarbeit zwischen Frauenbuchprojekten zu erreichen.